原生之罪 ORIGINAL SIN

金一笑 著

中国友谊出版公司

图书在版编目（CIP）数据

原生之罪 / 金一笑著. -- 北京：中国友谊出版公司，2018.12
ISBN 978-7-5057-4561-2

Ⅰ.①原… Ⅱ.①金… Ⅲ.①长篇小说－中国－当代 Ⅳ.①I247.5

中国版本图书馆CIP数据核字（2018）第266271号

书名	原生之罪
作者	金一笑 著
出版	中国友谊出版公司
发行	中国友谊出版公司
经销	新华书店
印刷	三河市文通印刷包装有限公司
规格	880×1230毫米 32开
	10.5印张 290千字
版次	2019年1月第1版
印次	2019年1月第1次印刷
书号	ISBN 978-7-5057-4561-2
定价	42.80元
地址	北京市朝阳区西坝河南里17号楼
邮编	100028
电话	(010) 64668676

Original · 原
Sin · 生
     · 之
     · 罪

VI	V	IV	III	II	I
266	208	166	099	045	001

目录 ●

I

Original Sin 原·生·之·罪

Lily 死了。

夜色正浓,此刻是大马槟城丽豪俱乐部最喧嚣的时候,舞池挤满男男女女,在震耳欲聋的音乐中扭动身体。两边卡座里的客人,一边谈笑,一边喝酒。索菲在洗手间找到夜店经理池震,把 Lily 的死讯告诉他,是她的两个朋友看到的。他们大半夜喝多了,把车停到路边,到海边撒尿,然后看到 Lily 压在石头下面,已经死透了。

索菲个子高挑,相貌甜美,过臀短裙下是两条修长的腿,但她却是个年轻的老江湖。跟在她身边的盈盈,还有死掉的 Lily,几个人原先在店里卖酒,每天喝得醉醺醺也挣不到钱,干脆做起别的"生意",索菲算是姑娘们的头儿。池震跟她们分成,他三她们七,不过没法较真,交多少是多少。

池震在 Lily 身上投了八万五千马币让她整容,希图从中赚一笔。早知道她这么丧,还不如早点同意她滚蛋。然而事情已经发生,后悔也来不及,他沉着脸问索菲:"怎么死的?"

索菲把手机里的照片给池震看。Lily 泡在海水里,小腿已经肿了,头发浮在海面,石头挡住了大半张脸。

"脖子是怎么回事？"池震问。

"不知道。"索菲回答他，"我朋友说，在海里边泡得都看不出来了。"

池震敏锐地听出了话里的问题："你什么朋友？"他三十岁，浓眉大眼，高个，要不是脸上带着声色场所夜生活的痕迹，可以说相当英俊。索菲看了他一眼："你在管我吗？"毕竟池震也是那些不给钱的"朋友"之一。

不管 Lily 丧不丧，既然她死了，他们总得管。池震叫上了夜店的两个小弟做帮手，一起去 Lily 被抛尸的海边。Lily 从十三日以后就没来过店里，应该是那天就死了，但也不能报警，报警后肯定会查到索菲她们头上，都得进去，关上半年。到时索菲被遣送回广东，盈盈回新山，Priya 回印度，都不用做生意了，那就散了。

池震仔细察看了 Lily 脖子上的伤痕，可以确定，是扎的。他拿出钱包数出一笔钱给小弟阿辉，让他去暨汀州殡仪馆租个停尸间，要带冰冻的，把 Lily 先放在那里。

阿辉接过钱问了声："池经理，租多少天？"

这话捅到池震的痛处，他吼道："我不知道！你问那么多干什么！"阿辉闭上嘴，收起钱跟在池震后面，几个人齐心协力推开大石，把 Lily 捞了出来。池震踩着海水走了几步，破晓时分，太阳半浮在海面上，朝霞把海水与天际交接之处染得通红，而金色的光芒洒在粼粼的海水上，闪闪烁烁。池震狠踢一脚，扬起一片海沙："我去你大爷！"海潮层层叠叠地涌上来，一群海鸟拍打着翅膀飞起来。

在它们飞去的方向，几公里外的公路边停着几辆警车。

槟城刑侦局队长陆离，在刚过去的这个夜晚忙于公务，彻夜未眠。几天前美食街的后巷，泔水桶中发现一具女尸，女子是被签子扎死的，被扎部位是脖子。经过侦查，发现该名受害者，十九岁的少女朵拉，曾经在嫌疑人包宇家中住过一周。包宇矢口否认朵拉之死与他有关，但提供不出受害者死亡当晚的行踪。

大半个晚上陆离都待在审讯室，试图撬开包宇的嘴。

"那你在哪儿？"陆离追问。他长相俊朗，偏于清瘦，鼻唇单薄，透出了一股凌厉。

"忘了。"

陆离加重语气："那你现在想想，三日晚上，朵拉被杀，你人在哪儿？"对视片刻，包宇不自然地扭过头："你查吧，我想不出来。"陆离站起身，脱下警服套在椅背上，双手撑在椅背上，看看包宇，又看看桌上的各种签子，语气带着风暴来临之前的平静："杀就杀，管你是情杀、仇杀、劫财劫色，我见多了，为什么拿签子折磨她？"包宇举起戴着手铐的手，指了指桌上的签子："这都是你找的？"

陆离表情冷漠，浓郁眉眼间有种说不清的阴沉："全大马的签子都在这儿。"

包宇吼道，唾沫星子喷到陆离脸上："那你继续找啊、查啊，我就算扎她十下、二十下、五十下，你去查。把我关进来，要我自己承认？那你干什么吃的？"

"一会儿告诉你，我干什么吃的。现在我再问你一次，上礼拜二晚上，你在哪儿？"

包宇干巴巴地说："I forget it."

忘了？陆离看了看签子，又盯了几秒桌上的小闹钟，突然抓起闹钟砸向包宇的头。闹钟掉到地上，四分五裂的同时不知触动什么机关，闹铃声响了起来。陆离一拳拳打在包宇身上。

闹钟响了一会儿，卡住了，陆离停下手，屋里没有了声音。他猛地回头看向门口，那里站着刑侦局的董局，是他的直接上司，但董局没有要进来阻止的意思。

陆离一把把桌上的签子划拉到地上，拉开抽屉抽了两张纸巾，擦去手上的血。他回头又看了一眼董局,把纸巾扔在地上,走过去关上门。再次停手的时候,地上已经有十几团带血的纸巾。

包宇招了。然而就在陆离准备结案的时候,另一起报案来了:海滨公路发现一起杀人案,死者也是被签子扎死的,同样扎在脖子上。

难道抓错了人?陆离不由心里一沉。

董局把包宇的口供推回来:"去看看吧,万一抓错了,可把人打得不轻。"

黎明,陆离带着下属郑世杰去了海滨公路。接到报案后,刑侦局队员温妙玲、物证科高航、法医老石已经赶去现场。报案的是一对夫妇,温妙玲当笑话一样讲给陆离听:这俩人在闹离婚,男的送女的去机场,汽车坏在半道,被一辆无人驾驶的车追尾了,直接撞在车后屁股上。女的怀着孕,他们已经把她送去民航旅馆休息。男的不让他们开走车,说跟刑侦局的张局很熟,要给张局打电话,把在场的警察有一个算一个,皮全扒了。

然而张局死三个月了。

在场的憋着坏,都等着他给张局打电话。

温妙玲鼻孔里塞着纸巾,说话时纸巾跟着一动一动,陆离看着就难受,让她摘了。温妙玲拔下来,闻了闻空气的味道,又给堵上了:"不行,我心里有味儿。"昨天晚上她吃的寿司,挺贵的,小半个月工资,吐了就白吃了。

歪理十八条,陆离懒得听她废话,走到红色车前看死者。两名警察正在拍现场照片,见他走过来,把位置让给了他。他钻到车里,看了看死者脖子上的伤口,又翻过来看死者手腕的绳结,看完一言不发出来了。

温妙玲凑上来问:"是签子扎的吧?"陆离嗯了一声:"还是蝴蝶结,用的尼龙绳。"跟用在朵拉身上的一样。他坐进驾驶位,温妙玲在车外啧啧道:"也真行,人都杀俩了,也不学学打结,跟系鞋带一个结!"陆离没理她,问道:"指纹查过了吗?"温妙玲说:"方向盘上没有,戴手套开的车,手动挡挂的一挡。这道没坡没弯,这么直,都不知道这车无人驾驶了多少公里,凶手什么时候下来的。"

"手机、钱包呢?"陆离问。

"没有,尸体有身衣服就不错了。"

陆离让她把后备厢打开,温妙玲没动:"老高不让开,说整辆车拖回物证科,统一检查。"物证科高航正在另一侧津津有味地听报案的男人放狠话:"行,就这么耗着,张局长这个点在睡觉,等他醒过来,我就不只是要车这么简单了。"

睡你个大头鬼,张局要能醒才怪了,高航偷笑。转头发现那边陆离在开后备厢,他赶紧放过眼前这蠢货,快步向陆离走去,边走边扬声道:"陆队,这车先不动,咱回去慢慢弄。"陆离没理他,弯腰查看后车厢:"凶手先往这里塞,没塞进去,才放到后排。老石来了吗,死者多高?"温妙玲没动:"又喝多了,车里躺着呢。"

法医老石没睡,坐着在喝啤酒:"大的没看,白天解剖再说,脖子上的跟上次一样。有一下扎喉管了,话都说不出来。"

陆离问:"哪下致命?"

上次陆离就问过,老石沉默了一下:"拔出来,扎进去,没哪下致命,什么时候扛不住了,也就死了。"这是虐杀。陆离心里堵得厉害,拿过老石的啤酒喝了一大口:"明天帮我验验死亡时间,再看看死者有没有嗑药中毒。"他再回到红色轿车前,高航已经把后备厢盖合上,收走了车钥匙。

"把前车放了吧。"陆离看了眼报案的男人,对高航说,又问温妙玲死者的身份。死者刘亚萍是仁爱医院的护士,跟丈夫孩子住一起,红色轿车是她的,去年上的牌,只留了家庭住址,还没联系上家属。陆离让温妙玲和郑世杰去通知家属,用签子杀人的手法少见,两案可以并案。

"那包宇呢？听鸡蛋仔说打得不轻。"温妙玲提醒陆离，鸡蛋仔是郑世杰的外号，他随时随地都带着鸡蛋仔，想到就拿出来吃，所以得了这个外号。

"你去他家查查，看他有没有别的事。"陆离吩咐道，瞥见温妙玲不以为然的眼神，冷漠地补了一句，"难不成要把我开掉？"

陆离把温妙玲打发去刘亚萍家，自己也没歇着，去了第一个死者——朵拉的家。

显然，朵拉的死给这个家庭造成了巨大的伤害。等在客厅的时候，陆离听到房里朵拉的父母在吵架，朵拉母亲喊道："I told you, she's your daughter, she's my daughter too."

朵拉父亲是马来人，母亲是华人，朵拉的长相偏马来一点。不过朵拉的生母早已去世，里面的是她的继母，虽然不是亲生，但从小带到大，感情也很深厚。只是后妈难当，一旦有什么事，总会归结到是否不够关心孩子上。朵拉妈摔门而出，擦了擦眼睛，努力冲陆离笑了笑："不好意思，陆队长。您坐，您过来连杯水都没喝，还让您等那么久。"

陆离跟她寒暄了两句，从资料袋拿出刘亚萍的照片："认识这个人吗？"刘亚萍是仁爱医院妇产科的护士，三十岁；朵拉是学生，十九岁，两人的生活并没交集。陆离也是问问看："朵拉失踪前有没有去过仁爱医院妇产科，见过这个女人？"

朵拉妈仔细看照片，照片上是一张微笑的脸："没有，不可能，朵拉是个好孩子。"

陆离走的时候，朵拉妈送他出去："陆队长，多久能抓到凶手？"

"很快，你放心，我肯定抓到他。"陆离发现朵拉父亲在窗户后盯着自己，估计他一直在听他俩的对话。朵拉妈并不是很相信这话："槟岛淫魔奸杀了六个女孩才被抓到。啊——"陆离踩空了一个台阶,差点滑下去,幸好他一把抓住栏杆。朵拉妈急问:"你没事吧?"陆离说没事,却更紧地握住栏杆,手上的青筋暴了出来。不过朵拉妈并没发现,还是絮絮叨叨地说:"听说那淫魔是音乐学院的教授,有没有可能杀死朵拉的凶手,是她学校的老师?"

"我查一查。"陆离几乎是落荒而逃,头也没回大步走向他那辆黑色轿车。朵拉妈追了上来:"陆队长,那个刘护士,尸体在哪儿发现的?"陆离扶着车门:"汽车后座,她自己的车。"

"那我女儿呢,你到现在都没说。"

陆离避开她的注视:"确实不好说,等你缓一缓,我再告诉你。"朵拉妈手按在心口:"朵拉死得那么惨,我都能接受,还有什么更惨的。"她又问陆离:"他还会杀第三个、第四个吗?你知道吗,我之前就想着杀人偿命,以牙还牙。刚才看了刘护士的照片,她隔着照片冲我笑,我真难受!你们赶快抓到他吧,别让他再作孽了!"

陆离点点头。车子开出老远,还能从后视镜看到朵拉母亲站在原地。吊在后视镜下面的小挂件晃来晃去,他心烦意乱地去拽,被弹簧划破了手,血滴在方向盘上。

案子不破,陆离没心情休息。

桌子上摆满案发现场照片,他把朵拉和刘亚萍的照片挑出来,盯着这两张照片。看久了他抬起头,墙上警务栏里所有警察的照片从左至右排在上面。第一张是张局的照片,张成海,局长;第二张是董局的,董令其;第三张是他自己,陆离,队长;往后是温妙玲、郑世杰他们。

要是张局在,案子应该早就破了。陆离走到警务栏下,注视着张局的照片。

"还没换啊,董局这局长当得也不着急啊。"是温妙玲。陆离回过头:"怎么这么晚还来?"

温妙玲掏出一小袋大麻,面带喜色,嘴里却在抱怨:"从刘亚萍家去医院,从医院出来又去交指中心,然后还要给你擦屁股。看看这是什么?"

"谁抽的?"陆离问。

"包宇家搜的,还真有。"温妙玲收起东西:"我刚跟他谈过,这些够关半年的了,但如果他把我们刑讯逼供的事给忘了,我们也想不起来大麻的事。"陆离说:"谢谢!"温妙玲趁机劝道:"以后这种情况能不能冷静一下,拦都拦不住,非要去审人,自己多大出息不知道吗?碰到点事情就压不住火。"陆离微微尴尬:"我以为真是他。签子扎人这事谁听谁难受,你没看见他那表情,有点兴奋,还有点过瘾。"温妙玲瞪他一眼:"你靠表情查案吗?"

陆离拿她没办法:"刘护士家里怎么样?"

"跟朵拉案子一样找不到动机,家人和医院都讲不出什么,应该是连环命案,只能等凶手犯错。"说到这里,温妙玲发现陆离表情有异,想起他家的事,连忙道歉:"对不起啊。"

"这有什么,还不能提了?"陆离自己倒是豁达,不过温妙玲还是换了话题。她打开电脑:"我去交指中心调了监控,晚上七点三十六分,凶手开车上的高速,出去的时候没拍到。估计车扔高速上,凶手沿海边溜达出去了。"陆离走到她身边:"老石那边我去了,致命伤还是脖子,没下药,绑在椅子上下的手,死亡时间是昨晚六点多。右手扎进去的,跟朵拉一样,没有性侵痕迹。"

温妙玲若有所思:"凶手是 ED(男性性功能障碍),变态?"陆离不解,温妙玲补充:"两个女孩都挺漂亮的,男人不应该这样吗,见到漂亮的然后……"陆离敲敲桌子:"看你的视频。"视频上隐约能看到一个戴帽子的黑衣人,开着红色轿车,车里只有一个男人。

对陆离来说，回家还不如加班，但他还是得回家。地下车库刚刷白的墙，又被喷上了血字："陆子鸣还我女儿！"用的红漆，看上去血淋淋的，张牙舞爪。

陆离站在那儿，盯着血字看了一会儿，有片刻思绪混乱，他仿佛听到了女儿的嬉闹。

他开着车，妻子吴文萱坐在副驾，女儿陆一诺站在吴文萱怀里，试着去够后排的巧克力。趁着车速慢，陆离回头看了一眼："要什么爸爸给你拿。"

陆一诺脆生生地说："巧克力。"吴文萱嗔道："别给她拿，我给你说过的，一诺，一天最多吃三块。"陆离和稀泥："再吃一块吧。"他用右手握方向盘，左手去后排够。吴文萱在他手背上拍了一下，笑着说："开你的车！好人都让你当了。每次问她，都说最喜欢爸爸。"

陆离没有再去够巧克力，双手放在方向盘上，车子转了个弯，只是嘴里哄着孩子："一诺，巧克力先不吃了，回去咱吃冰淇淋。"吴文萱立马打破他的许诺："冰淇淋今天已经吃两个了，也不能再吃了。"陆一诺嘟着嘴，不高兴："那我吃什么？"吴文萱："吃奶奶做的饭。"陆一诺小嘴一翘："又是番茄炒蛋。"吴文萱摸摸女儿柔软的头发："今天妈妈帮奶奶做，给你做一个可乐鸡翅。"陆一诺想了想："那加可乐吗？"吴文萱慷慨地说："当然加。"陆一诺仔细想着那道菜，沉浸在自己的世界里："那加巧克力吗？"吴文萱问："什么加巧克力？"陆一诺大声说："可乐鸡翅。"

吴文萱："不加。"陆一诺继续想着那道菜，把头扭过去不理妈妈。吴文萱看她这么任性，对陆离说："老公，我们再生一个吧，你就不会这么宠一诺了。"陆离兴奋起来："你想通啦？"吴文萱点点头："你不是一直想要两个吗？但我给你说好啊，最多两个，想生第三个找别人去。"陆离笑起来，将车拐进地库："你再怀孕，我停薪留职在家陪你。"

吴文萱痛快地说："成交。"

汽车停进地库。陆离和吴文萱下车。陆离让妻子先抱孩子上去，他来拿东西。吴文萱抱着陆一诺先走，陆一诺在妈妈怀里问："冰淇淋能加吗？"吴文萱摇头："加不了，只加可乐。"陆一诺说："还有鸡翅。"

陆离在后面笑，看着她们走远，打开后备厢拎出一大堆购物袋。他锁好车走出几步，才发现前方的吴文萱抱着陆一诺停在原地。再前方，喷漆的老头正在和陆离的母亲吵架，墙上用喷漆写着"陆子鸣还我女儿"。

老头大嗓门："你就是陆子鸣的老婆，是吧？真是不是一家人，不进一家门。"陆母也很气愤："他已经坐牢了，你还要怎么样？"老头声音里带了哭声："陆子鸣杀了我女儿张琪，我要一命还一命。"

陆一诺被吓住了，低声叫道："奶奶。"陆母看到陆离他们三人，拼命用眼神示意他们快上去。被老头注意到了："这你什么人，孙女是吧？"

陆母说："看热闹的。"冲他们大叫，"看什么热闹，都回家吧。"吴文萱捂住陆一诺的眼睛，往电梯间走。陆母冲陆离眨巴着眼睛，示意他也快走。老头看出来了："你冲谁眨巴眼睛呢？这到底是陆一鸣什么人？"在老头的痛骂声中，陆离走进电梯间。吴文萱抱着陆一诺，在电梯里等着他。陆离把购物袋放在电梯里："我去看看。"吴文萱拉住他："你别蹚这浑水，你是警察。"

陆离放不下："那是我妈！"吴文萱把陆一诺递到陆离怀里："你带一诺回家。"她说完就出了电梯，电梯门关上，陆离脚下一地的购物袋。陆一诺在怀里问陆离："陆子鸣是爷爷，对不对？"

往事已矣，陆离咬牙，让刺入心扉的痛过去，走进电梯上了楼。

陆离妈盯着他吃了安眠药。张局的事情暴出来以后，陆离整晚睡不着觉，人都熬瘦了，吃过药躺一会儿也好。她又拿了个红包裹进来："明天你去看看他吧。"

陆离不接："我不去，你自己去。"

"我腿脚不好，你帮我把这个带给他。之前都是纸的，不经用，我给他做了个布的。"

又来了，陆离烦躁地说："我说多少回了，他的事儿你别找我。"他妈含着泪："你是我儿子，我不找你，我找谁去？"无法选择的父母，陆离捏着杯子，恨不得把杯子捏碎。他想把杯子砸出去，然而最终，什么也没干，只是喝了一大口水："你又哭什么，行行行，明天再说，你快睡觉去吧。"

等陆离妈关灯出去，陆离翻来覆去就是睡不着。他坐起来，拿下床头柜上的相框，是他、吴文萱，还有女儿的合影。吴文萱已经跟他离婚，带着陆一诺重新嫁了，这个家只剩他和他的母亲。

陆离把相框反扣在床头柜上。尽管各种不情愿，第二天他还是去了狱中探视父亲。

陆子鸣，传说中的槟岛淫魔，被关在牢房的最深处。他曾是音乐学院的教授，光看外形十分知性，完全无法想象这是二十年前奸杀六人的槟岛淫魔。本来案子一直没破，但也许上天自有安排，终于落入法网。

见到儿子，陆子鸣愣住了。

陆子鸣腾出床铺，但陆离没坐，只是把红包裹扔在床上，里面是布做的钢琴琴键。

"你还好吗？"陆子鸣问，见陆离不说话，他尴尬地笑了笑，"一诺有五岁了吧？没事去看看她，别弄到最后，像我和你这样。"

陆离听不下去，粗声道："别操那么多心了，好好在里边儿待着，那是我妈给你的。"

陆离头也没回出了监狱，上车后刚要发动，看见前方的奔驰。一个男人替池震拉开车门，后者大模大样坐进去，车子开了。

好一个监狱一日游。陆离皱起眉头。两天前，池震申请探视陈同，监狱没批准。谁都知道他是陆队的眼中钉，也跟陈同那帮人勾结太深。陈同那帮人犯的都是重罪，身上两条人命的算是少的了。当然，池震也不是好东西，当律师的时候专走歪门邪道替他的委托人减罪。行得夜路终遇鬼，在一起杀人案中他替委托人毁尸，企图让警方找不到尸体而无法定罪。谁知落到陆离手里，抓了个正着。池震侮辱尸骨罪成立，被判有期徒刑四十二个月，终身剥夺律师资格。

俗话说江山易改本性难移，坐了三年多牢，池震狡猾得变本加厉。正式探视被驳，他砸了辆奔驰，拘留所待两天，第三天转到监狱。也是第三天，奔驰车主拿出出售协议，说两天前已经把奔驰卖给池震，他砸的是自己的车，罪名不成立。这一系列操作溜得很，分明串通好的。

然而陈同是好招惹的人吗？陆离冷笑一声，发动车子驶离监狱。池震何尝不知道，这不是没办法吗！Lily到底什么时候死的，怎么死的，不找法医查不出来。他想过随便找个医生，但医生不肯；他还想过自己来检查，但完全找不到头绪。那么，只剩报警这条路可走。可一旦报警，就会影响夜店的生意，陈同答应吗？陈同不答应，他给池震一周时间找出杀死Lily的凶手，找不出就要池震的命。

下手的一般都是熟人——陈同和他那帮杀人犯兄弟给出的意见。

他们让池震按这个思路找凶手。

Lily有什么熟人？一个马来乡下的土妞，除了池震、索菲、盈盈他们，她能认得的只有"客户"。池震摸进索菲家找到记录本，把"客户"的信息抄在便签条上，一一贴在墙上，天亮后开始打电话。

早上索菲睡醒来，淡定地倒了一杯咖啡，一边喝一边打量贴在墙上的便签。

池震没理她,自顾自打电话。

"王哥,我是池震,丽豪的那个,我们这儿有个叫Lily的女孩,你是不是找过?那个……"电话被挂断了,池震撕下一张便签,继续打电话,"跟警察没关系,是我私人问你点事,你是客户,信息当然保密……""Cindy,你给我查一下Lily最后一次在你那儿开房是哪天?不是索菲,是Lily……算了,那没事了。"最后,墙上只剩四张便签。

池震挂掉最后一个电话,长长地呼出一口气,把空杯子推过去:"给我倒一杯。"索菲动也没动:"二百块一杯。"

"是我煮的咖啡。"池震拖长声音。

"是,我都不知道你什么时候来的我家,自己还能煮咖啡。"索菲还是给池震加了杯咖啡:"钥匙不是还我了吗?""我又配了一把。"池震喝了一口清咖啡,皱起了眉毛:"加糖,加奶。"

"自己加。"

池震下了高脚凳,去咖啡机旁加奶和糖:"我是怕你哪天也和Lily一样,不明不白死在家里。"这话说中索菲心事:"说实话,我这两天挺害怕的。"

"要不别干了,我也不干了。"池震突然说。

索菲秀丽的小圆脸毫无表情:"不干这房租怎么办?我搬你家住去?"池震不吭声了,指着墙上还剩的四张便签:"这几个电话打不通,都找过Lily。"索菲仔细看了看上面的名字,撕掉两张:"这俩不可能,老客户了。"她拿起本子,比较上面的电话号码。这时,卧室走出一个上身赤裸的印度男人,看了看他俩,艰难地用中文说:"你好。"

池震愣了下,回了一句印度语的您好:"纳玛斯戴。"等印度男人进卫生间洗漱,门一关上,池震忍不住说:"你现在真是什么活都接。"索菲盯着本子:"别打断我。"她起身从墙上撕下一张便签,团成团扔掉,指着最后一张说:"这是Lily最后一个单,我早该预料到的,那么奇怪的客人。"

池震问:"有多奇怪? 老头? 孩子?"

"我什么客人都见过,但真没见过这样的,你等会儿,陌生电话我都有录音。"索菲打开手机,放出电话录音,是一个女人的声音:"你好,是名媛会所吗?""是的,我是索菲,您找哪位?"索菲的声音在录音里略为干瘪。那边的女人笑了声:"我要找 Lily,十点半可以吗? 在大浦地十号。"

女人找女人? 确实奇怪。

既然有地址,去一趟就明白了。池震和索菲一路找过去。两个"夜行动物"在下午强烈的太阳下眯起眼睛,原形都要被晒出来了。"同哥真这么说,让你去查凶手?"索菲纳闷地说,"可你不会查案啊。"池震又不是不知道自己几斤几两,这事由得他吗:"我不会查,但我会死啊。"

索菲笑了下:"说说而已,不一定打死你,李哥在医院躺了三年,还没咽气。你没跟他求情?"

……这笑话太冷,池震打了个寒战。

大浦地十四号? 池震停下脚步,跟索菲又确认一遍:"大浦地十号是吧?"走过了。他俩往回走,十四号、十二号,再往前一个楼,又是八号。池震往后退,站在一根柱子前不动了,柱子后面是一片废墟,上面的门牌号写着"大浦地十号"。索菲挑挑眉:"这也算个地址?"

白白用了半天,然而找不到人,饭还是要吃的,池震吃得特别多。点两份煲仔饭,他吃完自己的,把索菲的拽过来继续吃。只要一想到这可能是最后一次吃煲仔饭,他就特别想再吃点儿。

才吃两口,索菲回来了:"我的呢?"池震将剩下的半份推过去,抽出一张湿巾擦擦嘴。

索菲看看池震,拿了双一次性筷子,把他用过的筷子从碗里拿出去,开始吃剩下的半份。她刚去打听了一下大浦地十号,是三年前烧的,就地拆了就没人管它,只留了一根柱子。没人见过 Lily,也没看见哪个女的把她接走。

池震问:"哪家可疑?"索菲不睬他:"你自己打听去,方圆五百米,住的人家比蚂蚁窝还多。"池震又问:"为什么是女客人?"索菲翻了个白眼:"不知道,可能是喜好不一样吧。"

"那 Lily 行吗?"

索菲忽然明白了:"对啊,可能就是因为 Lily 不行,才被杀的!"

池震从钱包里掏出一百块钱放在桌上:"你慢慢吃。"一天就这么过去了,还有六天就挂了,他还有很多事想做。临走前池震又想起另一件事,他入狱的时候骗自己妈说去上海公干:"叫阿辉帮我买点上海特产。"

池震在取款机提了点钱,先去了 Lily 家。车开到一片农田,导航自作主张说目的地到了,池震下车看了看,发现左前方有个破房子。他装了十几个红包,每个红包一万块,塞进包里下了车。

还真是 Lily 的家,破房子里只住了她的奶奶,老人只会讲马来语。池震听不懂马来语,跟她鸡同鸭讲,半天没明白彼此的意思。

Lily 奶奶掏出个 iPad 给他看照片。第一张估计是 Lily 和爸妈的照片。第二张是女人和另一个男人的结婚照,第三张是男人和一个年轻些的女人,女人怀里抱着婴儿。看样子 Lily 爸妈各组家庭了,一老一小相依为命。

池震握着椰汁,嘴里直冒苦味:"奶奶,Lily 死了。Lily,is,dead。"奶奶点点头,咕噜了一句马来语,池震只听出"America",天晓得 Lily 怎么跟老人说的。他想了想:"对对对,Lily 在美国。"他放下 iPad,打开皮包掏出红包。被奶奶死命按住,看样子是说不要。池震坚持,中英文单词乱蹦:"Lily,给你的,for you,她很好,她赚了好多钱,托我来看看你。"也不知道奶奶听懂多少,她从抽屉里掏出一个盒子，打开盖子，里面有首饰，有一张 Lily 的照片，还有一沓破旧纸钞，硬塞给池震。

池震觉得自己搞明白了她的意思，老人叫他对 Lily 好点。

是把他当成孙女婿了。

他待不下去，把车钥匙和钱包从包里拿出来，再把装着钱的包压在衣服下面，慌忙回到车上。刚打上火，奶奶提着包就追了出来。池震赶紧一脚油门，奶奶追了一会儿，身影越来越小。他恨恨地用拳头捶了两下方向盘，猛地爆发出连绵的鸣号。

大马的天气，雨说来就来。还没开远，倾盆大雨下来了，池震找了个椰子棚避雨。他心神不定，总是想起 Lily，尤其她那睁得大大的眼睛。

傍晚池震去了趟养老院，阿辉把他要的上海特产送了过来。养老院的马护工跟他发牢骚："老太太越来越过分，前天做了咖喱辣椒虾，第一碗说咖喱放多了，重做一碗说辣椒放多了，第三碗不放辣椒不放咖喱又说没味道，说我做饭难吃。一盘菜炒三道，愣是一口没吃。"池震在房间门口停下，房里老太太坐在沙发上看电视。他转身跟马护工握了个手，顺手塞给她二百块："我妈年纪大了，老小孩，您多担待。"

池母并没注意他的到来，池震坐到她旁边，把手里的袋子放到柜子上："妈，这是我从上海带回来的醉虾醉蟹，晚饭你尝尝这个吧。"池母目不转睛："你等我看完了，今天大结局。"池震陪她看了一会儿电视，忍不住问："妈，我姐死的时候穿什么衣服？她那天有预感吗？你和我爸有没有预感，自己女儿要出事？"

池母盯着电视，仿佛没听见。池震一个人念念叨叨："杀人的凶手我找不着，但是我想知道，一个好端端的人为什么会被杀？"池母转过头，满脸不高兴："我都说了，大结局，你等我看完它。"池震默不作声看了会儿电视,躺在沙发上睡着了。

还没等池震找出那天点 Lily 的女客人,网上有了新闻:"槟城又现竹签杀人狂"。第一名受害人朵拉是年轻姑娘,照片的脸部打了码,但能看清颈部的伤口,第二名受害人刘亚萍是一位三十岁左右的女子。有关案件的文字报道密密麻麻。

陈同在牢里传话,让索菲把新闻打印给池震看:"同哥说,他在牢里都知道这两个案子,所以说你在干吗?"

"跟他说我忙得没时间上网。"池震把 Lily 的照片放在两名受害者的图片旁,同样的死法,同一个凶手。"Lily 认识她们俩吗?"索菲看了眼,"应该不认识,反正我是没见过。"

三十岁,二十四岁,十九岁,一点关系都没有。池震把三张照片依次倒过来,给索菲看:"你帮我看一下,她们有什么共同点?"索菲仔细看看:"都挺漂亮的。"池震有点失望:"没了?"索菲不耐烦:"你问我共同点,死三个女人,都很漂亮,这还不能说明问题吗?肯定跟性有关啊。"池震摇头:"我找人验了,Lily 没被人碰过,这俩女孩的报道也没提到奸杀。"索菲皱着眉:"不应该啊,那他为什么不杀丑八怪?反正跟性有关。"

"不是女客人吗?"

索菲说:"我见过 Lily 洗澡,胸挺大的,可能谁都喜欢吧。"池震看看索菲,在家她只穿着浴袍,露出一大片胸,光洁挺拔。他指了指卧室:"屋里没人吧?"索菲没听懂,直来直去地说:"没有,我昨晚自己回的。"池震那点心思更活了:"要不然我也去洗个澡?"索菲冲他笑了笑:"好啊,二十万。"

池震立马闭嘴,别说二十万,连两万他都没有了。加油的时候十几张卡都是透支的,三百块付的现金。

对陆离来说,新闻曝出来而案子还没破,也是压力山大。从仁爱医院到刘护士家有三条路,他开车各走了一次,能确定的是不管走哪条路,刘护士都没理由下车,她应该直接回家。除非车上还有别人,也就是凶手和她认识,她才会在别的地方停留,并在那里被杀。既然如此,原先认定凶手是反社会人格,随便选的被害者,现在得推翻,凶手既认识刘护士,也认识朵拉。

陆离和温妙玲又去了一次朵拉尸体被发现的地点。

美食街的后巷。

所有饭店的后门都通向这里。此刻前面各饭店灯火辉煌,生意兴隆,后面却是另一番景象。有的厨师在小憩,一边抽烟,一边用手机听歌,有的服务员在用大盆洗菜,还有的正在杀鸡,鸡的叫声夹杂着手机的歌声飘荡在夜色中。

公用的泔水桶有一米二高,直径两米。朵拉的尸体就是在那里发现的。她死后被人扔进泔水桶,天亮后泔水被拉去喂猪,倒在猪圈里的不只是泔水,还有她。"朵拉母亲问我两回了,朵拉尸体是在哪儿发现的。"陆离清瘦的脸浮起苦笑,"让我怎么说,我说不出口。"温妙玲默默点头,过了会儿才说:"如果张局活着,他能怎么说?"

"不说呗。又不能骗被害人家属,咱们把尸体洗干净点,让他们能认出自己女儿就行了。我二〇一〇年跟张局,那时刚毕业,他不让我碰命案,带我去缉毒局协助办案。有回接到线报,说有客人叫了几个姑娘,组了个局。"

温妙玲好奇道:"线人还管这个?""这个都不管,那她就别干了。"陆离抬眼瞪了她一眼,夜色中目光明亮,他回忆道,"那天是晚上十一点,一个筒子楼里边,没电梯,一直爬到九楼,楼道里就听见屋里边啪啪响。我当时就要踹门进去,被张局拉住了,他说等会儿吧。""为什么?"温妙玲问完才反应过来,"然后呢?""然后我们就抽烟,楼道里连个灯都没有,大夏天闷得要死。半包烟都抽完了,屋里才消停一会儿,抽了一地烟头,我才踹门进去。后面没什么好讲的了,持枪、警告、按倒、上铐。你们老说我是张局徒弟,可是他到底教我什么了?痕检?现场勘验?刑事化验?这都是学校教的,用不着他。可能张局教我的,就是这种小地方吧?大家都是人,警察也好,犯人也好,犯什么法,坐什么牢,说到底,还是人和人的关系。但这个案子不是。"陆离吐出嘴里嚼着的槟榔,"已经不是人干的事了。"

想起在泔水桶里泡得不成样子的朵拉,温妙玲默默点头。

陆离又去了一次刘护士家,路上温妙玲一直跟他说包宇的事。那货被陆离打得亲妈都不认识,因为被翻出大麻,答应不找麻烦,头几天还好好的,但回家后开始作怪,说脑震荡,又拍片子又做CT,还说得了间歇性失忆。董局让陆离去医院看看,摆平这件事。

等车停下,陆离掏出一千块给温妙玲,让她买个二百块钱的东西去探望,其余八百块给她。温妙玲倒是收了钱,答应得也痛快:"行,我今天去医院,你明天再去看他。"

陆离皱起眉头,温妙玲解释:"董局说你必须得去,否则就去休年假。"

什么人哪,陆离控诉:"你把钱揣起来了。"温妙玲笑道:"你也没地方花钱,孩子你前妻养,老妈退休金比你工资还多,你又不过假期,天天这身皮夹克,我帮你花点儿怎么了。"说笑间他俩等的人来了,刘亚萍的丈夫沈志左手抱着孩子,右手拎着菜,进了单元楼。陆离下车,跟了上去。

这个家少了女主人,有点乱。陆离坐在沙发上,沈志坐在他对面,两人之间隔着茶几,而沈志和刘亚萍三岁的儿子坐在毯子上玩儿童轨道车,那毯子上的图案是双子塔,左侧的塔拦腰折断。小火车冲上冲下,不时发出轰隆隆的声效。见陆离一直看着孩子,沈志以为是小火车的声音影响了交谈:"他老早要这个了,这两天玩得新鲜,过两天腻了,又要哭着找妈妈。"

陆离回神,告诉他法检科那头通知,刘亚萍可以下葬了。沈志急问:"抓到凶手了?"陆离摇头:"还没有。但是不用再尸检了,入土为安吧。"沈志苦笑:"上个月我和我老婆还一起看一部美剧,《尸体会说话》,说的就是通过尸检可以找到各种各样的线索,结果就……"

陆离观察着他的神色,不动声色又问了他一些事,不过沈志的回答和上次跟温妙玲说的差不多。没有任何反常,朝九晚五,刘亚萍偶尔跟朋友吃个饭,八点钟也回来了。虽然在医院工作,但因为是妇产科,都有预产期,一般不加班。那晚十一点还没回来,打不通电话,他就去医院找,但刘亚萍的上司说她不到五点就走了。这个小家庭最近最特别的事,就是想着给孩子换一个幼儿园。家里一辆车,刘亚萍工作的地方比较远,家附近没有同事,平常是她开。周一到周五在家,周六周日他俩会去 Georgetown,一个艺术家园区,里面都是卖画的,也有艺术家设计的各种装置,一个月去两回。

陆离默默在心里划去对沈志的怀疑,这只是一个普通男人。不过看着一直在玩小火车的孩子,他想起了自己女儿,有阵子没见她了。而这思念如同野草一般迅速生长,当陆离走出沈家后,决定去看女儿。他买了两个印度飞饼,自己一个,给女儿一个。

吴文萱也是护士,这天遇到病人大出血,下班晚了,到幼儿园的时候发现前夫来了。不过他没带走孩子,跟孩子、老师站在一起等她。陆一诺才四岁,上车没多久就睡着了,吴文萱忍不住责备陆离:"你不该给她买飞饼,晚饭怎么吃?"

"你来得也太晚了,孩子都饿了。"陆离说,"你又不是大夫。"他看到后视镜中吴文萱的目光,改口道,"我的意思是,随便找个护士替你一下,也不该让孩子等。"

吴文萱没好气地说:"我该让老胡来接的。"老胡是她现在的丈夫。

陆离不由庆幸还好不是老胡来接，但似乎这天就绕不开老胡，吴文萱说周六中午他给陆一诺办了个party，但陆离妈为了孙女的生日，在上个月就特意去买了四张乐高乐园的套票。

陆离皱起眉头，闷声不响下了车，但走出几步又走了回来。见状，吴文萱放下副驾驶位的车窗，陆离弯腰，凑在车窗上对车里的吴文萱说："我女儿的生日，为什么是她继父给她办party？我呢？明年她是不是要改姓胡？"吴文萱没理会他言语中的怒气，很冷静地问："你来不来？"陆离摸摸睡着的女儿的头，没回答。

人生不如意事十有八九。包宇赖在医院不走，医疗费用猛增，又说要向记者爆料，董局不得不带头探望。董局都去了，陆离也只得跑一次医院。温妙玲一路给他做思想工作："朵拉上个月二十号离家出走，没去学校，直接去的包宇家你知道吗？"见陆离点头，她又说："之后她跑出去几天，又回包宇家，你也清楚吧？"

"我都知道，你讲这些干吗？"陆离纳闷，温妙玲劝道："你带着查案的心情，而不是单纯地看望包宇，这让你舒服点吗？"她的好意，陆离还是明白的，笑笑道："好一点。"

见陆离来了，董局把地方让给他。陆离拿起茶几上的片子，眯起眼对着窗外看了看："间歇性失忆，你应该彻底失忆。"包宇嘴硬道："现在手机放在哪儿，回头就想不起来，以前不是这样的。"

陆离放下片子："朵拉还能想起来吗？哪天去的你家？"包宇气道："二十五日过去的，说找我文身，让我文幅画，掏出来一看是油画，喷墙还差不多，她那小身板怎么文！我说这我干不了，成心的吧，奔睡我来的吧，结果她还真睡下了。睡两天啥都没干，蹭了几顿饭，然后就真没见过她了。"

"二十日离家出走，二十五日去找你，之前她住别人家？"陆离敏锐地抓到其中的疑点。但包宇傻头傻脑地问："她不是处女？我都没睡她,睡处女要倒霉的。你们尸检什么结果?"陆离简直要同情他了,放缓声音:"她骗你的。真是二十五日才见到的?"包宇点点头。陆离走到床边,低头看着他:"行,说说你失忆的事。都回家住两天了,又来碰瓷,谁给你出的主意?"

陆离目光带着凶气,包宇想到那天被打的痛楚,不由抖了一下,低声说:"我朋友说,抽大麻不是事,但警察打人就得出点血,没有十万不下病床。"陆离点点头,一手搭在床架上:"哪个朋友?我跟他聊聊。"看到他那张脸,包宇扭过头急道:"我要出院!"

事情解决,陆离懒得跟包宇多扯,倒是朵拉在二十号到二十五号之间去了哪里,必须查一查。就在这时候,朵拉妈打电话给他,说有新发现。

尽管又过去了几天,但朵拉家的气氛仍然未变,朵拉父亲的头发全白了。朵拉妈向陆离抱怨:"他恨我,我不是朵拉亲生母亲,但朵拉三岁就跟着我,她自己都以为我是她亲妈。我们是吵过架,但那是所有母亲和女儿都会吵的事情,到我这儿就是后妈的问题。我要是真当自己是后妈,我都不管她。"

"不是你的错。"陆离安慰道。

朵拉是二十日跑的,电话打不通,家人以为她赌气回学校了,星期一去学校才发现她根本没回去。报警后一直没找到人,直到三日发现她的尸体。

这两天朵拉妈整理遗物,发现朵拉床底下有一幅画,上面画着一片废墟和一根标着门牌号的柱子,门牌号是大浦地十号。陆离看着画,跟朵拉妈一样不懂这画是什么意思,想表达什么。画右下角的署名被撕掉了,朵拉妈指给陆离看:"我自己的女儿我知道,名字被撕掉,一定是不想让我们做父母的知道这个人是谁,可能这个画家,就是她所谓的男朋友。"

右下角只剩日期:"2018.3.10"。

看到陆离上车走了,池震拿起试卷向朵拉家走去。试卷是朵拉的,他从学校那里搞来的。这姑娘学习不怎么样,该选 C 的选了 A,多选题总是漏选,连求函数 fx 单调增区间的题都不会做。但这些都不是事,朵拉还那么年轻,她不该死得那么惨。

朵拉母亲刚送走陆离,又听到门铃声,开门见是一个陌生男人,不由迟疑:"你是?"池震自我介绍:"我是朵拉学校的老师。朵拉的事我们也听说了,这是她上个月的考试卷,也不知道对你有没有用,我特意给你带过来的。"朵拉母亲接过卷子看了看,池震补充道:"分数不是很高。"朵拉母亲抹了下眼角泪水:"已经很好了。"她放下卷子,把池震让进屋:"那你是王老师吧?"

池震组织着语言:"上周一晚上,学校组织了一个关于朵拉的悼念仪式,你放心吧,她一定是笑着走的。"朵拉母亲的表情还算平静:"那就好,校长给我们打电话了,希望我们去。我怕她爸撑不住,最终没去。朵拉的事情,给你们添麻烦了吧?"

"怎么能是麻烦?教过朵拉的老师,没教过她的老师,认识和不认识她的同学,都挺难过的。"池震由衷地说,他眼前仿佛浮现了那女孩:"朵拉是好孩子,虽然成绩可能中等,但她为人很善良,学校里每个人都喜欢她。你知道吗,我们都觉得她是一个内心特别干净的女孩。"这不算撒谎,是他去学校拿试卷时,老师和同学们的原话。池震看到空气中那个女孩露出了笑意,而朵拉母亲又开始抹泪。

池震安慰道:"没事,过去了,要是朵拉在,她肯定希望你们好好的。"朵拉母亲忍着泪水说:"你帮我谢谢学校。"

"一定的,这也是我们该做的。我想跟您打听一下,朵拉有没有什么女朋友?"这才是池震来的目的,他想知道打电话的李小姐跟朵拉的关系。朵拉母亲愣了:"女朋友?""就是玩得比较好的,女性朋友,二十多岁,三十多岁,都行。"朵拉母亲不懂他的意思,就在这时,陆离匆匆推门而入:"我忘记拿画了。"他走的时候把画落在了朵拉家。

看到池震,陆离脸色一变,朵拉母亲站起来为他们介绍:"陆队长,这是朵拉学校的王老师,教数学的,你有什么疑问也可以问问他。"王老师?陆离跟池震打交道多了:"我是要问问这位王老师,谁让你来的?"见他露出凶意,朵拉母亲微微不安,赶紧解释道:"他是来送朵拉的试卷。"

陆离没理她,差点问到池震脸上:"又在替凶手做事?这回收了多少钱?"池震没动:"你铐我回去,慢慢问。"

"凶手人在哪儿?"

"我不知道。"

陆离已经凑得很近,目露寒光:"你好好想想,这次不一样。"他掏出朵拉和刘亚萍的照片:"你看看这两个女孩,不只是杀死,是用签子一下一下扎死的。法检科老石跟我说,没有哪下是致命的,扎一下,再扎一下,再拔出来,哪下挺不住了才咽气!"

旁边的朵拉母亲惊问:"朵拉也是吗?"

池震眼圈红了,转过头不看陆离。这举动惹恼了陆离:"我让你看,你给我看着!你在给什么杂碎干活?!"他挥出一拳,打飞了池震的眼镜。

池震摸索着眼镜,朵拉母亲被突如其来的变化吓住了,呆站在原地。陆离向她解释:"他不是老师,是律师,给凶手做事的。把尸体烧掉的事,他都干过。"他拿起刚才忘记的画,转身向外走去,画中柱子上的门牌号露出了一角。

大浦路十号。

池震追上去:"你给我看看那幅画。"陆离一把推开他,但池震跟癫皮狗似的，又扑了上去抢画。陆离抬起一脚，踢在他下巴上，池震仰翻摔倒在地。画框掉在地上，玻璃碎了一地，发出巨大的响声。朵拉母亲目睹着这些在眼前发生，也不知道要不要去扶池震。而朵拉父亲推门出来，看到屋里一片狼藉，把询问的目光转向朵拉母亲，后者条件反射般叫起来："Don't ask me, I don't know."

池震手撑在玻璃碴上，不管不顾探头去看地上的那幅画："就是这个，谁画的？就是她，找到她就行了。"

陆离蹲到他身边："他是谁？"

池震看了看自己的手掌，满手都是鲜血，玻璃碴刺进了手掌。他撕下一张湿巾，擦了擦嘴角，笑了。陆离追问："他是谁？"池震站起来，踩着碎玻璃往外走，边走边说："你找不着的。"他不会告诉陆离，不是他，是她。反正也不是头一次挨打，只有废物才喜欢在无法解决问题的时候打人。

什么是公平？池震想要的公平跟陆离的不一样，不是表面的那种公平。

"警察知道 Lily 的事吗？"索菲知道他又被打之后问。

"不知道。"

"他们查到什么了？"

"不知道。"

"知道是女的吗？"

池震没吭声。这是刘亚萍家的楼道里，他走在前面，索菲跟在后面，一副 OL 的打扮，高跟鞋在楼梯上踩得很响。没听到他的回答，索菲劝道："我看要不然就算了，同哥又不会真把你怎么样，你斗不过警察的。"

算了？

池震转身："你看看我，仔细看看。"索菲仔细看了看他被打得像猪头一样的脸:"这事算不了。"好吧,索菲也是不想他惹上大麻烦,毕竟那是警察,还曾经把他送进去蹲了三年牢。

池震在五〇五室门口停下脚步,敲了几下门。来之前他们跟沈志约过,以保险公司的名义。沈志有些意外,他不知道刘亚萍有买过保险。池震接过索菲递过来的纸,解释道:"我们有这样的情况,差不多有一半的客户,不会让受益人知道他购买了意外险。不是不信任你,都是电影里教的,没准就有杀人骗保这种事。"他们说话的当口,沈志和刘亚萍三岁的儿子在旁边骑着小马造型的电动摇摆机。屏幕前方时不时地有栅栏和羊,孩子需要跳过栅栏,躲闪前方出现的羊,不然撞到栅栏的时候发出"嗷"的一声,撞到羊的时候会"咩"的一声。

索菲一直盯着孩子看,池震清了清嗓子,向沈志读了受益人要获取保险金需要满足的条件,然后开始他今天来的用意,调查刘亚萍是否有交往密切的女性朋友。听懂池震话中的暗示,沈志大吃一惊:"不可能,我老婆不可能的,她连酒都不喝,至于你说的毒品啊女性朋友啊,根本不可能!"

孩子从马背上下来,跑到他们身边,盯着父亲问:"妈妈什么时候回来?"沈志头大:"你再骑两圈就回来了。"然而孩子动也不动:"我骑不动了。"当着客人的面,沈志只能继续哄道:"那你就玩电动轨道车,过两天爸爸给你买 Xbox。"

孩子想要的是一个妈妈,哪里是玩具能弥补的,然而沈志也没有办法。池震看不得这个,走过去拿起电动轨道车旁边的毯子,上面画着双子塔,这画风很像朵拉家的那幅画。他搭讪着问沈志:"挺特别的,是买的吗?看起来像手工织的。"

沈志一边哄孩子,一边随口答:"她一个病人送的,应该是自己织的。也不能叫病人,妇产科,接触的都是孕妇。"也没生病,叫病人也不合适,但叫客户似乎更不合适。池震心里一动,这应该是照着画织的，没准还是画了再织的。"她说了是哪个病人吗？"然而沈志的回答让他失望了："没有，我们从来不聊工作，我没去过她工作的医院。"

池震觉得这毯子应该跟画画的人有关系，但在沈志眼皮底下总不能公然拿走毯子。他把毯子递给索菲："你看一下。"索菲一直看着孩子，没在意他俩的对话，闻声道："我好想生个儿子。"池震随口道："回头的。"趁沈志不注意，他低声吩咐索菲："帮我把他支走。"

索菲会意，起身进了卫生间。就在沈志问池震多久能拿到保险金的时候，卫生间里传来化妆品哗啦啦掉在地上的声音，还有索菲的一声惨叫，沈志连忙过去帮忙。池震飞快地把毯子塞进衬衫，但是一抬头，小男孩一直在沙发前好奇地看着他。在清亮的眼神下，池震滞住了。

陆离让郑世杰查大浦地十号方圆五百米的一圈，自己带着温妙玲和画去了刘亚萍家。这画，跟刘亚萍常去的艺术家园有没有关系？

谁知在刘家楼道口遇上了池震。陆离和温妙玲站在门外，池震和索菲站在门里，四个人面对面站了几秒钟。陆离都想笑了，还没见池震这么卖力过："你到底在给谁干？"

"我给我自己干。"

陆离侧身让路，在池震和索菲出去后让温妙玲跟上去，盯着他在搞什么鬼。

沈志刚把孩子哄睡着，又来了第二批客人。见是陆离，他说："保险公司的人刚走。"陆离没反应过来，转念想到说的肯定就是池震，这浑蛋这回倒没装老师。他顿了顿，没揭穿："我在门口遇到了。"沈志眼巴巴地说："他们说你们抓到凶手就把保险金给我。"

"他有说多少钱吗？"陆离笑了笑。

"二百七十多万。"

空头支票倒是真敢开，陆离也服了。他从包里拿出画给沈志看，又拿出 Georgetown 的园区图。园区有三条巷子，一共一百四十一家画廊和艺术空间，得问清楚刘亚萍主要活动的区域。朵拉和刘亚萍，冥冥中一定有一条联系的线，才让凶手找上她俩，而这线，随着画的出现，和沈志提到的刘亚萍的爱好，越来越清晰。

沈志看了下，指出一条巷子。他经常在那边喝咖啡等妻子，她应该逛那边为多。那条巷子有五十三家店，具体是哪家沈志就不清楚了。

陆离带着画，马不停蹄又去了步行街。作为艺术街，这条路上每个门面的设计都极富艺术感。行人稀稀拉拉，没有一般商业街的多。陆离平时不会到这种地方来，此时却想起女儿的生日派对，前妻现在的丈夫胡先生喜欢收集画，倒是可以顺便买一幅当女儿的生日礼物。

他挑了一家跟《大浦路十号》看上去风格相似的画廊，推门进去的时候风铃在头上响了响，女老板立马走过来招揽生意，介绍说这是她和几个朋友自己画的画，风格算是波普。陆离手上那幅朵拉家得来的画，经她鉴定，是超现实主义。

陆离又走了几家画廊，有印象派的、野兽派的，再走却是家艺术装置店，不卖画，卖小艺术品。看店的男画家在画板前自顾自画画，陆离把带的画给他看，这人说不懂，用手机拍了照，说晚些时候问老师。

再下一家画廊，小学徒倒很热心，一幅幅画给陆离介绍。陆离听他滔滔不绝介绍这个风格那个风格，问了下果然是准备考美院的学生。

有幅画有点意思，一个小卡通人物，用十五种不同风格的流派，画了十五幅画，镶嵌在一个画框里。小学徒说这是帕萨加德的装置艺术。帕萨加德是上海的一个艺术沙龙，一幅画让人看懂十五个艺术流派，从立体派、未来主义到形而上主义、行动画派，一共十五个。陆离掏出钱包都打算买了，才知道这幅画得十五万，打个折十三万。想想自己的钱包，再看看吧。

墙上还有一幅画，一个圈，圈外面又画了个黑点。小学徒立马介绍,这幅只要两万五就够了。

画两圈就两万五?!陆离看不懂了,小学徒见他像要下手买的样子,赶紧介绍:"这是极简主义,又称微模主义,跟简约主义是两码事,作为对抽象主义的反动而走向极致……""好了好了,"陆离打断他的话,"刷卡。"

拎着两幅画,陆离再回到路中央,前后左右是过往的游客,有些人也像他一样,提着刚买来的画。他留意着别人手中的每一幅画,头晕目眩,眼前是无数个所谓的画派。

此时,两边的路灯突然亮起来。不远处,钟楼敲着七点整。

钟声把陆离从迷梦中唤醒,他走进咖啡馆,要了两杯咖啡,另一杯是给温妙玲。

温妙玲到的时候,陆离对着那幅朵拉家得来的画在发呆。温妙玲拉开椅子坐下:"查出来了吗?"

陆离头也不抬:"上了一天的课。池震去哪儿了?"

温妙玲微微地尴尬,又有些好气复好笑:"我跟丢了。"

她从刘家跟出去,发现池震到了一处写字楼。路边不能随便停车,池震塞五十块钱给收费的阿姨看着。阿姨钱是收了,但不管事,池震的车还是被拖走了,然后他赖上她,厚着脸皮上车让她到处兜,最后还一起吃了顿晚饭。

池震臭名昭著,温妙玲早闻其名而未见其人,等见着了觉得还好,不是想象中的不可救药。既然都在查朵拉和刘亚萍的案子,她干脆跟他交换手头资料。池震给她看从刘亚萍家拿的毯子,跟朵拉家的画是一个风格;温妙玲这边有法检科的报告,伤口上没有铁屑,凶手用的可能是竹签子、不锈钢签子,或者上了漆的铁签子,还有凶手跟刘护士认识,那人坐在她车上。等交换完资料,池震的眼神满是鄙视。按他说法,刑侦局那么多人,查案子不行,跟踪无关人士——他,倒是积极。

池震长了一副好面相,堪称仪表堂堂,要不是信得过陆离的为人,温妙玲完全不敢相信眼前这人当律师的时候做过那么多脏活。但再过一会儿她就信了,聊着聊着,池震吃完一份半煲仔饭,跑了,把单留给了她来买。

温妙玲告诉陆离:"我跟他在饭店吃饭,他跑了,服务员把我拽住了。"

陆离茫然地抬起头:"他不结账,干吗拽住你?"

傻了,温妙玲叹气,都是被凶手闹的,两个人吃饭,总得有个人买单吧。

温妙玲要是跟池震再熟些,就能察觉他当时的异常,池震是故意的,因为他想到凶器是什么了。

织毯子的针!

他一路走一路找,找到一家卖针织品的店,买了三根钩针。这钩针一头是铁钩,一头是针尖,既能钩花也能织毛衣、毯子。扎死朵拉、刘亚萍、Lily 的不是签子,而是这种钩针。只有女人才会用这种东西,打电话叫 Lily 的李小姐,在妇产科就诊认识了刘亚萍,送画给朵拉,冥冥中那条把三位受害者联系起来的线,他找到了。现在只要去妇产科调出诊记录,那个藏在大浦路十号后面的女人,就得现形!

第二天是星期六。

池震醒得很早,还给自己做了早餐,吐司面包,两个荷包蛋。他不吃蛋黄,所以用小刀抠掉蛋黄,蛋清放在吐司上,淋点酱,夹成三明治。池震吃了第一口就不想再吃了,照片里三个姑娘看着他,朵拉、Lily、刘亚萍。照片里她们期待地看着他,永远停留在年轻的年纪里。

池震到墙边拿起相框,里面夹着他和他姐池雯的照片,那时他俩还小,坐在长椅上笑盈盈地看着镜头。池雯早死了,他嘴里泛起一股苦味,把三张照片和钩针放进公文包出了门。

这是难得的好天，电台DJ用振奋的声音絮絮叨叨："可以睡个懒觉，相信好多听众还在睡梦中，但阿浪想说的是，正因为是休息，才应该早起，好好享受这无所事事的一天……"

池震笑了下，今天不会无所事事，他要找到凶手。

加油站工人凑在车窗上问："二百七十块，刷卡还是现金？"池震转身到后座拿钱包，但后座上什么也没有。他移回视线，钱包就放在副驾驶位置上，掏出三百递给加油工人："不用找了。"即使他找到凶手，被害的人也再回不来了。

电台DJ仍然欢天喜地："接下来的这首歌，献给所有的听众，希望它能唤醒你的耳朵，希望你们每个人都过一个美好的周末。"

池震接了索菲，他俩仍然是一身西装的装束，去了仁爱医院。不过这回池震给自己安排的身份是私家侦探，顺便损了一把陆离："靠警察二十年都查不着凶手，自然就需要我们。"

刘亚萍的上司，妇产科邓医生好奇地打量着他俩，问了一大堆问题，什么私家侦探是否合法、配不配枪、遇到凶手怎么办。池震是瘦高个，不像能打的样子。小刘老公出了多少钱，按天算还是按案子算。

池震一边一行一行看出诊记录，一边回答这些千奇百怪的问题。最后邓医生压低声音问："按理我不该给你权限查出诊记录。现在我是不是应该像电影里那样子，装作上卫生间，你自己把出诊记录拿过来查？"池震抬头看了他一眼："随便你，又不是什么见不得人的事。"

池震目光坦然，邓医生顿时有些不好意思："那我不打扰你查案了。"过了一会儿池震和索菲听到邓医生在门口喊："办公室里有个侦探，有没有人要看？"

池震也是无语了。翻到第四页看到一个号码，他眼睛一亮，递给索菲："对对，这个，再打一次。"上回在索菲家查到的李小姐的电话，可不就是这个，这回的地址是Tenby公寓，估计才是真的。趁索菲打电话的当口，池震打开手机的地图软件，不过没有 Tenby 公寓，这地址还是假的。

李小姐在仁爱医院妇产科的病历卡，除了两页孕检报告是真的，其他都是假的。邓医生记得她，怀孕八个多月了，每次来都自称李小姐，孩子父亲从没陪同过。有回他问要不要叫孩子爸爸一起来看 B 超，但李小姐说她是代孕妈妈，孩子没有爸爸。负责李小姐就诊的护士，就是刘亚萍。李小姐上一次复诊时间是十四日，刘亚萍是十七日死的，十七日没有李小姐的复诊。不过，二十五日，也就是今天，下午两点半，有李小姐的复诊。

周六，中午有陆一诺的生日派对。陆离一大早起来，特意去理了发，买了蛋糕，再带上那幅画，去了前妻和女儿现在的家。

吴文萱再嫁的胡先生颇有资财，她们如今住的房子是独幢，前面还有个小花园。陆离到的时候已经来了不少客人。客厅的桌子上摆着一个三层的塔形蛋糕，陆一诺和几个孩子跑来跑去，胡先生跟另一个穿西装的男人端着香槟杯站在窗边聊天，吴文萱和朋友在做甜点，空气中弥漫着淡淡的香味。

陆离把自己带来的蛋糕放在一旁，跟那个三层的一比，小得可怜。他今天仍然穿着平常那件皮夹克，站在这里活像闯进来的陌生人，不由浑身不自在，掏出香烟点了一支。才抽一口，陆离发现吴文萱皱起眉头，遥遥地指了下他手上的烟。意思十分明确，陆离掐掉烟，撕了个槟榔放在嘴里，那边吴文萱恢复平和，继续跟朋友聊天。

午饭是西餐，孩子们吃了几口就一个个下了餐桌，说要去浇花。

陆离趁机问陆一诺："一诺，喜欢爸爸送你的画吗？"他带来的画已经挂在胡先生自己收藏的一些画旁边。陆一诺急着跟小朋友一起去玩，说了一句喜欢就跟别的孩子跑了出去。吴文萱看着她跑出客厅，才开口嫌弃陆离带来的画，这些话不该被孩子听到："你花两万五买了这么个东西?"

"我也是想培养一诺的兴趣,学一学画画。"陆离知道自己做得不够好,画是办案时顺便买的,又是挑的便宜的买。吴文萱乐了下:"这还用学?给我个圆规,我一天给你画一百张。"

"这是极简主义。"陆离小声地为自己辩解。虽然两万五是贵了,但墙面上那些胡先生的收藏也不便宜,每幅都要四五百万。在他看来,也没有值得的地方。

他俩在那边争执,胡先生轻咳一声:"文萱!"

吴文萱闭上嘴,安静地享受午餐。陆离低头切牛排,没用惯刀叉的人怎么切也切不断。他一时来火,去厨房拿了双筷子,索性夹起牛排,大口吃起来。陆离这与众不同的画风,让餐桌上的来客大为讶异,他们纷纷把目光投向胡先生。胡先生解释道:"他是警察,我们的城市英雄。"陆离用不着他帮自己在脸上涂金,摇头道:"不至于,各有各的活法,我这也只是一份工作。"胡先生客气地笑笑:"你们主要负责命案吧?"

"对,杀人案。"

胡先生礼貌地说:"那一定很危险。最近在查什么案子?"

陆离满心不愿意再谈工作,这是一条条生命,而不是餐桌上拿来闲聊的内容。但有人不肯放过:"说说吧,我们不是孩子,还能在这桌上吓哭?"

"算了吧。"陆离摇头。

胡先生眼里含着笑意:"讲一下吧,我这些朋友也都是见过世面的。"

好,是你们要听的,别后悔,陆离放下筷子。"我现在办的是竹签案,凶手杀了两个女人,刚发生的那起是抛尸在车里,高速路上凶手从驾驶位上跑了,无人驾驶的车一直开了几公里才追尾停下来,车里死的是个护士,用签子扎死的。"他拿起叉子,恶狠狠地做了两下扎下去拔出来的动作,"还有个女孩,十九岁,过了年上大学。尸体被人扔到饭店后巷的泔水桶里,有人把泔水桶拉到郊外去喂猪,一股脑倒进猪圈里,这女孩从桶里边掉了出来。还好发现得早,再晚点,这女孩都要被猪吃了。"

太血腥了,餐桌上有人开始皱眉,有人窃窃私语。吴文萱制止陆离:"差不多得了。"

"我说不讲,非要听,让我讲完!"陆离知道自己丢了吴文萱的脸,但仿佛有什么东西哽在喉咙里,让他不吐不快。也许是墙上四五百万元一幅的画,也许是香槟甜点一派温馨的场面,更可能是胡先生每个眼神对吴文萱的控制。"喂猪的打电话报了警,早上五点钟,我们出警过去,怕破坏证据,尸体还不能洗,头发上都是粉条、饭粒,我们得亲手把这些拨开,才能看到她伤口,就在脖子上,也是扎死的。"他握着叉子,在牛排上扎下去,"一下还扎不死,拔出来再扎,一直扎到她睁着眼睛断气,眼睛睁这么大,我们合了好几次都合不上。"

有女人开始捂着嘴跑到卫生间,男人倒是没走,但皱着眉,这次不用胡先生给眼神,吴文萱握拳捶在桌子上:"陆离,你够了!"

室内沉静了数秒。

直到餐桌上的一个外国人问:"What's up?"

怎么了?陆离知道自己又搞砸了,每个人都看着他,在外头玩耍的女儿也跑了进来。他拿起皮夹克,笔直地走过去摘下墙上的画。想起来了,在哪里见到类似的画风。

艺术区步行街那家艺术装置店,那个画家正在画的画!

他一路疾驰,到店的时候画家已经准备打烊。画家认出了他:"我问过我老师了,他说这幅画的风格,有点新现实主义的意思。要是没猜错的话,可能是新加坡那边的画家。"

陆离把画扔到他面前:"说说吧,你是现在说,还是跟我回局里说?"

屋里，昨天没完成的画，今天已经上色，风格和朵拉家找到的几乎一样！同样风格的画、刘亚萍常来的店，即使眼前的不是凶手，也多半跟凶手有关系。

傍晚，池震和索菲回到夜店，他们在仁爱医院等了整个下午，却没等到李小姐。更离谱的是，陈同从监狱中打电话出来，杀死Lily的凶手已经找到了，是一个画家，陆离抓到的。画家一口承认他杀了朵拉和刘亚萍，将被转入监狱。陈同打算在监狱做掉他。

"不可能，就算是画家，那也是个女画家，不可能是男的，他们弄错了！"池震在电话里大声反驳同哥，"别提陆离，他脑子有问题，百分百是个孕妇！万一弄错了呢！"

然而陈同没听他说完就把电话挂了，池震摘下耳机摔在地上，一张俊秀的脸气得有些狰狞。他像被困住的走兽，在原地打转："能不能听我说完？每次都是你想挂就挂，你想找我我就得出来接，当我池震是个人吗？！"

索菲一直在旁边闷声抽烟，见状踩灭烟头上前安抚。挂掉就挂掉呗，这人自己承认杀了朵拉和刘亚萍，Lily这条命在警察那里没挂号，但同样的作案手法，那他手上就有两条人命。

她拉住池震："那天晚上，接完电话之后我让Lily去大浦地十号，但我没告诉她是个女的，我怕讲明白了她就不去了。其实她应该不去的。"

池震仍在暴怒中，他自己也弄不清楚，到底是怕弄错人，还是因为陆离抢在他之前抓到了凶手，或两者兼而有之。随即他反应过来："客户是男是女你都不告诉姑娘，你怎么做的？"索菲冷笑一声："怪我一个人吗？Lily月初就说不干了，你原话怎么说的？你说就算我不在她身上赚钱，也不能贴钱让她滚蛋。你让我留住她的，她的死没你一份？"

谁都有错，谁也不是无辜的清白人，Lily的死他俩都有份。

夜色中，面对索菲明亮的目光，池震无法替自己辩护。他转过头："我能干什么？查不到凶手，我替她死？进去吧，再过几小时天又亮了。"

还不如醉死在酒精中，不要清醒，清醒只会让人痛苦。

朵拉和刘亚萍被杀一案总算破了，陆离才松一口气，埋头开始准备结案报告，却听到门外的喧哗声。

"让我进去！大门开着，凭什么不让我进去？"是池震的声音。大概醉了，有些大舌头。

"别逼我掏枪，看照片都知道你是池震！"郑世杰的火气不小。

"池经理，咱们回吧。"这大概是池震手下的小喽啰，试图拉走酒醉的池震。

陆离走出门外，刚好看到郑世杰掏出枪，而池震指着自己的太阳穴："往这儿打，我池震想办的事没有办不成的，除非是死了！"

他来干什么？陆离来不及多想，扬声道："让他进来。"

"你抓错人了！"一进审讯室，池震肯定地说。他把钩衣针和毯子，还有李小姐的照片——这是在医疗档案里拿的，推到陆离面前。陆离拿起钩针，看着一侧的针尖和另一侧的细钩，又拿起毯子，看过上面双子塔的画，对比上面的针眼，最后看了看孕妇的照片。

"你到底给谁办事？"

"Lily。"

"谁？"

Lily，二十四岁，一个马来的普通女孩。

她曾经在夜店工作，十七日被发现泡在海水中，具体哪天死的谁也不清楚。最后一次见客户，是十二日晚上，大浦地十日。那天晚上之后，没人再见过她。叫Lily的电话，是所谓的李小姐打的；刘亚萍的毯子是李小姐送的，刘亚萍是负责李小姐产检的护士；而朵拉，大浦地十日的画，同样的死法，让她和Lily、刘亚萍产生了关联。画家张志刚，承认他杀了三个女人，但不承认是用针扎死她们的。作案工具跟死因对不上，又因为严重的上消化道出血，被送进了医院。

董局发了很大的脾气："一个星期给我抓了两个，又放了两个。包宇被你打得半死，张志刚才进去两小时，被陈同打掉半条命，现在还在医院躺着。咱们开的是警局还是医院？你慢慢来，多抓几个，以后搞个槟城警局一日游，我们都配合你创收。"

"那两个是错判，以后不会了。"陆离抿紧嘴。

董局没有因为他的认错态度而歇火："说说死者，死三个了，饭店后巷一个，海滨公路一个，现在又冒出来一个海里泡着的，还说是第二个死的，尸体哪来的？"

"线人提供的。"陆离仍然站得笔直。

"哪个线人？报告上连个名字都没有，动不动就说线人，陆队长线人这么多，三教九流都有，要不然你在地下开个警察局吧，跟咱们局对着干。"董局收了一点怒气，"不是我给你施压，是你要有工作方法，盯梢、查案、去死者家里，什么事都自己干，那你为什么要当队长？"他突然转向郑世杰，"你说是不是，鸡蛋仔？"而后者不知在何时摸出了一个鸡蛋仔，刚塞到嘴里，闻言含含糊糊地说："是，董局。"

董局冷笑着说："别叫我董局，你来当局长吧。我看你坐办公室的时间比我还多，电视剧都追完了吧？"

郑世杰说："大浦地八百五十户人家，我都查过了。"董局问："然后呢？"郑世杰咽下嘴里的鸡蛋仔："然后没有人见过死者和凶手。"董局盯了他十几秒："干得好！什么都没查着，倒是让八百五十户人家都知道大浦地杀了人，干得真好！"

董局这回是真怒，一个个挨着骂过去，温妙玲、物证科老高、法检科老石，谁也没落下。最后又骂陆离："陆队长你可以糊弄我，可我糊弄不了吉隆坡总局。再出第四个，总局直接派人接手，咱们就别查了，散了得了。"

陆离的脸还是绷得紧紧的:"死不了第四个,这个星期我肯定抓到凶手。"

几乎在陆离挨骂的同时,池震被"请"进了监狱。那天他在咖啡馆,阿辉和索菲过来说陈同要见他。不是池震不愿见陈同,只是见一次太麻烦,监狱不批准他的探视手续,想见一次就得犯点事进去。看守所待二十四小时,再转监狱,进去后也不是马上能见到陈同,起码还得再守两天,一出一进得四五天,时间不够用。

然而陈同想做的,不是池震可以说"不"能阻止的。他想跟池震面对面说话,已经把流程都做好。砸了一个场子,抢了店里十来万现金,打伤了伙计阿辉。阿辉当人证,报警说这些都是池震干的,人也是他打的。二十六小时后,池震出现在陈同面前。

池震解释给陈同他们听:"我真在医院守了一下午,她没出现。但真的,这几个女人不是那个画家杀的。"

陈同表情严峻:"你说来说去,就是在证明我们错了,我不该弄那个画家。"张志刚进去后,被放在七号房。七号房里原先住的犯人老王,曾经毒死过妻子娘家一家七口,为了替女儿出头主动要求替陈同弄那个画家。先叫张志刚做了五十个俯卧撑、一百个蹲起,问是不是他杀的人,画家一口承认。既然确实杀过人,老王拿出一瓶可乐给画家喝。画家喝完,老王把瓶子一砸,让画家把玻璃碴吃了。

"真吃了?"池震问。

旁边有人替同哥答:"那画家可能想吃完来的,胃口不太好,吃半瓶就开始吐血了。"

池震内心微微抖了下,明知道这帮人都是恶徒,但每次听到这些,仍然无法控制内心的惧意。不过,幸好他脸上丝毫未露:"然后呢?"

陈同沉声道:"然后你来了,告诉陆离他们抓错人了,我们也搞错人了。警察已经把凶手抓着了,被你说说又给放了。我就奇怪了,你一个摘牌的律师,在哪儿把你显着了。"

被陈同数落一顿,池震也不是没有得到好处——一份画家审讯记录的复印件。

画家还是单身,婚姻状况连离异都不是,一直是单身。陆离盯着审讯记录的正本,翻到最后一页,看了看张志刚的签名,又拿出毯子和画,画上的日期、毯子上的日期在"7"上面都有一个小斜点,光看笔迹,应该是同一个人。

温妙玲从外面进来,如释重负地把手里的文件扔在桌上:"签了。这笔治疗费付完,从今天开始再有什么病、再花什么钱,都跟咱们没关系。"她说的是免责声明,张志刚放弃追究责任。

陆离皱眉:"人刚醒过来,你就跟他签这个?"

温妙玲翻了个白眼:"要不怎么办?一天好几千,回头咱们真得再找份工作养警察局了。"

陆离来不及跟她多讲,因为他发现免责声明上张志刚手写的日期,那个"7"也是带了一个斜点,跟其他数字对比,可以看出是一模一样。不管张志刚有没有杀三个女孩,刘亚萍家的毯子、朵拉家的画,绝对跟他有关系。

他拿起皮夹克,大步向外走去。然而还是晚了一步,当赶到医院时,病床上是空的,只有一床被子。陆离转身去医生办公室:"张志刚什么时候出院的?"医生莫名其妙:"他没办出院手续啊?"陆离脑海中闪过一个念头,拿出手机给医生看池震的照片:"是不是这个人把他接走的?"医生辨认了一下,摇了摇头。

张志刚跑了?

陆离冲出医院跳上车,飞快赶去画廊,远远就能看见画廊门口有人。他一眼认出,那是池震,拿着扳钳在凿画廊的大门。

当池震凿到第三下,一声枪响,左边整扇玻璃门在他面前一下子碎掉。巨大的声响,让周围的游客四散逃开。池震回过头,发现陆离的枪指着自己。

"你的人呢?"陆离问。

"我的人?"池震不明白。

"当不了律师,你这次玩得更大,帮人脱罪?杀一个,杀两个,再杀了第三个藏起来,等他落网的时候再把尸体搬出来。"陆离质问道。

"别别,你听我说……"在枪口下,池震慌乱地解释。没等他说完,又一声枪响。

右边的玻璃门在池震身后碎掉,陆离收起枪,从他旁边踩着玻璃走进去。陆离在里面找了一会儿,推开一个柜子,果然后面是扇门。他一脚把门踹开,下面是一条长长的向下的楼梯。池震跟了进去,狭窄的通道里一股味。他直觉是血腥味,但陆离没反应。池震打开手机的电筒,替陆离照亮楼梯,跟着他往下走。

到地下室,池震在墙上摸到一个开关。灯一开,他俩看到墙壁上斑斑的血迹。池震吓了一跳,没想到画家在自己的地下室杀人。他自言自语:"我错了。"

陆离听到他的话,看了看他,走到墙边查看血迹。池震却在看那个画板,第一张是未完成的画,下面还夹着几幅,往上翻一页,是朵拉的人像。陆离转过来,站在他身后看。池震再翻一页,是刘亚萍的人像,再翻是一个裸体的孕妇,左手抱胸,右手摸着肚子。

池震斩钉截铁:"就是她。"

所谓的李小姐。

陆离从地下室上去第一件事就是用对讲机通知同事:"刑侦局所有人,马上查张志刚的车牌及车型,锁定他的位置,over。"池震还是跟在他后面,两人踩着玻璃往外走,谁知门口有人等着他们。

四个警察持枪对着门口，其中一个叫道："不许动！有人反映你们开枪抢劫，把枪扔过来。"池震识相地举起双手，陆离也把枪掏出来扔在地上。等警察过来想铐住他俩时，对讲机传来温妙玲的回话："车牌号是，PFK1231，VOLVO XC60，黑色SUV，位置还在锁定中。Over。"

陆离把手伸到怀里，立马被警察发现："把手拿出来！"不过陆离拿的是自己的警官证："刑侦大队队长陆离。"他没等警察的确认，直接上了车，让他们查他的车牌。池震迟疑了一下，陆离吼道："上车。"

池震刚上车，还没来得及绑好安全带，车就冲出去了。对讲机冒出温妙玲的声音："张志刚的车在海滨公路往机场方向，半分钟后我再确认一次。Over。"

陆离的车在高速上闪转腾挪，切线超车，一路追了上去。除了他之外，还有两辆警车从GS入口进来，遥遥跟上张志刚的黑色沃尔沃。警笛长鸣，但张志刚并没停车，反而加速从前方两辆车之间穿了出去。

眼看能够看到前方的黑色沃尔沃，G4口一下子涌上来很多车，陆离按着喇叭，但每条线都排满车，无论如何都腾不出一条车道。陆离只好拿出警笛灯放在车顶，拉响后用处也不大，毕竟前面的车也不能长翅膀飞走。

"要不我来开车，你下车去追。"池震建议道。

陆离看了他一眼，冷静下来，反正重重包围，张志刚也是插翅难飞。果然，过了拥堵处，他频频加速，开到跟黑色SUV并排。池震打开车窗，盯着那边前排的有色车窗，隐约能看到两个人影。他紧握着扶手问陆离："撞他还是怎么样？"如果换作他是陆离，会左拐撞击SUV，这样两个逃犯完了，他也是半残，一箭双雕。

"跟到底吧。"陆离踩着油门，跟SUV一直保持着平行，"你查了个女的，我查了个男的。你说咱们两个都对，还是都错了？"池震没直接回答："你知道我们索菲说什么吗？她当时看完照片说，三个女人都挺漂亮,这事肯定跟男女有关。现在看起来,她一开始就是对的。"

黑色沃尔沃左拐下了高速,陆离猛踩刹车,在一片喇叭声音中强行倒车,从出口追了下去。四周有警车不断汇入,前排的沃尔沃左转右转,忽然在路边停了下来。陆离停在后面,拔枪下车,其他警察也纷纷停车,持枪对准那辆沃尔沃。

两侧的车门打开了,但人并没下来。

警察叫道:"放下武器,请马上下车。"随着喊声,张志刚举起双手下来了。警察继续喊道:"另一位嫌犯,请马上下车。"过了好半天,李小姐几乎是爬着从车上下来。她面色惨白,大腹便便,裤子上全是水迹。

这是临产了?池震和陆离不约而同抬头向上看,大厦顶楼写着"仁爱医院"。张志刚从病床上挣扎着逃离,是想把李小姐送走。然而天网恢恢疏而不漏,在路上李小姐阵痛提前发作,他俩不得不放弃逃亡,选择到医院生下孩子。

一切水落石出。

现年四十四岁的张志刚家境富裕,背着多年女友李小姐和十九岁的朵拉交往。李小姐发现后,要求和朵拉见面,张志刚甜言蜜语哄朵拉去见面,并且答应,如果李小姐拿朵拉撒气,打一巴掌给一万,踢一脚给两万。

朵拉去后,李小姐果然对她拳打脚踢。朵拉躲闪,李小姐抽出毛衣针,扎在她脖子上。张志刚见状上前护着朵拉,反而激起李小姐的怒气,用针扎死了朵拉,又声称要用针自杀。看在她腹中胎儿的分上,张志刚妥协,和李小姐一起把朵拉的尸体扔在饭店后巷的泔水桶。事后张志刚说不会报警,但宁可娶小姐也不会娶李小姐,而他以前曾说过等李小姐生下孩子就结婚。

张志刚以前叫过 Lily,李小姐打电话去会所,和 Lily 见面后谎称是替老板叫的,把她骗到画廊。张志刚怕李小姐把朵拉的事情抖出去,两人联手在地下室杀死 Lily,然后抛尸海边。

李小姐杀死朵拉和 Lily 后,一不做二不休,干脆把一直和张志刚有婚外情的刘亚萍骗到画廊,用同样的方法杀死了她。张志刚事先不知情,等知道后只得帮忙处理尸体,把刘亚萍放在车后座,抛尸高速公路。

等到刘亚萍死后,张志刚精神差不多崩溃了。他不敢想象女友是如此可怕的人,但因为她怀着自己的孩子又不能不顾她。被陆离逮捕后,他一口认下罪名,本想如此了事。偏偏池震提供证据,眼看李小姐要接受法律惩罚,张志刚铤而走险,试图抢在警察抓到她之前把人送走。高速公路追逐中,李小姐羊水破了,只能回去生产。

医院里,警察和护士忙作一团,把李小姐送入产房。

陆离和池震站在走廊尽头的窗口,他俩背对着走廊和人群。

"跟我回局里录口供。"

"用不着吧?我算什么,证人、凶手,还是被害者?"池震笑了起来。

陆离看着他,吐出两个字:"线人。"

"你可真瞧得起你自己。"

池震转身要走,谁知陆离掏出手铐,铐住了他的单手,把他带上车。

"我多少也干过律师,身为警察这么干,当我是法盲?挟持证人违反第十七条第五项法律,尤其造成我手臂软组织损伤,我下个月欧洲半月游的费用就让你们局里出了。"池震一只手被铐在车门把手上,嘴却没被封住,喋喋不休地说。

陆离没理他,打开了电台。

电台 DJ 语声轻松:"小糯过两天就要生孩子,这个月的黄昏时光都由阿浪来代班。熟悉我的朋友都知道,阿浪都是做清晨的节目,但是午后黄昏,行驶在公路上的司机朋友,更需要被唤醒……"对讲机发出声音打破了这片轻松:"升旗山东北坡有人发现三袋碎尸,请刑侦局的人立即前往现场。"

陆离拿起对讲机:"收到,二十分钟后抵达现场。"他把车停靠在路边,打开池震的手铐,从池震的包里拿出警笛:"盗窃,妨碍公务,我违反哪项规定了?"刚才陆离下车围堵张志刚的时候,池震偷偷拿走警笛,想给他制造点麻烦,但没料到陆离不声不响,其实全看在眼里。

"下车!"陆离赶人。

池震反而不动了:"听完再走。"

陆离探过半个身,打开副驾驶车位的门:"下车。"

II

Original
Sin 原·生·之·罪

升旗山案发现场已经拉起了警戒带,两名警察在山脚负责劝阻游客上山。陆离蹲在塑料袋前,环顾现场。物证科老高站在旁边,叉着腰在等陆离翻看完碎尸好取证。郑世杰和温妙玲并排站在老高面前。法医老石蹲在陆离旁边一起翻看。

一个年轻男人冲过警察的阻拦,窜到陆离旁边:"你们这儿到底谁管事?人我早绑起来了,来了这么多警察,到现在半个多小时了。又是录口供,又是拍照,就是没人问我打劫的事。"

陆离看了看他,衣着简陋,外地口音:"你报的警?"

陆离刚才已经听接警的警察说过情况。报警的男子在ATM机取款时遇到持刀打劫,被抢走一百块钱。该名男子所有财产只有两百元,因此紧追不舍,一路追到山上。劫匪被麻袋绊倒,被报警的男子逮住,绑在树上。警察到来发现有三袋碎尸,绊倒劫匪的是一条人腿。

此刻男子气呼呼地说:"我报警是说抓他。"说的时候他指了下那个被绑在树上的劫匪,"又不是说尸体,这尸体跟我有什么关系。他可是持刀抢劫,这是他的刀。"陆离接过刀,发现刀刃都没开。他收起刀,掏钱包拿出二百块塞给对方:"先回去,抢劫的案子会有人通知你。"

见他打发走报案的,郑世杰问抢劫的怎么办。陆离看了一眼:"先绑一会儿再说。"下过雨,地上踩得都是脚印,"你记一下,这人是四十三码,人字纹,绑着的那个是华夫鞋,记得区分脚印。"

碎尸被发现的地方是升旗山东北坡,一侧是石板台阶,另一边是土路,下雨天车开不进来。上山路有几百米,这些碎尸可能是扛上来的。陆离试了下分量,一袋得有五十斤。他拎的这袋有条手臂,手上有茧,但脂肪层挺厚,皮肤不错,像农家苦出身,但应该有二十年不干农活。死者的年纪和死亡时间得把三袋碎尸拼齐了才知道。

陆离用自己的手掌比了下这条手臂,又去提另两个麻袋,觉得分量不对:"还少一个。"

"上过秤了,已经一百六十多斤。"温妙玲说。

"不止,二百到二百一之间,一米七五左右,先去找第四个麻袋。"二百多斤,不是扛上来的。陆离低头一边走一边找,发现两道车辙,往前是踩花了的脚印,脚印中有一个马蹄印,再走就是草地了。"是马车,车停在这儿抛尸,马在这里吃的草。"

他叫来两个警察,让他们沿着车辙往下找。这时法医老石已经在看另一袋碎尸。凶手应该是男性,扒了死者衣服砍的,刀口直接碰到皮肤,没有衣物纤维。分尸的工具应该不是斧头,否则会有骨头碎渣;软组织切口没有波浪纹,所以也不是锯子。

老石拿了一块给陆离看:"肌肉断裂整齐,创口刀痕是鱼尾状,骨头是线状砍痕,是一个人分尸,但怎么用了两种工具?"

陆离抬头看了看周围,再往上走一段路就是一片椰林。椰农的小院散布其间,也不多,几十户的样子。他找了一户,发现从院子里能看到警戒线围起来的案发现场。

院里没有人,陆离找到两把椰农用的刀,一把是绑在竹竿上钩椰子下来的,另一把是开椰子用的。老石对比了一下,符合尸体切痕。那边郑世杰和温妙玲没找到第四袋,但肯定有,因为那三袋里没有头骨,胯部也不在。陆离让他们把袋子腾出来,两个给物证科,一个拿着去问下是谁家的。

大部队要撤的时候,温妙玲问那个绑在树上的劫匪怎么办。陆离这才想起来,走过去把人松了绑:"持刀抢劫是重罪,你清楚吧?"

"我知道,我实在是……"

陆离打断对方的话:"我没兴趣听你为什么抢劫,生活怎么难。我挺好奇,你抢个二百块,干吗还人一百?"

"我怕他也去抢别人的,年纪又不大,下手没轻没重,万一捅死个人,就是七八年的牢。"劫匪一边说一边跺脚,"我能先上个厕所吗?"

陆离点点头:"远点去上,那边有女孩。"劫匪没听明白意思,犹豫着问:"那去哪里?"

"我是说,你往林子里去,别让我们看见你,明白吗?"陆离无奈,只能把话再挑明些,总算对方没笨到家,撒腿跑了。

"Los养鸡场禽流感,槟威大桥坍塌,画眉台风登陆,这么多坏消息,阿浪总算可以给你们分享一个好消息,升旗山东北坡终于解除封锁了,附近的听众朋友可以在晚饭后登山散步。警方还没有找到第四袋尸块,有兴趣的朋友可以进林子里帮忙寻找。据警方分析,第四袋包含着头部、胯部、内脏以及衣物。好了,阿浪开玩笑的,建议听众朋友们最近先不要前往升旗山,被害者身份还没有调查清楚,这可能是这一周最坏的消息了……"池震把车停在路边,打开电台,从音乐到养生换了几个频道,又听到了阿浪的节目。

池震在烈日下等了一会儿,阿亮从监狱门口出来了,一脸轻松坐到副驾驶位上:"还以为因服会送给我,没想到回收给后面的犯人用。我今天早上用它擦了桌子、地板,把马桶也擦了一遍,也不知道接下来谁穿我的。"

池震一边发动车子，一边提醒他："你应该想想你穿的是谁剩下来的。"阿亮的表情顿时僵住："怪不得腿上是黄的，我还以为咖啡洒上面了。"

就在这两天，陈同名下的生意遭到全面打击。义兴街的贷款公司被区分局给查封，说三号天盛金行被洗劫的钱就在店里，警察把贷款公司的员工全赶了出来。咖啡馆又被抓到了毒品贩子，警察还在马桶蓄水缸里找到一小袋白粉。虽说客人的行为咖啡馆没法预知，但也得停业整顿两个月。

池震准备了两百万给区分局的车队长，只求不要再找麻烦。谁知车队长这回不收钱，说封店的是他上头的人，他也做不了主。

到底得罪了谁？池震让阿亮进去跟陈同通气。阿亮说："同哥打了一晚上的电话，每个人都问一遍，大家都很好，没惹任何人。同哥说让你好好想想，你惹到谁了。"

不用池震想太久，答案就揭晓了。当天晚上，夜总会正热火朝天的时候，警察来了。DJ很机灵，见客人们停下舞步打量进来的警察，立马喊了一声："制服派对，制服秀时间。"这时带队的警长上了台，掏出枪，冲棚顶开了一枪。

谁还能兜得住，客人们一下子都往外跑。平时也没少孝敬这帮大爷，池震火冒三丈："查个灭火器，你在我店里开枪？"

带队警长递过来一个单子："这是消防安全须知，你们店里四个安全出口，要求每个安全出口配两个灭火器，一个消防栓。其中二号口少一个消防栓，四号口只有一个灭火器。你们配合消防局，处理掉这些火灾隐患，再考虑营业。"说完扬声吩咐那头负责疏散的警察，"等人员撤离后，贴封条。"

这是明显弄自己。池震还不能打官司，这种官司没一年半载不会上庭，一年里店怎么办？关着的话，养的那些人怎么办，索菲、阿辉、阿亮喝西北风去？

池震从封条下钻进店里，警察过来拦阻："先生，这不能进。"

"这是我家！"池震没好气地怼回去。警察愣了下，倒没再挡着不让进。店里空无一人，一片狼藉，酒瓶、彩带撒了一地。池震一路踢着地上的酒瓶，最后一脚把酒瓶踢得远远的。空荡的店里回响着酒瓶滚动的声音，最后终于碰到哪里，酒瓶碎掉了。

池震上楼进了办公室，这是整个夜店视角最好的地方，能够看到每个角落。但是此刻，他的转椅上坐着一个人。听到他进门的声音，转椅转过来，座位上的人说："你这个地方不错，比我办公室好多了。"

是槟城刑侦局的董局。

"刑侦局找我？"池震皱起眉头。

"画家孕妇案办得不错，整个案子的报告我都看了。"董局没理会他的问题，自顾自地说："没你的名字，但我看到你了，孕妇的推测是你第一个给的，就是Lily的尸体藏得有点久。"

"你要抓我？"

"不是抓你，是请你。"董局纠正他，"陆离以前的搭档被害了，他一直单枪匹马，这不合适。你来做他的搭档，跟我。我给你搞定警察编制的事，配枪，制服，跟陆离一起出警。他私下里干了什么，能查就查清楚，查不了就让他消失，反正我也不大喜欢他。把事情办完，这家店、咖啡馆、义兴街的贷款公司，我都帮你处理干净，律师资格证我也帮你搞到，以后你想干什么就干什么。"

池震警惕地看着他："你要我帮你干什么？"

"随便你办什么事，我就是告诉你，我不喜欢陆离，不希望他再来到刑侦局，在我眼皮底下晃。我就是希望他哪天消失，比如去国外定居啊，去乡下养牛啊，被哪个黑帮干掉，抛尸街头啊，那就最好了。"

"你让我杀了他?"

"你要杀他?我不赞成,但可能也是个办法。"

池震摇头拒绝:"打打官司还行,杀人的事,我办不来。"

"办不来你就走。"董局转回去,看着玻璃窗外的舞池,"这家店现在是我的。"

法医老石加了一天一夜班,把尸检报告赶了出来。

从已经找到的十九块碎尸得出:B型血,骨密度T值1.116,三十五岁,误差上下不超过两岁。体脂含量45%,结合手臂小腿,身高应该是一米七五,一百一十千克。没找到胃,没法从消化系统来判断死者的死亡时间,根据尸斑推断是四号晚上被杀,已经死了五天。死者全身没有中毒迹象,但肚皮和大腿内侧有针眼,应该是糖尿病或肺源性心脏病,长期注射皮质激素类药物。致命伤在后背,凶器是砍椰刀。

温妙玲那边现场调查也有了初步结果:整个山坡有三十二户人家,二〇〇〇年后种椰子的人少了。整座山家家都有这种麻袋,专门装椰子的,无法查清是谁家的。从五号开始,几天里没人发现可疑情况,也没碰着陌生人。

三十二户椰农,凶手就在里边,其中二十七户人家有马车。

董局大发雷霆:"我看起来像傻子?还是像昏官?五天了,死的人是谁还不知道,记者一遍一遍地问我,我永远都是无可奉告。不然把尸体埋了吧,当什么事都没发生,我跟那些记者就说,碎尸被我们刑侦局一拼,就坐起来了,根本就没有谋杀。"

温妙玲硬着头皮解释:"槟城,甚至全大马的失踪人口全查过了,一米七五,一百公斤以上,没人报过这一类的失踪。"董局哼了一声:"我明天跟媒体吃晚饭,多少给我点东西。媒体不听你讲步骤,只看结果。"陆离忍不住开口:"你等几天,周六再去。"看董局脸色不好看,他说:"星期五,肯定给你点东西。"

"最迟星期四中午,告诉我死的人是谁,我知道咱们警力不够,忙不过来,我招了一个人跟你一起办案,希望你们好好相处。"董局说完,开门让池震进来。

池震一身警服,温妙玲不由自主去看陆离的表情,但没看出什么。倒是郑世杰瞪着池震:"你怎么来了?"池震心里也是苦笑一声。董局把夜总会占了去,已经重新开业,里面什么都有,什么人都让进,嗑药的、摇头的,倒是他和索菲无处可去。

如果只是陈同的生意,没了也就没了,但他还有一个妈要养。老太太住在养老院,成天挑三拣四,吃讲究,用的也讲究。看到四〇五的老李太太有台一百英寸的电视机,她也要。为了钱池震想过重做律师,跟从前的助手五五分账,出庭别人来,接案子、找证人、写辩词他来。然而没了律师证,他想给别人打下手,别人也可以不接受。

然而来都来了,既来之则安之。

警局里每个人都有自己的位子。董局开着门,在办公室里打电话。陆离在自己的办公桌上画着人体结构图,并在上面圈出那具尸体缺失的部位。老石打开咖啡杯盖,打开一瓶啤酒倒进去。老高在用放大镜看着麻袋上的血迹。温妙玲看着自己的电脑,一边和旁边的郑世杰聊天:"这案子什么时候能查清楚?我想休年假。"

郑世杰吃着鸡蛋仔:"女警员产假能休多长时间?"

"不知道,我又没怀过,一两个月吧。"

"太爽了,一百多年了,男女还是不平等。"

池震抱着办公箱站在办公室中央问:"哪张桌子是我的?"大家停下来看他几秒,继续做自己的事情。

郑世杰对温妙玲说:"你看这样行不行,每年休一次产假,每次算上年假,休四十天,去哪儿玩都够了。"

"一年怀一次,那孩子生哪去了?"

"流产了,生完被人偷了,董局会管你孩子生哪儿吗?"

在他俩说话间,池震环顾办公室,看到角落里有一张小桌子。他走过去,在桌子上看到自己的警官证。池震把办公箱放到桌上,坐下来看了看,又起身将椅子倒扣在桌上,连桌带椅一起搬到办公区的正中央。

所有人都用异样的眼光看着他,池震头也没抬,把自己的枪拍在桌子上,坐下来整理办公箱。董局刚好打完电话,起身关门的时候,和坐在办公区中央的池震对视一眼,把门关上了。

池震一边理东西,一边回想董局跟他说过的。陆离曾经有个搭档叫楚刀,后来被害了,牺牲不算,还被人诬陷成警界败类,当场击毙。楚刀是怎么死的?是清白的吗?如果楚刀是董局的人,从目前看起来似乎算不上清白。如果不是他的人,他干吗提起?

"把身上警服换了。"

池震抬起头,看着桌前的陆离:"干吗?"

"出警。"

十分钟后他俩在去升旗山的路上,陆离开车,池震坐在副驾驶位上。

"董局让你做什么?"陆离打破了车里的平静。池震原以为他会整个下午都不开口,做好了当透明人的准备,没想到先沉不住气的是陆离,这倒是了解情况的好机会。他趁机问楚刀的事,陆离面色淡淡:"不是诬陷,他确实跟逃犯勾结在一起。"

"你们做了多久搭档?就这么天天坐一辆车?"

"被你打死的?"池震想到一个可能。没想到陆离承认了:"差不多。"

"他平常为人不行?"

"挺好的,带我入行,我结婚他做伴郎,有一年在他家过的年。"

"那你能打死他？"

"败类就是败类。"

他俩又无话可讲，幸好升旗山已经到了。陆离把车开到禁止通行的牌子前，解开安全带下了车，池震跟着下车。只见陆离从后备厢拿出两把铁锹，递给他一把："挖尸体，你不是干过这种事。"

池震挺想说不需要他亲自动手，只需要吩咐别人来做。不过也正是因为他让别人去做，别人做得不好，才被陆离抓到把柄。他认命地接过铁锹，看了看方位："不是在东北坡出的事？这是西南坡，而且这里也不种椰子。"

陆离没理他，拎着铁锹上了山。池震跟在后面，一直盯着他的后脑勺，颇有意给他来这么一下，大概就能完成董局的要求了。也许陆离感觉到了异常，回头对他说："挖一下。"

"你确定在西南坡？"池震问。

"挖！"

池震无奈地挖了几锹，陆离看了一眼，继续往前走。池震也明白了，挖一锹就能知道是不是，埋尸的地方肯定动过土。他俩又找了几个地方，陆离使唤着他，理由是什么都弄不了的人是废物。池震忍着气，站在原地不动，看陆离越走越远。不过这次没叫他，自己动手挖了起来。等他走过去的时候，陆离已经挖了个两尺深的坑。

"就是这里了。"陆离边挖边说。

"可这儿真的是西南坡。"

陆离知道，但温妙玲和郑世杰已经快把东北坡翻遍了。再说如果凶手是椰农，应该会把头埋得离家远一点。这里是马车能上来的地方，那么重的袋子，凶手拎着走不了多远。

池震过去跟他一起挖，十几锹下去露出了麻袋。他俩停下来对视一眼，加快速度继续挖。在挖出一多半后，放下铁锹，合力把麻袋拽了出来。陆离用刀划开麻袋，戴上手套在里面翻看。过了会儿，他一脸失望，脸被划花了，没有衣服。这样只能还原个大概，脸型都不一定还原出来。

陆离脱了手套，点了支烟边抽边想。错了，这袋子不是有意藏在这儿，是凶手先挖了一个坑，埋了一袋就有路人来了，也可能是天亮了。凶手怕被人发现，匆忙中把另三个麻袋扔在山的另一边。他踩熄烟，重新又去翻麻袋，这回找到一条内裤，4XL。

池震看着他一寸寸地摸着内裤，站得离他远了点，抽出条湿巾擦着鼻子。

内裤里有东西，里面缝着一张两指宽的登机牌，是三日马六甲飞来槟城的。三日飞过来。四日晚上就死亡了。登机牌上的名字写着"CHEN/MINGYANG"。看着像华人，池震在旁边拼了下发音："陈明扬？"

看样子像是死者自己缝在内裤里的。他要去见一个人，知道那个人可能会杀他。但他不知道他会被砍成二十六块。先找到的三个袋子里有十九块，第四个袋子里有七块。

老石忙了一晚上，才把二十六块碎尸重新缝成人。出来时看到池震，他铁青着脸："八点钟以后，不要再搞尸体给我。"

陆离难得地安慰池震："弄一晚上碎尸块，他难受。"

凶手从后面下的刀，偷袭。死者叫陈明扬，今年三十三岁，马六甲月登阁村人，在港口做装卸工人，家庭成员和社会关系还不清楚。

有了可以向媒体交代的内容，董局对陆离脸色也好多了："既然你非要揽过来，就给我查明白，跟池震去一趟。"

陆离没动："为什么招他进来？"

"没有了张局和楚刀，自然要招新人进来。"

"警校每年毕业一百多个人，你招了个律师，还是个被我抓进牢的律师？"

董局大声道:"我要招个不顺着你的、查案比你快的。师弟师妹招得再多,到最后还是给你陆大队长跑腿,那刑侦局给你吧,要我这个局长有什么用?"

陆离出去的时候,看到门口站着池震、温妙玲和郑世杰。他看了一眼池震。

出发那天,池震在家里吃早饭。

他一边煎蛋,一边在电话里安抚阿辉:"先别偷着弄,我当上警察也没用,你跟他们讲清楚,现在同哥下面所有的业务全部暂停。等我把事情办完,迟不过这个月,到时候你们爱怎么弄就怎么弄。"

人都是要吃饭的,所有生意停了下来,大家都心慌慌的。

池震把煎好的鸡蛋倒进碟子,听到门铃响,还以为是接他去机场的,赶紧把电话挂了。开门却是两个送货的工人,他下单给他妈买的大彩电,让送到养老院,却送到了他家。两个工人承认错误,但不肯把东西搬走:"你先点击退货,然后公司会派我们来取件,你再买一次,公司就可以送到养老院了。"

池震从餐桌上拿起手枪:"好,那我现在退货,搬走。"他满意地看到工人脸色变僵了,"我是警察。"

工人又重复了下原则:"七个工作日之内,公司会派人来取件,请保持电话畅通。"

工人刚走,董局又来了,池震自顾自吃三明治:"大清早过来,不是来看我吃早餐的吧?"

董局靠在椅背上,看着满满一墙的照片,最中间是池雯的,旁边是池震和父母、池雯的。他慢条斯理地说:"我来是怕你忘了,我是槟城市刑侦局的局长,槟城市警察局的副局长。你在马六甲把事情办了,一个人回来。干不干净无所谓,别忘了我是局长,屁股我给你擦。但你要是不办,两个人像刚度完假一样地回来了,也别忘了,我还是局长。"

这是生怕陆离不死啊,池震也是不明白了,到底两人有什么深仇大恨。不过董局不是东西,陆离也不算好东西,一套一套张嘴就来。

在机场安检处,池震见识了一番陆离忽悠的功力。他俩随身带着枪,过不了安检,机场工作人员确认过警官证后说只能托运。但陆离一本正经板着脸说接到线报,飞机上有劫机犯,但在没实施犯罪行为前,没有任何证据可以将其定罪。他们的任务就是阻止劫机,并逮捕嫌犯。

陆离把篮子里的钱包、手机、钥匙装回去,把枪揣起来,和池震通过安全门的时候,警报一直在嘀嘀地响着——池震一脸沉思,他一直说得没错,法院要的是一个公平,公平就是一个天平。天平那边是警察,这边就应该是律师。没有律师,警察为所欲为,太过随便了。

飞机在马六甲降落后,池震和陆离站在出口,等着租的车过来。这是池震第一次来马六甲,没想到居然破成这样。

"以前这里很繁荣,大航海时期,这里是亚欧贸易的枢纽,被誉为'太平洋上的十字路口'。"陆离随口说。池震看了他一眼,但他没察觉。"一四〇五年,郑和第一次下西洋,从江苏太仓出发,最早到的就是这里。一四〇八年,郑和再来马六甲,上岸之后还封了个'苏丹王'。"

池震忍不住打断他的话:"这都是你在警校学的?"

"我女儿四岁,作为父亲,我总得教她点什么吧。"陆离掐掉烟,看文件上的地址,"我们现在有两个地址,他工作的港口和他家里,先去哪个?"他已经习惯了,去死者家里,就是看死者的老婆孩子听到噩耗后哭天抢地,然后等他们哭够了再问话。去工作的地方,就是找上司和工友问话,让他们去通知家属,晚点再过去调查。

池震想了下:"家里吧,死者为大。"

陆离从文件里抽出一页纸递给他:"好,那我去港口。这是他家里的地址。"

池震愣住:"我们两个不一起去?"

"为什么要一起去?"陆离冷漠地说,"我们两个从槟城过来查案是没错,但不是一起,我们俩来,可不是为了彼此陪伴。"这时租的车被送来了,他接过钥匙,扬长而去。

陈明扬的家在马六甲的乡下,出租车开到柏油马路的尽头就不肯走了,池震在大太阳底下走了五六公里才到陈家老宅。等进了门,什么话来不及说,他先喝了三缸子水,喝完才稍稍解渴:"我是警察,陈明扬死了。"

陈明扬的大姐小妹愣住了。

小妹问:"真的假的?我哥怎么突然就……他怎么死的?"

"被人杀死的。"

"尸体在哪儿?我去看看。"大姐说。

"他是被分尸,扔在槟城的升旗山上。"

两个女人相互看看:"明扬又去槟城了?""他也没说啊。"

池震下意识地觉得哪里不对:"有没有他的照片,给我看一下。"大姐找出相册,抽出一张照片递给池震,是张全家福。池震皱起眉头,没见到二百斤以上的胖子。他怕出错,问道:"哪个是陈明扬?"大姐指给他看:"这个,中间的这个。二〇一四年的全家福,跟现在多少有点变化。"

怎么可能……完全对不上号。池震把照片还给大姐:"我搞错了,死的不是陈明扬。"

那头陆离到了码头,见到了一个活生生的陈明扬。带他过去的码头主管,叫过一个装卸工人:"小陈,找你的。"

陈明扬见叫,套了件衬衫就过来。这是个年轻小伙子,瘦而精神,因为长期从事体力劳动,胳膊上有着明显的肌肉。

码头主管帮他们介绍："这位是槟城过来的警察，要问你话。陆队长，这个是陈明扬。"

陈明扬是三号去的槟城，带着家里晒的鱼干和沙爹酱，去看大嫂。他一个人去的，本来想多待两天，但码头打电话催他回来，说又来了一批货要卸，所以四号一大早就回来了。登机牌是他的，时间也对。

陆离拿出照片："你的登机牌在这个人身上。"

陈明扬看了一眼，差点吓得跳起来："这是死人啊！怎么会……这是剁碎了吗？"他上机就把登机牌扔了，完全不知道会落到谁的手上。

为了方便说话，陆离把人带到了码头外的路边排档，这时池震过来会合。池震仔细地看了看陈明扬，拿起桌上的粉吃了起来。

陈明扬跟他妈、大姐、姐夫、侄子、小妹住在一起。他结过一次婚，刚给完彩礼，对方卷钱就跑了。本来还有两个兄弟，但大哥前几年车祸死了，大嫂去了槟城；小弟则是掉进河里淹死的。

池震把从陈家带来的鱼干拌着粉一起吃，插嘴道："你先去忙吧，跟你大姐小妹说一声，明天我们跟着你们家参加三保节蹭饭。"郑和七次下西洋，每次带六十多艘船两万多人，七次下来有二十万，其中一半留在马六甲娶妻生子。这些人是郑和的手下，郑和小名三保，为了纪念他，把十一月初七定为三保节。

陆离看着陈明扬离开的背影："他在撒谎，他认识死者。"池震边吃边说："我问了一圈，他确实是四号回来的，下午就在这儿卸货，一直干到夜里，胖子是晚上被杀的。"他感受到陆离的目光恶狠狠地瞪了过来，抬头问道："怎么了？"

陆离说："白天你还说死者为大，他是挺胖的，二百多斤。但我办了十年案子，也没听说哪个警察直接把死者叫胖子。"池震愕然："那我叫他什么？我叫了一天陈明扬，结果人在那里活蹦乱跳卸货。"

陆离不想理他，拿起筷子吃粉。池震向他推销瓶里的鱼干："沙爹鱼干,给他嫂子带的就是这个。"陆离皱眉:"你张嘴要的?"池震赶紧换了个角度解释道:"陈明扬说专门给嫂子送鱼干,我要了一点尝尝,要是难吃,肯定是撒谎。"陆离的神情缓和了,尝了口鱼干。池震心道,也不是太难把握,就听见陆离在说:"不过他家兄妹有点意思,你注意到没有?我先问他三人,他点头,我问他大哥呢,他又说是四个,过会儿才承认其实还有个小弟。"

池震在陈家问清楚了:"他家兄弟三人,陈明扬是老二,老大是陈明宇,老三陈明光。老大老三是几年前死的。照片我都看过了,怎么死的我不知道。不过你放心,他们全家都瘦,跟这胖子实在没关系。"

陆离沉吟道:"但是那胖子疯了吗?把捡来的登机牌缝在内裤里……"话没说完,他发现池震笑得贼贼的,立马醒觉,"你笑什么?"

"你也叫他胖子了。"

陆离闷声扒了两口粉:"可能是我希望他在撒谎,我不想白来一趟。"

晚上他俩在酒店要了一间标间,池震洗漱的时候,陆离盯着陈家的全家福看。等他出来,陆离仍然盯着照片:"这是那个小弟吧?总觉得眼神有点不对。"池震靠过去一起看,陆离指给他,"他像是不情愿,被硬拉来合影的。你看他手上还拿着扫把,人被绑在椅子上。"

池震不以为然:"绑不绑也是亲弟弟,再说你也只是在查那个胖子。"他含着一口漱口水,这会儿又进洗手间吐掉,从镜子里看到自己身上的枪,眼神不觉定了定。再出来时,陆离仍然盯着那照片,池震催道:"你还不睡?要不你拿五百块钱,我去隔壁开一个房间。"

"我在想明天做什么。"

池震粗声道:"那关灯想。"

关上灯,池震躺在床上,手悄悄地伸到腰间摸到手枪。谁知陆离突然翻身,面对着他。池震不动声色地翻了个身,把背对着陆离,面冲着墙。

时机未到。

人生无常。陆离没想到自己会跟看不上的池震一起去马六甲办案，更想不到会一起过三保节。他俩穿着古代的服饰，海滩上站满了人，也是同样的古装。远处海面上停了一艘纸船，船上满满当当的人，纷纷往海水里放大大小小的纸船。随着一声号响，壮年男子开始把大纸船往岸上拉。

陆离打量着自己的长袖，抖了几下，好半天才把手伸出来："用纸船在模拟郑和登陆？"

"别想什么了，好好做一天遗老遗少。"池震倒是乐在其中。

"这是哪个朝代的衣服？"

池震文绉绉地说了句："不知有汉，无论魏晋。"

"嗯？"

池震解释给他听，月登阁的祖先都是明朝跟着郑和过来的，没经历过后面的清朝、民国，皇帝只认朱棣，康熙乾隆是谁都不知道，所以三保节穿的古装都是按明朝风俗来的。大纸船将被拉上岸时，海滩上又是一波人潮涌动。陆离看到了人群里的谭主任，过去打招呼，谭主任却是摆了个古代的作揖姿势。

池震隔着人群看着他俩，这时身后传来一个女人的声音："我二弟说你们要来，找了你们一上午。"他一回头，陈家的大姐、小妹、陈明扬，三个人也穿着明服。大姐的大金链子套在领子外面，十分招眼。小妹倒是打扮得秀气，戴了副精致的手镯，对池震笑道："我们昨晚上问了一圈，整个月登阁村，也没听说哪户人家有二百多斤的胖子。"

不远处陆离和谭主任已经聊上了。陈家的大哥和小弟都是二〇一三年死的，他家小弟先死，大哥带着老婆孩子回来奔丧，折腾了七八天，回机场的高速路上撞车死了。油缸撞爆了，一辆车烧得一塌糊涂。大哥没救出来，在里边烧焦了。还好陈家大嫂逃了出来，但也烧伤了，鉴定是三级,十来天里陈家一下子死了两个。

不对,哪有烧得这么厉害的事故。陆离思索着,其中必定有猫腻。

陈家小弟死因倒是明确,掉河里边淹死的,岸上只有一双鞋。村民找了好几天,才找着尸体。虽然陈家小弟长在海边,但从小脑子就有问题,所以不会游泳。

谭主任指给陆离看:"以前老在村口,就是那儿,拿一个扫把,说自己是齐天大圣,见谁路过都要打一棒子,说人家是妖怪。能怎么办?被打一棒子到他们家闹?他们家穷得连被子都盖不起,全家人在门口给你鞠躬道歉。后来淹死了,反倒是清净了。"

"他们家以前很穷?"陆离回头看了一眼池震,后者正跟身边的陈家姐弟在聊天,大姐小妹的金饰在日光下闪闪烁烁。

大姐对池震说:"我们家以前穷,没人瞧得起我们家,我爸妈生了七个孩子,管都没管,就蹬腿了,从小要饭吃,七个孩子,生生饿死两个。人瞧不上也就算了,连地都瞧不起我们家。人家种的水稻,长得又密又高,我们家那两亩地,自己家都不够吃。后来是明宇去广州打工,生意越做越大,我们家才好一点。"

池震看了看大姐的金链子和小妹的手镯,不用说,现在好多了。

谭主任也看到了大姐和小妹身上的金饰,有点羡慕地告诉陆离,陈家老大十六岁去广州打工,后来自己做生意,越做越大,每个月往家里打钱,养活一大家子人。一年少则几十万,多则一百来万,赚的那点钱都给弟弟妹妹了。别看陈明扬在码头卸货,但三天打鱼,两天晒网,一个月能来五天算是不错了。陈家大姐小妹嫌一个月拼死拼活只赚几千块钱,还不够她们大哥请客户吃顿饭的,就没工作。

小妹笑嘻嘻地说:"我姐说了,咱们开开心心地活着,想吃啥吃啥,想穿啥穿啥,就是对我大哥最好的回报。"真是……对吸血的姐妹。池震挡了下阳光,眯起眼问:"你大哥这么供你们,你嫂子没意见？"

怎么可能没意见，谭主任对陆离说："他们家大嫂挺漂亮，在广州认识的，也是大马人，槟城的。一开始弟弟妹妹不同意，说你有了老婆就想不着我们弟弟妹妹了。后来大哥坚持结婚，就在这儿办的婚礼。果不其然，钱也不怎么往家里打了。他们兄妹三人还追到广州闹过一次，要了点钱，好像也没以前多。"

陈家大哥虽然死了，但未雨绸缪买了五份保险，每份都有二百多万。后来真出事了，保险公司赔了一千多万。正常应该给配偶，但陈家兄妹不知道从哪弄来一份遗嘱，说是三兄妹继承这一千万。官司打了一年多，最后大嫂分走五百万，算是借去做生意，每年不计利息慢慢还。

谭主任努嘴："你看看他们，自己那五百万，早花没了。现在吃的就是他嫂子的红利。说是看嫂子，不就是要钱吗？"

陈家嫂子在槟城开美容院——王氏美容，槟城好几家店，快要开到吉隆坡去了。

小妹说："我嫂子人特别好，每年都给我们分红。"大姐不以为然："那也是咱们对她好，没有明宇，不借她那五百万，她屁都不是。"陈明扬也插嘴说："其实大哥应该感激咱们，他追嫂子的时候，怕人家瞧不起，说自己是吉隆坡大学毕业的，名校生，我还帮他圆谎来着。没有咱们仨，就没有大哥的成功和嫂子的美容院。"

远处的纸船拉上岸，有人敲了三下钟，村民们开始击鼓吹唢呐，海滩上的人群欢呼起来，接下来就是看戏吃酒。空场上摆着几十桌，池震和陆离坐在陈家人的桌前。所有人已经脱下明朝的服饰，戏台上演的是《西游记》。

池震凑近陆离低声说："要不然叫胖子猪八戒吧，孙悟空有了，喜欢在村口耍棒子打人的小弟，他们家大哥是唐僧，陈明扬算沙和尚。

再看看他家那两个姐妹，吃完了唐僧肉还要拿骨头熬汤。那么猪八戒是谁？"

陆离闻到他身上浓烈的酒气，皱了下眉。陈明宇车祸有问题，一千多万的保险金，车祸还能汽车爆炸？分明是一刀捅死再烧焦的节奏。但陈明宇的妻子又是怎么回事，她知情吗？毕竟她也分到了五百多万。池震仍然凑在跟前喋喋不休："五家保险公司，一千多万，保险公司又不是傻子，尸检报告怎么做的？"

见陈家大姐起身往这边过来，池震往后一退，又坐回了原位。大姐是来跟他们喝一杯的，碰杯前特意撸起袖子，露出手臂上缠了好几圈的金链子："两位警察，你们千里迢迢来找陈明扬，虽然是一场误会，但是来到我们家，参加了三保节，大家就是一场缘分，我再敬你们一杯。"

干完一杯酒，小妹嫌弃地说："姐，你能不喝一次酒撸一次袖子吗？破金链子，谁看不着啊？"大姐瞪她一眼："那也是实打实的足金，你那个好，都是十来万的东西，一上秤一百克都没有。"小妹摇了摇手，让手镯在所有人面前晃了下："这是品牌，设计得好看！什么都上秤，干脆挖金矿去吧。"

大姐又倒一杯，给池震和陆离添满："两位警察，你们要认同我，就跟我喝一杯，要是认同我妹妹，就跟她喝一杯。"说完她从包里掏出几捆钱，拍在桌子上跟小妹说："他们要是跟你喝，这五万我送你！"

池震和陆离相互看看，陆离用手盖住杯口："酒就不喝了，已经喝十几杯了。"

听他这么说，小妹立刻得了意："瞧你那暴发户的样子，被人笑话了吧。"大姐对池震和陆离一本正经地说："认不认同没关系，但是三保节的酒一定得喝，不然整个家族都要被诅咒，二代单传。"

池震问："被谁诅咒？"大姐喷着酒气："真的，明宇婚礼就是借着三保节办的,他那天做新郎,十杯之后死活不喝。结果第二年,我三弟掉河里淹死了,明宇车祸死了。我们家三代,又只剩明扬一个男人。"陈明扬满脸轻松:"还好死的是我大哥,没连累到我。"

池震低声对陆离说:"你喝了吧,陪他们喝透,看看他们还能说出什么话。"他起身朝别的桌走过去,在谭主任旁边的座位坐下。谭主任喝多了,靠在椅背上发呆:"我记得你,给陆队长打下手的。"

池震看看陆离那桌,陆离正被陈家人灌酒。他回过头:"你还行吗?"

谭主任大着舌头:"怎么不行?"

"我现在跟你说的事,明天还能记得吧?"

"我又没喝多。"

"老大买了五份保险,你帮我问一下那五家公司的名字。"

"凭什么?我给你打下手?"

池震握了一下他的手:"帮个忙。"说时不动声色往谭主任手里塞了几百块钱,也没看谭主任的表情,他起身去上厕所。这时陈明扬叼着烟摇摇晃晃地走过来,跟他并排站着,压低了嗓子恶狠狠地说:"你们赶紧滚蛋吧。有警察在,我们累。"池震问:"那胖子是谁?你想从他身上讹多少钱?"说到胖子,陈明扬清醒了一点,矢口否认。池震走到他面前,将他嘴里的烟拔掉,扔在地上。

池震再回到桌前,陆离醉醺醺地趴在桌子上,所有人都喝多了,他连拖带抱才把陆离带回酒店。陆离是真醉了,倒在床上呼呼大睡。

池震看着电视里的新闻,董局接受采访。他没忘记来之前董局的话,他是局长,可以把控池震的生活。池震站起来掏出枪,走到陆离床头,枪口对着陆离的头。陆离一无所知,仍然扯着酒鼾,面容清瘦,身上还是那件皮夹克。

池震睡得不太好。

梦里很吵。很多辆警车停在路边,现场被警戒条围住了,警察把学生往后赶。梦里妈还很年轻，拉着他往里面跑，被警察拦住，但另一个警察把他俩放了进去。他一伸手，发现自己仍是个孩子，拉着母亲的衣角，他想回去睡觉。

没人听到他的话，大人们自顾自交谈，看袋子里的东西，那是一个游戏机。池震记起来，那是他小时候母亲买给他的，被同学借走了。他想要回来，又不知道怎么跟同学说，就让姐姐帮他去讨。然而池雯没能回来，她被人杀了，尸体被扔在她的学校。

小池震看到姐姐就在不远处站着，还冲他招了招手。他看了看地上躺着的尸体，又看向不远处的姐姐，朝她走过去。姐姐越走越远，小池震跟到操场，和她一起坐在操场旁的长椅上。他还是困，向旁边一倒，椅子上是空的。转了一圈找不到姐姐，他钻进对面的草丛，边走边拨开草。走着走着脚下踢到一个足球，他将足球捡起来，抱着足球向草丛深处走去。

突然身后有人抓住他肩膀，小池震吓了一跳转回身。

是妈，抓着他的肩膀，歇斯底里地对他喊："你又跑哪儿去了，你姐姐被你害死了，你知不知道，池震！"

池震猛地睁开眼，窗帘没拉，日光直晒进来，他抬手挡住。电视机开着，但静音。池震侧过头看向旁边的床，陆离已经出去了，昨晚池震放在床边的枪仍在那里。

陆离一大早找到保险公司。

当年陈明宇车祸的赔偿是苗经理做的，他翻出文件，颇为感慨："这都多少年的事了，要不是我今天刚好在，这些文件都找不着。"陆离接过来翻看。五家保险公司，广州两家，槟城一家，马六甲两家，其中一家就是苗经理所在的公司。五家公司，五个调查员，查的都是一个事，陈明宁到底是他杀还是车祸。上半年投了五家保险，下半年就死了，肯定不正常。

陆离抬起头:"但你们还是支付了保险金。"

苗经理叹了口气:"再不正常,事实摆在那儿,死的人是他,几个高速口我们都调了监控录像,车是他开的,他老婆坐副驾抱着孩子,然后汽车就那么出事了,能怎么办?广州那两家说按程序付钱,我们还能耍无赖?倒是槟城那家不干,死活要尸体鉴定,最后也妥协了,跟着付钱认栽。"

"什么!尸体没有做尸检?"陆离吃惊,没做尸体鉴定就付钱?

苗经理解释道:"人都烧焦了,真做尸检,也挺麻烦。法律这么规定的,非刑事案件,意外死亡,像车祸这种,只要家属确认死者身份,有权不做尸体鉴定。"一般来说是父母或者配偶确认,苗经理拿起文件找到签字页:"来确认的是他妻子王淑仪。"

马六甲的另一家保险公司也是这么说。钱包是陈明宇的,证件是他的,血型也是他的。他们是第一家付钱的,之后是广州那两家保险公司,槟城那家比较麻烦,拖到年后才付的钱。陆离简直不敢相信保险公司的手续竟如此简单,没有尸检报告,怎么知道不是谋杀?即使车祸发生时他妻子就在旁边,但如果他妻子是同谋呢?

池震在村里问到的情况是,当时来了好几个公司的调查员,说要解剖尸体,陈明宇的妻子王淑仪答应了。但陈明宇的弟弟妹妹不同意,说要留个全尸,心肝肺都挖出来就不能进祖坟了。

在马六甲这边没找到线索,陆离和池震踏上返程。

"你给谭主任多少钱?"陆离问,"一大早就来敲门,说几家保险公司全问着了。"

池震托运了一个大箱子:"你来查更好,我把钱要回来买了这个。"

"什么东西?"

"鱼干。"池震对他一笑,"不白来,带点鱼干回去,你父母、女儿、老婆,听说你离婚了,你老婆的丈夫也需要来点。"陆离哑然。

"对了,你干吗离婚?对老婆不满意?"池震像似无心地问。陆离装没听见,事实上不是他要跟吴文萱离婚,是吴文萱要走。见他不接口,池震换了个话题,陈明宇这起分明是骗保杀兄案,三个杂碎为了保费,杀死了自家的大哥。他嘲讽道:"我还以为你不放过任何一个命案呢。""管不了那么多,我们已经在槟城,想想我们自己的案子吧,想想那个被剁成二十六块的胖子。"陆离说完就往外走,他想到出口抽支烟。

池震叫住他,没有登机牌,托运的行李出不去。陆离把手里的登机牌递给他,但在池震接的时候没松手。池震愣了一下,也明白了:"胖子"身上的登机牌是这么来的,他和陈明扬是一个航班。机场有过安检时摄像头拍下的照片,按照航班信息归类收档,陈明宇的座位是十六B,他旁边的十六A、十六C都不是胖子,但头等舱4D的乘客,孙威,证件照片、过安检照片,和碎尸拼出的照片相符。

"就是他。"陆离点了点头。

孙威,菲律宾人,三号入住酒店,四号没退房,人也没有出现。因为刷的信用卡,酒店规定延迟五天再清账,所以酒店九号才进房间打扫,自动生成退房程序。

陆离和温妙玲坐在大堂的沙发上,看着酒店经理在柜台前对工作人员交代事情。温妙玲抬头看看大堂的水晶吊灯,没头没脑来了一句:"我第一次就在这里。"

陆离似听非听,反正温妙玲不一定是讲给他听,只是想说而已。

"对方是普通职员,没什么收入,开一次房能花他半个月工资,我当时挺感动,觉得这辈子就他了。第二天他上班先走,我睡到中午。退房时留了个心眼,前台查了一下这个人,他是酒店VIP,你知道VIP是什么意思吗?"

陆离思考了一下:"他跟你装穷?"

温妙玲摇头："点不在这里，他要在这个酒店消费二十次才能成为VIP，而且是三个月内。"她笑了起来，"后来给他打残了，亲妈都认不出来。"

陆离看看她，没表态。

酒店经理交代完前台，把他俩带上客房。孙威住在顶楼二十六层。

陆离皱眉："为什么是五天？法律规定，消失三天，你们有责任为客人报失踪。"酒店经理答不上来。温妙玲冷冷地说："想多收两天房费吧。但是，你们直到九号才进房间打扫，打扫不应该每天例行一次吗？"

这个酒店经理倒是能答："客人按了'请勿打扰'。"

"所以你们放任客人在房间里胡闹，他们锁上门，吸毒也好，被杀也好，你们什么都看不到，收房费就可以了。"听到陆离的质问，酒店经理抹把汗："这是酒店的规定，具体情况要问我们经理。"

"你不是经理吗？"

酒店经理苦笑："我也是刚升的经理，有些规章制度不是我定的。"他拿出房卡刷了一下，推开门，里面是套房，一室一厅，卧室有一张大床。陆离在里边走了一圈，酒店经理跟在后面问道："升旗山上的那具碎尸，真是孙先生的吗？"

陆离反问："他的体形在那里，广播电视天天讲，你应该早猜到，我不找你，你不知道找我们？"酒店经理又想抹汗："跟您商量一下，我们配合你查案，但如果住这间房的客人被杀的事情闹出去，怕没人再选这间房。"

陆离不理他的要求："现在才给我看这间房，还有什么用？孙威有留下什么物品？"酒店经理想了想："箱子里有几件衣服，4XL的，应该都是他的，他四号打算回来住。还有服务员打扫出两个针头，可能真的吸毒吧？"

陆离要针头，但隔了这么几天，针头已经被服务员扔掉了。陆离随手拉开衣橱的门："怎么配合，留几件破衣服，你要怎么配合？"酒店经理说："他那天加床了！以前住这里都不加床，三号临时加了一张床，客人叫陈，陈……"

温妙玲脱口而出："陈明扬？"

"对，对，陈明扬。"

"孙威今年开始住这里，酒店问过他要不要办 VIP，但孙威说等明年拿到大马国籍再办 VIP，优惠力度大一些。"听到酒店经理这么说，陆离和温妙玲不约而同换了个眼神。孙威的物品放在遗失物品处，一只行李箱，里边是几件大号衣服。陆离检查箱子里的衣物，拿起一条内裤。

4XL。

温妙玲很实在地评论："是够大的。"箱子底下有一个针线盒，酒店放在房里的那种，陆离若有所思："那暗兜还真是特意缝的。"他检查了一下其他的衣服，看到一张说明书，像是感冒药、消炎药的说明书。

陆离将衣服和说明书全扔进箱子里，拉上拉链递给温妙玲："给老高，免得他老抱怨物证科拿不着东西，你跟菲律宾那边核实一下。"温妙玲接是接了："师兄，我提醒你一下，你是有搭档的人，别什么事都找我。"

陆离知道她说的是池震。眼下他没摸清董局葫芦里藏的什么药，只能暂时让池震跟在身边。温妙玲絮叨地说："为什么跟他去？我这一年都没休过年假，终于等到一个查案子的机会去趟马六甲，结果给我分配的任务是送你们俩去机场。"陆离啼笑皆非，那天在机场他可是听温妙玲对池震放狠话，说会把他当透明人，想必池震在这种环境下撑不了多久。

"董局到底是怎么想的……"温妙玲仍在说话，陆离却想到，不知道池震这会儿跑哪去了。

王氏美容院。

池震知道这个地方,事实上索菲和Lily的鼻子就是在这里做的。半年前当Lily还叫李莉的时候,刚从乡下出来,索菲带着她去做鼻子。正值王氏美容做活动,六折酬宾,花了她六万五。她让Lily打了欠条,让她以后赚回来再提分成。时隔半年,Lily人不在了,但她作为整容成功女孩的照片,仍然挂在王氏美容院的门面上。

索菲见他心情不好,拿起镜子照自己的鼻子:"说是保半年,我这都过了。"

"你闹一闹,就给你保了。"池震给她指条路,"就说找王总,别人谁处理都不行。"他看着王淑仪进去的。索菲深深吸了一大口气,一会儿要吵架,她先运运气。

索菲拎着她的小包,踩着高跟鞋,摇摇摆摆进了美容院。她进门直奔前台,身体往前台一靠:"叫你们王总出来。"见她来势汹汹,前台不敢怠慢:"小姐,请问您有什么事?"听完索菲的来意,前台查了下资料:"小姐,已经过了半年质保期。"

索菲用包敲了敲桌子:"你闭嘴,我不想听你说话!我问你,鼻子是不是在你医院弄的?"

"是。"

"闭嘴,我让你说话了吗?保半年,是保质还是保修啊?拿我鼻子当什么呢?谁也别跟我说话,就让你们王总过来,她要是今天不出现,我叫几个人来拉横幅。白道黑道我都有人!要黑帮有黑帮,要警察有警察,打官司我还有律师。"索菲讲得震天响,白道也是池震,黑道也是池震,警察、律师还是池震,反正是他叫她来帮忙的。

说完索菲看池震一眼。

前台问:"那您到底要什么?"

"我什么都不要,听明白了没有,我要你们王总出现,给我个说法。"索菲拍着桌子,前台拿她没办法的时候,看到老板出来了:"王总,就是这位女士。"

池震在远处打量着王淑仪,陈家三个吸血鬼嘴里的大嫂。她真人要比广告牌上的大幅单人照漂亮,年纪应该也有三十多,但看上去只有二十八九,身段优美。

王淑仪毕竟是当老板的人,不慌不忙问索菲的诉求。索菲哪有什么要求,转身看池震,发现他已经走了。她连忙追出去:"你别走啊,她问我有什么需要,我到底需要什么啊?"

池震头也没回,摆摆手。索菲不死心,喊道:"他们全场六折,不然我再弄个下巴?"

去了一趟会计师事务所,池震又奔向养老院。他出门这两天,他妈闹得太厉害了,天天嚷着怎么一百吋的电视机还没到。新的电视机已经送到。池震拆下旧的,但电视机太大了,他试了几次也没能抬起来。

池母坐在沙发上看他忙碌,没有要上前帮忙的意思。陆离在门口探了探头,她才对池震说:"有人找你。"池震回头看去,看到是陆离,点点头算打招呼。

"上午开会,你又没去。"陆离站在门口没进去,冷眼打量了一番室内,旁观着池震跟池母互动。池震继续跟大彩电较劲:"我不想见董局。我又不是真警察,为什么听他指挥。"想了想他回头又看看陆离,头一摆,"来,搭把手。"陆离默不作声,帮忙把电视机抬到茶几上。池震插上电源,拿起遥控器开始试机。

陆离来之前去过一次移民局,在那里查到孙威办的是投资移民。移民局搞过两个计划。一种是拿到永久居住卡,相当于绿卡,可以住,但不是人马人。一九九八年推出过另一个计划:"银发族计划"。后来觉得名字不好听,在二〇〇二年改为"第二家园计划"。换汤不换药,实际上是买一套房子拿张居住卡。孙威是二〇一四年买的房子,拿到居住证后把房子卖了做投资移民申请大马国籍。投的正是王淑仪的美容院,一百五十万马币,雇十个大马公民,不低于最低时薪,满五年可以获得大马国籍。

陆离无意把这些告诉池震,只说:"孙威和陈明扬一起来的,他们来找王淑仪。"

池震也从会计师事务所那里得到一点信息,王氏美容院有三个股东。王淑仪是大股东,第二股东是王淑仪的父亲王长林,还有一个就是孙威,菲律宾人。这些年来王氏美容院经营得当,财务没问题,股东也年年有分红。但是,孙威的分红远远超过他的投资比例,毕竟他只投了一百五十万。

听陆离这么说,池震随口应道:"王淑仪是陈明扬的大嫂。孙威是通过他认识王淑仪的,他们找王淑仪做什么呢?"陆离怀疑孙威不是菲律宾华人:"要钱,勒索,反正是见不得人的事,所以陈明扬在装糊涂。四号陈明扬回马六甲后,孙威还要见个人,然后被这个人杀了。"

"又去见王淑仪?头一天没拿到钱,或是要得不够,他背着陈明扬再去要点?"

"那椰农呢?孙威可是被椰子刀杀死分尸的。"

池震分析道:"杀孙威是灭口,椰农可能是雇来的,如果王淑仪有什么见不得人的事,陈明扬有什么见不得人的事,那就是大哥陈明宇和那辆烧焦的车,以及一千多万的保费,她和陈家三兄妹都拒绝做尸检。"

"所以他们杀了陈明宇,又杀孙威灭口?"这种你一言我一语地分析案情,彼此都明白对方在说什么的感觉,自从张局死后,有段时间没有了,陆离隐隐觉得痛快。但池震没再接下去,而是把遥控器递给池母:"画质可以吧,妈?"

他俩聊案情的时候池母一直没说话,这会儿问道:"电视剧频道哪去了?"

池震拿起外套:"你慢慢找,一会儿就有了。"他转头对陆离说,"走,去他们店里看看。"

前台通报以后,王淑仪让人把他俩带到二楼。池震盯着玻璃窗内的王淑仪,后者正在助手的帮助下试婚纱。室内地上摆满气球,墙上贴着彩带,充满喜庆。陆离看着墙上的两张照片,是同一个女孩整容前和整容后。

"你能接受整容吗?"他问池震。

"我?"

"不是你整,是娶一个整过容的女孩。"

"我无所谓,有胸就行。"池震的目光停留在王淑仪的身上,陆离轻蔑地笑笑,点起一支烟。前台过来提醒:"不好意思,先生,这里不能抽烟。"不过王淑仪提着婚纱出来了,叫住前台:"抽吧抽吧,让两位警察等这么久。"

她在他俩对面坐下,疲惫中洋溢着喜气:"不好意思,我周日结婚,忙得抽不出身。"

陆离直截了当:"我们去了趟马六甲,你前夫是那里人吧?"王淑仪点头:"陈明宇,我们在广州认识的。他在世的时候,我还跟他回过两次马六甲。一次是办婚礼,一次是他弟弟去世。结果他也出了车祸。"

"跟他们家里人还有联系?"

"跟他二弟来往多一点,你们到马六甲去见他?"

"他三号来槟城看过你?"

"对,我们关系还挺好的,这次来又带了好多沙爹鱼干。"

陆离不动声色地问:"他一个人过来的?"王淑仪没直接回答:"陈

明扬惹什么事了吗？"池震清了清嗓子："我们陆队长问你，他是一个人过来看你的吗？"

"算是吧，他大姐小妹轻易不来槟城。"

陆离掐掉烟，仿佛要看进王淑仪的眼，扔出一颗炸弹："孙威没跟着一起过来？"

王淑仪愣了一下："一起来的，但只聊了几句话，后来也没见过。"

"知道升旗山的凶杀吗？二百多斤的胖子，前几天找不到头，连酒店服务员都猜出来是孙威，你不至于一点不知情吧？"陆离往前靠了靠，王淑仪不自觉地微侧过头："我隐约觉得是他，但我们私下也没联系。他是陈明扬二〇一四年介绍给我的，说是要移民，在我店里投一百五十万，纯属工作上的关系。"

池震坐没坐相地靠在椅上，懒洋洋地说："那你分红可不少。"王淑仪叹了口气："他跟我哭穷，要钱，看在合作伙伴的关系，又是陈明扬的朋友，我也不好见死不救。"

池震问："他跟你勒索？"

"怎么可能？我做的正当生意，有什么可勒索的？"

这时推门进来三个人。一个老年人，牵着一个五六岁的小女孩，还有一个三十多岁的男人。陆离和池震事先看过资料，知道老人是王淑仪的父亲王长林，小女孩是王淑仪的女儿陈小鹿。而那个男人是歌星，叫梁思文，有过两首得奖的歌，如今人气大不如前。好像经纪人也想过一些办法，但演艺圈的事情就是说不准，没料到他竟要和王淑仪结婚了。

见到穿着婚纱的王淑仪，他迎上去："太美了！周日就穿这件，我好喜欢，别换了。"说时他在王淑仪脸上轻轻亲了一下，后者娇羞地对着他笑了。陈小鹿跑上去拉拉婚纱，亲亲热热地叫妈妈。梁思文看着孩子笑道："我正好顺路，就把爸和女儿都接来了。"他注意到旁边的陆离和池震:"这两位是?"

王淑仪给他们介绍:"这是我父亲,这是我女儿,和陈明宇生的。"说到陈明宇时她声音低下去,但紧接着又是充满喜悦了,"这是我周日要嫁的男人。"

池震和梁思文握手:"我知道你。"梁思文笑着说:"来了都是朋友,别聊那些,很尴尬的。那你们是?"

陆离开口:"我们……"王淑仪打断道:"他们是警察,来问一点公司的事情,好像是有人盗用了我们的肖像权。"

梁思文不明情况,点点头说:"那麻烦你们了。"王淑仪娇嗔道:"你快去给孩子倒杯果汁,怎么当父亲的?"果然梁思文拉着小鹿走了,边走边问孩子:"要橙汁还是苹果汁?"他一走开,王淑仪低声对陆离和池震说:"哪天聊都行,约个时间,我随时配合,我去趟警察局都行,今天真的不合适。"

她目光中满是央求。

"过气歌手和美容院女老板,这组合还挺搭的。"出了美容院,池震笑笑。他看了看沉思中的陆离:"想什么?又是她在撒谎?"

王淑仪当然在撒谎,但是她属于不会撒谎的人。一个不会撒谎的人试着撒谎,就是那样子,被逼得很急了,但就是不讲,查呀,拿证据呀。

陆离摇头:"她也是苦出身,你看她父亲,一看就是干一辈子农活。你不该拉着我走。"池震劝道:"过了周日再来。"陆离固执地说:"不一样,今天问可以打他们个措手不及。"池震很肯定:"是她干的,早晚能查出来。主要是我讨厌那歌手。"他拉开车门,陆离不解地问:"关那歌手什么事?"

池震闷声说:"我讨厌那歌手,讨厌他的歌,讨厌他的嗓子,所以我希望他周日顺利地把一个杀人犯娶回家,我们下周再把他老婆抓走。"

陆离不睬他,谁知道池震心里在想什么,喜怒无常的家伙。池震系好安全带:"送我回养老院,调不出电视频道,我妈能念叨我一年。"陆离冷淡地拒绝了他的要求:"先回局里。"至少陆离要向董局交差。

董局看着他俩进门,走到办公室门口:"池先生难得来一次局里,咱们给他鼓个掌。"他带头鼓掌,办公室响起稀稀拉拉的掌声。

董局脸一拉:"你不来没关系,我又不用你坐班打工卡,但你别忘了,我是局长。"说完还拉上了办公室的门。

温妙玲奇道:"谁不知道他是局长?他在干吗?孔雀开屏?"

这就得问池震了,陆离看过去,池震回看他。

温妙玲打破两人之间的沉默:"老高有东西给你。"

老高上身快探到柜子里了,撅着屁股往外掏东西:十几件加大号的裤衩及T恤衫,一个箱子,孙威的,陆离从酒店拿的;三个麻袋、两把椰子刀,现场和椰农家拿的。

老高把东西一件一件扔在地上,陆离站在后边,完了老高拿着一把刀,站起身面对着他:"真把我们当收破烂的了,给的都是些什么东西?这两把椰子刀,凶器都算不上,随便一个椰子摊要来给我的,就说凶手用的这一类的刀,塞给我们物证科!"他把刀扔在地上,刀子着地发出一声轻响:"这把刀跟案子有关系吗?刃都没开,查了一圈,才说是报案那两个穷鬼的。还有这些裤衩,有几个还是原味的,出警局右转,路口有爱心箱,你捐了吧!"

陆离也觉得自己有点过分,笑笑说:"能穿上这些衣服的,肥得流油,还用我献爱心?"

老高拿起桌上的那张说明书:"给这么多,就这张纸有点用。"他递给陆离一个药盒。陆离打开药盒,先看了看药板,抽出里面的说明书,跟证物的说明书一模一样。

老高指给他看:"我照着说明书买的药,草木犀流浸液片。"

陆离看了一眼药盒:"我认字,有用在哪儿?"

老高耐心地说:"你给我看看死者的照片,不是划花的那个,是活着的照片。"陆离找出孙威的证件照,递给老高看。

老高正色道:"草木犀流浸液片是消肿消炎的,跟阿奇霉素头孢那种消炎药有区别,它主要用于整容后的脸部消肿定型。一个这么胖的人,还要努力把自己整得这么丑,有点意思吧?"

是有意思了,一个胖子,还特意把自己往丑里整,是要藏起什么?

陆离把药和孙威的照片给郑世杰,还有一张整容医生的名单,让他挨个去问,哪个医生给孙威整的容。郑世杰看看照片:"师兄,你逗我?谁给他做整容?"

陆离一把拍在他背上:"你去查吧。"

温妙玲周一把孙威的信息发给了菲律宾警方。那头查了五天,把菲律宾翻了个底朝天,在尼格罗斯岛的阿兰达村,找到了一个人。她打开电脑,让同事看发过来的视频:"这是他们今天中午的审讯录像,一小时以前刚发给我的。"

陆离问:"审的什么人?"

温妙玲努嘴:"你看。"视频里,是一个审讯室,画面先出现两个警察。第一个警察用英文问:What's your name?第二个华人警察问:叫什么名字?温妙玲解释:"那个人连英文都听不懂,需要翻译。"

画面里的男人怯怯地说:"孙威。"

讲英文的警察说一句,华人警察就翻一句:"护照是怎么没的?"这时镜头转到两个警察对面,画面里边的正是孙威,二百多斤的模样,胖得五官陷在肉里。陆离脱口而出:"他,他!"池震也站到他们旁边,一起看着视频。

胖子孙威说:"我护照早卖了。二〇一二年年底,来了一个马来华人,到我们村子里,说要找个最胖的,三十岁左右,要花十万比索买护照,然后他们找到我了。我想我连村子都没出过,何况是拿护照出国。"

华人警察问:"买护照的人叫什么名字?"

孙威怯懦地摇头:"他也没说,这么多年,长什么样我都记不住了。但没见过那么办事的,开十万钓鱼,反过来砍价,看我急用钱,五万不到就收了。"

池震伸手摁了暂停键,喘着粗气问:"等会儿,等会儿,他不但买了他身份,还把自己整得和他一模一样?"陆离合上电脑:"他到底长什么样?"

开始是无头尸,查了一圈以为是陈明扬,到马六甲发现不是。就一胖子,以为是孙威,菲律宾那边又另有其人,又变成死胖子了。五万比索是四千马币,花四千块买的身份,他到底是谁?

大概也就王淑仪最清楚真相了。

陆离和池震对视一眼,出发去找王淑仪。王淑仪、梁思文在婚礼策划的指导下进行彩排,远一点的地方陈小鹿在玩气球。他俩到的时候,婚礼策划正在叮嘱新人:"一二三四五六七八,二二三四五六七八,记得往前走十六步,心里数着二八拍,站住,对所有的宾客挥手,不要直接向后转,这样就要换手,保持男左女右,以女方为中心,男方绕半个圈往回走。"

陆离和池震看着王淑仪慢慢朝这边走过来。她在他俩面前的空位坐下,点了一支烟,目光空洞,眼角嘴角的细纹都现了原形:"我不想撒谎,我也不会撒谎,只能告诉你们,我绝对没有杀他,我也不知道是谁杀的他。五号看新闻,打不通他电话,才知道升旗山的碎尸是他。"

池震说:"他死了你很高兴。"

"算是吧,至少现在很解脱。"王淑仪指了指远处的梁思文,"他死能让我嫁给这个人,我一直想嫁的人。"

池震眯着眼看了眼梁思文,话不对题地问:"他骚扰你?"这个他自然是"孙威"。

王淑仪叹气:"岂止是骚扰,他想毁我下半生。"谁知池震下一句说:"他哪里好?我这二十年都不理解,他的歌怎么能红?"这个他却又是梁思文了。梁思文见他们看着他,朝他们挥挥手,王淑仪抬手也挥了两下:"我也不喜欢他的嗓子,什么磁性、撕裂,我不喜欢,我喜欢他的脸,喜欢他的身材。我第一次见到他,是他来我们店里,找到我,说要整容,我一看,这不是梁思文吗?"

陈小鹿一个人在草地上,池震不想听王淑仪说梁思文,从公文包里翻出一袋巧克力,悄无声息地走过去。

王淑仪还在陆离旁边自顾自地讲:"那天,是他经纪人把他带过来,脑子进水了,硬说他这几年过气是因为形象单一,要换一个全新的形象面对粉丝。他们肯花钱,但我偏偏不想接这单生意,我说我喜欢这张脸,打我十几岁就喜欢这张脸,后来他离开他的经纪人,再后来我们恋爱了,一直到今天,还有不到四十八小时我就能嫁给他了。我没有犯法,别说是谋杀,我用我生命发誓,我王淑仪没有伤害人,所以求求你们,别把这场婚礼搞砸。"

陆离看见池震蹲在陈小鹿面前,陈小鹿吃着巧克力对池震讲话。他站起来走过去,就在要听见他们说什么的时候,王长林过来了。他一把抱过陈小鹿,另一手抓着一把气球:"扔掉。"陈小鹿犹豫了一下,王长林更加严厉地说:"我让你扔掉!"

孩子只能把巧克力扔在草地上,王长林瞪了池震和陆离一眼:"离我外孙女远点儿。"

陆离看着地上的巧克力:"你从哪儿弄来的?"

"巧克力、口红、香水、一两盒好烟,这不都是应该常备的吗?

你们警校不教这些吗？哦，问话基本靠打。"池震满不在乎地说。陆离瞪他一眼："那是老爷子脾气好，如果你跟我女儿套近乎，我肯定打你。"

"她见过死胖子，不认识，但是老见到。她说，走在街上，公交车里，学校门口，见过好多次。"池震一手插在裤袋，看着被王长林抱到远处的陈小鹿。

陆离反应过来："王淑仪说的骚扰，是要绑架她女儿？"他回头看一眼，那边王淑仪又进入彩排，婚礼策划拍着手鼓励道："很好很好，最后再来一遍。"

陆离想了一想："别搞砸她了，收工吧。"

"把这案子查完，我就辞职，跟董局说我不干了，我干不来这个。"回到车上，池震说。

"查不完。我现在真是觉着，干警察八年，我也要碰着死案了。"陆离说。

"死案？"池震看他一眼，陆离伸手到窗外交了停车费，挡车杆抬起，他一踩油门，车子缓缓出了停车场。"不是每个案子都能水落石出，总有些案子，死者在那里，心心念念地盯着你，你就是查不出凶手。张局以前说，一个警察，要是没两个死案，都不好意思说自己这辈子干的是警察。"

池震"哦"了声："张局有什么死案？"

"下水道母子案，飞机醉尸案，还有槟岛淫魔案，陆子鸣的那个案子。"陆离盯着前方。

池震若有所思："但是陆子鸣还是抓到了。"

"不是张局抓的，而且用了十七年才抓着，再晚一点陆子鸣都要老死在外面。"陆离发现自己也可以平静地说到父亲的名字了。池震看了他一眼："死外面也是真相大白，就算凶手没有受到惩罚，总有水落石出那一天。"

池震发现陆离在看车窗外，他顺着一起看过去。草地上的椰子树缠了一个Hello Kitty的气球，此时树下围了一群人，陈小鹿仰头看着气球。有的人试着爬树，有的人抛石头去打。而王长林举起一根长竹竿，竹竿上面绑着一把椰子刀。他用刀轻轻一划，就把缠着气球的树枝割了下来，顺手又割了两个椰子下来。

陆离打了个电话："查一下王长林的住址……对，王淑仪的父亲，我等你电话。"

"去哪儿？"池震问。

陆离眼睛发着奇怪的亮光："去升旗山等着。"

王家老宅在椰林深处，他俩一脚高一脚低踩着泥巴，走了进去。

老宅铁门紧锁。陆离推了推大门，锁得很紧。他沿着栅栏走，找到一处豁口，翻过去，脚踩在泥水里。池震跟着爬上去，翻到一半犹豫了一下。他怕泥水弄脏西服，但陆离已经走到门前。池震只能不管不顾往下跳，他摔了个跟头，满身是泥。

木门也锁着，陆离绕到窗前，不是透明玻璃，看不到里边。他刚试着推了推窗，身后传来一阵风声，随之而至的是一只椰子，玻璃一下子碎了。见他转头看自己，池震耸耸肩，把刚才用来打破窗户的椰子扔回地上。

陆离看了他数秒："如果不是他，你今晚把玻璃补上。"

里面漆黑一片，只有外边的一点微光透进来。陆离跳进窗，贴着墙找开关。灯亮起的一刻他闭了下眼睛，再睁开，面前地上一片血迹。小板凳旁边扔着两把刀，桌子上摆着三个椰子。窗前的墙下也溅着一摊血迹，地上有少许碎骨渣。

在这里，王长林从背后砍死了孙威，然后又把他分成二十六块，装在麻袋里扔弃在山上。

陆离蹲着察看地上，血迹已经风干，和每一块溅出的骨渣拼成现在地上的残骸。

孙威死在这里。

陆离掏出枪，检查子弹，拉开门闩准备出去。门打开后，一阵风吹进来。池震叫住他："你干吗去？"陆离回过头，池震站在原地："你连死的这胖子是谁都不知道，你能抓什么人？"

然而他是凶手，确定无疑。陆离不动。

池震笑了："这有什么用，死的人是谁？把他抓进去，审两天，都用不着我，随便一个律师，就能让他无罪释放。"陆离摇头："凶器、碎尸、现场，都在这儿，不可能无罪。"池震笑得更深了："不可能？我是职业律师，要我教你怎么辩护吗？刑法九十三条到一百零五条，咱们一条一条地捋，正当防卫，侮辱尸体，最多三到五年就出来了。"陆离盯着他，还有地上的残骸，被敲碎的窗户，旧仇新恨："你把玻璃补上。"

陆离这边暂时拿王长林没有办法，郑世杰那头倒有突破，给他的十五个专家名单，问到最后一个，这专家已经退休好几年了，没想到真是他给"孙威"做的手术。

专家住在地下室，郑世杰带着陆离从安全通道往下走。

陆离问："你怎么查到的？"

郑世杰能够找到线索，也是笑得开心："捧着他呗。我拿着那个死胖子照片，说你整得太好了，全大马没有比你更好的整容专家。前面那十几个都瞪我，觉着我睁眼说瞎话，以为我在侮辱他们。只有这个没生气，反倒很激动，看我的眼神跟找到知己似的，说我有眼光，弄得我都不知道怎么往下编了。"

他俩的脚步声在过道里作响，陆离提醒郑世杰："已经负二层了。"

郑世杰走在前面："还得下一层，他不喜欢自然光，脸都是人造的好,光也得是人造的光。"陆离跟他拐过一个拐角,郑世杰又说,"他还问我整不整,说这是他几十年最伟大的作品,但想要完成得双方努力,他努力,我也得努力。"

陆离借着过道的灯光看孙威的照片,听到这句随口问:"你努力什么?"郑世杰笑而不答,过会儿说:"见了专家你就知道了。"

专家姓刘,虽然上了年纪,但精神状态很好。他看了看孙威的照片:"我第一次见他是二〇一三年秋天,拿一张照片,就是这张,说我要整成这样。我说怎么可能,我能把你整得好看,但我没法把你整成另一个人。再说他那时候还精瘦,特别瘦,别说是脸了,体脂含量都不对。第二年春天又找我来了,胖了一圈,远没现在这么胖,但已经不瘦了,他说我会努力更胖,你来吧。我当时已经退休,但能接着这么特别的一个病例,我有兴趣了,把一个人从体型到外表生生变成另一个人,这是令人兴奋的作品!我知道他有问题,我能猜到,多半在哪儿杀了人、放了火,变个样子避难,但我不打听。有两个月他没来,我还担心警察把他抓走。我前后弄了四年,五十多次的大小手术,一直到去年夏天才弄完。接下来就靠他自己了,坚持服用草木犀流浸液片,再就是保持住体重。他真的很努力,一点一点地变胖。你知道,胖是有极限的,胡吃海塞,到了你的极限,也就那样了,何况他还是一个少脂体质,能把自己胖成二百多斤,真的是伯乐遇到千里马。"

陆离不解:"吃不胖,那怎么胖?"

刘专家摇头:"他的那种胖法,对身体伤害非常大。"他从抽屉里拿出一沓照片递给陆离,这五年他给"孙威"拍了五十多张照片,变化是逐渐的。刘专家又道:"其实他上个月来过一次,问能不能整回之前的样子,我说不可能,胖瘦你能改,但脸这个东西,磨骨削皮,是不可逆的。"陆离一张张翻着照片,翻到最后一张,也就是最早的那张:"孙威"的本来面目。

他愣住了。

"你给我换真咖啡了!"老石拿着咖啡杯喝了一口,喷了出来,杯里的不是啤酒是咖啡。他和池震在尸检室,池震从脚边拿出另一个咖啡杯,笑嘻嘻地说:"开个玩笑。"

一抬头他看到陆离站在门口。

陆离拿着一沓照片,表情严肃:"酒店也发现了针头,老石,你最早跟我说,尸体肚皮和大腿内侧有针眼,是治疗什么病?"老石想了一下:"糖尿病或肺源性心脏病。"治疗肺源性心脏病的皮质类激素副作用很大,诱发或加重感染心血管系统并发症,物质代谢和水盐代谢紊乱,导致身体严重发胖。查不到"孙威"任何住宿记录,是因为最初他跟护照的照片还不像,还不够胖,他用了五年的时间,让自己彻底成为孙威。

陆离走到桌前,把手上那沓照片一张一张地摞在桌上,照片一点一点地变瘦,脸型一点一点地变化。池震和老石围到旁边来看,五十多张照片,一直到最后一张。

照片里的人是陈明宇。

陆离将第一张孙威的照片和最后一张陈明宇的单拿出来。池震看着孙威的照片,又看着旁边陈明宇的照片,喃喃道:"那个唐僧,他们大哥,陈明宇。"

陈明宇,假死之后叫孙威,这几年都在大马,没买房,没租房记录,也查不到什么住宿记录,直到他真正成为孙威之后才敢住酒店。他一直躲在哪儿?也许是哪幢烂尾楼,他在里面一藏几年,哪怕被人杀了,也没人发现。

直到婚礼宣誓时间,王淑仪仍然像在做梦。两个警察没有再来打扰她的婚礼,她站在台上,旁边是梁思文,面前是婚礼司仪,她马上要嫁给梁思文。

婚礼正常走着流程，王淑仪的思绪飘到从前，这不是她第一次宣誓。

酒店套房里，孙威，或者说陈明宇，已经很胖，仅仅走到镜子前就累得直喘粗气。他一边看手里自己从前的照片，又看看镜子里浑身的肥肉。

而她帮他把护照和叠好的衣服放到箱子里，让他这一两年不要在槟城，出去躲一躲。她说："等你再回来，重新娶我一次，我就是孙太太了。"孙威看着镜子问："你不嫌弃我吗？我都这样了，你不会爱上别人吧？"她从后面抱住他，贴在他耳边笑着发誓："不管你是陈明宇还是孙威，不管生老病死、贫穷富贵，我王淑仪这辈子只爱你一个人。"

"淑仪……"梁思文小声叫道，"轮到你了。"

王淑仪回过神，举起右拳宣誓："我发誓，不管生老病死、贫穷富贵，我王淑仪这辈子只爱你梁思文一个人。"

接下去是新娘父亲发言。

音乐声中，一身西服的王长林挽着王淑仪，慢慢朝新郎梁思文走过去，走到他面前停步。

音乐声减弱，婚礼司仪把话筒递到王长林面前："王爸爸，今天是女儿出嫁的日子，有没有什么要对女儿女婿讲的？"王长林不习惯这种场合，拘谨得半天说不出话。司仪怕冷场，赶紧提示道："叮嘱的话、祝福的话都好，大喜的日子，您有什么要说的？"

王长林看着梁思文，憋了半天才吐出来一句："对她好点，我都是拿命来待我女儿。"司仪笑道："王爸爸很朴实，不善言辞，但是这句'拿命来待我女儿'，是全天下所有父亲的心声。那王小姐，现在应该叫梁太太了，你有什么要对父亲讲的？"

王淑仪笑着接过话筒，看到远处时表情一下子僵住了，不知何时池震来了，此刻正坐在桌边吃东西。她结巴了几秒："我……我还是希望我父亲身体健康,不管我出嫁还是没出嫁,都一样孝顺他。"司仪仍然在卖力地调节现场气氛:"那新郎呢?从今天开始,你应该改口,叫他爸爸了……"

池震这桌,除了他之外其他人还在观礼,都没动筷子,只有他一个人胡吃海塞。面前的桌上摞满龙虾壳,时不时他还站起来夹菜。吃了一会儿,池震端着一个汤碗,去够远处的汤匙:"来,谁递我一下?"几个宾客看看他,互相看看,继续看台上的告白。池震站起身,绕了半个桌子拿汤匙盛汤。

汤盛好后,池震一抬头,发现温妙玲站在婚礼外围的角落里。他喝了一口汤放下碗,拽了一根牙签离开酒席。经过登记桌时,池震对着登记女孩说:"拿个红包。"

负责登记的女孩不解地看着他,池震指指红包的外壳:"红包就行,不用钱。"女孩这下明白了,拿起一个红包,抽出里边的,把红包壳递给他。池震拿了红包壳,走到温妙玲身边。

"不吃点儿?有龙虾。"他说。

温妙玲瞄他一眼:"非亲非故的,我像你那么不要脸?"

"怎么非亲非故,你是新娘她三叔七大舅的四姨。"说着池震从钱包里掏出二百块钱,塞进红包,"二百一位的自助餐,我请你了。"

温妙玲拒绝:"你吃好喝好,我辈分太高,去不了。"

池震将红包里的钱又放回钱包里,走到登记处把空红包放回去,回到酒席前拿了个空盘子,盛了一盘子的甜点。他边吃甜点边问温妙玲:"吃吗?"

温妙玲笑道:"不是自助吗,还连吃带拿的?我刚才算了算,我应该是新娘的四曾姨奶奶,曾四姨奶奶?"

池震点头:"那确实放不开。"说着他又往嘴里塞了一大口蛋糕。温妙玲忍不住看了一眼盘子里的甜点,池震拿了两把叉子,另一把明显是为她拿的。她不敢再看，盯着台上："什么时候抓人？"

"等陆离过来吧。"池震含糊不清地说。

"为什么等他？我们不是抓老头吗？"

池震也看向台上："他来了也得等，他不想把婚礼搞砸。"

等盘子里吃得差不多，池震又问："吃吗？"见温妙玲皱眉看着他，他体贴地问，"我再给你拿点儿。"温妙玲气道："我不吃！占便宜没够。"想了想她发现哪里不对，"什么叫再给我拿点儿，你这哪一口是我吃的？算了，我吃！"

温妙玲端着盘子吃蛋糕，吃得满嘴都是奶油。池震替她端了盘龙虾过来："我那桌都被我吃完了，去旁边那桌拿的。"温妙玲嚼着蛋糕："你先端着，等会儿我吃完再吃。"

他俩并排看着婚礼现场。婚礼已快结束，酒席一片狼藉，来宾倒的倒、散的散。

温妙玲问："陆队婚礼你来了吗？"

"哪次？"

温妙玲没好气地说："他就结过一次，我那时候刚来警局，啥事都没干，刚上三天班，就让我参加婚礼，又吃又喝，又唱又跳，我觉得刑侦局的日子好啊。谁承想婚礼还没结束，对讲机就响了，说梅因斯多利路发现一具死尸，要刑侦局马上过去，但那时候都喝多了，比这些人喝得多，跑到梅因斯多利路，案发现场，这个吐啊，啥证据都没找着，十几个警察全都是酒气，被害人他老婆来现场都傻了，看我们的眼神我还记着，那意思是你们行不行啊，槟城怎么养了你们这么一帮货？"

池震忍住笑："后来凶手查着了吗？"

"查着了，但是谁我忘了，好像是他们家里人，你说是不是挺丧的？没两年，陆队就离婚了。"

他俩有吃有笑，王淑仪跟在梁思文旁边，忍不住悄悄注意两个警察的动静。

一个月前，孙威找了来。前台给她打电话，说有客人找。她一听就知道是他，让前台说她在吉隆坡筹备新店。晚上她安排了父亲、女儿跟梁思文见面，父亲吃了几口就带着小鹿回去了。他很满意梁思文，怕孩子影响他俩相处，特意把小鹿带走。

那晚本来很美好，她送走父亲、女儿，梁思文在座位上朝她微笑。然而她看到了角落里的孙威，还有他座位旁的大箱子。王淑仪不怕他，反而是他躲开了她的目光。

梁思文说："你爸不想来城里我们也没办法，大不了我们多去升旗山看他，但小鹿要跟咱们在一起，你别顾忌那些。我喜欢小鹿，这么多年我一直想生一个小鹿这样的女儿，更何况你是她的母亲，那我从今天开始，就应当承担父亲的责任。"他还说："我是这么想的，小鹿从出生就没父亲，该到我登场的时候了，每天早起给她做早餐，送她上学，接她放学，辅导她作业，给她开家长会。她以后想学音乐，我就把我所有的教给她；想学舞蹈、绘画，我就找我最专业的朋友辅导她。她就是我亲生女儿，我们俩不要孩子了。"

他的话给了她勇气，她要去打发孙威。她说要去洗手间，经过孙威桌子时，敲了三下他的桌子，果然孙威跟了过来。她给他写过邮件，让他拿着分红永远别回槟城，谁也不欠谁。

孙威好脾气地忍受着她的指责，然而就是不答应分开："我没收到，再说我们是两口子，有话要当面讲。"王淑仪不想见到他，他不是陈明宇，而是陌生人了。

她记得自己说了些过分的话："你很丧你知道吗，不是胖，不是丑，是你唯唯诺诺的样子看起来就很丧，根本就不是陈明宇。大家拿了钱都往上走，包括你弟弟、大姐、妹妹，包括我，拿这笔钱，或者做事，或者享福,每天都很幸福。而你是什么样子,你看看,你再看看,你脸上就写着'我想死,谁陪我一起死'。我不会的,小鹿也不会,别让小鹿知道你是她父亲,我给她看过照片了,她爸爸可没长你这样。"

他忘了在法律上他已经死了,一把拉住她:"你别幻想嫁给他,别忘了,我们还没离婚。"她只想笑,笑他,也笑自己:"要多少钱,开个价,你想把自己毁掉,别拉着我和小鹿给你陪葬。"

她拍开他的手走出去,没再回头。

"她是真爱你啊。"

王淑仪和梁思文端着酒杯,和做美容的同行聊天。同行拍着梁思文的肩膀:"从订婚那天,王氏美容就全场六折,我们这行都知道,六折是亏本价。她是真爱你,想让大家都沾点儿喜气。"

梁思文搂着王淑仪,但王淑仪只是勉强笑着,她看见陆离来了,然后池震和陆离跟王长林坐到了一桌。好不容易找到个借口,她往王长林那边走去,走到一半被温妙玲叫住:"梁太太,请问一下您有时间吗?"

王淑仪提着裙摆步履不停。"我马上就回来。"她匆匆走到桌前:"爸,又喝多了,你这身体喝不了酒。"王长林面部有些僵硬:"别管我,招呼好客人。""什么客人不客人,都是朋友。"王淑仪转过身,"我早跟你们说了,孙威是死是活跟我没关系,我爸更不知道他。"

她拉着老爷子站起来:"爸,我先扶你回去。"王长林挣扎了一下:"你别管我!"然而他的手还是从桌子下面露出来,被王淑仪看到他被铐住的手腕。她抬起头,疑惑地看看陆离和池震。池震看看温妙玲,有些无奈:"不是让你把情况讲给她,安抚一下她的情绪吗?"

陆离悄悄带走了王长林,他们走的时候陈小鹿还在草地上追着气球玩。审讯也很简单,王长林一口承认,是他杀了孙威,跟别人无关。

陆离站在办公楼窗前抽烟。窗外大楼在施工,塔吊在二十层高空来回转动。池震从审讯室里出来,站在他旁边跟他一起看。

陆离吐了口烟,抬手指指对面那栋楼:"打我进刑侦局就在盖。"

池震算了算:"你进来八年了。"

陆离淡淡地说:"对啊,二〇一〇年开始盖,张局还开玩笑说,这房子肯定卖不出去,谁愿意住在警局对面?结果还真说中了,打好地基,盖到五层,人呼啦一下全都撤了,没门,没窗,没顶,好多没房子的过来住,反正大马一年四季都这温度。他们接上水电,有人把冰箱电视都搬进来了。前两个月不知道什么原因,忽然来了个施工队,把这些人清走了,又开始盖起楼来,盖二十多层了还不收,也不知道最后要盖多高。"

池震盯着对面的楼里看:"那些人呢?被清走的那些人搬哪儿去了?"

"反正没有人变富,买一个正经房子住。"陆离没滋没味地说,"没准是老宅情感,再烂的地方住久了,有好房子你都不走。里面那个不就是吗?王淑仪干那么大,还守着那个宅子,不进城。他改口了吗?"

池震双手扶在窗框上,摇了摇头:"还是全揽过来,就是说他女儿毫不知情,人是他一个人杀的,跟女儿女婿没关系。"

"他多大岁数?"

"六十八,跟年龄有什么关系?"

"有过这种案子,觉得自己活够了,替儿子女儿把罪都顶下来。"陆离掐掉烟,返身回了审讯室。

王长林年纪大了,被一轮问下来,眉眼里透着疲惫。陆离居高临下,审视地看着他,突然开口问:"二〇一三年的骗保计划你参与没有?"

王长林摇头:"我不知情,没人告诉我。"

"你什么时候知道孙威的?"

王长林说:"我三号第一次见到他,我怎么也想不到,他是陈明宇。"

这理由,陆离略为瘦削的面颊透着沉郁,目光几乎是咄咄逼人了:

"王氏美容,前三位股东是你女儿王淑仪,你王长林,第三个就是孙威,这几年你没怀疑过?"王长林摇头:"我女儿说稀释股权什么的我也不懂,就拿护照让她去办,我都不知道孙威这个人。"陆离坐下来:"但你后来还是知道了他是陈明宇,为什么杀他?多大的仇,剁成二十六块,你下得了手?他可是做了你两年的女婿,叫了你两年的爸。"

王长林静了一会儿:"我跟他没仇,我女儿之前看上他,我当然接受他。但他现在骚扰我女儿,我当父亲的,就得替女儿做点什么。"

陆离盯着王长林的脸,试图在里面找出什么,但王长林始终没移开视线。

"不行就他吧,顶罪的事你有什么办法。"池震劝陆离。陆离戴着手套,把两把刀放进证物袋。剁椰子的木板之前被用来分尸,上面还残留着血迹,也放进证物袋,一并交给老高。老高难得这么多收获,简直受宠若惊:"都给我了?"

既然死者身份已经查明,他们在王家老宅这边收集证物。陆离叮嘱老高:"你看看这两把刀上,除了王长林有没有第二个人的指纹?估计是没有,但我希望还有别的凶手。"老高看着桌上放了几天的三个椰子,其中一个插着吸管,另两个是已经喝光了的。他依次晃了晃两个喝光的椰子,又拿起带吸管的那个椰子,稍微一倒,已经发酸变臭的椰浆流出来。

池震知道陆离难受什么,就算杀人的真的只有王长林,这五六年每个人都在对孙威作恶,但是警察能抓的只有这个老头。

陆离转身吩咐:"温妙玲、鸡蛋仔,这儿没你们的事了,都回去换上警服,一小时后机场见。"他抬头看向窗外的天空,"我们去马六甲。"

两小时后,航班即将起飞。池震坐在靠过道的座位,他回头看了看。斜后方温妙玲戴着可爱眼罩准备入睡,她左边的郑世杰靠窗坐,右边的座位是空的。池震旁边的陆离关掉手机,从座椅前方拿起杂志翻看起来。池震解开安全带,刚要起身的时候例行安全检查的空姐经过,把他劝阻在座位上:"先生,请系好安全带,飞机马上要起飞了。"

等空姐走到前面,池震飞快地离开座位坐到温妙玲的旁边。郑世杰吃着鸡蛋仔,看了看他,用胳膊捅醒温妙玲:"师姐,找你的。"

温妙玲摘下眼罩,看见是池震:"你来干吗?"

"跟你讨论一下案情。"

温妙玲不想理他:"你旁边不是坐着陆队,跟我讨论什么?"

池震说:"我们这次去马六甲,是抓陈明扬,对吧?"温妙玲不回答,但郑世杰隔着温妙玲说:"是啊。"池震点点头:"以什么罪名抓?杀人吗?他根本不在现场。"郑世杰接道:"对啊,四号一大早就回马六甲了。"

温妙玲左右看看,戴上眼罩靠在椅背上。池震说:"那只剩骗保了,少则三年。想让他坐五年以上的牢,按刑法第一百九十八条,要同时满足两个条件:骗保金额巨大,这个有,一千多万;再就是情节特别严重,我担心这个我们没法证明。"

郑世杰问:"那你说怎么办?"温妙玲摘下眼罩:"不然这样,你坐我这儿,你们俩好好讨论,我去你那儿坐。"池震看看自己的空位和那边的陆离:"不用了,我再想想。"郑世杰应道:"行,那我也想想。"温妙玲给他俩各一个白眼,又把眼罩戴上了。

等池震回到自己的位置,空姐赶紧过来叮嘱:"先生,不要再走动了,飞机真的要飞了。"池震点点头:"好,不走动了。"他系上安全带,这时陆离突然开口:"我们谁也不抓。抓不了,就算有罪名,实实在在找到所有的证据,证明他犯罪,抓人也是马六甲警方的事。"

池震看着他:"那我们兴师动众地都飞过来干吗?"陆离低头继续看杂志:"借机放个假,搞清楚陈明扬三号跟他大哥来槟城到底要干什么。"

飞机落地,乘客们陆续起身拿行李。池震站起身回头看。温妙玲提着背包，随着人流往前走，经过池震身边问道："你老看我干吗？鸡蛋仔说，一个多小时，你回了三十六次头。"

池震环顾机舱："我没看你，那个人不见了。"

"谁？"温妙玲顺着他目光看去，却没看见可疑的人。她抬头看向池震，慢吞吞地问："听说你看得到死者？"池震一本正经点头："是，我看到孙威，他坐在你旁边的空位上。因为太胖，经济舱的座位对他来说太挤。"温妙玲被他说得汗毛直竖："那你知道他怎么死的？"

池震点点头。他拿巧克力给陈小鹿吃的那回，听孩子说经常看见胖叔叔，街上、公交车上、幼儿园门口，反正能遇到的地方都遇到过了。王长林对王淑仪是父爱，陈明宇对他女儿也是父爱。然而他回不去了，整容专家能把陈明宇变成孙威，磨过骨的脸无法逆回到陈明宇。

孙威没办法，只能回去跟他的家人商量，但陈家没人支持他。他们怕把小鹿要回来，就割断了和王淑仪的联系，以后王淑仪不给他们打钱。孙威不要钱了，只求要回小鹿，陈家人怕他闹，让陈明扬陪着他去找王淑仪。

这一趟注定孙威要失望。陈明扬连协议都拟好了，如果王淑仪答应多给钱，他们兄妹三人愿意劝住孙威。孙威气急之下说要捅穿骗保的事，大家一起坐牢。

也许孙威已经意识到鱼死网破的结局，他把陈明扬的登机牌缝在内裤里。即使他死了，也能留下一条线索让警察找到凶手。

"那天，我骗他说，淑仪会带着小鹿来老宅见他。他坐在窗前吸着椰子往外看，一直问我他们到哪儿了。我让他再喝个椰子凉快凉快，说淑仪在路上了，一会儿就到了。他喝到第三个椰子，对我说：'爸，你怎么劝的她？我跟淑仪吵那么多天，也没个结果。我从小也没父亲，跟你有这么一段缘分，就算以后，见不着你了，心里也要喊你一声……'但那时我在他背后一刀捅过去。他转过来问我：'爸，怎么……'他手里的椰子掉下来,'别让淑仪知道你杀的我,让她当一个正常的妈妈,对我女儿好点儿。'"

两辆警车一前一后往陈家开去,这是马六甲警局的,陆离来之前跟这边的常局长联系过。

陆离看着窗外的景色,脑海中浮现的却是王长林的供词。

"我看他死了,就拔下后背的刀,扒掉他的衣服。一刀一刀剁下去,装了四个袋子,用马车运走。埋了一袋,有人来,我怕被发现,另外三袋就扔了。"

警车停在陈家老宅门口,陆离带着人下车进了院子。空气中弥漫着海腥味,大姐小妹正在收鱼干,见到他们不由停下了手里的活计,陈明扬也从房里跑出来。

郑世杰把戴着手铐的陈明扬押进警车,温妙玲走到池震和陆离身边:"把他押哪儿去?"

陆离说:"交给常局,骗保的事,让他们慢慢去查吧。咱们吃肉,也得让他们喝点汤,是不是?"温妙玲若有所思:"还记得报案那两个人吗,你放走的那个,他们俩就是穷,人都抓着了,但一百块钱跑丢了,坚持要把他送到牢里。其实我挺不想说的,特别不想说,但有时我真感觉,穷是很罪恶的一件事。"陆离看了她一眼:"不一定,那人还记得分他一百。"

池震转身重新走进陈家,大姐和小妹正在抹眼泪,见他进来,不由自主打了个顿,哭声也降低不少。池震俯到她俩面前:"不管查不查得出来,但我要告诉你们两个,你们都有罪。烧焦的那个是谁?你们傻子弟弟?但是那个弟弟,真的是淹死的吗?"他环顾客厅,祖上传下来的房子,已经旧了,但因为发了横财,添上了不少新东西。

到后来,傻子弟弟是怎么死的,陈明宇未必不明白。他带着王淑仪、陈小鹿回来奔丧,事情已经发生了,家里姐弟仨安排好了计划,帮他买了五家保险，连孙威的护照都买好了。骗保，他和王淑仪不是不怕，但没有比穷更可怕的。享受惯的三姐弟，连人都敢杀，逼着陈明宇按计划行事。而利益当头，为了更可信，王淑仪抱着孩子冒险跟他制造假车祸。

正如温妙玲所说，穷是一件很罪恶的事。

"陈家小弟不一定是淹死的，很有可能是被他们杀的。"飞机上池震对陆离说。

陆离翻着杂志："没有尸检报告，过了那么多年，不管是什么罪，也被这一把火烧没了。"

池震回头看温妙玲旁边的空座，温妙玲想起他说的鬼话，什么孙威坐在座位上，瞪了他一眼，池震还以一笑。

"谁让你杀我的？"陆离突然问。池震愣了一下，还没想好措辞，陆离又问："是董局吗？"

池震不说话。

陆离淡淡笑了下："真是借刀杀人的好办法。"

飞机拉升，池震突然反应过来。他拿出手枪打开弹夹，发现里面是空的。

陆离看着池震的举动："他根本没打算让你杀我，他知道你杀不了我，我警校读四年，三十一门课程，董局知道我成绩，他是想让我犯错，在你下手之前杀了你，然后把我关进大牢，再弄死我。"

他是张局招进来的人，在董局眼里就是张局的人。

八年前，槟岛淫魔的案子刚破，他还在警校读书。

张局找他的那天，他在篮球场打球。东西两个篮圈，五六个同学在东边的半场打篮球，他一个人在西侧投篮。有个陌生人坐在场边的台阶上，一直盯着他，那人手里握着一沓文件。上课铃响，同学离开篮球场的时候，其中一个想叫他一起走，但被别人拉走了，谁都知道他是淫魔的儿子。

陆离没去上课，仍然待在场上继续投篮，而那个陌生人还在盯着他。他收起球，走到陌生人面前："你一直盯着我。"

那人是张局："怎么不去上课？"

"我退学了。"

"退学你走啊，在这儿赖着干吗？"

"这是警校，又不是普通大学，说走就走，要交一份退学申请，等上面批准才能走。"

张局抽出手里的两页纸给陆离。

陆离在警校四年没见过他，现在才知道他是槟城刑侦局的张成海，名义上抓到淫魔的人。然而淫魔落网，并不是张局厉害，而是因为……"我知道你，刑侦局局长。这儿每年招五十个学生，苦读四年，就为了毕业后能跟你干。"但五年都招不上一个，那么多师兄师姐，毕业后当了狱警、交警，进不了刑侦局。

"你父亲被我抓的，你恨我吗？"

陆离想笑，也确实笑了："首先，他有名字，叫陆子鸣，别句句我父亲。再就是，谁抓着陆子鸣，我都为他鼓掌，但真不是你抓的，是DNA抓的，一九九二年犯案，给你十七年的时间，你也没抓着，亏你是槟城警校成绩最好的毕业生。"不过那个最好已经被超了，现在是他，陆离，才是槟城警校成绩最好的学生。

"我不管你父亲陆子鸣是什么人，杀了六个人、十个人、一百个人，我不管这些，我只要成绩好的。现场勘察、犯罪心理、擒敌、射击，三十一门课程，加起来两千九百多分，我不把你拉到我身边，难道让你去社会作恶吗？"

张局撕了他的退学报告，带走他的简历，那年他进了刑侦局。

池震真不想干了，他一个律师出身的，跟人比的是头脑。跟人动手？开玩笑，他连怎么开手铐都不会好吗。他坐在董局的办公桌前看着董局："我不干了，我退出。你要是给我一条生路，让我出去找点别的做；你要是不给我生路，你是局长，我也没办法，生死由你。"

董局批着文件，头都没抬："陆离知道了？"

"你根本就没打算让我杀他，你在逼他杀我。"

董局总算抬头看看他："我是这意思。我怎么舍得杀他，我就是想让他手上沾点血，好专心给我干活。不想干，你就走吧。"

池震不信有这么简单："就这么走了？"

"那怎么办？他又不杀你，你也没本事，惹他点别的事。"

池震问："你跟我讲这么多，让我走，不怕我说出去？"

董局还在低头工作："你不有个老娘在养老院吗？还有个索菲跟你不错，再不济监狱里还有个陈同呢，我怕什么？"他翻过一页文件，突然想起一件事，"你那些店生意不错，到月底都还给你，钱是挺好赚，但我不赚这钱。"池震更加意外，蒙在原地。董局挥挥手，像赶走苍蝇："走吧，站那儿干吗？当半个月警察，我给你送面锦旗，人民警察爱人民？"

池震昏头晕脑走到门口，握着门扶手回头问："为什么是我？"董局挑起眉看他，池震说："我是个律师，枪都没摸过，不管是杀陆离，还是被陆离杀，我干不来。搞陆离这种事，为什么选我？"

"你去云顶吗？"

"赌场？没怎么去过。"

"男人要有点嗜好，人无癖则无信。我就常去云顶，赌场里的花样就多了。老虎机、二十一点、百家乐，但那些没意思，不是跟机器赌，就是跟庄赌，我喜欢跟人赌，玩德扑。"说着董局把文件划拉到一边，拿出一副扑克洗牌，又从抽屉里找出三张照片，一张一张像发牌一样地，从左至右扣在桌子上，"德州扑克是你有你的底牌，我有我的底牌，但有意思的是我们最后还是要开这三张公牌,来比输赢。你的底牌,律师,没底线,坐了三年牢,但脑子还算聪明。"他点点牌,让池震开牌,"先开一张吧,看看是谁的。"

池震翻开一张,是陆离的照片。

"这就是我要的,那么能干,但现在还不是我的。"董局把陆离的照片拿过来,"但早晚我会把他收进来。再开一张,看看是不是你的。"

池震又翻开一张,是池雯的照片。董局瞄了一眼:"池雯,一九九二年七月五号晚上十点半左右遇害,我记得那时候我刚毕业,学校给我俩选择,进刑侦局,或是去黑帮当卧底,结果我两个都选了,卧底一当当十年。到最后,帮里边除了我要扳倒的那个刘三爷,就是我了。你那个同哥当时还是给人开车,门口盯梢的。刚毕业,混十年黑帮,弄得我现在都搞不清这是刑侦局还是社团。拿走吧,你姐姐,是你的牌。"

池震将池雯照片慢慢放到自己面前的扑克上。

董局指指桌面:"看看最后一张,翻,我也好奇。"

是陆子鸣的照片。

董局笑了笑:"杀你姐姐的凶手。"

池震伸手去拿陆子鸣的照片,但董局同时伸手摁住照片:"别着急,我的牌也要的。"他把陆离照片放在陆子鸣照片旁边。池震低头看了许久两人的照片:"他俩是父子?他可是刑侦队的队长。"

董局意味深长看着他:"只有张局知道、我知道。现在张局没了,多了个你知道。"他俯身将池雯的照片拿过来,三张放在一排,"所以说,为什么我选你。"

Original Sin 原·生·之·罪 **III**

湘子庙青年旅社发生一起杀人事件,死者是二十四岁的泰国女性娜帕,皮肤口唇呈鲜红色。

陆离拿起娜帕的护照,翻了一翻,看向房间内除去娜帕以外的七个客人。这些人里面,有的提着箱子打算离开,有的站在墙角一语不发,有的坐在床边看着窗外。青旅社的老板站在门口,盯着房间里的动静。

陆离探了一下娜帕的动脉,俯下身闻了一下死者口鼻间的气息,是杏仁味。客人之中的一个青年男子问道:"是心脏病猝死吗?"陆离看了他一眼,合上护照:"这么大味儿没人发现?谋杀。"

所有人知道没那么容易走了,纷纷放下行李,回到自己的床位。陆离不动声色打量着每个人的举动,走到门口对老板说:"把旅社所有的客人清空。"他回头看了一眼房间的门牌号,上面写着"二〇三":"剩下的七个客人,谁也不许走!"

疏散客人不是一时半会儿的事,两辆警车停在门口,郑世杰靠在红门边一边吃鸡蛋仔,一边看着每一个拎着行李出来的客人。他们大部分都是年轻人,要么背着画板,要么背着吉他。老板也站在红门边,不断对每一个客人鞠躬致歉:"不好意思,实在不好意思,房费不要了,欢迎下次再来。"

郑世杰打断他:"你们多少间房?"

"一楼八间,二楼十间。"

郑世杰算了下人数:"这么多客人?老说我们监狱条件差,牢房都比你们这儿宽敞。"

老板沉默了下:"平常没这么多人,最近有音乐节,好多客人是从外地赶过来的。"

"那你不是损失不少?"

老板叹了口气:"那也没办法,出了这么大的事。"

郑世杰安慰道:"没关系,把案子破了,你就能正常营业。"他这话给了老板一丝希望:"大概几天能破?"郑世杰嚼着鸡蛋仔:"不好说,有些案子十几年都没破。"

看着老板大惊失色的样子,郑世杰乐了,吃完最后一口鸡蛋仔,把纸袋扔进垃圾桶。"开玩笑的,凶手就在那几个人里边,今天就给你破了。"

剩下的七个客人,各自待在自己的床位上,看着老石查看尸体。娜帕的上铺是关之源,他只能趴在床上弯腰往下看。另外三张上铺上依次是徐亮、何心雨、韦强,四张下铺依次是娜帕、冯婷婷、程飞、刘远。

都是年轻人。

陆离检查了一下门插,插上之后外面打不开。

刚才问是不是心脏病发作的年轻人说:"昨天回来门是我插的。"陆离记得他名字叫程飞,朝他点了点头。程飞上铺的何心雨证明道:"我晚上下来关灯,门确实插着。"

下铺的刘远问:"那就是咱们几个,她怎么死的?"

陆离淡淡地说:"氰化物中毒,毛巾喷上氰化物喷雾,捂住她鼻子,十几秒就够了,这么大的苦杏仁味,没有人闻着?"上铺的韦强说:

"不然就搜吧,大家今天都有事,没必要在这儿耗一天。"

刘远说:"不可能搜着,十点钟起床,进进出出的,该扔早扔了。"

陆离问:"昨晚几点锁门熄灯的?"

这帮人七嘴八舌,陆离听了会儿,拼出个经过。昨晚他们先去唱歌,就在地下室的KTV,唱到两三点钟才回来,都喝多了。真要是有人三四点从上铺下来,也没人能听出来。

韦强听刘远说上铺,立马抗议:"你在怀疑我?是你要求换下铺的。"

法医老石打断他俩的争执:"等会儿!你们两点钟回来的?之前她一直在这躺着?"

刘远说没有:"娜帕一直跟我们唱歌来着,两点钟跟我们一起回来的。"

老石看了看手表:"不可能。死十二小时,她昨晚一点之前就已经死了。"陆离快步走到老石身边,老石翻开娜帕的眼睑给他看,"角膜浑浊。"老石又压了压娜帕的手臂,"全身高度尸僵。"

这可有趣了,一点之前就已经死了,她是怎么跟别人回来的?

一帮青年张口结舌,大概都喝断片了,搞不清回来的时候娜帕有没有一起。

陆离见问不出,转身跟老石还有物证科的老高去了地下室的KTV。里面一片狼藉,地上有两个碎酒瓶,桌上还有一些残留的杯中酒、瓶中酒。老板有些惭愧:"一起来就出事,也没时间收拾。"

陆离拿起一个酒瓶,里边还剩一点酒:"还好没收拾,收拾太干净,我就更没的查了。"他回头问老高:"你要吗?"说时陆离打开柜子挨个抽屉翻,找到黑色垃圾袋递给老高:"你可是物证科的,肯定有一个是凶手喝的。"老高盯了他半天,接过袋子,往里边放进第一个酒瓶。

那边郑世杰从墙上取下吉他:"老板,你这少根弦。"老板走过来，果然吉他中间的一根弦被抽掉了。郑世杰很有经验地说:"少根三弦。"被陆离听到,扬声训道:"做点正事,好吗?这边死人了,你要唱一首吗?"

郑世杰顶嘴道:"刑侦局干的就是这个活,死人有什么大惊小怪。"陆离打开门,做了一个请的手势,郑世杰放下吉他出了门。陆离没去安慰他,走到卫生间的门口拧了一下门,没拧开,里面有人。他连拍三下,温妙玲在里边打开门。

陆离皱着眉:"锁什么门,又不是真上厕所。"

温妙玲解释道:"我是要……"但陆离已经意识到不对,转身锁了门,想想摸着门扶手又问:"不然你先出去?好大的杏仁味。"

温妙玲说:"我全搜过了,没有氰化物。"陆离深吸两口气,打开卫生间每一个抽屉和柜子,先闻一下,再把里边的东西掏出来:"但确实有。"他再看了一圈卫生间,跪在地上趴在马桶盖上,摁了一下马桶按钮。陆离起身把马桶后盖掀开,盯着里边看。温妙玲凑过来,蓄水池里漂着一块毛巾、一个小塑料瓶和一双胶皮手套。她问:"人是在这儿杀的?"

陆离小心翼翼把这些东西装进证物袋,从卫生间里走出来,温妙玲跟在他后面。郑世杰拿着一沓护照从外面进来:"师兄,他们的护照都在这了。"

护照有七本,陆离对郑世杰说:"查一下他们哪天入住,谁先谁后。"等郑世杰出去,他坐到沙发上先翻看娜帕的护照,再将每个人的护照大致翻一下。温妙玲坐到他旁边,陆离将护照递过去:"核实一下……"他突然想到池震,"池震呢?"

温妙玲翻了个白眼:"陆队长,你搭档跑哪去了,你问我?"

陆离拿出手机给池震打电话,那个时候池震倒是在旅社后门。他还不知道自己的杀姐仇人是陆离的父亲,想着去警察局跟董局摊牌。

池震没接电话,但让索菲进去打探一番。索菲出来说:"死了个女的,二十四岁,泰国人,叫娜帕,原名是索碧娜帕·崇帕尼,我学得像吗?"她还要了两张娜帕的现场照片,"你不是警察吗,进去就完了,让我来干吗?"池震叫了阿亮来开车,是怕自己万一被董局杀了,能有人开车把索菲送回去。然而这些他觉得没必要告诉索菲,免得她也被卷了进去。

陆离打不通池震的电话,也没放在心上。这时郑世杰已经问清八个人入住的前后,温妙玲在八张照片背面贴上双面胶做标记。而郑世杰真是对吉他念念不忘,又拿了起来,见陆离指着他,他笑道:"没三弦有点难,一六弦没我倒是能给你弹一首。"见陆离板着脸,他只好放下吉他,但是忍不住在剩下的五根弦上拨了一遍。

温妙玲将徐亮的照片拍在墙上:"最早住进来的这个孩子叫徐亮,下个月满十七,老板说在这儿住快一个礼拜了,从上礼拜三就在这儿住。他年纪不大,但最可疑,因为他什么都不干。"

陆离打断她:"什么叫什么都不干?"

温妙玲说:"这是旅游景点,他是头一个,住进来一礼拜,不出门,不下楼,衣服都不换洗,每天一桶泡面,还是喊老板送上来,永远合着窗帘,只要外边有什么动静,就拨开窗帘去看。还有最奇怪的一点是,他不用电脑,不用手机。二〇一八年了,没手机的状态是很诡异的,你会看到,他一整天除了睡觉就是在房间里乱转,再就是站在窗前,观察又有什么人进来了。"

陆离盯着照片:"他是躲警察,还是在等人?"

温妙玲说:"结论你来做,我就是把情况告诉你。"陆离看看她:"下一个。"下一个叫何心雨,在徐亮之后,比别人早来一天,今年二十六,背包客的样子,说是这几年都在旅行,来这儿参加音乐节。

第三个是程飞,刚才挺喜欢说话的那个,洛杉矶UCLA读了八年还毕不了业。前年学校出了一件事，他回国了。

陆离问："什么事？"

郑世杰说："一个叫Sarkar的博士七年毕不了业，一怒之下，把他的导师给毙了。被杀的导师叫Klug，讽刺的是，导师手底下，七年还不是最长的，枪击现场还有个八年没毕业的，这个人以同案犯的嫌疑被审了半年，无罪释放。"

陆离皱眉："如果罪名成立，动机是什么？"

郑世杰笑道："把自己的导师杀掉，换一个好说话能毕业的导师，当然没人敢接收他。"

第四个是冯婷婷，来自中国江西婺源。

温妙玲不认识"婺"，按照护照上的发音读，听上去有些怪。陆离摇头："婺源，婺源古镇啊，那么有名，你可是讲中国话的。"温妙玲一副死猪不怕开水烫的样子："无所谓了，反正中国来的，在浙大读书，寒假来槟城看她男朋友。"

"男朋友？她一个女孩只身从中国来，就住进这男女混住的八人间？"

冯婷婷的男朋友在槟大，考试延后一天，把她安顿在这儿一宿，行李都放在她男朋友学校，本来计划今天退房，在大马旅行。

陆离仍然觉得不对："男朋友是哪儿人？"大马人，还是中国人？浙大在杭州，跟槟城这么远，怎么认识的？温妙玲不在意："互联网吧，这个重要吗？"陆离看了看冯婷婷的照片，二十一岁，白净清秀，乖乖女的模样。

"下一个。"

温妙玲贴上韦强的照片："这是第五个，叫韦强，在农村做瓦匠，来槟城投奔他表哥。"陆离问："他为什么住这儿？"想想觉得语气不对，解释道，"我没别的意思，我是说他是民工，而这里是国际青旅，很不搭。"

温妙玲反问:"那他应该住哪儿?"

"旅馆,他表哥的工棚?我也不知道,下一个。"

第六个就是娜帕,泰国人,来看音乐节,昨天下午冯婷婷陪她去买的票,也是一个人自己来的,提着白箱子。那个白色箱子就在陆离脚边,他把箱子摊开,里边是化妆品和女士衣物。

郑世杰把关之源的照片贴在娜帕后面:"这是关之源,跟女友吵架,来槟城散心的,本来不想住这儿,听老板说是瞄上娜帕进来的。"

"瞄什么?"

"瞄大腿吧。"

陆离反应了一下:"还剩一个。"

温妙玲贴上刘远的照片:"这是刘远,吉隆坡一家通信公司的副总,晚上九点多钟,最后一个住进来的。"

"他为什么住这儿?"陆离起身把韦强的照片和刘远的放在一起,摸着下巴打量他俩,"这对上下铺有意思,一个是民工,一个是副总,都住到青旅来。"

"截至十点钟人都住齐了,八个人,谁都不认识谁。后来有人提议,既然明天就是音乐节,那他们今天都去唱歌,之后全都来这儿了,娜帕就是在这儿被杀的。"温妙玲站到陆离旁边,也打量着照片。郑世杰递过一个册子,是音乐节的宣传册:"整个音乐节持续五天,从今天开始,一直到周日结束。"

陆离拿过来翻看:"娜帕不会中文吧?"温妙玲问过了:"泰文英文,中文听不懂。"陆离看着宣传册:"五天,五十三个歌手唱二百三十七首歌,只有二十三首是英文的,剩下的二百一十四首全都是中文歌,她不是奔音乐节来的。那个徐亮见谁我不知道,程飞到底杀没杀人我不清楚,冯婷婷男友是谁我没核实,但是这个娜帕,来到这里,肯定是要见一个人。"他揭下娜帕的照片,盯着墙上剩下的七张照片,"是谁?谁提议来这里唱歌的?"

"叫他们一个一个上来,我要知道,昨天晚上,这帮人在这儿到底干了什么!"陆离吩咐温妙玲和郑世杰。

没想到,提议唱歌的是娜帕。

第一个上来的是冯婷婷。

"她说明天是音乐节,今晚去唱歌吧。"冯婷婷说,"十点多钟过来的,开始大家都放不开,不唱歌也不喝酒,只有那个男孩拿起桌上的酒瓶咚咚咚自己喝,连喝七八瓶,把气氛搞上来了,剩下的人才开始互相碰杯。"

"徐亮第一个喝多,一瓶又一瓶,十几瓶下去,开始耍酒疯,抢麦克风,跳到茶几上唱,最后一下是摔瓶子,直接把酒瓶摔在茶几上。他在那里乱骂,何心雨和程飞上去把他扑倒,关之源骑在他身上打了他几拳。我当时用麦克风喊别打了,没人听我的,是刘远和韦强把人拉开的。

"我和娜帕把徐亮扶到沙发上。那会儿他鼻青脸肿,窝在沙发上,嘴里还哼哼唧唧。"

第二个是关之源。

"早知道我下手狠点儿,彻底把他打残,你知道他说什么吗?当时没留意,现在想想,真要给他打晕,娜帕就不会死。他说今晚就把我们全杀了!我跳上去就打他,程飞过来拉我,说别跟他较真。"

陆离问第三个下来的程飞:"娜帕什么时候倒的?"

程飞笑了:"最想让她倒的,是关之源吧?他冲她来的,满心想着把她灌倒睡到她铺上去。结果,娜帕千杯不醉,就是反复去洗手间。关之源自己倒是喝得差不多了,我后来明白了,她是去洗手间吐,抱着马桶盖,把刚喝的几杯吐出去,回来再喝。"

第四个何心雨对陆离讲:"最后一次进去就没出来,也没人注意她。

那个民工,叫什么来着,跟刘副总打起来了,好像是民工跟他敬酒,刘副总不给面子,说他俩不是一类人,'我是手机坏了,才跟你住上下铺,明天醒来就散了,用不着套交情'。他说一堆废话,就是不举杯,把那民工夹在那儿,那杯酒喝也不是,放也不是,直接泼到刘副总脸上了。两人就打起来了,刘副总哪儿打得过他,只有被打的份儿。我们觉着差不多了,才过去象征性地拉两下。那刘副总不服,但又不敢打,就说咱们拼酒,最后两人也喝个半斤八两。"

陆离问:"娜帕那时候一直在卫生间?"

第五个民工韦强:"好像是,没人注意她,大家那时候都喝多了,都疯了。"

"她在里边的时候,都谁进去过?"

"都进去过,门就那么开着,大家进进出出,我都去过,当时看见娜帕趴地上,就是想着,又倒一个。"

第六个,刘副总刘远:"后来是我让人把她抱出来的。我上厕所,看到她在里边,把她抬出来,摇醒关之源。我说你的妞在里边睡着了。他也喝多了,把她抱出到沙发上,他就是喝成那样,手还知道往她衣服里伸。"

最后一个,程飞:"都喝多了,地上,沙发上,茶几上,躺的都是人。"

徐亮是第一个倒的,醒来时发现大家都倒了,又没人唱歌,拿起麦开始唱歌。他也没点歌,也没伴奏,就干唱。唱得荒腔走板,大家被吵醒,捂着耳朵。关之源还想再打他,但喝醉了没力气。韦强按住他,走过去凑在麦克风上和徐亮一起嘶吼。程飞吃不消他们的鬼哭狼嚎,拿起另一个麦克风,对所有人说:"撤!我说,撤!"

关之源背着娜帕走,手还不时去摸娜帕的大腿。何心雨和程飞看破不说破。刘远喝多了,时不时抓韦强的袖子借力。韦强把他甩开。

但稍不留神,刘远又抓着他的衣服爬楼梯,韦强再次把他抡开。其他人摇摇晃晃往上爬。后来韦强往上走了几步,甩胳膊发现刘远这次没抓他。回头看到刘远趴在地上,韦强犹豫了一会儿,就下去把刘远背回去了。

进宿舍后,程飞转身插门。关之源将娜帕放在床上,盖被子的时候顺便还摸了一把。刘远爬不上上铺,韦强没办法跟他换了。何心雨喊关灯,但没人理他,他只好自己从上铺下来关了灯,宿舍漆黑一片。

陆离指着墙上的七张照片对温妙玲、郑世杰分析案情:"第二天上午,所有人都是十点以后起来的,这是我想不通的地方。这些人起床第一件事是做什么?打电话,发信息。"

刘远给他助理打电话:"手机打不通你就不来接了!我一个大活人你不认识我!我他妈昨晚遭多少罪!你被开除了……等会儿,我那酒店是什么位置……行行行,给你最后一次机会。"

韦强跟他表哥打电话:"哥,我休息好了,我跟你说,以后出门,就得住青年旅社,咱不住旅馆。"

冯婷婷跟男朋友打电话:"你什么时候忙完……那这样吧,我一会儿退房去吃个饭,再去找你。"

和关之源通话的是女朋友。关之源说:"我手机修好了……就住同学家……我今天要看情况,要是我同学留我,我就再住一宿,要是不留我我就回去,等着我啊。"

关之源挂掉电话后还对"熟睡"的娜帕吹了一口气。何心雨和程飞都看到了,刘远让冯婷婷叫醒娜帕。冯婷婷摇了几下,娜帕头一斜,大家发现她已经死了。

陆离一手拿着笔录,一手指着照片:"每个人都很正常,但就是哪儿不对。把这些资料给池震发过去,你问他为什么每个人都是十点以后起来的?凶手为什么没有早上就离开这里?"

温妙玲不动:"我现在的工作是给你和池震牵线吗?"郑世杰说:"我给震哥发吧,但这不是问题啊,谁早走谁是凶手啊。"陆离看了温妙玲一眼:"说是这么说,但不是这样,如果想杀人,我入住那天就会告诉所有人,我明天早上八点飞机,没问题,为什么杀人成功他还不走,要等我们来?"郑世杰猜测:"因为我们最多关一天,二十四小时,七分之一的概率,总比提前走被怀疑好。"

陆离想了想:"可能是吧,把摄像头装上,今夜随时待命。"也许凶手另有所图,陆离总觉得还会再死人。但他也不想什么事都没有,那样到时间就得把七个人放了,娜帕就白死了。

装摄像头的举动遭到刘远的抗议:"这是在监视我们吗?"郑世杰解释:"是保护你们,万一今晚有什么问题,我们就在隔壁盯着屏幕。"关之源说:"装吧,明天睡醒我就走。"

晚上陆离看着监控画面,盯着他们每个人的反应。郑世杰已经睡了,温妙玲问:"你那搭档还没联系上?"陆离视线没离开屏幕:"他说过,干完陈明宇的那个案子,不想当警察了。"

"他能当上警察,不是那么简单吧?我感觉里边有阴谋。"

陆离笑道:"你想多了,回去睡觉。明天有事你再过来,没事就局里见,重新捋一次这七个人。"这时温妙玲看到屏幕上一暗:"熄灯了!"陆离看过去,果然灯已熄灭,每个人都在自己的床位上。他赶温妙玲回去:"到点睡觉,这么大惊小怪,回去吧。"

温妙玲走之前站在门口,又看了陆离一眼,但他盯着屏幕,没有回头看她。

这一晚,监视器里的七个人一动不动,谁也没下床。陆离在电脑前几次险些合上眼睛,最后还是抓着头发,让自己别睡着。什么都没发生,天亮后陆离冲出房间。二〇三房门是开着的,里边的人进进出出,有的在收拾行李,有的头发是湿的,像是刚洗完澡。

程飞问："今天可以走了吧？"刘远说："我们相当于被你们拘禁二十四小时，就算出去了也要赔偿我的损失。"关之源附和："对，我女朋友已经知道我在对她说谎，怎么算？"

陆离退后一步，看着每一个人："我不知道你们来这儿是干什么的，但我会记住你们每一个名字、每一张脸。虽然法律规定一小时之后你们可以离开，各奔东西，但是杀死娜帕的人，就是跑到天涯海角，我也会把你找回来。"

话是这么说，但红门打开了，冯婷婷的男朋友、徐亮的父亲、关之源的女友都已经在外边等待。

关之源的女朋友盯着冯婷婷："关之源呢？"冯婷婷说："洗澡，一会儿就下来了。"但关之源的女朋友还是盯着她："他是来找你吗？"

冯婷婷没理她，刚好她的男友拉着两个行李箱过来，一把抱住她。冯婷婷依偎在他身边："票作废了吧？"冯婷婷男友说："没关系，今天去还来得及。"

韦强找到了自己的表哥，刘远也找到了助理。

徐亮看见父亲，反而往后退。徐亮父亲要进去，被郑世杰挡住了："你现在还不能进。"

老板站在门口送客："每次客人离开，我都会说，欢迎下次光临。但这一次，我实在不好意思讲，估计没人想再回来。住一天，又困住一天，多少也算是缘分一场。以后要是来槟城，欢迎你们来看看我。这次对不住了，下次让你们免费住。"

在场的人鼓了几下掌。郑世杰吃着鸡蛋仔，对陆离说："有点像劫后余生，都是幸运活下来的人，我有点感动。"陆离看着他手上的鸡蛋仔："你哪儿买的？"郑世杰殷勤地问："你要吗？我去帮你买一个。"

陆离没听，他看到池震从街对面下车，手里拿着一沓文件。

池震直接朝陆离走过来："信息我收着了。你问我，凶手为什么杀人成功还不走。"他翻着资料,一边对人头,"是这几个吧?少一个。我担心他不走是因为他还要再杀人。"

出来的人有六个,唯独少了关之源。

陆离拔腿冲进去,到二〇三房门口,里边空无一人。他继续往前跑,推开每一扇门。洗漱间里有流水声,陆离推开大门,看到水掺着血流进下水道,一只手臂从洗浴间的隔板下伸出来。

关之源死了。

又走不成了,池震拿着名单叫道:"何心雨、程飞、冯婷婷、韦强、刘远、徐亮,所有人都放下行李,一个都不许走!"郑世杰走在前面,六人背着包的,提着袋子的,拎着箱子的,跟在后面。走廊里充斥着箱轮和脚步的声音。

郑世杰站在门口,看着后面的人一个个进去:"所有人回到自己的床铺,休息等待。"刘远说:"只剩六个了。"韦强看着关之源和娜帕的上下铺,把自己的包裹扔到上铺:"死了两个。"

郑世杰关上门,他手里还剩半个鸡蛋仔,但这会儿没心情吃了,往前走了几步扔到垃圾桶,正好迎上老石和老高。老石问:"又死一个?"郑世杰指了指卫生间的方向:"那边。"老高先进去,老石站在门口,喝了一口咖啡杯里的酒再进去。

死者关之源全身赤裸趴在地上,头上还有洗发水的泡沫。门口的挂钩上还挂着关之源的衣服。陆离蹲在关之源旁边,他还没动过尸体,水龙头仍然开着,源源不断的温水浇下来。

"董局已经炸了,就这六七个人,又死一个。"老石说,关上水龙头。他蹲下来,在死者后背划了一下:"浴液还没冲。"

关之源的脖子上有一条横线,喉管处被勒破。老石用手指将他脖子上的勒痕拨开,自言自语道:"从后面勒的,脖子充血,死者挣扎不死,直到喉管勒破,血迸出来。不是铁丝、软线,到底是什么呢?凶手惯用右手，男性。死亡时间不用验吧？我没法告诉你死三十五分钟还是四十分钟。"

陆离闷声说："我知道。"就在他眼皮底下死的。

老石站起身，从窗台上拿起咖啡杯喝一口："这是致命伤，应该没别的伤了，翻一下吧。"温妙玲退几步到窗口前，池震和陆离把关之源翻到正面。关之源身下露出了一根吉他弦和两条毛巾，陆离迅速认了出来，那根三弦，吉他上少的那根弦。他把两条毛巾缠在手上，再把吉他弦勒在手上，勒了两下之后松开吉他弦和毛巾，摊开手心，没有勒痕。

老高拿过证物袋，要捡这根弦。陆离提醒道："不是这个，KTV那把吉他是你的，看看上面指纹。"老高瞪他："我知道那吉他，谁都摸过。"

陆离叹口气："反着查，你看没有谁的。"温妙玲在窗边问："我可以看了吗？"陆离扬声道："没人拦着你。"温妙玲说："不是翻过来了吗？"池震会意，把门口挂的外套拿起来盖在关之源裸露的下体上。他拿起来的时候，发现下面还有另一件外套。

温妙玲认得："这不是关之源的，是何心雨的，那个背包客。"

池震把何心雨叫出来，带到天台。他走在前面，何心雨跟在身后。铁制的楼梯，每走一步就发出嗵嗵的响声，越往上走光线越暗。快到顶池震停住脚步，等何心雨上来的时候推开门，阳光透进来，他俩同时闭了闭眼睛。

陆离已经等在那里。从天台隐约能看到音乐节的草坪，不时有音乐声传过来，陆离望着音乐节的方向，但池震一直盯着何心雨。

"我见过你。"

何心雨笑了笑："因为我大众脸吧。"

池震很肯定："不是，绝对是在哪儿见过。"何心雨只是笑："那你慢慢想。"

陆离说:"槟岛音乐节,我记得我大二的时候办第一届,最早没什么动静,槟城本地人都不来。这两年好点了,来的人多了,规模也大了,但我还是不喜欢,办了十年,就陪老婆来过一次。我觉得音乐很躁,内心已经很躁了,还要听这么躁的东西。你应该也不喜欢。"他转回身,凌厉的目光盯着何心雨,"你不是奔音乐节来的。"

何心雨并不紧张:"我旅行路过这里,凑个热闹。"

"那我们就聊聊旅行的事。"陆离把何心雨的背包从桌下拿到桌面上。何心雨抗议道:"你们翻我东西。"陆离并不在意:"这个咱们另说,等你有机会走出这个旅社,再来投诉我。你确实准备了很多东西,手电、望远镜、生火棒,这个是……指北针,没有酒精,但有酒精炉,有户外瓦斯罐,但你没有准备便携瓦斯炉,我们放下不说,但这个就有意思了。"陆离拿出一张纸,"上个月五日的购买凭条,桌上这些东西,包括这个包,全都在这张单子上,上个月才一次买齐,装成背包客,你到底是谁?要见什么人?你跟娜帕是什么关系?"

何心雨的笑容已经不见了:"检查完之后,可以还我了吗?"

陆离把一件外套扔到何心雨面前:"连这个一起拿走。"何心雨接过外套:"我找了一上午。"池震提醒他:"你忘在洗漱间了,关之源洗澡的地方。"何心雨恍然大悟:"哦,我先去洗的澡,关之源一直在外边催我,我急匆匆出来,就忘在那儿了。"

池震摇头,也笑了:"这么聊就不用往下讲了,你上来之前,我们就知道这是标准答案。衣服是你在他洗澡的时候挂上去的,不是忘在那儿,你就在外边,关之源是替你死的。你知道有人要杀你,准确说是杀你和娜帕,马上要解禁了,你知道凶手不会让你活着走出这里。所以,你告诉我,凶手是谁?"

何心雨矢口否认:"我没见到凶手。"

陆离不耐烦地打断他："听着，我们完全可以出去，大门一锁，把你们留在这儿，随便你们在里边怎么样，但你活不过今晚。"何心雨低下头，过了会儿换了副神情："对，凶手要杀的是我。"

池震把椅子搬近一些。何心雨说："昨天娜帕一死，我就知道我们被骗了，凶手把我们骗过来，就是要杀我们。"

"你把外套挂在关之源那里，然后你在哪儿？"陆离问。

"我就躲在旁边，没开水龙头，装作里边没人，帘子下面看到凶手进来，只能看到小腿，那人穿着青旅的拖鞋。我听见他勒关之源。"

陆离不解："他勒关之源的时候你没冲出去？"

何心雨目光居然颇为坦然："我不敢，我不知道他身上还有没有氰化钾，吸一口就致命。我以为，他发现是关之源会就此停手，这样所有人就知道凶手是谁了，没想到他真把关之源杀死了。"

杀人是收不了手的，就算关之源回头，凶手发现找错了人也没办法说不好意思杀错了，只能继续把人勒死。

池震皱眉看着陆离，发现他和陆子鸣长得很像，奇怪从前怎么没发觉。

"你和娜帕怎么认识的？"

"蹲了几年大牢，跟死是一样的。"

陆离翻了下资料："你背着案子？但你护照没案底。"

"我实话说，我改名字了，但我那时候也是无罪释放的，过去的事我真不能说，但刚才我把所有可能找我的人都过了一遍，这几个人我肯定不认识，但他能来杀我，那算上冯婷婷，那五个人，有学生，有民工，有商人，但有一个是假的，他是职业杀手。"

池震回过神，和陆离交换了一下目光，然后拿出湿巾，擦了擦额头上的汗。

陆离觉得该问的都问到了："你下去吧，我们下面有一个警察，接下来这一天不要离开他的视线。"何心雨没马上走:"那这些人你要都问一遍?"见陆离点头,他问,"我叫谁上来?"

陆离刚要回答,池震抢过话:"听你的,你想叫谁,我们就问谁。"

何心雨点点头,收拾好东西拎起背包,推开铁门下楼。

池震看向陆离:"真的有杀手吗?"

陆离摇摇头:"我不知道,我挺好奇他到底背的什么案子。你刚才说见过他是什么意思,你接过他案子?"池震想不起来,如果是他的当事人他肯定记得:"但我真好像见过他,想不起来了。"毕竟他曾经是一个小有名气的律师。

池震看着陆离。

八年前,他初出茅庐,在客户家的电视里看到槟岛淫魔案破了。

那时他接的是一个银行贷款案,当事人姓关。他做了大量功课,资料能够证明两千万银行贷款确实是经营不善赔掉了,没有拿来挥霍或者买房置业。

关先生虽然被抓了起来,但关太太并不着急,浴室也一直有水声,大概有人在洗澡。

"银行好像起诉他六七个罪名。"

池震想了想:"您是指渎职、恶意欠薪这些吧?这些是小事,开庭半小时我就能把这些罪名消掉,主要是骗贷,顾名思义就是不实抵押。关先生之前抵押的是七十本车辆登记证,银行指控没有这七十辆车。我的想法是用贷款的百分之十,收七十辆报废车翻新一下,我保证关先生一天牢都不用坐,一出法庭,就能直接回这儿。"

他算得挺好的,两万五一辆收,加上翻新七十辆车最多二百万,让银行拿走,客户还能剩一千八百万。然而关太太说:"池律师,你可能弄错了,你二十 岁,大二的学生,法庭都没上过。我敢请你打官司,是因为我不想赢。关先生不用出来了,他留给我的钱,这辈子都够我花了。"

池震愣住了。水声终于停了，卫生间的门打开，一个油头粉面的男人裹着浴巾出来。他像在自己家一样，从冰箱里拿出一个苹果咬了一口，坐到关太太旁边，拿起遥控器。

池震忍住怒气："关太太，如果是这样，你跟检察官那边说一声就行，何必找我？"关太太漫不经心："检察官我已经打通了。我找你是要你走个过场，打个配合，总好过法院指派的律师。"

就在那时，电视声音被调大了。他听到新闻转头看去。

"持续了十七个月之久的世纪大审判，今天下午终于在槟城中级人民法院落下帷幕。由于十八年前，一九九二年，强奸并谋杀了六名女孩，身为音乐教授的陆子鸣，被称为槟岛淫魔。检方一一出示了六名受害人的年纪、身份以及她们的遇害时间、地点等资料照片。庭审长达八小时，检察官和律师就证据及被告是否认罪等问题进行了五轮的抗辩，最后由一级大法官林芝宣判，被告陆子鸣三宗强奸罪成立、两宗强奸未遂罪成立、一宗侮辱尸体罪成立，六宗谋杀罪，其中五宗成立，累计有期徒刑九十七年，五十年之内，不得以任何理由提前释放。被告陆子鸣当庭表示接受审判，不再上诉。

"随着陆子鸣的宣判，民众在陆子鸣的小区门口，自发组织起悼念活动，来纪念当年被杀的六名女孩。"镜头从最左边的女孩照片及鲜花，从左到右，慢慢展现。最后一张正是池雯的照片，二十二岁，最好的年纪。

陆子鸣被判了九十七年，一辈子别想出来了。

池震收拾好文件起身走了，他想当一辈子律师，而不是随便收钱打输案子。

何心雨提着背包回到楼下餐桌上，警察给叫的外卖，一桌子菜。其他六个人凑上来。刘远搭讪着："问你什么了？"何心雨头也没抬："没问什么。"

"包是他们给你的？我说怎么叫咱们出来吃这么好的，是因为他们把宿舍的行李都收了，那可不行。"刘远站起身，但又被韦强一把摁在座位上："你怕翻吗？命都要没了，你在乎隐私？"

何心雨抬眼："你是怕翻，还是怕被查出来？"刘远转过头："没完事吧？他们还要问谁？"

何心雨看了一圈，才开口："让我选，我怀疑谁，他们问谁。"他指向徐亮："你上去吧。"

第二个上来的是徐亮，也算在陆离意料中。徐亮上来就说："关之源被票死的。"

池震重复了一句："票死？"

徐亮点头："我们刚还说呢，就像杀人游戏，娜帕第一轮死了，大家投票，觉得谁是杀手，要是举手投票，肯定全投关之源。他是冤死，杀手今晚还要杀人。"

"你们叫他杀手？"

徐亮说："是啊，杀手、平民、法官。"

陆离轻敲一下桌子，免得他和池震越聊越远："我们谈谈正事，你下个月满十八，还算是个孩子，我一般不愿意把孩子往坏了想。电视媒体都在说，孩子是未来，是希望、花朵，这是没问到我，我办了快十年案子，那种大案、要案，惨绝人寰的现场，一半都是你这个年纪的孩子干的。你来槟城做什么？"

徐亮恢复了没精打采的样子："没做什么。"

"是没做什么，我知道。一个多礼拜门都不出，我才想知道你到底干什么来了。"

徐亮垂头："我从学校跑出来的，跑出来半个月了，我偷了老师两千多块钱，跑去警察局自首，我跟警察说我偷钱了，抓我坐牢吧，没人管我。这么点钱又住不起酒店,网吧、游戏厅、地下通道,哪儿都睡过,到最后这里最安全。"

池震和陆离交换了一个眼神:"谁在抓你?"

"学校老师,早警告我们别跑。"他抬头看陆离,"跟你那天原话一样,说就是跑到天涯海角也能把我们抓回来。"

咳,陆离摸了摸鼻子:"到底什么学校。"

"槟城防卫学院,就是戒网瘾的学校,每天也不上课,主要是折卡片。"

"折什么卡片?"

"就是那种圣诞贺卡,原来现在还真有人用,给我们的都是一页没折的,上半部分是图片,下半部分是贺词,我们把它折成两半,成为一张贺卡。"

陆离冷静地说:"这是在用童工,每天折多少张?"

"看情况,正常一万张。要是今天电击,折七千张就够。"

"真能治网瘾吗?"

"我没网瘾,我又不玩游戏。"

陆离奇道:"那你去学校干吗?"

"我爸要结婚了,我对那女的没意见,那女的对我有意见。"徐亮突然来了主意,"就当是我杀的,把我抓走行吗?"

陆离走到天台边看向草地,池震把徐亮的书包拿到桌子上:"下去吧。"

徐亮拎着书包下去,何心雨盯着他:"你选谁?"徐亮挨个看过去,不知道选谁才好。他生活在自己的世界里,看谁都有可能是凶手,谁也都不像凶手。冯婷婷主动站起来:"别为难了,我去吧。"

上了天台,冯婷婷说:"我男朋友说离学校近,但我还是不想住这儿,全是陌生人,还都住一间房。还好,不止我一个女生,认识了娜帕，但是第二天她就出事了。"

池震问："除了看音乐会，娜帕还说别的了吗？"

冯婷婷摇头："没聊那么多，她泰语，我中文，英语就是勉强交流，我陪她去买的票。"

冯婷婷选的是韦强："你吧，我选你，不是因为我怀疑你，是因为……"

韦强说："我明白。你选我，我才能选他。"他指了指刘远，刘远不解："选我干什么？"韦强说："如果早问我，这些人里边我最怀疑谁，我第一个说的就是你。"

韦强随身有两个包裹，此刻就在桌上，一个包裹是衣服，另一个装着破旧的工具。

"我来找我表哥，跟他们工程队盖楼，我做瓦匠，一个月能拿四千，不然不住这儿。我来那天，刚好他们一个工友被砸了，我表哥过不来，让我先在外边将就一宿，结果一直耗到今天。"

陆离问："你哪儿找的表哥？"

"我哪儿找？我三姨妈生的，现在还在门口等我出去呢。"

"他在等你把事情办完吧。"

韦强诧异地问："办什么事情？"突然恍然大悟，"你们怀疑我！你去外边问，你看他那个施工队那个大楼，他们楼盖得可快了，三四天就一层，四五十层楼，仨月就能盖完。"

韦强的表哥就在外面，温妙玲已经问过了，陆离说："这我们都核实过了，没问题。"

韦强长吐一口气："那就行了嘛，怎么还怀疑我？"

陆离靠过去贴近问："如果你真的是一个杀手，把自己扮成民工进来，再随便收买一个假表哥配合你，扮得这么好，我以后会对你们另眼相待。"韦强呆呆地坐在椅子上，陆离靠回椅背，"问一个私人的问题，我个人很好奇,你为什么住这儿来了?"

"哎?"

"湘子庙国际青年旅社,你是民工,为什么选这里住?"

韦强青筋暴出:"民工怎么了?"

"没怎么,回答我。"

"这儿便宜,住一宿才二十五,我问一大圈儿,最便宜的旅馆都得三四十。"

刘远一脸疲相:"我肯定不想住这儿,外边订的酒店,一下飞机,发现手机没电了,谁也联系不上,助理也没来接我,出租车给我拉这儿来的,困到现在还出不去。"池震插嘴:"你找人借个充电宝。"

刘远痛苦地摇头:"我张不开嘴,跟谁借啊?但我试了共享充电宝,这里边有个bug,你要先开机扫码,才能用他们的充电宝,但如果我手机有电,为什么还要用你们的充电宝?"见陆离和池震不说话,他又问,"会给补偿吧?"

"什么补偿?"池震反问。

"他们就算了,我是按分钟赚钱的,你们耽误我两天,连民工都难为我,不该给补偿吗?"

池震笑道:"我不知道你是真的假的,如果是杀手扮成这样子,死两个人你跟我谈补偿,你演得有点过。"刘远拍着桌子:"但我损失真的很大,我也不用你们赔,早点让我出去。"

池震没理他的喊声:"下面聊过了吧,你们几个人有一个是职业杀手。"刘远坐回去:"说过了,我觉得是托词,你们破不了案子,就说是职业杀手,给你们警察留点面子。"池震笑道:"我们另一位警察在和你助理聊。"刘远摆摆手:"随便聊,反正我也要开他了,送给你们了,他那天要是去机场接我,我不至于困到今天。"

池震说:"下去吧,真相揭晓的一天,如果你戴着面具,我真想知道面具后面的你什么样子,你把程飞叫上来。"

刘远拎着他的皮箱下去,换程飞上来。

池震翻着他的资料:"你在 UCLA 读八年还没有毕业。"

"不愿割舍沉没成本导致溢价虚高。"

"正常一点回答。"

程飞说:"如果一张毕业证的价值是五分,因为付出成本太多,一年又一年地读,到了第五年第六年,这张毕业证开始溢价,在我这儿变成十分十二分,我没法放弃。"

池震抬头看他:"你解释了读八年,但你还是没解释你毕不了业的原因。"

"因为我太聪明了,Klug 导师喜欢我。他讨厌的那些笨蛋,四五年都给毕业了。你们调查得不少,一会儿是不是也要问我,导师是不是我杀的?"

陆离冷冷地说:"问你什么,你说什么。"

"我不喜欢问什么答什么,所以跟美国警察打交道时,都是让律师跟他们谈。跟你们,我可以保持沉默的吧。"

陆离靠近他,面露凶相:"我们不是美国警察,一会儿你要是不小心从这里摔下去,我都想好报告怎么写了。导师是你杀的吗?"程飞显然老实多了:"我一共在洛杉矶上六次庭,每次上庭我都说,导师是我杀的,我同学那把枪是我的,导师是我带到那个停车场的,他七年,我八年,这事儿我肯定有份啊。但他们觉得我精神有问题,我都认了,还说证据不足,偏要把我放了。真的,我挺想坐牢的,美国又没死刑,监狱伙食又好,坐个几十年牢,总比把我扔到社会不知道干什么好。我在实验室待八年,刚出来时信用卡都不会刷,我知道信用卡磁条有三个磁道,每个磁道有四十个字符,每个字符的长度为四个比特加一个奇偶校验码,但我信用卡里没钱。"

"你学什么的？"

程飞纠正他："学是大一大二的事情吧，像我这种，十五岁大一，十九岁研究生，实验室又待八年，你应该问我做什么才对。"

池震放弃："OK，那你做什么？"

"人类最后的防线，我们导师原话是 Humanity's last line of defense，翻译过来应该是给人类留一手吧，用通俗的话来说是反 AI 技术。假想一部电影，里面讲的是五十年之后，AI 越来越强大，反过来侵蚀人类，杀得人类没几个了。这时我们导师就带着我们团队的研究成果出现了，拯救人类，对抗 AI，成为全人类的英雄。听起来挺好，但你要注意，我要画重点线了，这是人类的后手，留一手，你可能永远用不着，他把我们困在实验室，跟他干了五十年，结果 AI 根本没推广，或是人类和 AI 相处得特别好，那我们这五十年白干了，我们就是一群疯子。"

池震听懂了："连横合纵，张仪和苏秦的故事，为了让自己拿到合纵的长期饭票，苏秦把张仪发到秦国去连横。"程飞连连点头："You got it，我跟 Klug 说了几次，放我出去推广 AI，可他害怕，怕我把世界搅得不成样子，他居然希望自己研究的东西永远都用不上，他希望我跟他一样当蠢货。"

"所以你们杀了导师？"

"我们入门之前，我们导师就在研究反 AI 技术，你知道讽刺的是什么吗？在停车场，我同学 Sarkar，一枪打到导师这里，他知道自己活不了了，但还不知道怎么回事。他转过来看看我，想我救他，救不了就抱着他死。我往后退了一步，他那时候才明白，AI 不会灭绝人类，如果说人类有一天真的绝种了，那也是人类自己把自己灭绝的。"

池震点头："我挺喜欢你的，如果最终是你去坐牢，我可能会去看你，我会告诉我朋友，在监狱保你活着。"他把程飞的行李放在桌子上，程飞问:"我这些东西没问题吧?"

陆离说:"但是你人有问题。"池震接上去:"既然你喜欢所答非所问,那我就不多问了。这两天,你做了什么事,杀了什么人,你讲,我们听着。"

"人我真没杀,无冤无仇,杀他们做什么?但我看见关之源死了。我去洗漱间,他躺在那儿,水龙头开着,血水往下水道流,我都看见了。"

"然后呢?"

"然后只能换旁边的隔板间洗了,我奔洗澡去的,总不能死个人,我澡都不洗了?"

池震一本正经地说:"有道理。"陆离皱着眉头问:"中间有别人进来吗?"

"有,刘远、韦强、何心雨,除了冯婷婷,几乎所有的男人都进来过。看见尸体就走了,谁都不想说,又死一个人,还得困一天。大家都装没看见,拎着行李在门口,等你们放人。"

全都在撒谎。程飞没撒谎,但最可怕,他是反社会人格。

人都问完了,也都放下去了,陆离叹口气:"收工。"

又是一天,还会再死人吗?

傍晚时分下起了滂沱大雨,室内一片昏暗,剩下六个人被关在青年旅社里,只好在游戏室找乐子。韦强、冯婷婷还有徐亮三个人打扑克,程飞一个人打台球,刘远在台球桌边讲电话,何心雨坐在不远的桌前盯着他们所有人。

所有人情绪都不高,显得刘远的声音特别响。

"不不不,你先听我说……别跟我解释,听我说!合同还是要走的,等我一天,我明天就出去……我知道你已经等我一天了,再等我一天,这笔单了必须拿下,我从古隆坡过来,遭这么多罪,不可能生意不做了,白跑一趟,赔本我也得干,这些苦不能白吃……明天,今晚把客户招待好，明天中午我就过去。"

程飞握着台球杆，走在刘远跟前："舍不得割止沉没成本？"刘远抬起头，不明白他的意思。

一棒下去，红三入袋。程飞绕到台子另一边："你前期所有的付出，跟那笔生意的利润是没有关系的，利润就在那里，一成不变地在那里。"刘远喃喃道："那也不能白在这儿困两天。"程飞耸耸肩："再死人，再困几天，那笔生意你赔本也要做了。"

徐亮和冯婷婷边打牌边聊天，只有韦强一个人在认真玩："两个三，要不要？"

徐亮问冯婷婷："你和你男朋友本来计划去哪儿玩？"冯婷婷说："兰卡威、沙巴、热浪岛，我不是很了解，都是我男朋友做的计划，我其实去哪儿都无所谓，主要是跟他一起去。"徐亮点点头："出去就走，别在槟城待着，我不喜欢这里。"

韦强等了半天，拍着牌问："俩三要不要！"

冯婷婷回了一句"不要"，又对徐亮说："你那学校真能治好网瘾吗？"

"我没网瘾。"

冯婷婷说："我知道。那么那些有网瘾的同学戒掉了吗？"

韦强拍出一张牌："一个四要不要？"

徐亮点头："能戒掉，他们什么都能戒，不只是戒网瘾，他们戒的是不听话。"韦强提高了声音："一个四！我就剩两张啦。"冯婷婷说："不要，你出吧。"她又对徐亮说，"所以说他们回去，不是不想玩，而是不敢玩？"

"对，什么都不敢，做任何事前要先打报告：爸我可以吃饭吗？妈我去洗个澡可以吗？姐，我实在太困了，可以睡觉吗？我们有这样的，回去不听话，又被父母送回来了。"

"有死在学校的吗？"

徐亮打了个寒战："当然有。"

韦强拍拍桌子："两个五！"

冯婷婷说："不要，快出吧。"她问徐亮："是自杀吗？"徐亮摇头："自杀死不了，学校严抓自杀，发现自杀的同学会被毒打一顿，饿几天。死的都是营养不良，每天都是半碗饭加点菜叶子，但加激素了，越吃越胖，父母那边混过去了，觉得孩子在这儿生活不错，可扛不住电击，有直接死在电椅上的。"

韦强出完最后一张牌："一个六！"他起身去翻冯婷婷和徐亮的牌，"你们都什么牌啊，俩三一四俩五一六我都赢了。没意思。"

徐亮放下牌："我挺喜欢这里的，死一个人，封闭二十四小时。要是明天中午前还没人死，让我爸、老师他们进来，我会再杀一个人的，警察看着，谁也别出去，谁也别进来。"他看着冯婷婷，"你放心，我不杀你。"

韦强受不了他俩，转去和程飞打台球，刘远放下电话也加入进来。程飞对何心雨招手，何心雨却摆摆手，坐着不动。

门口，池震、陆离、郑世杰、温妙玲都在。池震百无聊赖，伸手接屋檐下的雨。陆离在翻笔录，温妙玲已经问过冯婷婷的男朋友、徐亮的父亲，还有韦强的表哥。郑世杰一直盯着室内六个人："我眼睛都快看瞎了，这里边真有杀手吗？"

陆离抬头看看何心雨："如果他在说谎，他要我们所有人，娜帕和关之源都是他杀的呢？"

温妙玲问："你在问我？"

陆离摇头："没有，我只是在推这种可能性。"温妙玲催道："你快看，看完我下班，那几个家属我问了五个多小时。"陆离合上笔录："我看过了，没有问题。有意思的地方就在了他们没有问题，可能真是职业杀手，父亲也好，男朋友也好，表哥也好，没有家属的也好，就像个团队在外围跟他们打配合,大家都没问题,但就是死两个人!"

何心雨朝这边走过来,在他们面前停下:"我们今天怎么住?"

郑世杰坏笑了一下:"你跟她睡。"温妙玲瞪过去:"滚。"郑世杰正色:"昨天前天怎么住,今天就怎么住。"何心雨恳求:"我可以申请单间吗?单间也不安全,我到你们警察宿舍,可以吗?我实在没法和他们住了,真的有人要杀我。"

陆离没直接答应,只是让温妙玲别下班了。他走进室内:"所有人到三楼酒吧集合,今天大家不要睡了,联谊也好,相互仇视也好,你们六个加上我们四个,大家喝两杯聊聊天。"

都别睡了,在所有人眼皮底下,看杀手怎么动手。

老板给每个人上酒水和饮料,最后在角落里坐下。

陆离把真心话的规则说完,先把自己去掉:"我就算了。"

冯婷婷抗议:"陆队长,规则是你定的,每个人讲一段真心话,不一定跟案子有关系。你都不讲,你指望我们讲真话?不大可能吧。说吧,你为什么当警察?"

陆离犹豫了片刻:"我父亲让我当的,我小时候想当运动员,体育明星,我父亲花了快十年的时间来让我明白,拿金牌,赢得欢呼,只是荣誉,而做警察是实实在在对这个世界有用,很幼稚是不是?但我信了,考了警校,每一门课程我都拼命学,直到我大三那年,我父亲被抓,我世界观一下子变了。"

他记得那一刻。他见义勇为抓贼,被捅得重伤,陆子鸣把自己的一个肾移给他。然而从手术后麻药中醒来,听到的却是陆子鸣的DNA符合槟岛淫魔在杀人现场留下的DNA。

陆离的表情,让冯婷婷不由放柔声音:"你父亲做了什么?"

"杀人。我的世界观是他一砖一瓦建立起来的,然后又被他一夜之间亲手摧毁了。"

郑世杰还是头一回听到："真的假的，谁啊？"温妙玲拍他一下："说着玩呢，这么爱打听，下一个。"下一个是池震，但从陆离说到"父亲"两个字开始，池震一直盯着陆离，没反应过来。温妙玲推了一下池震："到你了池震。"

池震回过神："所谓秘密就是不能讲。说一个能讲的，我恨我母亲，非常非常恨，有时候会盼着她早点死掉。但我又出奇地孝顺，她要钱，要东西，要我去陪她，要什么我备什么，随叫随到。有时候想犯懒，今天不去了，或是这月少打点钱，我都会拿出我姐姐照片看看，提醒自己，我孝顺她不是因为她是我妈，而是因为，她是我姐姐的妈。"

韦强好奇地问："那你姐姐呢？"池震摇头："说好只讲一个秘密。该你了。"韦强想了想："我也不知道该说啥，我知道在座的很多人看不起我，我是个民工，我也知道你们觉得，我跟你们不是一类人，我是盖楼的，你们是住楼的。"他说一半就不说，大家等了半天，刘远催促道："然后呢？"

韦强看着面前的杯子："没有然后了。"

刘远嗤了一声："没人看不起你，但是你刚才那番话，完美地证明了民工之所以成为民工。"

韦强瞪着他："要是还死人，肯定是你。"

何心雨打断他俩的争执："我说两句，我说跟案子有关的。我知道你们几个，有人要杀我，我不知道是谁派来的。但我告诉你们，我就拿十八万，分到我手的只有三万。谁要，我还给你，我把钱都还给你。"

他的话一下子把刚才略为忧伤的氛围给掀翻了，座位上的人想起死了两个人的现实，顿时不安起来。

冯婷婷笑道："我来缓解一下气氛，这是我第一次来马来西亚，你们自己叫大马。今天徐亮问，韦强也问，第一次来大马碰到这种事，以后还来不来了？说实话，不来了，男朋友不要都不来了。但我刚才就在想，现在这么难受，有恐惧，有焦虑，那种无法自拔的感觉。但是过个两三年，可能真是一种难得的回忆，可能想着想着会笑出来。"

角落里的老板静静地说："我说一两句，我当初开店是因为一个词：一期一会。总有一些好吃的馆子，好玩的地方，有趣的人，是你一辈子只能见到一次的，我想多认识一些人，听听你们的故事，看你们在我店里住得开心。"

刘远指头轻敲桌面："一期一会是什么意思？"

"一辈子只遇到一次，你要以最好的方式对待。店开成这样，以后也不会干了，把店卖了吧，换点钱想想以后做什么。"

何心雨笑道："那我帮你卖。"

老板问："怎么帮？"

"看你分我几成。"说到生意，何心雨来劲了。他喝了口苏打水，巡视每一个人，忽然站起来："怎么是你！"

"谁？"陆离问。

然而就在这数秒间，何心雨呼吸急促，浑身颤抖地倒在桌子上。

死了两个人，凶手在警察眼皮底下又杀了第三个。

这案子是捂不住了。

三辆警车鸣着警笛停在青旅门口。第四辆是黑色轿车，车刚停下，司机动作敏捷，下车为后座拉开车门。董局先下来，接着下来的是副署长李力行。他是个气宇轩昂的中年人，下车后站在原地整理西装，大门打开的时候董局做了个请的手势。

楼上窗边，负责看守剩下五个人的郑世杰，观望着头儿们的行动，看着他们一行人走过石板路，往主楼里来。李力行走在前面，董局陪同，后面跟着五六名警察。

池震站在陆离旁边看他们检查何心雨的尸体,进来一群人,当先的沉着脸,来头很大的样子:"所有无关人员撤离现场。"

池震低声问温妙玲:"什么人?"

"看肩章。"温妙玲说完才想起池震不是经过警校培训的正规警察,"哦,你没经历过,那你细细感受。"

这时李力行已经走到陆离面前:"马来西亚皇家警署副署长,李力行。你是陆离吧?在吉隆坡常听到你,见到真人,有点夸大其词。一个氰化物,凶手在你眼皮底下能再杀一个人,那些说你好话的朋友,我回去要跟他们好好聊聊了。"

陆离说:"第一天出事,全部都搜查过了,确实没有找到氰化物。"

李力行轻蔑地说:"那是凶手这两天造出来的?你只是没找到,但它在这里,死人了。还有,陆队长,你不需要跟我汇报,这种话可以跟你的领导董局回局里说。"他扬声道,"所有人即刻离开,从现在开始,这里由吉隆坡接管。"

陆离看着李力行,压低声音对温妙玲说:"把他们叫过来,我问几句话就走。"

但李力行还是听到了,他回头看董局:"董局长,你的人我越级来管,合适吗?"

董局说:"李副署长,你是不该管。"他转头对陆离说,"给他们吧。"

陆离盯了李力行几秒,敬了个礼:"刑侦局重案支队,将本案件移交马来西亚皇家警署!"

李力行回礼:"收到!"

池震把文件递给李力行,但李力行没接。他把手插进裤袋:"调查三天,死了三个人,这种报告,你们拿回去当小说看吧。"

门口已经由李力行带来的人接管了,他们出门的时候,警察用对讲机请示。见董局生气,警察解释道:"走个流程,李副署长刚通知我们,没他指示任何人不得进出。马上,马上。"

董局回身对陆离说:"我上次说,干不好就解散,让吉隆坡接管,你们倒真快,一个月不到就帮我实现愿望了。"

陆离无言以对,不过对讲机那头同意放行。

董局盯着他们:"放行,这词不错,那就放。鸡蛋仔,你不是要去泰国见网友吗,去吧。温妙玲,我给你休个产假,想去哪儿玩就去吧,争取带一个回来。但你要跟他讲明白,等你结婚怀孕,就没这个假了。池震,去把你外面的事情料理掉。陆队长,带女儿出去玩几天,先散了吧,下一个案子集合。"

等大门打开,董局第一个走出去,陆离问:"咱们现在回局里?"董局还在气头上:"不回局里,随便你们去哪儿,我现在要去吉隆坡请罪,我要在飞机上赶一份检讨。"

他们一走,这边李力行带来的人已经忙上了,用安全检测器扫着酒吧的每一个角落。李力行看着酒吧的构造和桌上残留的饮料。他的得力助手宋平走过来:"李副署长。"

宋平戴着橡胶手套,在他面前拧开一个扣子。这扣子一面有磁铁,吸在桌子下面,装着氰化物,凶手用这个下的毒。

凶器找到了,李力行对客人们宣布:"拿上自己的号码,在这里把衣服换掉。从现在开始,湘子庙国际青年旅社升格为二级警戒。你们将不是二十四小时,不是四十八小时,而是无限期滞留,直到配合我们将凶手找出来。所有的随身行李全部上交,接下来浴液、洗发露、毛巾、牙膏、牙刷,我们将统一发放,哪怕你们在这儿困上一年,也不可以再给我死一个人!"

李力行在旅社放狠话的时候,池震和陆离在停尸间,陆离把何心雨的上衣褪下来,掰开他的嘴检视口腔,最后拉上停尸袋的拉链。

老石醉倒了,三天三具尸体,扛不住了。

陆离只能自己动手，抢在吉隆坡的人来之前进行初步查探。等做完这些，他坐到角落，打开一个槟榔开始嚼。池震没跟着坐下，而是把每个停尸袋拉开一些，让尸体的脸能够露出来。他替自己的举动解释："还有一会儿，让他们透口气。"

陆离打开一个柜子，指着各种啤酒洋酒问池震："啤酒还是洋酒？"池震看了一眼老石，真没想到存货够丰盛。不过陆离说这里最多够用一年，要是哪年案子多一点，能上五十，到十一月就喝完了。

说时陆离拿出一瓶芝华士，见池震点头，他又拿出两个纸杯，在里面倒上酒："温妙玲说你能看见死人。"池震指了指三具尸体："不是在这儿呢，你看不见？"

陆离递给他一杯酒："认真说，你真能看见？"

"能看见。可能是我疯了，但我真能看见，大概很小的时候，就能看见我姐姐。"

陆离喝了一口酒，在杯子上方盯着池震："你昨天说了，你替你姐姐尽孝，那这三个人呢？不管这里的，还有死人吗？"池震用嘴向老石的方向一努，"老石还活着吧？"

"活着。"

"那看不到了，除了实实在在的尸体，一个死人也看不到。"

"娜帕、关之源你没见过，这个何心雨呢？不在这里？"

池震摇头："不在。但我昨晚亲眼看见他死。他说怎么是你，然后表情瞬间僵住，倒下去。我第一次看见一个人头一秒还活生生的，下一秒就死了，定格在那里。"他看着陆离，"你见过很多吧？"

陆离想了一下："不多，以前有个凶手，是被击毙，再就是楚刀，死在我面前。"

"你杀的？"

"其实不是，应该是他杀我才对。你姐姐呢？车祸，病死的，还是什么意外?"

池震看着三具尸体:"跟他们一样,被杀。小时候一直觉得是我害的,我磨她回学校拿游戏机,死在操场旁边的草丛里,再加上好多年都找不到凶手,我妈没人怨,就一直说是我害死她的。我都信了,觉得自己是扫把星。后来好一点,凶手找到了,她总算跟我说两句话了,可我那时已经二十岁了,母爱错过了,该我回报她的年纪了。"

没想到池震还有这种身世,陆离不知道说什么才好,但明显池震也不需要他的安慰。他只能举了举杯子,喝酒。陆离的酒先喝光,又往里倒了一些酒:"你刚才说老石那柜子的酒。我感觉我才想明白,平均每年四十八个案子,多点到五十,少不过四十五,一个星期查一个,一起来的就查两个星期,排得那么准,好像故意给我们留十几天放假,但这不对,肯定不对。"

"哪里不对?"池震懒洋洋地靠在墙上,酒精已经发挥作用,他觉得看陆离顺眼多了。

"为什么年年人不动,这么多?头一年的案子我拼死拼活,三百多天我抓了五十多个凶手,为什么第二年还有五十个?那我当警察有什么用?案子来了,我不吃,不喝,不睡,把凶手抓到,但世界一点没有变好,明年一样是五十个命案。就像是这青旅,我在里边死三个,如果里边没警察,估计也只死这三个。我不想干了,董局说得对,散了吧。"

池震看着陆离没说话。过了一会儿,醒过来的老石打破了室内的安静,他爬起来,摇摇晃晃走到何心雨的尸袋前,拉开尸袋拿起手术刀。陆离出声道:"歇会儿吧,老石,他们来收货了。"老石扶着膝一屁股坐了下来。

皇家警署的人来的时候,外面下着大雨,池震站在门口看着陆离帮他们把尸体推上车。汽车开走后,陆离用手挡着雨,一溜小跑回到池震这边。

"你还没走?"

池震看着雨:"雨太大了。"

陆离随手抹掉脸上的雨水,仰头看看灰暗的天空:"不是每天都下,槟城不就是这样吗,雨不等人,人不等雨。"

池震也看向天空:"我对我姐印象不多,但我知道她讨厌这里,她说槟城脏,空气脏,路面脏,那些房子也脏,但她还是不走,打算在这儿生活一辈子。我听我妈说她喜欢槟城的雨,每天一场,准时下,只要这场雨下完,雨后就什么都干净了,好的坏的都可以重新开始。"

"没法重新开始,下场雨而已,干净几小时,第二天一样脏。"

"要是不下雨呢?会不会更脏?你说当警察没意义,没错,几千年前,一个警察都没有的时候,地球一样转,人口反而增长。再拿我来举例子,警察抓到杀我姐姐的凶手,把我们家的石头放下,让我少一点负罪感,少一点遗憾,我妈肯跟我说话。你每年破五十个案子,五十个家庭放下负担,世界就已经变好一点。"

地面上已经有一层积水,它们争先恐后涌向下水口,带起小小涟漪,也冲走了地面的灰尘。

天亮了,青年旅社的五个人被一长串哨响吵醒,外头有警察在踹门。

李力行走进来,看了一眼他们的睡相,转身吩咐警察拆掉门锁。

徐亮揉着眼睛问:"又有人死了?"他睡上铺,李力行走过去,刚好和他平视:"你很希望有人死?"徐亮不说话,李力行走回正中央:"不管凶手是谁,别想在我眼皮底下动手,七点半起床,给你们三十分钟洗漱吃早餐,八点开始,我要一个个审讯。"

他说完背着手出去,剩下的五个人,坐在各自床上互相望着。

审讯桌上放着那枚打开的扣子,李力行依次审讯每一个人。

第一个是冯婷婷。李力行问:"杭州到槟城,将近四千公里,你只是来找你男朋友这么巧的事?"冯婷婷反问:"恋爱不是天大的事吗?"

第二个是徐亮。"我最想干的大事,就是在这儿杀个人,但总是被他们抢先一步。我现在就是想杀人,你们把刀叉、电线都收了,连个玻璃杯都没给我剩下。"李力行看着他:"别说你要干的事,说说你都干了什么。死的这三个,你杀的是谁?"

第三个刘远还是一口咬定是韦强杀的人:"他惦记我很久了。那天所有人都在场,他亲口说的,早晚杀了我。"遇到这种人,李力行也是抚额:"你刚说过一遍,我不管谁要杀你,你他妈给我讲讲谁杀的何心雨、娜帕和关之源!"刘远问:"有没有这种可能,关之源杀了娜帕,何心雨杀了关之源?"李力行盯着他:"那何心雨呢,娜帕回魂杀的?你在要我。"刘远立马怯了:"我就是提出各种可能性。"

第四个韦强。李力行说:"你一直在胡扯。"韦强还是那副傻样:"真的,一天真能赚一两百,我表哥亲口给我说的。"李力行冷笑:"你胡扯的不是这句,是你根本不是盖楼的。"韦强说:"我以前是没盖过,在农村就做瓦匠。但我表哥说没问题,还告诉我,他们老板要是问起,我就撒谎,说兆维大厦是我跟施工队盖的。"李力行一把抓起桌上的纸杯摔在地上,但纸杯轻飘飘的,一点声响都没有,达不到他想要的效果。

第五个程飞。"我看你眼熟。"李力行盯着他。程飞说:"你刚问过一遍了,你认错人了。"李力行目不转睛看着他:"我认错你了,但你一定认识我,对不对?"程飞摇头否认:"我真不认识你,我跟大马警察没打过交道。"

不能刑讯逼供,但也不能让疑犯过得太轻松。

宋平把五个人押送到天台,李力行给每个人发了一个本子和一支钢笔:"既然我问不出什么,没人给我讲实话,那就写吧,杀人的,就把你的杀人经过写下来；没杀人的，就把你这几天的所见所闻写下来。仔细回想，一个细节都不要错过。"

冯婷婷问："要写几页？"

李力行冷着脸："不是几页，是几本，从现在开始，你们不用睡觉了，也不用吃饭，就站在这里写，这不是刑讯逼供，是帮助你们回忆。至于写二十四小时，四十八小时，还是七十二小时，那就要看什么时候有人良心发现，想跟我聊聊实话。"

李力行一走，五个人你看我我看你。

"就这么站着写？"徐亮问。

程飞哼了一声："写什么？不是我干的，我能写什么？"

刘远说："那就检举别人，你觉得谁可疑，把你猜想的杀人过程写一遍。"

冯婷婷望着音乐节的草坪，远处传来歌声："音乐节都要结束了。"这时天台的灯全部亮了起来，灯光下冯婷婷脸色是一种惨白："他们竟然还给我们供了电。"

韦强若有所思，拿起笔要写。刘远走到他身边："你是要诬陷我？"韦强没有理他。

也是同一天。早上，陆离被陆母叫起，他直勾勾看着那锅粥。陆母给他盛出一碗，叮嘱他去把一诺接过来住两天。

陆离直言："我接不回来。"

陆母嗔道："什么话？自己的女儿接不回来，天天就知道查案，抓凶手，等你老了，你让凶手陪你过，死人陪你过？到最后，还是你亲生女儿陪你。你现在不多陪陪她，以后她不把你当父亲。接过来，我周日带她去南极馆，她不是一直说要看企鹅吗？"

陆离摇头："我接不回来，上次她生日我搞砸了，我没脸见她。再说吴文萱跟她老公过得挺好的，我老以接孩子的名义去敲门，成心的吗？让他们不痛快吗？"他把粥端起来喝了，耳边还是陆母的唠叨："那你就偷偷看她，拍几张照片。那是你女儿，你不想我想。"

陆离喝完粥把碗洗了，他没告诉陆母，上次他去幼儿园，刚好亲子日。吴文萱和胡先生都去了，给孩子参加活动，他俩一分钟能亲八次。

拿起车钥匙想了想，陆离决定去养老院找池震。他到的时候，池震在吃早餐，旁边池母在看电视。声音开得很大，站在窗边也能听得清清楚楚，美国选了个特朗普，特朗普退出巴黎协定，全球又要变暖。还有池母让池震给她换个空调。

陆离抬头看了看八成新的空调。不过他听到池震说好："青旅案的新闻看到吗，槟城的天下大事。"池母说："天天追呢，那些警察笨死了，明明就是那个美国回来的大学生干的嘛。现在警察都是磨洋工，是不是早结案就没人给发工资了，所以故意查不出来？"

池震应了声，转头看见一个熟悉的穿皮夹克身影。他站起来，发现陆离已经走到车边，那样子像是在等他。池震看着陆离："妈，我还有事，出去一下。"

池母在他身后追着问："空调现在是不是都用变频的？单冷的空调有点不够用，直接冷暖吧，万一美国总统又加入巴黎协定，全球变冷了呢。"

池震拿起外套往外走，槟城全年三十摄氏度，制热？但他看了看母亲，突然心软："行。"

上了车池震问道："你不是休假吗？放假第一天，一大早过来找我，干吗去？看电影、野餐、陪你女儿逛游乐园？你是把我当成你朋友了吗？"

陆离说："我在想为什么李力行要进来。"池震看着车窗外："我不懂你们的规矩，不是说死几个人，皇家警署就有权介入？"陆离摇了摇头，确实如此，但李力行是副署长，从来没有这么高职位的人直接介入,一般都是随便派两个人就可以把槟城的小警局架空。

"但是他亲自来了。"陆离沉思着,"这事不对,我们先回警局。"

他们和宋平前后脚到的警局。宋平占了池震那张放在办公室中央的桌子,让温妙玲打印报告。陆离站在窗口抽烟,池震拿着个杯子,坐在宋平对面。

董局进来时,就看到里面是这么一副架势。他问温妙玲:"不是说放假吗?"

温妙玲应道:"是啊,谁知道他们都来了。"

董局问:"那你呢?"温妙玲看他一眼:"我以为你开玩笑,我哪来的产假?"董局拿起打印机上的文件看了看,又看向宋平。温妙玲小声告诉他:"李副署长在青旅审了一天,什么都没问出来,反过来找咱们要材料来了。"

董局说:"不是看不上咱们吗?"

"但是咱们审过何心雨,他们审不着了,他想看看何心雨说什么。"

董局朝宋平走过去,后者见是他,站了起来。

董局很和气地说:"我今早还在吉隆坡跟总署长表示,槟城刑侦局将全力配合你们的工作,你们需要什么,我们提供什么,但稍微走个流程,直接过来拿,总署长那边也不好看。"

宋平问:"那董局的意思是?"董局拉着他的肩膀,指着门口说:"让吉隆坡发传真,单子上有什么,我们给双份,全力支持!"他打发走宋平,回头对办公室里的三人说:"以后他们再来人,不用请示我,出什么事我兜着。"这时最后一个队员也来了,郑世杰戴着墨镜,穿着花衬衫短裤,背着旅行包,突然出现在门口,大喊一声:"Surprise!"

就这一天里,郑世杰去了一趟泰国,见了网友,然后四分钟内跑掉了。

"他说他去年终于做完了所有手术,变成了完全的女性。我总觉得哪里不对,然后她知道我房间号,我也不敢回酒店,但在泰国只待二十分钟又觉得太亏。所以我去哪儿呢?我想起一个地址。"他得意扬扬拿出一张纸,那是娜帕护照的复印件:"娜帕的家,告诉她父母女儿去世了,安抚一下,也算是没白来。"

陆离一直心不在焉,这时听到跟案情有关的内容,精神来了:"她父母怎么说?"

"他父母没说什么,难过还是难过,今早上送我走的时候,还问我有没有通知到她老公,原来娜帕结婚了,嫁了个马来华人,叫李胜。娜帕父母也没见过他,只有一张结婚照。"郑世杰拿出一张彩印照片放在桌子上。

那张结婚照上的新娘新郎,赫然是娜帕和何心雨。

陆离和温妙玲腾地站起来,凑到桌前仔细看照片,池震问:"你说她老公叫李胜。"郑世杰响亮地回答:"对,胜利的胜。"

池震盯着照片上的何心雨:"李胜,我想起他是谁了!"

一般情况下池震见过的人都记得,但想不起何心雨,是因为根本没见过他。他只见过何心雨的照片,授权委托书上两寸的证件照。何心雨当时还没胡子,跟现在完全不一样,是一桩案件的被告。池震朋友接的案子,因为案子在吉隆坡,池震朋友想转给他。但池震没接,因为这案子证据确凿,赢不了。

在那个案子里,何心雨还叫李胜,是房产中介。

李胜是那种好到不能再好的中介,不但带人看房子、帮忙选房子,还像个管家一样地为客户着想。有一对澳大利亚老夫妇就通过他买的房子,最好的地方,最合适的价钱,李胜还建议他们争取一次性把钱凑齐,不要贷款,不要让银行来占便宜,一套房子四五百万,直接付现金。

在交款的前夜，李胜照例对澳大利亚夫妇嘘寒问暖。那次他还带了个女的，估计那女的就是娜帕。他俩进去就把那对老夫妇绑在椅子上，逼问保险箱密码，生生折磨了他们两天两夜。

"那个澳洲老头，六十多岁，警察发现的时候，十根手指被割下九根，到最后只剩下左手的小指还在，终于扛不住，说出了密码。问题是，保险箱洗劫一空，还不罢休，杀了那对老夫妇灭口。这几年做律师，我接触各种没品的人，杀人放火的多了去了，但我没见过这么没品的，几百万都给你拿走了，小便宜照样不放过，身上的首饰、银质餐具、珍藏的酒，到最后连楼上的扫地机器人都顺走了。还好，到最后，有意思的是，后来，就因为这机器人露的马脚。"池震告诉陆离。

陆离问："怎么露的马脚？"

"机器人有智能定位吧，我也不知道，反正搜到他家里，只找到何心雨，也就是李胜，娜帕可能回国了。还有个细节很可怕，折磨别人的四十八小时里，李胜中间还抽空回了一趟公司，假装在等这一对夫妇过来交款，连店长都认为是那对夫妇爽约。"

这种板上钉钉的案子怎么会无罪释放，李胜还更名改姓何心雨？

池震把当时接手案子的朋友，律师王卫东，约到咖啡馆。

他俩坐一桌，陆离坐在不远处听得到他们的寒暄。

"老爷子最近怎么样？"池震说。

"还是那样，天天都问我是谁，倒是时不时能说出你名字。"

池震笑道："要是我去看他，等着见面，老爷子还得问我叫什么。"

王卫东叹气："去看看吧，大夫说，就这半年的事。"

陆离不知道他们说的人是谁，低头盯着何心雨护照上的照片，咖啡馆的女招待免费给他续了杯。这是陈同名下的生意，池震帮忙打理过，人情还在。

说起来王卫东还是池震的师弟,从大二起池震就跟着他父亲王振生大律师做事,是法学院院长介绍的。池震帮大三、大四几个学长作弊,一门功课三千元代考包过。因为考得太好,被院长抓个正着。本来也要罚他,但院长发现他是全额奖学金,又要独力抚养母亲,生了爱才之心,把他介绍到朋友王振生大律师那里。王振生给池震吃了几天闭门羹,池震帮他做了事才被他收进门下。

王卫东把一张名片推到池震面前:"这是吉隆坡的一个律师,李胜的案子我后来转给他了。我以为没戏了,肯定输,结果不知道他官司怎么打的,居然无罪释放,听说靠这个案子做得还不错,现在看起来,你错失了一个机会,我也错失了一个机会。"

池震看着名片:"我不算吧,再好的机会,后来一坐牢,也都作废了。"

提及往事王卫东也唏嘘不已:"老爷子那时候气死了,一下子把事务所关停了,你坐牢那两年他还清醒,天天在抱怨,就不该放你出去单干。"

"我对不住他,但我从来没说过我是王振生大律师的徒弟,我怕给他丢脸。"

"我爸不气你这个,他气的是你在毁掉你自己。"王卫东叹了口气,"算了,你现在做什么呢?"

池震下意识抬头看向陆离:"帮警察局做点事。"

王卫东愣了一下:"你不是坐牢吗?坐牢能交些警察朋友?"

池震脑海里浮现家里墙上陆子鸣和陆离的照片,但嘴里道:"是啊。"帮警察做事也不省力,既然有了线索,池震和陆离出发去吉隆坡,找帮何心雨打官司的律师。

"你姐姐也姓池?"陆离坐在副驾驶位,突然问道。池震一边开车,一边吃汉堡包,闻言顿了下:"怎么问这个?"

"年底档案室要重新归档,我想要不要帮你查一下。"

池震侧头看去,猛然觉得此时的陆离特别像陆子鸣。又往前开了几百米,他才回答:"我姐姐姓李,跟我妈姓。"

陆离不是爱说话的人,说了这么一句就低头摆弄那些照片。池震瞄了一眼:"第五夜了,杀了娜帕和何心雨,凶手还要杀别人吗?"陆离把何心雨和娜帕的照片合在一起:"夫妻,为什么来槟城?为什么要住到青旅来?为什么装不认识?他们还不是同一时间来的,何心雨第二个来的,后面还有程飞和冯婷婷,她后面还有韦强,娜帕是第六个来的。"

"何心雨说是被骗过来的。头一天我不在,何心雨状态怎么样?"

"什么状态?"

池震用眼睛余光看了他一眼:"他老婆刚被杀呀,他先装不认识他老婆,任由关之源在他老婆身上摸来摸去。他老婆被杀的第二天,你审过他,没什么悲伤?"

陆离回想了一下:"他是冷血动物,我完全没有看出来。"

"他早知道娜帕死了,自己的老婆当然在留意,反而催娜帕起床的是刘远冯婷婷,他假装没看到,想趁早逃离青旅。"

陆离说:"那天他就知道被骗了,他比我们还急着查凶手。"但后来他查到了,所以说了那句"怎么是你"。陆离闭眼回想,但一时间找不到头绪,想了一会儿竟睡着了。

池震看着前方的路:"我姐姐是被他们学校老师杀的,奸杀,当时她已经订婚了。要是没有那个老师,我姐姐应该会顺利结婚、生子,可能她儿子都要上大学了。"谁知旁边传来呼噜声,池震看过去,陆离已经头靠在车窗上睡着了。看着他熟睡的模样,眼下明显的青影,池震摇摇头:"我不知道这个仇找谁报。"

黄昏时分,他们赶到了吉隆坡。

魏律师带他俩进办公室，这是一所规模不小的事务所，租在繁华地段，办事员们都在忙自己的事。魏律师的笑带着成功人士特有的味道："其实我挺感谢李胜，不是感谢这个人，说实话他是个人渣，但感谢他的案子。他能够带来的机遇，前几年要是没他，没这场案子的胜负，我不会有这么好的机会，有这么多人愿意跟我干。"

魏律师是很实在的人："说实话我没干什么，到现在想想都是蒙的，当时更蒙，想着必输无疑。等上法庭那一刻，人生来了个大反转，证人没有到，证词无效，李胜因为证据不足被释放了，我赢了，我还没张嘴辩护，就赢了。"

陆离问："证人是谁？"

"他们家保姆阿莫林，一个菲佣。据说那天开门进来撞到了，但是因为害怕，憋了好几天她才联系警察。"

陆离追问："那为什么没出庭做证？"

"因为她死了，那天来法院的路上，被一辆摩托车撞死的，救护车还没到，就已经咽气了。"肇事司机是飞车党，街头的小混混，摩托车还是套牌，肇事逃逸，人到现在还没找着。

池震忍不住问："怎么会这么巧？"

魏律师看了他一眼，又笑："说明我们的交通状况堪忧啊。你们该不会怀疑是李胜找人干的吧？警察也不是傻子，又查了俩月，确实跟他没关系，就是一场意外车祸。"

陆离往后一靠，想到池母早上的话，开口道："警察是傻子。当时督办的警察是不是叫李力行？"

"对对对，后来还升成副署长了，但这案子成他污点了，提也不能提。"

池震会意，难怪昨天李力行跟吃了枪药一样，明明证人被杀，硬生生查成肇事逃逸，对职业生涯来说确实是个污点。

"你们还不信？我这儿有监控录像，李副署长一帧一帧地扫过多少遍了，也没发现什么漏洞。"魏律师笑道。

池震和陆离交换了一个视线，太好了。池震不由得想笑，看来魏律师确实很感谢这桩让他翻身的案子，这么多年仍保留着资料。

魏律师打开监控录像，指给他俩看："从这辆摩托车出发开始，李副署长搜集了它之前半小时的行驶录像。这是一个摩托车队，十几辆摩托车都是哈雷、夹克、戴头盔。在民生路时，这辆摩托车熄火掉了队，之后他开始追赶大部队，到这个路口，他拐错了方向，前面看不到车队，以为被落得更远，开始加速，就在经过下一个路口时，注意路边的阿莫林，飞速过来的摩托车刚好把她撞翻。后面就是他逃逸的路线，就不需要给你们看了吧。"

魏律师关掉灯，投影仪上的影像越发清晰。

摩托车队，行驶在公路上。这时一辆摩托车熄火，停在路边。随后这辆车快速追赶前面的车队，并在一个路口背对车队拐出去。追赶中的摩托车撞翻阿莫林。

池震盯紧了："会不会是娜帕？"陆离摇头："是男的。"

魏律师说："李副署长叫人去查了摩托车队，没人认，问了几圈，总不能把这十几个人都抓走，不过从那之后这段路上就禁止飙车了。"

陆离在电脑上倒退前进，反复重现阿莫林被撞翻的画面，并按了暂停键，将图片慢慢放大。阿莫林旁边站着的女孩，就是娜帕。这是有计划的，是谋杀，前面的车队都是障眼法，他一开始就知道跑这个路线，一直在跟阿莫林旁边的娜帕定位，算准了撞死她。

陆离盯着戴着头盔的摩托车手的照片："往后还有吗？"

魏律师已经看过无数遍："有，一直跟到这个人下车。"监控录像里，摩托车通过的每一个路口，"撞人后，他往前跑，通过这里，这里，这里，到下车时，已经距车祸位置十三公里了。"录像里摩托车手弃车,摘下头盔,脱下夹克扔到一边,上了一辆大巴车,"然后他上了大巴车,三四十个乘客,都不知道他在哪站下的车,警察就死活查不着了。"

陆离说:"后退一下。"监控录像后退到摩托车手弃车,摘下头盔的一刹那。

陆离按下暂停键,魏律师说:"看不清脸,警察靠这截图,查两个月都没人认识他。"

陆离笑了:"但我认识他。"监控录像里,分明是程飞模糊的样子。池震肯定:"凶手下一个要杀的就是他。"

草坪上向天空发出一束束光,歌迷与歌手合唱的声音不时传过来。

程飞扔下本子:"我不写了,我他妈就不该住进来!"其他四人停下笔看着他,他肆无忌惮看回去,"谁要杀我?动手吧。"

冯婷婷说:"没人要杀你,回来写吧。"

程飞恶声恶气:"我写什么?我哪知道谁是凶手?"看到别人的目光,他慢一拍反应过来,"你们该不会怀疑我是凶手吧?"

徐亮问:"那你是吗?"

程飞盯着他,走过去看他的本子:"你觉得是我?好,非常好。"他又去看别人的本子,"都觉得是我?那我承认,我是杀过人,我在美国杀过我导师,我回大马杀过一对老夫妇,撞死过一个菲律宾人,我干的我都认,但这几个人不是我杀的,他们都是自己人。"

刘远一步步向他走过去:"你杀过人?"密闭的空间,被关在这里不能动,让他失去了自制力。程飞往后退:"你要干吗?别过来,我他妈弄死你很轻松,你信不信?"但放狠话并没用,韦强也跟上来:"果然是你干的!"

程飞步步后退:"都离我远点儿!"徐亮突然扑上来:"我先杀了你,再自首!"程飞胡乱抵挡着,手里的笔划破了徐亮的脸,一边放声:

"想活命都别过来!"他一边转身朝铁门跑。

门从里边被锁住,程飞拍打着门,大叫警察。门里毫无动静,韦强从后面抱住他的腰。

此刻李力行副署长和宋平坐在监视器屏幕前,他的手机响了起来,是陆离打来的:"我知道凶手是谁,快放我们进去。这里是槟城,你不能乱来。"李力行挂掉电话,宋平问:"要放他们进来吗?"

李力行摇头:"等十分钟,我去请他们。"宋平示意他看电脑屏幕,短短时间内几个人已经将程飞围成一圈。"什么时候上去?"

李力行说:"不急,等下手再上去,让我看看是谁要杀程飞。"

程飞看着围住他的人:"到底谁要杀我?"

刘远说:"我们都要杀你!"韦强也说:"这是正当防卫!"程飞拿着钢笔朝两人抢了一圈,尖锐的笔尖划破了韦强的手。就在这时,徐亮把笔扎进程飞的后脖颈。程飞伸手想去拔掉,韦强手里的笔划破了程飞的手腕,鲜血直流。

冯婷婷劝道:"你们别打啦!"她用力转动铁门,但是打不开。

"三个人都要杀他。"看着监视器,宋平下结论。李力行反而很放松,往后一靠:"知道为什么吗?杀手在浑水摸鱼,蛊惑大家一起弄他,趁乱把他杀了,四个人死咬他是杀手,逼我们没办法,把他们四个全放了。再等等,看谁扎致命的一下。"

程飞被放倒在地,刘远和韦强踩着他的左右手,徐亮坐在他双腿上。

徐亮问:"谁来弄死他?"刘远说:"一人一下。"韦强看了看他俩:"那谁先来?"他们仨互相看着,还是徐亮先动手,他举起笔一下子扎进程飞的腹部。韦强和刘远愣了一下,但有了第一个动手的,接下来韦强把笔一下扎进程飞的左胸,刘远扎进他的右胸。大概扎进了肺部,程飞大口喘气。

徐亮回头看着冯婷婷:"就你没动手了。"韦强说:"你也来一下。"

刘远劝道:"法不责众。"冯婷婷犹豫地拿起笔:"扎哪里?"

韦强说:"扎喉咙,杀死三个人,他罪有应得。"

冯婷婷用钢笔尖对准程飞的喉咙,这时夜空中响起全场大合唱的声音,隐约听到是《夜空中最亮的星》。他们一齐朝草坪看过去,远处是密密麻麻的荧光棒。

徐亮说:"最后一首了,五天的音乐节结束了。"冯婷婷沉默着没有动手,像是要等音乐结束。

一首歌能有多长?没多久全场欢呼,夜空中打出五彩缤纷的光束,冯婷婷喃喃道:"结束了。"脸被划花的程飞比她还泰然,喘着气说:"结束吧。"

冯婷婷下定决心,举起钢笔,就在要扎下去的时候,一声枪响。

她愣了一下,这时又传来第二声枪响。

铁门被推开了,池震和陆离走进天台,陆离边走边叫:"把笔扔下,每个人站到桌边。"

看他们陆续退到桌边,陆离才走到程飞身边。

程飞身上鲜血淋淋,陆离赶紧打电话:"清理天台,叫救护车进来。把老石也叫过来……我不知道,你叫救护车和老石来,我不知道他该抢救还是尸检。"

电话还没挂断,李力行带着人也来了。

池震怕他对陆离不利,抢先叫破:"你根本没想查凶手,你只是在报私仇。"李力行说:"什么叫私仇?无冤无仇,为什么有私仇?"

"你知道凭那张截图不能证明是他,判他有罪,你在假借他人之手把他处决。"

李力行讪笑道:"这叫私仇?"

陆离拦住池震:"死案,都是警察。"他对池震说,"还记得我跟你说过吗,查不到凶手,查到了也定不了罪,这是警察最难受的。"他又转回来看着李力行,"都是警察,我明白你感受,但你不能结了你的死案,把我的案子打个死结。"

明人面前不说暗话,李力行让宋平安排其余的事,把他俩带到酒吧。

"那时我跟你一样,队长,性格跟你也挺像,有案子就往前冲。我那时候真没想过往上升,我觉得查案,抓凶手,给死者一个交代挺好。那是我最后一个案子,接到报案的时候不知道,已经是半夜两点了,告诉我碧瑛园有一对白人夫妇被杀。我案子碰得也不少,外国人被杀或者犯罪的案子也经历过,但是到现场还是吓了一跳。不是死多少人,是死相之惨,分尸十八块都不叫死相惨,因为已经是尸体了,他们俩是活着的时候被折磨太惨了,十根手指,就留了个小指。老太太是被扇耳光,发现的时候脸不是肿,不是红,是生生被抽掉一层皮。当时我的局长直接宣布案件保密,不得跟外人透露现场细节,给澳大利亚那边发函件,只说两名贵国公民在本国遇害,但绝不敢告诉他们尸体的惨状。"

他问:"后来的事情你们都知道了吧?"

池震说:"知道一些,知道这几个人很没品。保险箱、银餐具、红酒,能抢的都抢了,还有那个让你们破案的扫地机器人。"

李力行应道:"对,扫地机器人。手上的戒指,手指已经被割掉一半了,戒指还要往下撸,最终没撸下来。"

陆离脑海中有什么一闪:"什么样的戒指?"

李力行想不起来了:"钻戒?宝石?我不是很懂,回头都发给你。"

陆离暂时放过那点亮光:"你继续。"

"现场勘测,凶手不少于三个人,其中一人为女性。查了一星期,我们锁定了李胜,你们是叫他李胜还是何心雨?"池震说:"随便你怎么叫。"李力行想了想:"既然他更名改姓,那就叫他何心雨吧。我们抓何心雨的时候,他也没跑,只是同伙都不在,家里没赃物,没血迹,没凶器,估计都被同伙卷走了,就给他留了个扫地机器人。轮流审几十小时,他不认罪,也不招认同伙。陆队长知道什么叫轮流审吧?"

陆离点头:"我知道,警察不能打人,但你们总得休息。犯人有那么多要交代的,一个警察扛不住,所以要轮流审。"

"是这个意思,就这样还不认,但我无所谓。机器人他可以说是那对夫妇送给他的,但我还有证人。"

池震问:"那个阿莫林?"

"对,第二天她过去了,刚一进门,知道他们在作恶,就跑掉了,过后她也没敢报警。我查了好大一圈才查到她,但那两个同伙还没查到。局长给我说两条路,要么先单独审判何心雨,给他定罪,要么允许他保释。肯定先审他,不能让他跑了,万无一失的官司,结果上庭那天,阿莫林被撞死了。我又是面临两条路,要么找到那个摩托车手,证明阿莫林是被何心雨同伙灭口的,要么何心雨无罪释放。这不是给我路在选,这是告诉我输了。释放何心雨那天,我亲自送他出门。上面知道我憋屈,把我升到总署作为补偿,之后我就没再碰过案子。可是一个警察,最后一个案子是死案,我睡不着觉,官做得也难受。"他笑了笑,"那个魏律师,没有能力,也算运气好。"

池震沉思:"娜帕,何心雨,程飞,谁是主谋?"

李力行问:"重要吗?"

"不重要,我在想为什么程飞最后一个才死?还有,杀手是怎么把他们三个骗来的?"

对李力行来说,程飞即使不死也是重残,这种程度已经够了。他为程飞而来,既然有了结果就把后继事项交给陆离。陆离倒是劝他休息一下再走,毕竟聊了一夜,李力行这几年养尊处优,跟一线刑侦不同了。

李力行摆手:"好几年没睡安稳觉了,回吉隆坡好好睡一觉。"宋平盯着下属搬资料，闻言汇报道："程飞已经转到吉隆坡医院，命是保住了，但可能要在床上待个几年。"

李力行点点头。宋平继续往外搬。陆离问："你还要弄他吗？"

"够了，三个案犯死了两个，瘫了一个，够了。"

"我们眼皮子底下死三个，你眼皮底下瘫一个，你的报告怎么写？"

李力行说："如实写，最好算我失职，把我贬下去查案子。"他叫住池震，后者正在研究那颗查获的扣子，"看看可以，千万别弄到嘴里。"

池震大吃一惊："还有氰化物？"

李力行笑道："清洗过了。"

宋平跑过来请示："李副署长，咱们车不够装，我再去调两辆车。"李力行问明是这个案子的物证，线索："把车里的都拿出来，不带了，留给他们吧。"等警察放下箱子，他把最上面的一沓文件递给陆离，陆离接过翻开。

李力行对陆离池震说："那对夫妇没孩子，澳大利亚那边也没什么亲人。阿莫林在菲律宾倒是有家人，昨天总署的人去菲律宾查了一遍，不像是要复仇。如果这案子真有一个复仇者，把他查出来就凭你本事了。吉隆坡那边传来一份挂号的地下杀手名单，因为没有犯案，我们无权抓他，你慢慢核实，有没有在这份名单上的。"他潇洒放手，"我的案子结了，接下来是你们的案子了。"

复仇宣言？

温妙玲拿起证物中的戒指，过时的款式："没人戴这个。"

平常不戴，杀何心雨那天露给他看一眼？温妙玲无法理解。

陆离解释："这是复仇宣言：那么多人，我没法在杀你之前跟你说几句话，但看到这个你就懂了。"池震接上去："《血字的研究》，福尔摩斯的。"

李力行提供的资料里还有别的新发现。澳大利亚那对夫妻准备了四五百万现款买房子，然而匪徒最终只拿到十八万，钱去哪儿了？所有的文件里没提到遗产，也没提到继承人，但有一笔信托基金的授权书——"平利信托基金"。这对夫妇选的是家族信托基金，一个比继承遗产更稳妥的分配方式。而家族信托基金，把钱投进去，说好年份，连上红利一起算。比如五十年就是拆分成六百个月，按月发放给继承人，而且继承人无法一次性把钱取走，哪怕说有急用钱的用途。

然而这笔基金被全部取走了，遵循的条款是："当继承人出现重大疾病、车祸甚至死亡以及其他不可抗力，这笔钱可以领走。"具体原因信托基金那边不方便透露，只说是客户收养的一个孩子，一直抚养到十七岁，找到自己亲生父母。老两口还惦记他，所以继承人填成了收养的孩子。

陆离问："叫什么名字？"他和池震按照授权书上信托基金的地址找到了经手人。刘经理摇头："这我真不能说了。"

池震看一眼办公室，死去的夫妇是澳大利亚人，但选择的这家信托主要顾客却都是华人，只有一个可能，他们收养的孩子是华人。

陆离追问："那好，你告诉我，继承人所在地是哪里？"刘经理仍然拒绝："这我真不能说的，我们也要对客户……"池震赖皮地说："你看一下，回答完这个问题，我们就离开，不再打扰你。"刘经理无可奈何，翻了一下找出表格："中国的江西婺源。"

陆离问："哪里？"刘经理重复一遍："婺源。"

江西婺源，冯婷婷。

陆离和池震在圆桌旁找空位坐下来，青旅还活着的四个人愣了一下。池震拿出碗筷，大口吃起来。陆离看着他们："多吃点，吃完这顿，大家可以散了。"

刘远问："真的能走了？"韦强也问："查出来了？"

陆离没直接回答："我们查了几家侦探所，侦探要加引号，我以前只知道他们不查案子,反而制造案子,现在发现侦探是全方位的,你说一个目标,他们查到这个人全部的信息,包括邮箱、电话和通信号码,问题是他们还可以用黑客技术进到你的邮箱里,用目标的口气给别人发邮件,现在真是厉害,要是哪天碰到黑客的案子,我可能都要退休了。还好,此时此刻,黑客也只是手段,我还能有点用。"

他把娜帕、何心雨、程飞的照片放在桌上:"何心雨和娜帕已经分开了,程飞本来就不跟他们在一起。三个人,三个地方。据我所知,他们不敢留电话,只有邮件往来。侵入邮箱,将他们骗到这里,真是一个完美的设计。那几封邮件我看见了,先是何心雨说,又发现一个大客户,叫其他两个人干一票。但娜帕顾忌另两个人,她要求住到青旅,有外人的地方商议。程飞说湘子庙青年旅社刚刚好,他订了音乐节的前夜,让大家改变一下身份,别被警察盯上。当然,这是假邮件里的。真实的他们三个只是收到了邮件,而发出去的每一封,都被这个叫Steve的黑客,换成了自己要发的。

"说到Steve,那我们聊聊他。这是个ID,也算个代号。三个人已经被骗到青旅,他知道一个人是杀不来的,他要找人帮他。谁会帮你杀一个人?杀手。于是Steve在网上找合适的杀手,给他发邮件,告诉他几月几号,以什么样的身份住进湘子庙青年旅社的二〇三房。他要明确地告诉他,你要几点零几入住。"池震转向韦强,"Steve告诉你的是中午十二点零五入住吗?老板手慢一点,电脑显示是十二点零七住宿登记。"

韦强腾地站起来,被郑世杰在后边按住了:"冷静。"

徐亮茫然问:"他是杀手?"

陆离对韦强说:"这就是我从一开始就想不明白的问题,你,为什么会住到这里来?你不该在这里。"每种身份有自己习惯的舒适区,民工并不喜欢住青旅。池震看了眼韦强,觉得他被郑世杰按得很牢:"我继续说，Steve 想到娜帕、何心雨、程飞有三个人，他担心他们一见面就穿帮，一个杀手怕是不够。于是他对你说，还有一个人会配合你，会在晚上十点半抵达这间青旅的二〇三房。"

徐亮看向刘远："你？"刘远是最后来的。

池震点头："是的，你们两个也是在这里第一次见，一起合作。但第一天你们就蒙了，你们要杀娜帕，可是想下手的时候娜帕已经被杀了。这说明什么？Steve 也来了。"

徐亮看向冯婷婷，只剩下她了："谁是 Steve？"

陆离温和地问："Steve 是你的澳洲养父吧？你的计划很好，我唯一别扭的一点是，民工和商人这个安排，总感觉有点小孩子气。"池震也问："你那么急着杀娜帕？"冯婷婷挺直腰背，仿佛变了个人："我养母的那些耳光都是娜帕抽的。"

那天晚上，娜帕喝多了，对着马桶吐。冯婷婷从外边进来借对着镜子补妆的机会，注视镜子里的娜帕。她戴上橡胶手套，拿着蘸上氰化物的毛巾，但娜帕一直背对着冯婷婷看不到。冯婷婷用蘸着氰化物的毛巾捂住娜帕的口鼻，娜帕挣扎了一阵就死了。

冯婷婷从卫生间出来，拿起麦克风开始唱歌。等到韦强醉醺醺地去撒尿，娜帕已经倒在马桶旁边。韦强弯腰探了一下她的口鼻，装作喝醉一般走出房门。他醉醺醺地走进来，对刘远使了个眼神。刘远摇摇晃晃走进卫生间，等再出来时对韦强摇了摇头。

他俩确定娜帕已经死了，接下来要做的就是给 Steve 做掩护，用打架让所有人忽略娜帕。

陆离看向韦强："关之源是你杀的，头天晚上把琴弦卸下来，只是你没想到门口的衣服被何心雨掉了包，杀错了人。"只要不是出钱的 Steve，那就无所谓了，总不能杀到一半不杀。两人发现杀错了人，不能放过何心雨，就得让警察把人全弄回来。

至于何心雨怎么被毒死的，池震当时没留意到，但看到扣子就想到刘远衬衫上的扣子。应该是 Steve 教的方法，趁乱下药，而一个扣子，没人注意到的。

陆离拿出戒指，看向冯婷婷："何心雨就凭这个戒指认出 Steve，你悄悄在桌下戴上戒指，只等着他喝下这一口饮料，再抬手撩一下头发，让他清楚地看到这枚戒指。氰化物中毒是快，但多少有风险，说完怎么是你，也许就加一句冯婷婷。但你还是要有复仇宣言，幸亏你运气好，他没来得及说出你的名字，就死了。"

池震说："最有意思的是，韦强刘远到这时都不知道 Steve 是谁。当然，没几个人了，程飞是第三个目标。只剩下徐亮和冯婷婷二选一。徐亮不像，冯婷婷又不可能，你们自己都摸不准。"直到冯婷婷向刘远说出 Steve 的名字，要求亲手杀了程飞。天台的案子是所有人都冲动了，就算冯婷婷不下手也无所谓，凶手有三个，程飞跑不了。

池震问冯婷婷："养父母，值吗？"

冯婷婷点点头。

她是老夫妇收养的孩子，从未隐瞒过她的身世，从小由养父陪着上中文学校，养父虽然不会讲中文，但能听得懂。因为老人觉得她还是中国人，但她也是他们的孩子，他们想跟她交流。即使她长大后背着他们去找亲生父母，他们也从未责备她。

她在中国读大学，直到信托基金做回访，才知道每个月收到的一万两千四百多是养父母给的遗产，而他俩死于被杀，吉隆坡中介杀人案。凶手残忍地杀害了两位老人，法院却判他无罪，把他放了。

冯婷婷到吉隆坡调查了半年，把身上的钱全花光了，但也查清楚了，凶手有三个，娜帕、何心雨、程飞。为首的是程飞，打养母耳光的是娜帕。她恳求信托基金，把钱取了出来，雇佣韦强和刘远，安排了这场青旅社的复仇。

值不值？

陆离说："值吧，那不是简单的抢劫，太过了。"

陆离开车，池震坐在副驾驶位，看着后视镜里的警车，懒洋洋地打了个呵欠："那个李力行怎么说？回吉隆坡好好睡个觉。我也得回去好好睡个觉，五天，比音乐节的人还累。"他看向旁边的陆离，"你比我还多一天。"

陆离答非所问："你为什么回来？头一天不干了，第二天为什么回来？"

"因为你把这八个人资料发给我了。"

陆离看了他一眼："董局还让你杀我？"池震坦然道："我明说了，但你知道他怎么说吗？他逼着我来给你当炮灰，逼着我过来给你杀。"见陆离盯着他看了数秒，池震点点头，"又在意淫你把我杀了？"

陆离看着前方的路："有机会你早点撤，说不准哪一天，我真给你爆头。"

"为什么？"

"偶尔你会讨人嫌，杀你我会很痛快。"

"你痛快就好。董局为什么要弄你？这么多警察为什么要弄你？"池震问，但陆离没回答。池震催道："你讲吧，讲完要是后悔了，再杀我灭口。"

陆离静了一会儿，开口说："我碰了不该碰的，查一个不该查的案子。"

"什么案子？"

"张局的死。"

陆离停车，两辆警车驶过，越开越远。

对陆离来说，亲生父亲被抓是第一次世界崩塌，张局的死则是第二次。八年前因为父亲的案件，他在警校的日子非常难过，一度想过退学,是张局把他招到刑侦局。这么多年,张局既像老师又像父亲一样照顾着他。虽然他以第一名的成绩从警校毕业,但新手犯的错并不少。

陆离看着远去的警车,他仍然记得第一次出外勤那天。张局带着他中午在饭馆吃饭,叨叨个不停:"放没问题,等他吃完饭,等他把女儿送上学,等他跟老母亲打完电话,这都没问题,但你该收得收,离那么近问话,你都没有确认他身上是不是有武器。"他那时年轻气盛,并不服气:"我又不是逮捕他,没权把他摁在墙上搜一遍。"

"好,那我问你,你问话的时候,为什么一直看他眼睛?你要留意他手啊,他手往哪儿揣,先估一下武器所在位置。你要和他谈恋爱吗,从头到尾望着他眼睛?"张局不生气,"不是我批评你,直接上手,别相信经验多了,以后就怎么怎么着的。失败一次你就死了,哪有经验这种事?"

陆离知道张局为自己好,局长应该坐办公室,一有案子就往外跑叫玩忽职守。但张局还是出来了,因为要带他教他。

那顿饭吃得还好,只是吃之前案子来了,十六大道和琉璃西街交会处发现一具男尸。他本想不吃了,直接赶过去,又是张局教他,尸体已经在那儿了,警察也在那儿了,没人会偷尸体。既然如此,吃完饭再去。他跟着张局吃完了点的辣子鸡、回锅肉和番茄炒蛋,然后在现场吐得一干二净,两天都吃不下饭。

陆离下车,池震跟了下去:"和我说说张局的案子。"

陆离回头看了他一眼,池震表情严肃,脱掉平时那层吊儿郎当的外壳后,并不招人烦。

张局的死⋯⋯那天是押送新山的三名犯人回去,顺便把这个案子转到新山警局。张局让他不用去,免得往回跑,押运有他和楚刀。张局是新山人,押送完可以回家过周末,否则到月底才能回趟家。路上有个叫王克的犯人，解开另两个犯人的手铐，张局被他们用匕首割了喉，扔在了路上。

董局带队，他们追上了逃跑的犯人，但楚刀被劫持为人质。陆离进去解救人质的时候，乱枪响起，楚刀被打死了。董局说接到线报，楚刀是内鬼，跟逃犯是一伙的。而且逃犯有两把枪，张局一把，楚刀一把。只扔出一把，让陆离进去谈，真正要的人质是陆离。王克从管道中跑了，能够印证董局的话的是楚刀卡上莫名多出来的五十万。陆离不信楚刀会做这种事，但似乎又真的发生了。

他也记得第一次见楚刀时的情形。那天电视在播报他父亲的新闻，警察们在办公室看着电视。他穿着一身警服进去，找写自己名字的办公桌。张局抱着双手倚在局长办公室门口，示意他角落里的办公桌。他坐下来整理文件箱，这时楚刀走过来了："陆离是吧？楚刀，真名，真姓楚。"

陆离伸出手要握手："楚师兄好。"楚刀却没有伸手："穿警服来的。"办公室所有的警察都没有穿警服，陆离会意："不该穿警服，是吗？"楚刀笑："穿吧，这身警服你穿三次就够了，入职第一天，升职仪式，退休那天。要是你活不到退休，殉职葬礼这帮人能给你再套上。"楚刀没穿上第三次警服，他带着罪名死的，警局没给他办殉职葬礼。

是楚刀吗？

池震陪着陆离站在车边。张局，张成海，他听过大名，槟岛淫魔案就是张局破的，没想到最终这么死了。

陈同说董局："没见过这么狠的，比刘三爷还狠。你知道帮会罚二五仔的规矩，不招不认，就杀了；招了认了，就砍个手足，从此跟帮会没关系。到他那儿全升级，二话不说，先剁了手脚再审。招了认了，杀你一个人；不招不认，杀你全家，但你还得活着。那几年日子不好过,那么狠的茬,就是二当家的,谁能看出来他是卧底?二〇〇七年,一个转身说'我是警察,对唔住,我喺差人'。疯了,卧底不可怕,但是你身为警察,怎么比刘三爷还狠。"

"二〇〇七年捣毁的社团,你二〇一〇年才进来?"池震记得陈同入狱的时间。

陈同摆手:"他还算给面子,放我一马,我二〇一〇年自己进来的。"自己进来?池震提醒他:"你罪名可是杀了十三个人。"

"那也是自己进来的,要进来总得想点办法。"

"为什么要进来?"

陈同盯着池震,瞬时池震感受到昔日黑帮老大的威严,但也就是一会儿。陈同笑了,又变成入狱后收敛锋芒的同哥:"你当两天警察,怎么这么好打听了?"

这时陆子鸣过来收餐盘,池震看着他把自己的餐盘收走,他已经是个老人。九十七年刑期,五十年里不准提前释放,陆子鸣将老死狱中。为了这,九年前陆子鸣落网的那天,池震特意给自己加了个肉菜做庆祝。

陈同注意到他的目光:"我说了,你要留着他,没人敢动他,希望他健健康康的,别我还没动手,自己先死了。"池震收回目光:"店都收回来了,给索菲在打理,账的事我给你盯着点。"

陈同问:"你警察没当够?"

当够了吗?

有一起失踪案。有人报案说儿子已经失踪二十二个月,从前年七月就再没见过他,也没打过电话。陆离和池震过去调查,报案人说:"是,当时我们吵了一架,然后他就离家出走。以前他都很乖的,就算是我们偶尔有矛盾,他过一段时间也会回家,起码会给我打电话。但是这一次,这么长时间没联系,我怀疑他可能是被害了。"

陆离问:"他走的时候穿什么衣服,说去哪里了吗?"见池震不时低头回消息,陆离对池震说:"如果你有事的话,你可以先走。"

"穿什么衣服?"

报案人:"他那天穿的是黑色T恤衫,黑色的裤子,鞋也是黑色的,但他头发是红色。"池震的电话又响起来,陆离对他说:"你不用陪着我,你去忙,这种案子我自己查就好。"

池震放下手机:"赵太太,关于您儿子的失踪,你在去年三月、八月,以及今年的四月,报过三次案,而且在第三次报案的时候,因为谎报儿子被杀,还被拘留了十五天。"赵母委屈地说:"我觉得我儿子遇害了。他们不信,还怪我报假案。"池震说:"好,因为你连续报失踪,警察在去年九月已经动用了上百名警力将你的儿子找到并带到家里。但作为一个成年人,他选择不跟您住在一起,您还要报失踪并谎称二十二个月没见过。"

陆离诧异地看着池震。赵母倒振振有辞:"不是说有困难找警察吗?我作为一个母亲,想见我儿子,你们警察都办不到?"

回到车里池震问:"没案子你们就查这个?"

"要不然怎么办,刑侦局全体放假?"

池震看着窗外:"那就放假嘛,报失踪的都是什么呀?要么老人走失,要么半大孩子离家出走,这不是你们该干的。"陆离很想得开:"万一哪一个是被谋杀呢?再说,家人失踪了,帮忙找回来,总不是坏事。"

"已经二十天没命案了。"

"你盼着死人?"陆离问。

"没你盼。以前是这样吗?动不动一个月都是太平盛世。"

陆离比他有经验:"每年都有那么一个月,什么大事都没有。"

池震会意:"秋后算账是吧?有什么仇攒着,收完庄稼一起算。"陆离说:"没规律,有时候是雨季,有时候是三伏热天,有时候不冷不热,微风习习，但就是没人动邪念，什么事都没有。"

另一个案子，报案的是 Grey 太太。报案说，吃完早饭和六岁的女儿 Eva 在周边散步，对面过来一个男人跟她问路，她对那个男人讲清路线之后，一回头，Eva 不见了。

陆离问："那个男人呢？"池震继续看报案信息："她急着找女儿，没留意那个男人，可能女儿被人抱走了。"陆离停下车看着门牌号，池震也对了一下："没错，就是这里。"

男人问路，后面有人把孩子抱走，可能是有组织的绑架。

陆离摁了两下门铃，没人应答，回头看一眼。池震没跟上来，站在路边看电线杆上的信息。

池震扬声问："她女儿叫什么？"

"Eva。"

"六岁？"

陆离跑到池震身边，池震笑得不怀好意："恭喜你，终于等着大案子了。"

电线杆上是一只蝴蝶犬的照片，上面写着"Eva, 6 years"。

池震逗着怀里的狗："没案子查，花一礼拜找狗？鸡蛋仔那句话怎么说来着？女儿找着了，没受伤，没被杀，平安送回到家，但总觉得哪里不对劲。你女儿多大了？"

"四岁。"

"多陪陪她吧。你跟你女儿，都没有她们母女感情深吧？"池震挠着狗的下巴，逗得狗发出欢快的叫声。

"她去瑞士滑雪了。"

"跟她男朋友去的？"

"我女儿才四岁。"

"我知道，她跟谁去的？"

陆离闷声说："跟她妈妈，还有她继父。"

"没叫你？"

陆离看池震一眼，还能不明白他的意思："我就是想不通，他们俩想浪漫，想找个有雪的地方，围着火炉，看着玻璃窗外边的雪山打炮，随便！但为什么把我女儿带过去？"

池震问："你还没放下她？"

"我放下了，我放不下的是我女儿。"

他俩有一搭没一搭扯着闲话，像一对真正的搭档。电话响起，车载屏幕显示一个座机号码。陆离点了一下接通，一边开车一边问："哪位？"

蓝牙音箱响起声音："是陆离吗？我是王克。"

陆离赶快拿起电话放在耳边："你在哪儿？"

"你过来找我吧。"

"我过去，但你在哪儿？"陆离急问，但那边已经挂掉了电话。池震问："哪个王克，杀张局那个？"陆离思索着，没回答，池震不跟他一般计较："座机号码，一查就知道位置。"

"查不了，让董局知道了他会比我先到。"

池震思索着："那什么地方有座机？公司？单位？办公室？但他进不去。"

陆离在前方掉了个头，他把车开到一个公共电话亭旁边。陆离直奔电话亭，池震牵着狗站在车外少见多怪："二〇一八年了，还有这东西？"

"全槟城就只剩三个，王克能用的座机应该就是这种。"陆离拉开门，电话亭里没有人。池震建议去下一个，但陆离说不应该："这是最偏的一个，另两个都在市中心。"

池震看着空荡荡的电话亭："用我帮你找找王克躲在哪儿吗？"

陆离走进去，将他和狗关在外面。池震不以为意，张望着街上，看是否有可疑人物。陆离仔细查看电话亭，他拿起话筒，一张照片掉到地上。捡照片的当口,他看到电话下方众多小广告之间的一行字:"给我做张护照"。那张照片,是王克的。

过了一天,池震开着车,副驾驶位上的陆离翻着王克的假护照。

池震问:"七百公里,三十一个关卡,差不多二十公里一个,怎么跑到槟城来的?"同哥告诉他的,王克他们不应该进槟城监狱。这几个在新山犯的事,全城通缉,所有新山的出口全部封锁,但还是躲过层层关卡,跑了七百公里逃到槟城来了。结果来这儿不到三天,仨人下馆子被抓着了。不应该啊,逃犯还大摇大摆地去吃饭。之后三人在牢里待了大半年,因为是新山犯的事,案子要转回那里审。张局也要坐顺风车回去,路上被他们干掉了。

这里头不对,新山的犯人跑到槟城来,几乎是故意被抓,刚好张局家又在新山,审判也好,服刑也好,移送新山那条线就是他的,这可能是个局。按照押运流程囚车里必须坐两个警察,陆离应该在车里,那时他在哪儿?

池震思索着,听到陆离问:"你动这案子了?"

"都叫他张局,就算没交集,我也想了解一下。三个人怎么过来的?七百公里,爬山爬过来的?"

陆离说:"我想了半年多,只有一种可能,他们三个是坐警车过来的。"

池震惊了一下,吐一口气:"谁的警车?"

陆离没回答。池震说:"张局算你师父吧?他把你师父割喉,你做个假护照帮他出国?"陆离盯着护照上王克的照片,他长着一副罪犯的长相。"不是白给的,他得拿点东西来换。"

"什么东西?"

"他上面的人是谁?不只是一个名字,要给我全部证据。还有,不管他跑多远,我不会让他活过今年。"

池震还是把那个问题问出了口:"出事那天,你在干吗?"陆离有点惊讶:"你怀疑我?"池震好脾气地说:"我好奇你。"

电话铃声打断了他俩的对话,屏幕上又是陌生手机号码。陆离接起来:"护照做好了。你把真相给我,我帮你顺利出去。在哪儿见?"

那边说了两句话,挂掉电话。

池震问:"现在去哪儿?"

陆离皱眉凝思:"他说老地方见。"

池震乐了:"你们还有老地方呢?哪儿?"

陆离竭力思索:"小印度的那个烂尾楼!你认路不?"池震点点头:"知道那里,好多现场照片,楚刀就是在那儿死的。"陆离拿起纸笔,低头开始写字,等本子上密密麻麻写满字,车也停了。他抬头,发现停在警局门口。

"到了,车给你了。"

陆离一把揪住他:"你耍我?"

池震拍开他的手:"一、董局让我动你,我没本事动你,但我也不想掺和进来。二、你想拉着我去见王克,我不确定你能不能让我活着回来。"

陆离来不及找池震算账,换到驾驶位上疾驰而去。等到了烂尾楼,他拿着文件袋下车,并没见到人,四周只有荒草和成堆的水泥管。陆离把枪上膛,向烂尾楼走去。阳光从外边透进来,烂尾楼的每根柱子后都有斜影。

陆离拿着文件袋,慢步察看,突然听到身后有个声音:"把枪扔过来,慢慢转过来。"

陆离慢慢转身,回头看见王克用枪瞄准他的头。他平静地说:"枪不能给你。"

王克晃了下枪:"把子弹卸掉。"陆离掏出枪,在对方的注视之下卸掉子弹。

"把护照扔过来。"

陆离把文件袋扔到王克身前的地上,王克拿着枪,想弯腰捡又害怕陆离趁机袭击他。

"把枪放下,我今天不杀你。"陆离说。王克这才放心打开文件袋,掏出护照看了下:"孔明,我叫孔明?"陆离说:"刚好这个人和你年纪差不多。"

"这护照没问题?"

"出大马没问题,再回来可就说不准了。护照已经拿到了,给我点东西。"

王克看了看周围,紧张地说:"你们有人在杀我灭口,张局是他让我杀的。"这点陆离早听他说过了,否则也不会帮他做护照。王克舔了舔唇:"案子是故意做的,我们故意跑到槟城来。"又被池震说中了,陆离说:"我知道,我还知道你们坐警车来的。"

王克愣了一下:"算是警车吧。"

"楚刀是你们的人吗?"

"谁?"

陆离指着一根柱子说:"被你们绑在这儿的那个警察。"王克否认:"不是啊,我以为他是人质,把他带上能让你们有所顾忌,结果你们连自己人都杀。"

楚刀是冤死的?陆离的心脏猛跳了一下:"谁让你干的?"

"谁升得快是谁。"

"名字我也知道,我要的是证据。叫你干这种事,你不会连个退路都没留吧。"

"我说出来,你现在就能杀了我。"

陆离打开手枪示意给他:"子弹都卸下来了。"王克紧张地说:"谁知道你有没有第二把枪。"陆离压低声音："我今年不杀你,我让你出国躲一阵,我还要你给我做证人。"

王克眨了两下眼："以后呢?"

"帮我把人扳倒,以后各安天命。但你今天不说,我保证你没法活着走出去。"王克犹豫。陆离补充道："说吧,我要是杀你,也是等你上完法庭再说。"

王克想了想："证据是在槟城市……"

就在这个关键时刻,忽然一声枪响,王克身上迸出一团血雾,倒在地上。陆离回头,门口,郑世杰手里握着枪。郑世杰迎上来："师兄你没事吧?"

"谁让你开的枪?"陆离怒道。郑世杰说："董局长接到线报,说王克又回到烂尾楼,没想到师兄比我还快一点。"他收起枪,朝王克的尸体走过去,"董局下令说,但凡遇见王克,立即击毙。"

没等郑世杰过来,陆离抢在前面搜王克的身。

郑世杰抱怨说："师兄,你这就不对了。你能力强,打的鱼也多。我难得打条大鱼,你还跟我要?"陆离一把抄起王克的枪对着郑世杰:"出去。"

郑世杰愣在原地。

陆离吼道："我让你出去!"

郑世杰退到外面,陆离在王克身上翻到一部手机和一捆新钱。他把手机、钱和护照装进地上的文件袋。走出去之前,陆离将自己卸下来的几颗子弹捡起来。

郑世杰老实地站在门口,陆离看了他一眼："你去翻翻吧,大鱼是你的。"

陆离到车上先翻出那捆钱,钱都是连号的。他又掏出王克的手机,通话记录只有他陆离一个人。摁了拨打,果然自己的电话响了起来。

陆离一把捂住脸,唯一的线索又断了。

"出事那天,你在干吗?"池震问过的问题又响了起来。

那天……他在医院。胡先生开车撞在树上,陆一诺胳膊骨折。吴文萱在照顾胡先生走不开,他不得不留在医院看着一诺打石膏。张局让别过去了,他和楚刀两个人可以把人押运去新山。楚刀开车,张局坐在后面,跟三个犯人一起。

Original
Sin

IV

原·生·之·罪

池震坐在自己的办公桌上,一直看着温妙玲,她正在接待一个报案的男人。

温妙玲注意到他的目光,到他桌前问道:"你现在有空吗?"池震一口拒绝:"没空,我忙。"

"你忙着看我?"温妙玲质问。池震毫不惭愧:"嗯,特别忙。"

温妙玲低声说:"帮我应付一下那个宅男,说是来报案,从进来到现在,一句正经话没说过。"池震也压低声音:"他调戏你?"温妙玲翻了个白眼:"我借他俩胆,说的全是没用的,又不能撵他走,你来把他处理掉。"

池震问:"然后呢?"温妙玲说:"然后什么?""然后我请你吃个饭,你赏个脸呗。"温妙玲瞪他:"你有毛病吧?有人请我当然去啊。"

温妙玲走回到报案者面前:"过去吧,那是我们最有经验的警察,什么都能干,前两天人家丢狗都给找回来了。"报案者起身,温妙玲把刚才做好的笔录递给他:"把这个拿着。"

报案者半信半疑走到池震这边,把笔录递给他,坐了下来。

池震接过翻了翻:"叫什么名字?"

"黄嘉伦。"

"二十八岁？"

黄嘉伦点点头。池震问："你跟她说什么了？我们警花说你一句正经话没有。"黄嘉伦回头看了一眼温妙玲："怪不得呢。"

池震没好气地说："我问你说什么了，你怪不得什么，你怪不得的？"黄嘉伦指着电脑上的监视器画面："我跟她说，你们这系统不行，安全性太低了，给我五分钟，我就能把这画面变成对面银行门口。"

池震放下文件看着黄嘉伦："你是报案来的吗？你来找工作的吧？"

"我是报案，再说我也不需要工作。"黄嘉伦说。

池震点头："那你说说吧。"

黄嘉伦说："我最近有点不对劲，有些东西我明明记着是放在什么位置，但回头又找不着了。我先强调一下，是我自己住，没朋友来我家。"池震问："什么东西？""电视遥控器放在茶几第一层，Kindle放在茶几第二层，但回头就不在了，最后要在第二层找到的电视遥控器，Kindle却放在了第一层。"

池震想了想："我给你个建议，把你家茶几换成单层的。等你年纪再大点，可能会像我妈一样，所有的东西都堆在沙发里，可还是问我在哪儿。"

黄嘉伦涨红了脸："我没开玩笑。"他看了看池震的脸色："遥控器的事我们先不说，没准真是我记错了。我讲个我不可能记错的。我有很多手办，每一层都是一个番剧，有一天我发现第五层《Fate/Stay Zero》的 Saber 和第七层《四月是你的谎言》里的宫园薰换了位置，这个我不可能弄错的，Saber 和宫园薰的瞳色都不一样，一个是绿眼睛，一个是蓝眼睛。"

池震挠挠头："请讲普通话。"

黄嘉伦格外严肃："这是两个秩序的世界，换不了的！就好比巴斯光年跑到了迪士尼乐园,那是不可能的,因为巴斯光年是皮克斯的。"他说着突然呼吸急促,拿起喷雾喷了两下。

池震自言自语:"我听着难受,你说着更难受。"黄嘉伦因为喷药没听清:"啊?"池震指着喷雾:"什么东西?"黄嘉伦给他看了下罐身:"哮喘喷雾,喷一下就好了。"

池震点点头:"是这样,你所在的位置是刑侦局,全称叫刑事侦查与犯罪调查局,那些手办我相信你没有弄错,但你可能来错地方了。"

黄嘉伦也点头:"我明白了,你觉得这是小事,那我说个严重的,最近有人盯上我了,在地铁,在街上,在漫展,在女仆咖啡馆,那个人在各种地方观察我。"

"那个人你认识吗?"

"不认识。"

"长什么样子,我找人帮你写一下。"池震觉得自己仁至义尽,然而黄嘉伦一问三不知。

池震站起身:"我们会重视你所说的情况,你的报案我们会尽快立案,帮你破案。"黄嘉伦并不信:"真的重视吗?"池震将文件扣过来,斜眼看他:"你说呢?"黄嘉伦焦急地说:"真的要重视起来,我最近一直担心,没准哪一天我就被人杀了,万一我死了,不管死得有多正常,你们一定要当谋杀来立案。"

池震保证:"一定的,你放心。你把你地址和电话留下来,如果你真死了,我会认真处理。"黄嘉伦在纸上写了地址和电话:"我都死了,你怎么联系我?我把我父母电话也给你吧。"

就在黄嘉伦写地址的当口,温妙玲接完电话快步过来:"我刚接到电话,王克被击毙了。"

池震惊了一下:"被谁击毙的?"

"鸡蛋仔。"

池震到现场后看了看王克的尸体。那边老石和老高，一个正在检查尸体，一个正在问郑世杰要证物，郑世杰啥都没有，让老高扒了王克衣服算了。

池震没见到陆离，问温妙玲："他人呢？"温妙玲努了努嘴，池震看到陆离坐在车里。他走过去拉了下副驾的门，没拉开，只好敲敲车窗。

陆离放下车窗，看着他不说话。池震伸手进去自己开门，但陆离迅速升起车窗，池震怕手被夹住，赶紧缩了回来。

"怎么回事？"池震啼笑皆非，还以为跟陆离关系有所好转。

车窗留了一条缝，刚够两个人对话，陆离闷声闷气地说："我还要问你呢。"

池震看看那边说话的郑世杰："鸡蛋仔不是你叫来的吗？"

陆离摇头："董局派来的。"

池震不解："董局怎么知道王克在哪儿？"话一出口，陆离瞪着他："所以我要问你，只有你知道。"说完他开车就走，把池震抛在原地。

池震有什么办法，没有办法，只能蹭温妙玲的车回去。温妙玲八卦地问："他不带你回去，你们吵架了？"

池震看着温妙玲不说话，温妙玲安慰道："已经好多了，是不是？听说你们以前还老打架呢。"池震指出错误的地方："确切地说，是他打我。"温妙玲哈地笑出来："他对你这么凶？"池震皱眉看她："认真一点好吗？"

温妙玲笑道："那去哪儿吃饭？"

池震想起答应请温妙玲吃饭的事，打起精神："吃什么？"

"我请你吃饭，把那个宅男帮我解决掉，我请你才对。去哪儿？"

池震想了想："去我店里吧。"温妙玲朝他看了一眼："你在显摆吗？我真不用你请，我干吗让你请吃饭？"池震坚持："就去那儿吧，马上就到了。"

点完餐,温妙玲说起报案的宅男:"他跟你讲这么多?"

"讲得倒是多,又是 Saber 又是宫园薰,还说什么瞳色不一样,听得我脑袋直疼。但我蛮喜欢那个动画片的名字的,'四月是你的谎言'。"

温妙玲纠正他:"动漫,你说动画片他们会打你的。"池震说:"你们俩应该多聊一会儿。"温妙玲摆摆手:"他跟我净说没用的,又是监控又是电脑,还推荐我一个店,让我去把头发漂成蓝色的。"

"你这儿还有点实用价值,我那个完全不明所以。"

温妙玲问:"除了有人去他家,动了他东西,他还讲什么了?"池震说:"有人动他东西?"温妙玲相信黄嘉伦的话:"当然动过了。比如西餐,正常是叉左刀右,因为我是左撇子,所以永远是反着摆,这样有人动过我一定会知道。"

池震看了一眼温妙玲和自己的刀叉位置,点了点头。温妙玲好奇地问:"你当律师的时候,会去人家家里吗?你要用的人,要毁灭证据的地方。你带人潜入他家,把证据找出来,归位的时候,你也有可能把东西弄错了。你刚才不是说了,只是眼睛的颜色不一样。所以,为什么会有人去他家翻东西呢?"

"他陷到一个麻烦里。"池震挠头,"他还求我,如果他死了,不管死得有多正常,我们一定要当谋杀来立案。"温妙玲笑道:"这种话,听听就算了。我也可以这么说,哪天不管我怎么死的,都要查查是不是有人在害我。"

等牛排上来,池震还在思索。温妙玲拿起刀叉去切牛排,看他这么认真,不忍心地劝道:"别想了,没发生的案子,就是不存在的,都没有眼前这份牛排真实。"

"你先吃着。"池震起身往外走,经过服务员时说,"那桌免单。"他打了电话给黄嘉伦，后者接到电话时没听出是他："你是？"

"中午你报案的那个警察。"

"我想起你来了。我在十四号线地铁上，往家走。"

池震听到他后面的杂声："你现在是哪一站？"

"夏常路站。"

"这样，你先别回家，再往前坐两站，在春生路站的D口出来，往东一百五十米有个咖啡馆，我在这儿等你。"

黄嘉伦问："一定要今天吗？"

池震坚持："今天。"

池震再进去，温妙玲面前的牛排已经吃完，他把自己面前那盘没动过的牛排推给她："你把这个也吃了吧，厨房有的是。以前在店里，一天十份二十份地吃。"

温妙玲将池震的牛排拿过去："其实你不该当警察，做牛排挺好。食色性也，人生不就这两件痛快的事吗？"

池震靠在椅背上说："食、色，是挺痛快的，但我不想两样都占了。"温妙玲偏要捅穿他："你现在占哪样了？"

池震看着她不说话，"人艰不拆好"吗？

第二块牛排被温妙玲吃完的时候，她忍不住问道："你一口不吃，还不停地看表，你是又约了别人？"

池震说："是约了人，但不是吃饭，早该到了。"

这时对讲机响起声音："十四号线地铁终点站光凌路站台，一名男子猝死，请附近的警察及时赶往处理。"

黄嘉伦真的死了。

池震和温妙玲坐在地铁的等位椅上，老石在那边验尸。

夜了，池震看着无人站台："你知道吗？所有的大中华地区，中国大陆、香港、台北，包括新加坡、大马，夜里十二点之前最后一班地铁,都会空跑一趟,一个乘客都没有。整条线跑一圈,好像是告诉地下那些鬼魂,我们下班了,这地方交给你们了。"温妙玲有气没力:"真的假的?那早上呢?用不用空跑一趟,告诉他们,我们上班了?"

池震答不上来,刚好看到老石站起来,他起身迎过去送上咖啡杯。

老石端起来喝了一口:"哮喘病发作,手头没有丙酸氟替卡松或者沙丁胺醇之类的喷雾,大气道收缩阻塞,呼吸衰竭,导致缺氧而亡。"池震知道:"白天在警局也喷来着。"老石不高兴了:"你知道他有哮喘病,还让我跑一趟?我是法医,死个人就叫我过来?"

池震解释:"他白天报了案,他说如果他死了,希望我们当谋杀立案。"老石皱眉想了想:"急救中心的人来了吗?"池震说:"来过了,也说是哮喘病,要把尸体带走。我说不行,我们刑侦队要做尸检。"

老石盯着他上上下下看了半天:"你做?"池震不吭气。老石骂道:"我有家,有老婆,有女儿,医院每天都有人在死,路上每天都有车祸,你不能随便死一个人就叫我来验啊!"说完老石提起他的工具箱,看了看站牌,"地铁都没了。尸体是有尸臭的,你知道吧?就是那种死猪加臭鸡蛋的味道。我下午已经验了王克,回去泡了三小时澡才把味道洗掉,我女儿才肯坐下来跟我吃个饭,你又弄了个没关系的尸体给我。"

池震被骂得一头狗血,不敢吭声,目送老石上了自动扶梯。这会儿都断电了,老石三步两步爬上去。其中缘故他只能问温妙玲:"老石怎么了?"温妙玲确实知道:"他上周三在女儿包里边发现了避孕药,然后就开启了他的推理模式。"

"他女儿多大了?"

"十七八吧,不知道,从来没聊过。"池震帮老石想一想也觉得心得操碎了。温妙玲瞪了他一眼:"现在怎么办,急救中心的人都被你撵走了,你扛家去?"

还能怎么办，先弄回去呗。池震去抱黄嘉伦的上身，看温妙玲不动，央求道："搭把手。"温妙玲还能怎么办："以后你可别请我吃饭。"说完去抱黄嘉伦的脚。

两人把死去多时的黄嘉伦带回了法检科。温妙玲问他怎么办，池震把尸体放下，抹了把汗。温妙玲提醒他，明天老石见到了可是会炸的。

"那就炸吧，他肯定是被杀。"池震拿稳了。

温妙玲点点头，把车开出几米远又倒回来："你刚才讲地铁最后一班空跑一趟，告诉那些鬼魂，他们要下班了。他们都有下班的时候，我们刑侦局就这么几个人，你当我们就不怕鬼吗？"

等温妙玲开车离开，池震转身，真看到黄嘉伦站在警局门口问路，"这里是刑侦局吧？"他还是东张西望那傻样，"你们这监控够旧的。"

池震走过去抱住黄嘉伦，他恢复成尸体的样子。池震拖着他往里走，边走边絮叨："是刑侦局，我们这边确实旧，我知道你冤屈，连你是他杀还是意外都查不出来。你放心，他们不查我查，我肯定给你个交代。"

他把黄嘉伦抬到停尸台上，解开上衣，拿起解剖刀试图进行尸检，却不知道从何下手。想了想学陆离的样子，掰开黄嘉伦的嘴闻了闻，臭气熏天。池震捏了捏鼻子，放下解剖刀，在黄嘉伦解下的上衣口袋里翻了翻，翻到一部手机，又从他的裤子里翻出两瓶还没有开封的哮喘药。

池震走到自己的桌前，看到黄嘉伦写的地址还在桌子上，想了想拨了电话："您好，是黄叔叔吧？这里是槟城刑侦局，我看到你们的住址是柔佛，您儿子黄嘉伦在槟城发生了一点事情，请问他有兄弟姐妹可以来槟城一趟吗？哦，独生子女，那么您或许是黄嘉伦的母亲，明天看看谁能来槟城一趟。他没有惹事……是，明天见面再说吧……等下！记得找我，我叫池震。"

这样是不行的，池震拿起纸去找人帮忙。

一小时后他到了陆离家。

陆离回到家，第一眼看见的就是池震坐在餐桌边大嚼，他妈还在往桌上端菜。池震不要钱的好话使劲朝陆妈抛过去："哇，太好吃了。我跟你说，我妈要有你一半的手艺，我绝不至于现在这么瘦，小时候也不至于偷家里钱，出去买零食。"

陆母听得心酸："我再做个油焖大虾给你。"池震活泼地说："真的吗？太好了！我上次吃油焖大虾还是两千年以前的事，十岁以后没吃过。"陆母："那你等着，阿姨去给你弄。"

等陆母进了厨房，池震回头发现陆离抱着手站在大门口，不知道看了多久。他心虚地说："你回来了？你妈在厨房做油焖大虾。不是我要吃的，是你妈太热情，听说我是你朋友，还没吃晚饭，就给我弄了一桌子。"

陆离做个手势制止他："等会儿，你跟我妈说，你是我朋友？"池震笑得很讨好："同事加朋友，不然我怎么说？"

陆离在桌边坐下："一、以后有任何事，别到我家里来。二、赶快说什么事，说完走人。"池震知道他的臭脾气，不敢耽误，讲得飞快："地铁里死一个人，刚好中午来报过警。我现在什么都没动，只把尸体扛回去了，你是队长，我过来找你立案。"

陆离挥手："立不了，老石给我打电话了，那人是哮喘死的。跟你没什么关系，跟我也没关系，走吧。"池震不动："但他白天来，说有人要杀他，没几小时就死在地铁里了。"陆离耐着性子："哮喘病人死在地铁很正常，人那么多，空气又浑浊，哮喘药被挤掉，很容易发作而死。"池震不认同："真的被挤掉吗？不会是有人调包？"

陆母端着油焖大虾从厨房出来："油焖大虾好了。"她见到陆离，"正好你也吃几只。"

陆离指着门口要池震走，池震掏出那张写着邮箱账号和密码的纸："看看这个，一个代码，我们可能看不懂，但这个可能非常值钱。"陆离催他："走吧，这案子不立案，你没有查案权限。"

话说到这份上，池震只好起身："阿姨，我先回去了。"

陆母有些遗憾："虾都做好了。"池震轻声细语："阿姨我刚想起来，我之所以十岁以后没吃过，是因为我吃虾过敏。你做得太好吃了，想吃又不能吃，我看着难受。"他说着走到门口，陆母有些不舍，跟到门口："以后常来啊。"池震看看陆离，对陆母笑笑："好，一定常来。"

不再看陆离是什么脸色，池震赶紧下楼，他想到另一个人可以帮忙，郑世杰。

郑世杰满脸没睡醒："到底是谁家？半夜三点钟把我叫过来。"池震只说受害人家里，郑世杰诧异："又有案子了，怎么没人叫我？"

池震哄了他几句，只告诉他死者叫黄嘉伦，白天来报过案子，晚上死在地铁里。郑世杰知道这事，不就哮喘吗，也就池震当回事："哮喘死的，怎么谋杀？我掐着你脖子，冲你喊口号，发作吧，发作吧，然后黄嘉伦就死了？"

池震说："所以要查一下。如果真是这样，咱俩破这案子，明年就是警校教材。"说话间他终于找到黄家了，"开下锁。"郑世杰看着门锁愣了一下。池震记得他说过什么锁都能开，见这模样心里凉了一截，幸好郑世杰说智能锁开得慢，得两三个小时。

好不容易开了锁，进门是一个二百平方米左右的大房子，柜子里摆满手办。郑世杰好奇地看着那些手办："确实够宅的。老听说宅男宅男，我没听说有谁比他更宅。"池震在桌子上找到几瓶没拆开的哮喘药："这么严重的哮喘，换我也不出门。"

"不是不出门，是这一架子手办，比这套房子还贵。"郑世杰识货："差不多二百万。"

这人哪来那么多钱？池震数着手办架上的东西，找出 Saber 和宫园薰的手办，展示给郑世杰："这两个哪个是 Saber？哪个是宫园薰？"郑世杰一眼认出来，池震冲他笑笑，翻抽屉从里面翻出一份泛黄的合同："四千万，卖五年。"合同最后一页有四个签名，池震指着黄嘉伦的签名："一共是四个人，每人一千万，这个是黄嘉伦。"池震又找了找，从抽屉里翻出一张照片，照片上是四个大学生模样的男孩，其中一个依稀能认得出是黄嘉伦。郑世杰过来看一眼，认出另一个："这是顾兴伟啊。"据他说，顾兴伟是个程序员，上个月自杀了。好像为情所困，找了个女模特做女友，失恋之后服毒自杀了。

郑世杰感慨道："都说女模特其实不爱他，只图他的钱，炒得那么火，你不知道吗？"池震听说过，没想到是他。他在四个签名中找到了顾兴伟的签名："死了两个，另两个还不知道是死是活。"

这哪一样，一个是为情自杀，一个是哮喘病发作。郑世杰觉得跟谋杀没关系。池震觉得无论如何是死了两个人，但这会儿也不是争论的时候。他把合同收起来，打开浴室门，发现里边已经被翻得一片狼藉。

池震心里一凛，对郑世杰指着紧关的卧室门，用口型说："有人。"郑世杰看到窗台上的猫粮猫砂，指给池震看。但池震坚持是人，他握着枪慢慢向卧室门走去，从门缝下面看到卧室里开着灯，门缝处有一双脚。池震对郑世杰打着警察手语"准备包抄"，一步一步移到门边，握着枪把手。

就要拉开的时候，几名警察从外面持枪冲进来。为首的一名警察命令："所有人不许动！把枪放下！"池震连忙自报家门："槟城刑侦局。"但为首的警察没那么好打发："请出示证件，先把枪放下。"

池震盯着他，突然一把拉开卧室门。

一只猫从里边蹿出来，房间里是空的。门开的一刻，窗帘被风吹得鼓起来。

几名警察冲过来将他摁倒。

一大早警局里每个人都在忙。郑世杰让老石把王克的尸体处理一下,董局说要开个表彰会,杀害槟城张局的凶手被槟城刑侦分局击毙了。老石拉出来一看,黄嘉伦的尸体躺在上面,幸亏先看了一眼,否则拿错尸体,董局准得发飙。

老石愤怒地找池震算账,发现池震的位置上是空的。他找陆离:"池震呢?我说不验不验,他把尸体硬塞给尸检科!"温妙玲走过来,指着门口站着的一对老夫妇:"那两个人也在找池震。"

陆离问:"什么人?"温妙玲说:"黄嘉伦的父母,说是池震让他们来的。"她看陆离的神色就知道他暂时没想起来,提醒道:"昨天哮喘死的那个。"老石没好气地说:"跟他们说,他们儿子在我停尸房。"

陆离问:"那池震呢?"温妙玲说:"区分局,扣了一宿,鸡蛋仔也是才回来。"

陆离赶到区分局,发现池震被单手铐在栏杆上,不由皱起眉头:"分局抓刑侦局的人,可真是有手段。"刘局长有苦难言:"本来池警官、郑警官我们已经放走了,出示警官证我们自然要放人。你不知道他昨天又回来怎么闹的。"

陆离冷着脸:"怎么闹也不能抓我们刑侦局的人。"刘局长叹了口气,给池震解手铐。手铐一解开,池震站起来还是要问:"昨天晚上报警的人是谁?我们搜查黄嘉伦家里,是谁在报警?"

陆离拉着他出了分局,等上了车池震还是不服:"里边还有一个人,那个人报的警,我差一点就把他堵在卧室里了。"

陆离不说话,专心开车。池震拿出照片和合同:"四个人,四个签名,已经死了两个。"

"四个签名?"

"对，四个签名，四个人从印度抢了一个藏宝箱，最终只有一个人活下来了。这就是IT代码版的四签名，我完全看不懂这代码是什么。但也许就是那个藏宝箱，四份代码卖了四千万，授权五年，今年是合同年，这四份代码的时限到了。现在已经死了两个，还剩两个。"

陆离看了一眼签名："第三个也死了。"

看池震满脸呆相，陆离的气消了点儿："不只你鼻子灵，我也知道不对劲。照片最左边那个，叫刘昊，三个月前死于肺癌，几个朋友还去新山医院看过他。这是他们一起去的照片。"陆离靠边停车，拿出照片，照片上黄嘉伦和另两个年轻人围坐在病床前，病床上是一个光头的年轻男人。

四个人都是二十六七岁，四个死了三个，肺癌、哮喘病、为情自杀。人口的自然死亡率是百分之七点一六，二十岁到三十岁每年的自然死亡率不超过百分之一点一八，也就是一百个人才死一个多一点，今年这四个人死了三个，达到百分之七十五，这是不正常的。何况，还有一个提前来报警的。

陆离点点头，池震盯着他："所以你也知道这有问题？"

"是，但我还是不能给你立案，你做过律师，打官司讲证据，立案也是要讲证据的。你要确定谋杀，才能立案处理。可是这几个人，除了顾兴伟，其他的连自杀都不算。你查一个大概，真是有问题了，我再叫人来接手。"

说到查案池震就郁闷："但我没查案权限，我搜个家都会被分局警察扑倒。"陆离发动车子："那你想办法，我现在给不了你别的。"

陆离把车停到一座大厦门口，池震从车窗看了看大厦："这是哪儿？"

"四个人仅存的那个，贺云飞的公司。四个人一人一千万，只有贺云飞拿这一千万去创业，十三和十四层都是他的。四个人的签名里，不是说只有一个人回来了吗？你先看看回来的这个人有没有问题。"

池震理了理衣服准备下车，陆离在他背后说："查不出来就别当警察了。没有立案，你查这个，那就是你的私事。什么都没查出来，你犯的错误是"擅自离岗、持枪恐吓、以公徇私"，到时候就别干了。"

池震就当没听见，下车进了大楼。他始终觉得背后有道视线盯着。

池震没预约，前台不放他进去："不好意思，贺总正在约见客户。请问您是哪位，我帮您预约一下？"池震左右看看，注意到右手边有一个门挂着总经理办公室的牌子，直接往里走。前台在身后喊道："先生，请您不要硬闯！"随着她的喊声，两名凶神恶煞的保安挡在前方，跃跃欲试地要对他动手。

池震掏出警官证："警察办案。"看保安让开，他走到总经理办公室门前，推门进去，里面一屋子的人。

池震认出贺云飞，对他晃了晃证件："警察办案，问你几句话。"

贺云飞接过他的警官证看了看，还给他。"有事跟我律师讲，我没犯法，不跟警察对话。"他叫过一个助理模样的，"叫孙律师赶紧过来。"助理刚出门，这时前台追进来，看着贺云飞无所适从。贺云飞伸手示意她招待客人，池震被请坐到沙发上，听着贺云飞对员工的训话。

"你不要跟我谈事情是 Lisa 干的，Lisa 是你们部门的，你负责这个部门。我问你，你往下摊，我要你干什么？一个推一个，那都不要干了！"

池震实在坐不下去，拿出照片："贺总，我问你几句话就走。这张照片你记得不？除了你，上面的刘昊、顾兴伟、黄嘉伦，今年陆续死亡，这些你都清楚吧？"

贺云飞吃了一惊："黄嘉伦也死了？"

"昨天晚上死的。"

贺云飞皱了皱眉："我不跟警察打交道，稍等一下，我律师很快就到。"池震盯着他："你还是配合一点比较好。"贺云飞看着他，转身继续对那个员工训话:"回去把这份文件整改一下,再让我看到这种失误,不用我说,你自己离职了。"池震把枪拍在桌上:"你还是配合一点比较好。"

贺云飞质问道:"你要在这儿开枪吗?往这儿打。我不跟警察打交道,有证据你就发逮捕令逮捕我。"孙律师从外边进来,正好看到这幕,赶紧挡在池震和贺云飞面前:"这位警官别冲动。"他认出了池震,"你不是池震吗?"

池震也认出了他:"孙尚文?"

"我听说你当警察了,没想到你真干上这个了。"

既然是熟人,池震放缓语气:"我也是无奈,我跟贺云飞说几句话,他的几个同学都死于非命,我要找他了解一下情况。"孙律师却没让开:"你知道所有人都瞧不起你吧?"

"所有人?"

"所有做律师的人,都瞧不起你,我算是对你最客气的。所以现在作为贺总的律师,我明确地告诉你,想要跟贺总谈话,拿法庭的传票来。你就是个臭警察,什么都不是。"池震一把推开孙律师,直奔贺云飞,然而孙律师拖住他:"别来硬的,别逼我用咱们当初对付警察那一套来对付你,你赶快出去。"

池震气冲冲地回去找温妙玲:"我需要立案,拿到拘捕令,这几个人的死,十有八九跟贺云飞有关系,把他带到局里来,一问就知道。"

池震和温妙玲说话的当口,陆离把沙发抻出来,把被子和枕头铺在上面。温妙玲看向陆离:"你跟我说没用,你去问他。"

池震这才发现陆离,不觉放低了声音:"他怎么了?睡到警察局了?"温妙玲说:"前妻闹离婚,他从前夫晋升为前前夫了,手头还有王克的案子没查完,不想回家。"

池震走到陆离跟前:"不管立不立案,我申请逮捕贺云飞。"陆离翻身背对着他们："明天再说。"温妙玲劝道："师兄，你别难过了。"陆离说："没事，你早点下班。"

温妙玲没动："你跟吴文萱离婚那阵你难过，我们陪你喝了一顿酒。这回她离婚你又难过，你难过什么呢？你怕孤独终老吗？实在不行过个十年，你未娶，我未嫁，就跟我在一起呗。"陆离翻身坐起，严肃地看着温妙玲："你有病吧？同事这么多年，一个警校毕业的，师兄师妹地叫了十几年，怎么突然说这句话？"

温妙玲尴尬地说："我开玩笑。"陆离警告道："玩笑别开太过，明天一早大家还得做同事。"

他说完就走了，温妙玲捂住脸哭了出来。池震也不知道怎么安慰她才好："不然我也说一句，让你觉得我有病的话。"温妙玲含着眼泪："你别说！"

夜色浓郁，池震开着车缓缓而行。他不知道该往哪儿去，也不知道要做什么。律师？他已经被取消资格；警察？明明知道是谋杀，他却无能为力。

前方路边有群人在打闹，池震看到一个熟悉的身影，高挑、短裙、高跟鞋，是索菲。她遇到了麻烦，几个男人试图把她拉上车。池震将车停在路边，下车冲那帮流氓呵斥："让开！"

他一副文弱相，流氓并不放在眼里，反而更加胡言乱语："哎哟，出来卖的，还有男朋友呢。"索菲拿包拍打着男人的手："我不是出来卖的，我早就不在这里做了！"

"早不在这里做，那就是以前在这里做喽。"

池震听不下去，向为首的一拳打过去。但对方人多势众，你一拳我一脚迅速把他放倒。索菲拼命地喊："别打了，别打了，会出人命的。"但没人听她的，那些人下手越来越狠。忽然一声枪响，那群人停止殴打，慢慢向两边退去。池震连放几枪，他们散去。索菲过去扶起池震：

"你没事吧?"

池震抹了把脸上的血,应该是打到鼻子了,但身上没有大碍:"我送你回家。"索菲骑摩托来的,池震接过钥匙,骑到摩托上点火。索菲坐到他身后,抱住他的腰。池震猛踩几脚,摩托扬长而去。

轻轨在高处行驶,池震骑着摩托行驶在路上。夜色下两种交通工具并行了一段路,摩托并不慢,索菲在身后紧紧地抱住池震。但轻轨拐弯了,摩托和轻轨分道扬镳。

今晚的池震有点不同,然而索菲又说不出哪里不同,到家她邀请池震上去,他又不肯。

"我明天要走了,你以后在这里好好的。"

"你去哪儿?"

池震不知道。他看了看天空,那里是一片混浊:"警察律师我都不想做了。"

也许该去岛上和陈先生说一声。天亮时池震上了渡轮,周围都是陌生的乘客。他看着海,一时想到黄嘉伦的案子,一时又自我开解并不是他不管,一时又想到陈先生会怎么对付他。

他还记得自己入狱那天。端着被褥,跟在狱警后面,听狱警一边走一边宣布服刑人员守则:"……五、不得擅自使用绝缘、攀缘、挖掘物品。六、不得偷窃、赌博。七、不得打架斗殴、自伤自残。八、不得拉帮结伙、欺压他人。"说话过程中,他俩穿过几道门。每过一道门,狱警都是抓着门锁等他进去,关上门后,继续走在前面带路。

那条路特别漫长,狱警看着他不像惯犯:"第一次服刑吧?"那时他还年轻,以为世事尽在掌握:"我还没审判,我坐不了牢。"狱警回头看他,他又说,"下周二开庭,我肯定能出去。"

狱警却听惯了:"那就要看看你怎么出去了。"

狱警把他送到最后一道门,他那时还不知道里面的操作,但感觉到了危险,站在门外不肯进去:"我未决羁押,不用关在这儿吧?"狱警拉着门示意他进来,把他和陈同他们关在一起。他知道新人的规矩,自觉到墙边做蹲起,但被陈同叫住:"别着急做,你有新规矩,你不是池震吗?"

"做律师的是吧?陈先生问你,马如龙砍了一层楼的人,一天牢没坐,住到精神病院去了,是你的官司吧?许一辉放火把老板和两个孩子都烧了,按过失杀人罪判三年,是你办的吧?"

池震不知道他们的用意,但不认又不行,只能勉强点头。陈同他们走过来:"如果都是你,那我们得重新定个规矩。"

他记得自己那时还天真,看了一眼监控探头,但没人出来叫停。幸好陈同没想动手,只是向他咨询案情。

他对钱洛华道:"我看了你的卷宗,漏洞百出。警方所谓的证人,那个女人,他们询问方式就不对,直接拿出照片来,让她指认凶手是华哥吗,这种诱导性问话,有做伪证的嫌疑。辩方律师应该提出抗诉,逼迫检方将此供词作废,没有这一供词,你就是无罪啊,他们抓错人了。"

他不敢大意,哄着他们:"在我心里你永远是华哥。还有王哥,警察找到了那把刀来定罪,是吧?刀上面除了你的指纹,还有警察的指纹,对吧?

"所以你当时的律师在干吗?有你的指纹,也有那名警察的指纹,这说明什么,说明你可能是凶手,那名警察也可能是凶手。警察取证时沾不到指纹,因为他要戴橡胶手套。什么时候会沾到指纹?只有在他用这把刀杀人的时候。

"雷哥,你最多七年,现在监狱是反过来欠你十八年。十八年冤狱,你放心,等我活着出去,一年一百万的补偿,帮你要回来。同哥,你这个案子最为蹊跷,感觉律师不是失职,不是没能力,是他跟警察联手在坑你……"

陈同打断他："我就不用说了。不过你确实挺无耻。"

他不说话，观察着每个人的表情变化，看到他们有所缓和。那时他很坚定："帮被告打官司，大罪改小罪，小罪改无罪。别说我无耻还是高尚，这是我的工作，我的工作就是让你们把量刑做到最低，要不然律师干什么？帮着警察破案？帮警察加刑枪毙你们吗？"

凭着巧舌，他终于说服了陈同，然后陈同把他引见给了陈先生。

渡轮靠岸了，渔民把刚打来的海鲜一筐一筐倒在岸上。池震四处张望，一路找过去，但房子是空的，他没找到陈先生。

回来池震拿起一只椰子，路边随便找了辆车，三下两下将前车窗砸碎。车主从店里冲出来，池震举起双手任警察抓，他已经放弃了。

旧地重返，押他进去的郑世杰劝他："震哥，你都是警察了，想进来招呼一声就来了，何苦再这样呢？修个车窗都得好几百吧？你和你那车主小弟讲一下，在外面假模假样闹了一下午了，你赶快把事聊完，出去不就好了吗？"

池震说不认识那个车主，是真偷车，郑世杰愣住了。池震是真的想开了，他只想找个地方待上三年，以后的事以后再说。如果陈先生要做掉他，那就在狱里做掉他好了。

陈同提醒他："你当初怎么跟我讲的。你说，重要的是你的工作是什么，当律师就是为嫌疑人脱罪，当警察就是抓凶手，这跟道德无关，这是你的职业。"池震觉得累，这道理不是他想到的，是他师父教的。王振生大律师教他，律师只对自己的委托人负责。这么多年他也是一直信奉这个，但现在他累了，只想休息。

然而池震不知道，小人物的浮沉绝非自己可以做主，就算想躲，也有人可以把他再拉出去。下午庭审时车主改了口，说原以为车被偷了，后来知道是池震开走的，他和池震是多年朋友，两个月前就把车转给池震了。既然没有失主，那么被告池震的盗窃罪自然不成立，无罪释放。

池震走出法庭的时候，陆离和温妙玲在走廊里等他，温妙玲还拿着他的西装。

陆离还是那副臭脸："那个贺云飞，你跟他聊过一次，为什么没写报告？"池震突然就觉得有什么又回来了，他气冲冲地怼回去："什么都没聊出来，再就是黄嘉伦的死，你根本不给立案，我写什么报告？！"陆离把西装递给他："再补一份报告，把衣服换上，出发。贺云飞中午死了。"

贺云飞不是死于癌症，不是哮喘，也不是为情自杀，而是真正的谋杀。

事发当天中午，贺云飞约了讯达公司版权部的经理李金祥吃饭。

贺云飞对讯达公司不满，游戏卖了五年，讯达设置了许多花钱的关卡。如果续约，贺云飞要求补签协议，让玩家在整个过程中不需要花钱买装备、买皮肤。反正他现在不缺钱，打算做点好事。李金祥劝他替别人着想。游戏是四个人的，贺云飞不缺钱，但别人未必，贺云飞不能替别人做主。何况其他三人已经死了，总要分些钱给他们家人一个交代。

贺云飞一口咬定朋友的家人由他安排。他请了两个全国散打冠军做保镖，也写过遗嘱，万一在续约之前死了，不管死得有多么正常，都有可能是讯达下的手。

话说到这份上就谈不下去了。李金祥说要回去向董事长汇报。在那时贺云飞去上了个洗手间，保镖说要陪，但贺云飞说上厕所而已。李金祥也进去上了个洗手间，上完先出来，这边贺云飞迟迟未出。等两个保镖进去察看，才发现他被捅死了，血流了一地。

酒店已经清场，拉起警戒条，两个保镖在做口供。池震过去问了问他俩的月薪，听说每个月十万。他算了算，递了张名片给他俩，要是贺云飞公司的孙律师提出索赔,让他们联系他,这口气他得找回来。

贺云飞趴在地上,刀尖从后背捅出来。老石把尸体翻过来,可以看到刀是从心脏正面捅进去的,穿透左心房,肺动脉破裂,导致出血性休克死亡。刀身三十厘米左右,全长四十一厘米,廓尔喀弯刀,尼泊尔军刀里最有名的一种。老石判断,出手的时候从下面往上捅。至于凶手身高,暂时估不出,但肯定是右手。死者不知道凶手会拔刀,没有提防。

池震看他们仨商量完,上前提醒老石:"黄嘉伦的尸体还在吧?"老石瞪他:"放法检科一个礼拜了,不知道怎么处理。"池震指着贺云飞:"他和黄嘉伦认识,大学舍友,我怀疑黄嘉伦也是被谋杀。"老石喝了一口咖啡杯里的酒,想了想:"我再验一次。"

刀上没有指纹。

他们出去的时候,两个保镖还在做笔录,目前最可疑的人是李金祥。池震从公文包里拿出合同,指着最后一页上的甲方签名给陆离看:"就是这个李金祥。五年的版权期,今年是合同年,或者续约,或者终止合作,游戏转手其他公司开发。"陆离接过去翻了翻,池震盯着他问:"逮捕他,还是?"

陆离把合同还给池震:"先看看他是什么人。"池震跟在他旁边:"你把黄嘉伦并案。"陆离站住:"他是哮喘死的。"池震固执地说:"我知道,但就算哮喘没发作,早晚也会像贺云飞一样被人杀死。"陆离看着他,但池震回看他,满脸透着坚持。陆离突然就想笑:"行吧,你去查。"

立了案就好办多了。池震带着索菲又去了一次黄嘉伦家。他站在卧室门后,让索菲从外面看。索菲透过门缝能看到下面有一双脚,拉开门情形和那晚一样,窗帘被风吹得鼓鼓的。池震知道了,那天夜里来的人就站在门后面,只要他再往前一步,就知道是谁。池震又去了次区分局,查了查当晚报警人的电话和身份。

黄嘉伦他们四个人当时卖的游戏叫《四兄弟》,讯达买下后改名叫《冰火王座》。陆离和池震没玩过这款游戏,但广告却看过,是一个男明星代言的:"极品装备,一秒刷爆,屠龙宝刀,点击就送。是兄弟,就来《冰火王座》,一起打天下。"看什么视频都要等半分钟这个广告。

李金祥介绍:"我们花四千万买下来,几乎所有的视频网站我们都做了推广。你不玩,但有的是人玩。小孩子们迷这个,比你年纪大的也有不少玩家。游戏是毒品,你明白吧?我没夸张,真的是毒品。人为什么会对毒品上瘾?那是因为你吸食它的时候三天三夜不睡觉,可以忘掉真实世界的所有压力。等你这股劲过去了,回到真实世界,那些工作和困难还在等着你,你做不完,也做不来,这就是为什么吸毒的人十有八九会复吸。游戏也一样,你玩进去,忘掉眼前的麻烦,但它依然在现实世界等着你,甚至会变成更大的麻烦,这就是游戏上瘾的原因。我开发游戏,卖游戏,但跟你一样,我从来不玩。我不想让那些麻烦像滚雪球一样越滚越大,最后把我逼到死。"

陆离冲他笑笑:"说说你们合同授权的事情吧,五年的授权,这个月月底到期。"

李金祥笑道:"我以为你会问我跟贺云飞在卫生间的事。不愧是队长,跟一般警察问的都不一样。"

"那个我会问,但我想先听两句实话。你们今年是合同年?"

"对,合同年。一般来说,五年合同,最后一年的变故最大,或者续约,或者终止合作,或者他把版权卖给我们的竞争敌手,一切都有可能。四个人都健在的情况下,我需要四个签名授权,如果死了一个,那就要三个,死两个,那活着的两个人授权给我就好了。"

陆离问:"如果都死了呢?像现在这样。"

"自动续约。我们以公版为名,掏一些费用给游戏版权协会,由他们分配给家属,比四个人一个一个地敲好多了。"陆离问:"如果他们活着,四个人,只要有一个不签名,你就无法拿到授权,对吗?"

李金祥冲他竖起拇指:"不愧是队长,一说就懂。"陆离笑了笑:"所以杀人动机成立。"李金祥并不慌张:"就算有动机,但你总得出示证据吧,你不会没有证据就找我约谈吧?我是最后一个见到贺云飞的,但我出来之后,他才死在里边,这事跟我没关系。想抓我的话,讲点新鲜的。"

想要点新鲜的?池震问:"黄嘉伦出事那天你在哪儿?"

李金祥看着他,没回答。池震盯着他:"我告诉你,出事那天你在地铁上,就在黄嘉伦不远处。你看着黄嘉伦哮喘病发作而死,然后你第一时间跑到他家里,开锁进门,在找一样东西。"池震掏出黄嘉伦写的字条,"就是这个,一款游戏的代码拆成四份,每个人揣有四分之一,只是你没想到,我会当谋杀来查,进了黄嘉伦家里。你听到外面在开锁,身处高层,无处可逃,你只能找间卧室躲进去,一直到我们开锁进来。"

黄嘉伦来报警,是因为他发现有人盯住他,理由池震当时觉得很扯,将 Saber 和宫园薰的手办放反能算什么事。但等他亲眼看见宅男的世界,就知道黄嘉伦怀疑陌生人闯入家中是真的。

"那个陌生人就是你。黄嘉伦死了,有人动了他的哮喘药。贺云飞被杀死在厕所。顾兴伟为情自杀,我还不确定你对他动了什么手脚。但冲私闯民宅这条,我们足够把你请到局里,待四十八小时。"池震将手铐扔到李金祥面前。

李金祥什么也不说。池震和陆离站在审讯室外,里面是温妙玲在做审讯。

池震见多了这种人,把四十八小时耗完,还得放他走。陆离盯着李金祥看:"他也说不出什么来,贺云飞不是他杀的。"池震惊讶地侧过头看陆离,陆离说:"贺云飞要去卫生间,不让保镖跟着进去,他要去见一个人,有个人躲在卫生间等他。"

池震不懂了,陆离走在前面:"走,去看看那个人怎么下的手。"

法医老石那边有新发现,凶手调包了黄嘉伦的哮喘药,把哮喘药偷出来换了个一模一样的瓶子,里边装的全都是粉尘。哮喘病发作时,掏出来喷一下,粉尘进入鼻腔,对黄嘉伦来说就是必死无疑。

至于什么时候调的包,陆离说:"应该就是地铁口,还是那个人,贺云飞要见的熟人,约他在地铁口的那家店,甚至陪他进地铁,将药调包,等着他死。"

讯达的律师过来帮李金祥办了手续,把他保了出去。温妙玲那边没有收获:"什么都没说,绕来绕去净是车轱辘话,不过他讲游戏坑害小孩倒是挺有道理。"池震看着李金祥和律师的背影:"我很少见到一个人这么憎恨自己的职业。"

温妙玲拿出一本笔记,愁眉苦脸:"我的审讯记录怎么办?陆队审的话,肯定能挖出更多东西,干吗让我审?"池震看了她一眼:"之所以让你审,是因为他知道李金祥不是凶手。"温妙玲问:"他在拿我走过场?"池震不接:"你去问他。"

温妙玲还真过去问陆离了:"你是在拿我走过场?"陆离看了池震一眼:"我是希望你从他那儿问出点新东西。"

"什么新东西?人又不是他杀的。"

陆离说:"但无论是黄嘉伦,还是贺云飞,李金祥盯了他们很久,也许他知道凶手是谁。"

趁温妙玲发愣的工夫,陆离喊郑世杰:"查查东岛大学在哪儿。"郑世杰不解:"去东岛大学干吗?"池震最先反应过来,那是四个人的母校。

男生寝室一团乱，两个男孩子坐在下铺上网打游戏，一个男孩子躺在上铺看直播，还有一个男孩把刚洗的衣服一件件挂到绳子上，水也没拧干，滴到地上的鞋子里。整个房间散发着一股奇怪的味道，汗味、袜子味……

黄嘉伦四人的老师姓崔，指给陆离看："他们当年就住这间宿舍，比这个还乱，提醒多少回也不见他们整理卫生。其他同学安慰我，等他们毕业就好了。谁承想毕了业他们还不走，生生在这间宿舍赖了一年。学校撵了几次，他们就说找不着工作，租不起房子。赶他们走，相当于把自己的孩子扔到大街上，每一次都是我帮他们挡下来的。"

陆离又看了一眼宿舍，里面的四个男孩若无其事地各做各的事，也没人关心外头发生了什么。他关上宿舍的门："四个人都没去工作？"

崔老师指着照片里的刘昊："有一个去了，工资也不高，我记得一个月是两千。其他三个都是眼高手低，基础的工作不愿意做，高端的工作也不找他们。四个孩子，不抽烟不喝酒，感觉一天五十块钱，吃点泡面都能管饱，靠这两千多，四个人活得还挺滋润。"

"不去工作，这一年他们都在干吗？"过道一路有年轻学生，陆离看了他们几眼。

"没有事情做，黄嘉伦爱玩游戏，成天守着电脑，也不怪他，哮喘病那么严重，待在宿舍最安全。顾兴伟就是勾搭学妹，兜里也没钱，但女生们还是喜欢他。贺云飞喜欢运动，打篮球踢足球，跟着学弟一起上体育课。这几个孩子精力这么旺盛，就是不放在正事上，全靠刘昊一个人支撑。"

陆离问："后来游戏是怎么出来的？"

崔老师回想了许久："玩出来的，可笑吗？他们几个不务正业，通过玩，赚了四千万，可后面的学生我怎么教育？"她说话间，池震仿佛看到黄嘉伦、顾兴伟、贺云飞从水房里出来，拎着暖瓶往宿舍里走。听着崔老师的讲述，池震一直盯着他们进入宿舍楼。

"先是黄嘉伦，所有游戏都玩过几十遍，玩腻了，说里面 bug 太多，自己开发了一款游戏的雏形。其他三个室友来了兴趣，没日没夜地花了一个月的时间，帮他把游戏完善，推广上线。贺云飞这孩子厉害，别看他天天打篮球，当时就做了个决定，吸引用户，一分钱不赚，到用户群达到一百万，就高价卖给游戏公司。开发游戏需要钱，几个孩子全都出去工作了，两个白班，两个夜班，宿舍里总是留两个人维护着服务器。顾兴伟能说会道，不光是会哄女孩子，推销也有一套，拿着用户数据，一家家地敲游戏公司的门。"

"后来终于有公司肯跟他们谈了。你猜他们给这四个孩子开多少钱？一千万！每人二百五十万。公司还说如果他们嫌二百五十万不好听，就另外发二十万红包，每人二百七十万。"

陆离看过资料，贺云飞只答应授权五年，李金祥认为，毕竟四个学生都可以把游戏用户做到一百万，按讯达的平台，很快就能做大。五年花四千万，但有可能收获二十五亿的红利。李金祥请示过讯达的董事长，最终还是答应了五年的期限。

贺云飞拿一千万开公司，越做越大。到他死之前，如果把公司股份卖出去，有几十个亿。顾兴伟则是拿一千万投出去，每年吃一百万红利，交了不少女朋友。黄嘉伦身体不好，有钱后一直待在家里，没能再冒着风险去工作。只有刘昊，就算有了一千万，还在继续工作。按他说法："哪怕月薪只有两千，至少是我努力的结果，要不然我心里不踏实。"

崔老师带着陆离和池震在校园里转了一圈，回到她的办公室。

"第二年他们回来过一次，每个人都分到钱了，请我吃了顿大餐，还送我这匹马，应该挺贵的吧。但我其实反而有些不舒服，他们不是感谢我教他们四年知识，而是感谢我留他们一年，没有把他们赶到大街上。每个人都按照之前的计划活着，黄嘉伦宅在家里，顾兴伟全世界到处乱跑，贺云飞真做了自己的公司，做得还不错，刘昊去上班，再后来得了癌症。他一死，这些人就跟破窗效应一样，一个个地都死了。"

陆离看了眼池震："破窗效应？"池震解释说："一扇窗户是好的、完整的，因为有人扔了第一块石头，窗户破了，后面的人也都无所畏惧地往里边扔石头。"

懂了，陆离点点头："死亡这事难说，没法用砸窗户来形容。我能看看那匹马吗？"

崔老师用双手抱给他，陆离翻看一遍："他们是二〇一五年回来的？"

"二〇一四年，游戏卖出去的第二年。"

崔老师问凶手是否真的和这个游戏有关系："其实卖游戏这事，我一直不支持。这就是不劳而获，完全是靠运气，就像中彩票。而且，人真的不能太幸运，运气是守恒的，你这件事情撞大运，那么噩运也不定在什么时间等着你。"

从学校出来，陆离开车，池震翻查着顾兴伟妻子的资料。

"说她是模特，也没走过什么台；说她是演员吧，好像也没演过什么记得住的角色，参加过几档综艺，跑龙套。其实知道这新闻的时候，我才认识她，知道她叫林文馨，原来是个艺人，跟顾兴伟骗婚骗了不少钱。"池震看陆离始终不接茬，只好放下面子主动示好，把话挑开，"你其实可以说几句话的，你真以为王克的下落是我讲出去的？"

陆离指了指车窗前的挂件："认真看一看，就不要多说话了。"池震把挂件拿在手里细看，发现挂件嘴里是一个窃听器："不是吧？"陆离瞥了他一眼："有什么不是？挺好使的，我到现在还在用。"

与此同时，董局办公室播放器响着陆离的话："挺好使的，我到现在还在用。"董局皱眉思索这句话是什么意思。

池震看了半天，还把手伸进挂件的嘴里去摸窃听器，最后松开挂件，挂件在车窗前又开始摇摇晃晃。"那怎么办？"陆离没说话，池震又说，"你说我这太阳镜还戴吗？"池震根本就没有戴太阳镜，陆离说："戴着吧，以后看重要东西的时候摘下来，免得看花了。"

池震点点头，靠在椅背上盯着挂件。车开了一段距离，陆离问："突然又不说话了？"池震想了想："一下子又不会说了。"

播放器里传来池震的那句话："一下子又不会说了。"董局听到有人敲门，在播放器按了一下消音键塞到文件下，才清了清嗓子对门口喊道："进来。"

是郑世杰过来问王克的尸体如何处置："董局，皇家警署的人已经验明王克的尸体，那我们现在是把他入殓，还是放进停尸柜留着？"

"照片拍了吗？"

"都拍了，致命那一枪清洗过后的面容识别，还有身体特征，全都拍过了。"

"那就烧了吧。"

等郑世杰出去后，董局再打开播放器，里面是电台 DJ 阿浪的声音："阿浪平常都是说，开始一天的好心情，但今天已经过去了大半。阿浪想说，希望所有的朋友美美地吃上一顿晚餐，为今天收个圆满的句号。"

林文馨身段迷人，池震审视了一会儿，欣然道："让她也骗骗我吧。"

顾兴伟的家收拾得很有艺术气息，林文馨指给他俩看："他就在这张桌上死的，边上还有半瓶红酒，一个杯子。看起来就是喝多了，趴在桌子上睡着了。谁知道他肚子里吃了一瓶的安眠药。"

"你那天几点回来的？"陆离问。

"我那天录个节目，特别无聊的一个节目，就是回答问题，答错了要用塑料锤子打一下，他们让我背下来每一道题的答案，我说对说错都在他们的剧本里。"

陆离沉着脸:"说重点,几点回来的?"

"夜里十二点多回来的。那锤子是用气吹的,打一下根本不疼,我要龇牙咧嘴地演出很疼的样子,演得不像还要重复一遍。"林文馨诉苦道,"我回来时手机都没电了,看见他趴在这儿,以为他喝多了,把他扶回卧室里,再去给手机充电,洗澡,卸妆,等我出来一开机,手机都炸了,全都打电话发信息问我,你老公怎么自杀了?我说没有啊,在床上睡得好着呢。他们说那就是搞错了。挂掉电话,我走进卧室,探了探他鼻子,果然死了。"

"你朋友怎么先知道的?"见陆离问,池震赶紧提醒他:"发微博。"

林文馨瞪大眼睛:"对,就是微博。晚上十一点多,顾兴伟发了一个长微博说自己要自杀了,还怪我骗钱骗婚。我不知道他怎么想的。我要是告诉你我现在还爱着他,你肯定觉得我特虚伪吧。我那么想嫁给他,终于如愿的时候,他却说我是骗婚。"

池震见她含着泪,递过去纸巾:"我相信你的话,我相信你爱他。"

"谢谢。"林文馨接过纸巾,小心翼翼擦了下眼角的泪,"这几个月,你是头一个这么说的。"池震说:"我相信你,但不相信你老公的微博,百分之九十九的可能,顾兴伟不是自杀,他是被谋杀。那条微博,是凶手拿他的手机发的。"

"不是我害的。"

陆离出声:"跟你没关系,想到你爱他,也许他能死得安心一点。"

"不好意思。"林文馨站起来走进卫生间,关上门痛哭起来。

池震看了看:"这对她来说是好事。"陆离点点头:"这可能就是做警察的意义。"

林文馨再从卫生间里走出来时,已经洗过脸,没再上妆,她红着眼睛努力微笑。

林文馨和顾兴伟的婚礼是五月在菲亚大酒店办的,当时参加的人有林家人,林文馨经纪公司的老板,几个艺人同事,其中一个是林文馨前男友。还有就是他们四人。

林文馨瞪了一眼陆离:"他是新郎,难道不参加婚礼。"陆离认错,林文馨继续说:"都来了。老贺那边,我熟一些,我陪我老公跟他吃过好几次饭。黄嘉伦很奇怪,时不时就跑出去一趟,我以为抽烟,结果就是吸两口新鲜空气。当然,谁都没有刘昊严重。"

刘昊当时病得非常厉害,肝癌晚期,脸都是蜡黄,头发都掉光了,窝在轮椅里面,让人感觉他连笑的力气都没有。

林文馨说:"我觉得特扫兴,大喜之日来了个要死的人。我怪我老公,病这样,干吗还邀请他?我老公说,结婚的日子,他们四个人,缺一不可,你不让他来,他死不瞑目,尤其是他顾兴伟能结婚。我老公以前挺花的,是不是?"

池震听说过一点顾兴伟的花边新闻,点头说是。林文馨继续说:"后来我不这么想了。客人都散去了,只剩他们四个,喝酒唱歌。刘昊喝不了酒,也唱不动,喝着白水,看着他们三个都高兴。

"我和顾兴伟的感情是爱情,爱情很伟大,是不是?但是顾兴伟和他们,是兄弟情,其实一点都不比爱情逊色。他们经历那么多,大富大贵,大起大落,真到了永别的时候,谁都忍住不哭,反而故意要开几个玩笑。刘昊没几天活头了,医生说他能撑十天,最多半个月。他一千万根本没花,也没娶妻生子,他说要留给这三个兄弟,一人三百万。贺云飞带头不答应,说让他去拉斯维加斯,去赌,去把钱输掉。我老公笑话他。我想想,送机的时候,笑话他什么来着?

"我老公对刘昊说,稳稳当当活了二十多年,可不能让你死的时候还剩一千万。贺云飞说输光它,一天输一百万,过把瘾再死。黄嘉伦也说都输光,一分别留,你老爸老妈我来养。

"电话打了十二天,每天晚上九点多,美国那边是上午九点多吧。

头几天，刘昊的话还多一些，到后来越来越短，说我挺想你们的，到后来只剩下喘气，再后来就没有电话了。他们守了两天，第十五天他们飞到拉斯维加斯，领了刘昊的骨灰，按他的遗愿，就地撒在沙漠里。"

陆离叫停："等会儿！他们领的是骨灰？你是说，他们没看到刘昊的尸体？"

表彰会刚刚结束，董局接受记者采访："这次将王克击毙，我作为代理局长，总算是对张局有个交代了。"

陆离身着警服，站在不远处看董局做官面文章。几个月前也有一场表彰会，接受采访的也是董局："新峰团伙是华城最大的一个人口贩卖组织，我们耗时五年将其一网打尽，张成海局长的领导功不可没。"

那天楚刀穿着跟警服一样颜色的西装，他一眼就看了出来，走过去的时候听到温妙玲和郑世杰的对话。

温妙玲替郑世杰整理警徽："以后你穿这身吧，你那穿衣品位，警服算好看的了。"

郑世杰有点兴奋："你怎么知道？我上学的时候他们也都说我穿校服才好看。"

温妙玲回了句："果不其然。"

楚刀没找到警服，穿了件跟警服差不多的西装来了。陆离虽然开玩笑说让他别参加表彰会，但还是帮他去问了句有没有多余的警服。张局那天像在为什么事生气，让他把董局叫进来，还骂了他和楚刀。董局进张局办公室，再出来时脸色很难看，而张局一脸火药味，出来把所有人都骂了。

要知道张局上了年纪后，已经很少发火，像这样的情况几乎没有。陆离思索着，那边有记者问到贺云飞的案件。

"您能谈一谈华城电子创始人贺云飞案件的最新状况吗？"

董局慷慨激昂："这就是我要说的，虽然我们现在痛失了一位好局长,但我们还是要往前看。现在是我暂时领导,未来不管是谁做局长,都要带领刑侦局全力以赴,保证人民的生命安全,将凶手绳之以法。"

记者愣了一下:"所以说,最新进展是?"

陆离听不下去,想上楼,被温妙玲拉住:"等一下,咱们不给他撑点场面,回去还不知道怎么报复咱们呢。"陆离看着董局:"一见记者都不够他嘚瑟的了。"

温妙玲看看池震,聪明地把话题岔开:"海关那边刚刚打电话过来了,说刘昊是五月二十日入境的,拉斯维加斯回来的航班。"陆离记得:"贺云飞他们,是五月十七日去拉斯维加斯收尸的。"池震笑起来:"捧一盒骨灰,也不知道装的是什么。顾兴伟是五月二十六日服药自杀,之后是黄嘉伦,再就是昨天的贺云飞。其间刘昊一直在境内,完全有作案时间。"

但如果真是他干的,动机是什么?

温妙玲说:"钱,一千万变四千万。"池震说:"何况贺云飞还不想续约。"郑世杰插进来:"你们玩过《冰火王座》吗?最早叫《四兄弟》的时候我就玩过,不是说起初有一百万用户吗?我就是那一百万之一。"

温妙玲问:"你讲这个干吗?"

郑世杰说:"我就是觉得,他们那四个职业就是照着他们四个来的。战士,魔法师,弓箭手,牧师。虽然是四个角色,真打的时候只有三个人在输出。战士冲在最前面,像贺云飞,什么事都是他顶着。弓箭手最灵活,活生生地就是顾兴伟,能说会道。魔法师是要人保护的,像黄嘉伦吧,足不出户,设计了这款游戏,家里还那么多手办。"

池震来了兴趣:"三个输出,牧师是干吗的?"

郑世杰看大家不解:"牧师会让人忽视的,他不会打,也不会魔法,就是赚那么点工资养他们,没有人觉得牧师有用。"池震会意:"所以刘昊是心理扭曲?"郑世杰连连点头:"对,是这意思,有一天他就从给兄弟补血变成了吸兄弟们的血,把他们三个弄死。"

陆离看董局还在接受采访,对温妙玲和郑世杰交代:"你们在这儿给他撑场。"池震看着陆离:"现在要去哪儿?""去游龙见见那个申总,看看他是怎么跟刘昊取得联系的。"

那边董局对着记者讲:"现在刑侦局上下都很支持我,大家都很团结。来来来,大家一起合个影。"陆离没理他,往警局大门外走。池震冲董局摊了摊手,跟着出去了。陆离走了两步想到一件事,冲温妙玲喊了一句:"查一下刘昊的住宿记录,申请逮捕令!"

董局尴尬地对记者解释:"贺云飞的案子有眉目了,晚点告诉你们消息。"

此刻陆离想找的刘昊,正在酒店大堂。他戴着帽子,不时注意周边的情况。前台小姐比对着刘昊的护照:"几位?"

"一位,我自己。"

前台问:"开两间?"

"对,开在不同楼层。"

前台小姐怀疑地看着刘昊,但最终还是做了两张房卡,夹在护照里递还给刘昊。刘昊把房间号发出去,又叮嘱前台:"六〇五房间配个打印机。"

刘昊进了五〇四房,进去就开始检查。检查一遍过后,他把窗帘拉上,还打开电视,开到最大声。刘昊从箱子拿出电脑,开机做合同。电视里广告过后,进入新闻。播报的一则新闻引起了他的注意。

"随着华城电子的创始人贺云飞被杀害,警方昨日宣布,已将顾兴伟的自杀与黄嘉伦的哮喘病发作列入谋杀立案。至于《冰火王座》四名创始人之一刘昊是否在世,警方存有疑虑。下面照片为刘昊最后留下的影像,如有知情者可拨打报警电话,01725495301。"

屏幕上出现刘昊光头的照片。刘昊看了两眼,摘下帽子,他的头发已经长出一寸多长。想了想他把帽子扔到床上,合上电脑夹在手臂上,出门前把房卡换成另一张卡片,保持屋里通电,电视继续响着声音,关门出去了。

刘昊从安全通道上楼,进了六〇五房,另一家游戏公司游龙的老总申成正在等他。

申成进房后打量了一下:"我以为你住这里,难不成是单开了一间跟我聊?"

刘昊没理会他的话,对着电脑屏幕说:"我修改了一下合同,加了一条补充条款,下月一号,授权生效以前,但凡我有任何意外,哪怕是被警察抓,这份授权协议失效。"

申成转身看着他:"你这是两条,你有意外是一条,被警察抓是一条。"刘昊一副豁出去的样子:"那就两条,随便你。"申成盯着他,过了一会儿说:"我只能满足你头一条,保证你下月之前没意外,至于警察的事情我不管。"刘昊合上电脑:"那就不要签了,你报警举报我吧。"申成急了:"等等等等!"他拉开冰箱拿出两瓶酒,递了一瓶给刘昊:"放轻松,我们边喝边聊。"

打印机吐着纸,申成翻看刘昊的简历:"你一直在我手底下干?游戏开发部的程序员?刚来的时候三千一个月,做了五年也才四千五。手里握着一千万,《冰火王座》的四少年之一,你在图什么?"

刘昊淡淡地说:"我想做事而已。"

"那为什么来我这儿?"

"业内数得上的公司,除了你们,就是讯达。游戏卖给他们了,我只能来游龙了。"申成冲他摇头:"一月四千五,一年才拿五万多,这说服不了我。"刘昊脸上是一副"随便你信不信"的神气。

合同打好后,申成拿过来检查一遍,递给刘昊:"我给你找个安全的地方，再配两个人保护你，保证满足你这两条。下月一号以前不被抓，也不被杀。"刘昊说："我不用你提供住处，保镖也省了吧，给我弄把枪，拿到枪，我签字。"申成以为他是怕被谋杀："我给你弄一把，够你装装样子。"刘昊摇头："不是装样子，是真枪，我要杀人。"

申成让人送了把枪过来，刘昊验过，揣进怀里。申成看着忍不住问："问句不该问的，你那三个兄弟真是你杀的吗？"刘昊没回答："你还是盼我接下来七十二小时别出事吧。"

刘昊赶到讯达公司，看见李金祥和助理过来，他不动声色跟了上去。"马上给这个人打电话，问问游龙那边，到底有没有《冰火王座》的授权？"李金祥给助理一张名片，一边打电话，一边进入电梯摁了楼层键："马上推出活动，月底前充会员买一年赠一年……我知道明年可能没有，所以买一年赠一年，能卖多少卖多少。"

电梯门就要合上的时候，一只手挡住电梯门。李金祥话讲到一半，顿住了，进来的是刘昊。

刘昊朝他示意了一下兜里的枪，李金祥对着电话说："回头再说。"他慢慢把手机放下，看着对方。电梯门合上，电梯向一楼下行。刘昊随便摁了一个楼层，和李金祥并排站在电梯里。

陆离和池震去到游龙，申总却不在公司，他俩在办公室里查看各种文件。秘书无可奈何地看着他们翻东西："两位警官，会客室已经泡好茶了，您二位去会客室休息一下吧。"

陆离头也没抬一张一张翻着文件："不用，叫你们申总快点过来。"

秘书问："你们是查刘昊的案子吗？"

陆离没抬头，池震对她点了点头。秘书说："刘昊就在我们公司上班，我不知道他是哪个部门的，但看新闻照片我知道在公司见过他，在咖啡馆在食堂我都见过他，好像在游龙也工作四五年了。"陆离放下文件皱眉看着她。秘书以为他不信，找了HR过来。HR带着人事资料:"刘昊是二〇一三年夏天来应聘的,一直就在这儿工作。他当时就是一副学生装扮,完全看不出来他们开发了《冰火王座》。说实话,要不是昨天新闻出来,我到现在,都猜不出来,他做一款游戏能拿一千万。"

池震问:"他真的干活吗?"

HR 点头:"干,跟所有人一样。做程序是很累的!老开玩笑说程序猿,猿猴的猿,做程序真的很累,连续加班二十四小时是常有的事。他癌症治好了?"

"很有可能他根本就没得癌症。"

HR 不懂了:"那为什么?"

池震看着陆离:"在这儿待五年是要布什么局,做线人都没这么累!"陆离到局促的格子间转了一圈,看到刘昊桌上一沓旧文件里有一个带警徽标志的信函。他抽出来,仔细看过:"刘昊几月辞的职?"

HR 想了想:"四月十七号,这个我倒记得清楚,我那天的生日。他一大早过来,说自己查出肿瘤了,离职手续都没办,打个招呼就走了。当然,现在看起来都是假的。"

陆离将回执单递给池震:"这是东岛分局的回执单,他四月十六号去那里报了警。"池震翻到最后一页,上面有四个手写字"不予立案"。

东岛分局,刘主任拿着刘昊光头的照片辨认了一会儿:"这不是你们在通缉的人吗?"

陆离拿出回执单:"找你报案的,你签的字。"刘主任又看了一会儿:"不可能。"陆离拿出四人当年的合影,指着上面有头发的年轻点的刘昊:"这个能认识吗?四月十六号报案的。"刘主任一边回想一边翻档案,找到刘昊的报案笔录,翻了两页拍着脑门说:"我想起来了,无理取闹的那个人。我当时把他轰走了,他说要投诉我,才给他写份回执单。"

"他报什么案?"

刘主任回答:"他说他被人盯上了,有人要杀他,申请警方保护,查出那个凶手。"

"谁要杀他?"

"他不知道,说两次杀他未遂。我问他哪两次。他说第一次是从公司出来,一个空调外机从楼顶砸下来,跟他就差半米远。我问他看到谁扔的空调了吗。他说他当时看了,没人探头出来。"

"第二次呢?"

"第二次是等地铁,加班到天亮,坐早班地铁回去,地铁要来的时候有人在后面推他一下,还好当时抓住一个站牌,没掉下去被地铁轧死。我问他,看见是谁推的了吗?他说,当时早高峰,人特别多,没看到是谁。这是差点挤下去,可不是有人要推你。"

池震问:"所以你没给立案。"

刘主任瞪他:"怎么立?这案子转给你们刑侦局,你们董局又得打电话过来发火。"池震看了一眼陆离:"跟黄嘉伦一样。"陆离沉思:"如果是报假警,他的目的是什么?"刘主任说:"不可能是假警吧,我都没当他报警。"

温妙玲那边传来信息,刘昊上午在酒店开了房。电梯监控显示他在中午以前离开酒店,但没有退房,很可能晚点还会回来,另外游龙公司的申成也来过酒店。陆离和池震赶到酒店,三人从前台拿了房卡一起进房。

陆离在五〇四房看到打印机和白纸,可以确定刘昊和游龙公司已经签了合同。而池震在六〇五房看到几页代码,刘昊打印了出来放在桌上。这时温妙玲又有了刘昊的新行踪,他去了讯达。

讯达公司天台上,郑世杰已经到了,正在指挥几名警察在现场拍照取证,地上有一些血迹。报警的是修太阳能的工人,李金祥中了两枪,已经被送去医院。池震说:"刘昊不是凶手。"陆离看着他,池震继续说:"如果他是,杀了三个兄弟,把版权卖给申成等着拿钱就好了,没必要动李金祥。还有,他四月十六号报警,黄嘉伦是八月报警,两个人的报警内容如出一辙,刘昊是第一个目标,没死而已。"

陆离走上前几步看着地上的血迹:"枪打在哪儿?"

郑世杰说:"两个膝盖,这辈子都要坐轮椅,起不来了。"陆离带人去医院,但池震跟温妙玲要车:"你跟你师兄去医院,我去见个人。"

池震赶去游龙公司,公司里放着音乐,办公区办着party,所有员工在分吃蛋糕。他在人群中认出了申成,秘书也认出池震,赶紧提醒申成。申成跟池震打招呼:"不好意思,我们在庆祝拿到《冰火王座》的授权,合法拿到的。"池震说:"我不管这个,版权上的事情不归刑侦局。我问你几句话。"

池震跟着申成进了办公室,申成把他拿出来的那几页代码输进计算机:"是《冰火王座》的代码吗?"申成停下来:"怎么讲呢?你知道代码实际上是一种语言吧,Java语言,这种语言可以做游戏,可以做网站,也可以做APP。但我第一次见到,有人用这种语言写了一封信。"

"写给谁的?"池震问。

申成看了看屏幕:"写给你们的。"池震走到屏幕前,但上面全都是代码,依然看不懂:"写的是什么?"申成比画着屏幕:"大致是他不相信你们警察,他要亲手为这三个兄弟报仇,等他把凶手杀掉,他会来找你们自首的。"

两小时前,刘昊挟持着李金祥上了讯达公司写字楼的天台。

在刘昊锁安全通道时,李金祥眼疾手快,抄起墙角一个铁杆簸箕,打在他后脑勺上,刘昊捂着伤口倒了下来。就在他要用铁杆簸箕打第二下时，刘昊把枪掏出来，对准了他。

李金祥僵在那儿，刘昊让他放下簸箕："把手机给我。"

刘昊简单搜了搜李金祥的身，退后一步："你怎么杀的他们？"李金祥不解："人不是你杀的吗？你不是牧师？"刘昊用枪托打李金祥，一边打一边咆哮："我问你，你怎么害死的他们！"

李金祥手撑在地上，擦了擦嘴角上的血："真不是你？有个人在三月联系我，说是会给我一份完整代码，《冰火王座》可以顺利续约。我问他怎么做到。他说你别管了，那四个人他来搞定。"

刘昊问："那人是谁？"

"我没见过，我们邮件联系的，不然我能以为是你吗？"

"他留的什么银行账号？"

"一个新加坡账号，明显是个假名，他给我发邮件的名字叫牧师，所以我一开始就觉得是你。"

刘昊追问："头款给他打多少钱？"李金祥不敢隐瞒："二百万。"

"随便一份邮件，你能给他打二百万？"刘昊不信，但李金祥收到的邮件说得很详细，每个人的喜好、性格和现在每个人的状况，还有如何杀死每个人的方法，可以让这款游戏自动授权。李金祥又挨了几下打："开始说是下冷手，做谋杀。我没同意，让他重做计划。明目张胆地杀四个人，丑闻不说，我也没法全身而退。我让他做成意外，让每个人都死得再正常不过。"

修改后的计划，刘昊过劳猝死，死在加班路上，高空抛物，或者是倒在地铁里。顾兴伟跟现在一样，服毒自杀。黄嘉伦哮喘病发作。贺云飞喜欢极限运动，蹦极、攀岩，牧师本想在安全绳上做手脚，但后来贺云飞警觉了，还请了两个保镖。牧师近不了身，只能硬来。

刘昊冷哼："那是我告诉他的，嘉伦和兴伟死得不正常，让他小心点儿。"

李金祥问:"你不是得癌症死了?癌症是假的?"

刘昊踢了他一脚:"知道我为什么没死吗?我发现有人要杀我,我知道跟合同年有关系。开始以为是他们三个中的一个,我给每个人打电话,我说我得肝癌了,活不过今年了,续约的事情你们定吧。果然,杀我的那个人就不见了——没必要杀我。我真的以为,我兄弟要杀我。"他还怀疑过贺云飞,打电话问是不是贺云飞干的。说着刘昊忍不住哭出来,提起李金祥的胳膊拖着他沿安全通道往上走,走到楼梯拐角时窗外的阳光射进来。

阳光强烈,马路上不断传来鸣笛声。刘昊把李金祥反手绑在栏杆上,拿着他的手机摁了一下。手机锁了,刘昊递给李金祥:"解锁。"

李金祥骂道:"你本事么大,你自己解啊,《冰火王座》都能做出来,解锁解不了?"

刘昊对他左膝开了一枪,李金祥疼得乱叫:"你他妈真开枪!"见了血李金祥就服帖了,老老实实解了锁。刘昊在手机里查找"牧师":"你们什么时候签合同?"

李金祥装傻:"签什么合同?"

"四千万,不签合同是不可能打钱的。噢,就是今天。"

"不然你跟我合作吧,就算他们不在了,你肯定也能重做一份代码,你自己授权就好了,四千万都是你的。"李金祥劝道。刘昊没理他,低头在手机上一阵输入,对李金祥右膝上也开了一枪,枪声被汽车鸣笛声掩盖了。

刘昊抬头看看头顶的烈日:"你等牧师来救你吧。"

他把李金祥扔在天台,自己去赴约了。

"牧师是谁?"陆离问刚做完手术的李金祥。但李金祥是真不知道:"刘昊也问我,两腿都打废了,我也讲不出来。"

陆离想了想:"我知道是谁了,他和牧师在哪儿见面?"李金祥摇头:"邮件里约的,真想不起来了。"

"你好好想想。"陆离凌厉的目光瞪着李金祥。

餐厅,刘昊穿梭在桌子之间。他突然站住,盯着一个女人的背影看了数秒,慢慢朝她走过去,一直走到她对面才坐下来。他随手打开餐巾,盖住握着枪的手。

崔老师惊讶地看着他。

刘昊声音低沉:"你代码是从哪里弄的?"

陆离带着温妙玲快步走出医院,他边走边说:"那匹玉马是二〇一四年送给崔老师的,上次我就觉得不对,里面底座写的年份是二〇一六年,很明显之前的马被摔碎了。这是后配的,为了掩人耳目。"

"为什么要配一个?"

人心吧,四兄弟其实也有所顾忌。他们把游戏代码拆成四份,每人只留四分之一,但又担心谁真的有意外,属于他的那一份代码丢失,所以又复制了一份完整的代码,被放在了这匹马里。崔老师不小心打碎了马,发现藏在里面的代码,联系上了讯达公司,然后在李金祥的怂恿下动了杀心。最先下手的目标是刘昊,没想到刘昊十分警觉,很快报警。发现报警无用后,他装死避过了谋杀。其后崔老师又以恭喜新婚的名义上了顾家,灌醉顾兴伟,并以他的名义发了微博。第三个遇害的是黄嘉伦,崔老师约他在地铁餐厅见面,换掉了哮喘药,导致黄嘉伦病发身亡。而贺云飞,因为要见刘昊,拒绝了两个保镖跟随进洗手间。崔老师利用他的不防备心理,用刀刺死了他。

陆离和温妙玲一路飞车,但等他们赶到餐厅,在门口就听到里面一声枪响。陆离连忙冲了进去,里面已经乱成一团,崔老师肩膀中了一枪,对刘昊怒目而视,歇斯底里叫道:"没有我护着,拦着学校不把你们赶走,你们就睡大街了,到哪儿开发游戏去?可拿到钱之后,四千万,分我什么了?这游戏应该有我一份,而不止是你们四个。"

刘昊犹豫着要不要开第二枪，陆离掏枪对准刘昊大喝道："放下枪！"

双方僵持了一阵，崔老师捂着肩膀要逃跑。刘昊瞄准咬牙就要开第二枪，池震从后面扑倒刘昊。

放空的一枪，打碎了天花板的灯。

Original Sin

V

原·生·之·罪

"刘昊那案子什么结果?"池震问。

陆离开着车,视线余光看到池震在摆弄一个小东西:"上午判的,刘昊是七年,故意伤害罪。"池震哼哼地说:"要是我能当他律师,我能让他无罪释放,你信吗?但是算了,死了三个好兄弟,在牢里待着还能让他舒服点。"陆离同意:"所有人都有罪,申成是购买枪支,李金祥是教唆杀人,崔老师是杀人。判了四个,死了三个,一个合同年牵扯了这么多人。"

池震没说话,继续摆弄着那个物件。他把车上的挂件拔下来,把小物件连在上面的窃听器上,摁了"off"键:"窃听器现在关闭,我们随便说。"陆离好奇地看了一眼。池震送到他眼下:"真的,想开的时候就打开,让他继续监听。"

"你在哪儿搞到的?"

"市面上,你七年警察怎么当的?有窃听自然就有反窃听啊。"

"这是线人做的事,刑侦局查命案,一般不碰这个。"陆离专心开车。池震想起陈同对董局的描述:"董局是线人出身?"陆离说:"对。当年做过几年卧底,后来在皇家警署专门培训线人,十年前空降到刑侦局,作为张局的副手,等他退休,接任局长。"

池震思索着:"这么着急下手,是等不及吗?"陆离看了一眼窃听器,池震提醒他:"关掉了。"陆离说:"我在查他有什么把柄,张局肯定知道,他在灭口。"他说完将窃听器打开。池震看他一眼:"这又是干什么?"

陆离一本正经:"去烂尾楼看看,刚接到消息,王克把证据埋在了地下室。"说完他关上窃听器,兜了两个圈,把车停在路边,拔掉钥匙两人下车,等着看董局派谁去。

街对面是那座烂尾楼,烂尾楼外边还停着一辆车。池震和陆离站在街这边望着对面,用望远镜能看到郑世杰在烂尾楼里搜找。池震把望远镜递给陆离:"又是他,你觉得他是董局的人,还是他真的又傻又听话?"

陆离接过望远镜看着郑世杰:"不知道,可能真的只是傻吧。"池震皱眉盯住远处的郑世杰:"如果鸡蛋仔一直在装傻,他还挺可怕的。"

陆离约池震下班后给温妙玲庆生,但池震得去养老院看母亲,护工说池母病了。他到的时候,一百英寸的大电视播放着这一期《华城观天下》,池母一直在昏睡中。池震坐在沙发上,一边看节目,一边盯着她吊瓶中的点滴。

《华城观天下》是访谈类节目,主持人和两名嘉宾坐在圆桌旁,身后的大屏幕下方是陆子鸣在法庭接受审判的照片,上方则是六个遇害女孩的照片。屏幕正中央还有一行红字:"槟岛淫魔案十周年:谁还记得她们?"

"刚才我们说过,陆子鸣一共犯下了六宗命案,杀了六个女孩。五个女孩他全认了,为什么只有这个池某的案子,"主持人往屏幕上一点,池雯的照片被放入到全屏,"他就是不肯认罪?当时法庭给出的裁定结果又是什么呢?"

一个嘉宾说:"池某的案子,发生时间最早,检方提供的证据也最少,因为当年警察还没有采集 DNA 的意识,案发时也没有任何目击证人。每一个关注此案的人都知道,杀害池某的作案手法和后面五起案件如出一辙,但陆子鸣就是死不承认,又没有证据指向他,法庭也只能以五起杀人案的罪名来给他定罪。"另一个挂着林教授名牌的嘉宾补充:"刑事诉讼法第一百六十二条第三项规定,证据不足,不能认定被告人有罪的,应当以证据不足,指控的犯罪不能成立,判决宣告被告人无罪。"

主持人问:"林教授,那您觉得有没有这种可能,池某的案子不是陆子鸣干的?"

林教授说:"法院没有判决,我也不敢断言。不过不管陆子鸣杀了五个人,还是六个人,对于他的量刑结果,并没有任何影响,陆子鸣实际上已经受到了应有的惩罚。"第一个嘉宾说:"坐牢是没错,但你知道区别是什么吗?这十年,陆子鸣陆陆续续跟所有女孩的父母都道了歉,唯独没有跟池某的父母道歉。"主持人坐正,表情肃穆:"好,如果池某的父母现在也在看电视,那么我在这里对你们保证,杀害你们女儿的凶手已经受到了惩罚!"

直到电视节目结束,屏幕上一片雪花时,池震才走到电视下面,从录像机里推出一盘带子。他看了下带子,问马护工:"什么年代了,还有这玩意儿?"

马护工解释:"老太太看完节目,非让我给她录下来。我说电视上有回放功能。她不听,说是电视上存不住,必须得用带子录下来。她连看了七天,天天跟我念叨,自己马上要死了,死之前就想听那个凶手承认,女儿是他杀的,听他说声对不起。"

"什么时候的节目?"

"上周五晚上的,老太太天天守着电视,没想到就看到了自己家里的事。那女孩是你姐姐?"

池震没回答。他走之前看了看昏睡的母亲,把带子塞进公文包,拿出几沓钱放在桌上:"老太太要是不想去医院,就把大夫请过来,她醒了你给我打电话。"

池震带着录影带去监狱,说有个案子跟里面的犯人有关。狱警带着他往里面走,他在陆子鸣牢房前站住:"这间牢房。"

狱警质疑:"你要找陆子鸣?"池震点头:"对,开门。"狱警打开牢房门,陆子鸣还没睡,坐在床前茫然地看着门口的池震。狱警站在池震的旁边,池震看着陆子鸣:"我跟他说几句话。"狱警不肯走:"你要是跟陆子鸣问话,我就得在场。"

池震犹豫了片刻,这时对讲机里发出声音:"梨花苑附近,一名男子高空坠楼,请刑侦局重案组全体成员立即前往坠楼地点,地点在迎春路与锦城大街交会处。"这声音打消了池震的冲动,他对狱警说:"锁门吧。"拿起对讲机一边往外走一边说:"收到。"

晚上温妙玲被叫到警局,她一边走一边打电话:"哪儿又出事了?我都快睡了,大半夜把我叫出来,直接去现场不就好了吗?让我来警局,你们都去哪儿了?行,那我知道了。"

警局黑灯瞎火,她挂掉电话,刚推开办公室的门,突然灯全亮了,陆离、郑世杰和组员们推着蛋糕,冲她大喊:"Surprise!"

温妙玲有点蒙:"谁过生日?"

陆离笑道:"你啊。"温妙玲皱眉想:"今天不是十月五号吗?"陆离指着表:"已经过十二点了。"温妙玲搓了把脸:"你们真行,我还真以为有案子呢?"

蛋糕推到温妙玲面前,烛火晃动,陆离催道:"你先许个愿。"温妙玲想了想,刚要许愿郑世杰叫道:"等会儿,我去把电话线拔了,今天好好给你过个生日。"他走到电话机旁,找着电话线拽了一下却没拽动。

就在这时,电话铃响起来,郑世杰回头看着大家。陆离示意:"接吧,没什么事就转到分局。"郑世杰接起电话:"你好,华城刑侦局。"他表情渐渐变得严肃,所有人不由转头看着他,直到他挂掉电话。

陆离问:"没事吧?"郑世杰说:"又有人死了。"

梨花苑附近,一名男子高空坠楼,坠楼具体地点在迎春路与锦城大街交会处。陆离把车停在路边,和温妙玲下车。后面跟着的警车陆续停下来。陆离仰头看高楼,问另一辆警车下来的郑世杰:"高空坠楼是吗?老石来了吗?"郑世杰回答:"已经在路上。"

"让他来了直接验,如果是自杀,今晚就转给区分局。"陆离走进粥粉面店,里边一个食客都没有,只有老板坐在门口:"谁报的警?"老板站起来:"我报的。"陆离问:"你看见人摔下来的?"老板回头往店里看:"我老婆看见的,她让我报的警。"老板娘坐在一张桌子边,呆呆地看着地面。

陆离又问老板:"尸体在哪儿?"老板指了指门外几个看热闹的食客围成一圈的地方。陆离说:"你先陪你老婆,一会儿找你们问话。"

走近人群时陆离提高了嗓门:"都别看热闹了,大半夜的回去睡觉吧。"但等他拨开挡在前面的几个人,发现地上只有一摊血迹,不见尸体。温妙玲跟上来,见状问道:"人呢?"旁边等炒粉的食客乱纷纷地说:"我们过来的时候,就没见到人。"

陆离先看看地上的大片血迹,又回身望了一眼亮灯的粥粉面店,老板仍然坐在门口。他让温妙玲把老板和老板娘找过来,这到底怎么回事,尸体自己还会跑了不成。

池震开车进入小区,前面已经有诸多闪灯的警车。他留意到不远处有一个便利店,把车停在门口。便利店门口有两个喝醉的男人,池震从他们身上跨过去,问店员有没有蛋糕。便利店自然没有正常大小的生日蛋糕,他让店员随便拿两个像样一点的。

店员在冰柜里挑蛋糕时,池震一直看着门口的两个酒鬼和一开一合的门在笑。郑世杰进来买鸡蛋仔,见到收银台上的蛋糕,和池震打了声招呼:"局里那块蛋糕还一口没动呢,弄得我饿了一晚上。"他把今晚的奇事告诉池震。

尸体不见了?

池震没拿蛋糕和找零,快步走了出去。

一小时前,二十四小时营业的粥粉面店,这是一家只有七八张桌子的小店,店里边贴满了C罗的海报。两三桌的客人,有人在等菜,有人马上就要吃完。三十多岁的老板娘在炒粉,刚打下鸡蛋,一个客人吃完后掏出整钱要买单。

老板娘没有零钱了,转头看去,老板在阁楼上睡觉。那边等菜的客人催她快点,老板娘一边应着马上就好,一边把一碗河粉倒进去,随便扒拉两下就放下去隔壁的便利店换零钱。老板娘认识便利店门口喝醉的两个,经过时轻轻踢了一下,到周末就喝成这样。便利店的店员周莹莹跟老板娘的弟弟C仔熟识,一边帮她换零钱一边问起C仔的行踪。

"昨天打电话说在新加坡租房子了,一时半会儿是回不来了。"老板娘气呼呼地说。周莹莹同情地说:"那你和姐夫也忙不过来呀,再招个小工吧。"老板娘叹气:"自己家的买卖,再招个外人来,我和你姐夫睡大觉,让这人把钱卷走了怎么办?"周莹莹说:"那晚上就别干了,白天我姐夫忙不过来,晚上你又忙不过来,你们俩只做白天好了。"

说是这么说,但只做白天的话房租都出不来。老板娘边走边数钱,有一张十块的已经断成两半。她想回便利店去换,刚一转身,一个黑影就在她身后掉下来了。

老板娘慢慢转过头,看到一具尸体摔在地上,周围溅得都是血。死者的脸朝下,穿着黑色衣服。她想伸手把尸体翻过来,但刚一碰到肩膀就吓得缩了回来。多一事不如少一事,她站起来又看了一眼,回头看看亮灯的便利店,那边喝醉的两个人已经靠在一起倒下了。再看看前方自家的粥粉店,她一路小跑着回到粥粉店。店里等餐的食客见到她就催河粉,等找零的又催着找零。

老板娘头脑发昏,把整把钱都给了等找零的。客人一看还是五十,自己把零钱拿了,那张断成两半的十块留下了。锅里的河粉已经焦了,老板娘让客人去别家吃,自己打开收银抽屉拿出手机,抓着梯子一级一级往上爬。头快顶到天花板时,她踩着梯子摇醒打呼噜的老公。摇了好半天,老板才睁开眼睛,迷迷糊糊地问道:"汤又不够了?"老板娘将手机递给老板:"帮我报个警。"

听到报警两字,老板腾地坐起:"怎么了?谁不结账?"老板娘答不上来,老板翻个身探头出来往下看,发现她裤子上全是血。老板娘低头看去,用手抹了抹裤子上的血迹,结果上面的血点被抹得红成一片。

池震从便利店走过去的时候,陆离问话。老板大声辩解,老板娘站在他旁边,一声不吭。他们也不知道尸体跑哪儿去了。

大晚上的,陆离也有点焦躁了:"我再跟你说一遍,我跟你老婆问话,你别老抢着答!"老板看看老板娘,她缩在后面不说话:"她吓着了,人掉下来时,就离她这么近。"老板从兜里拿出那两半的十元钱:"要不是这十块钱她拿回去换,我老婆就被砸死了!"

池震看看老板娘带血的裤子:"男的女的?"陆离回头看一眼,发现是池震:"你也来了。"又问老石到哪儿了。温妙玲说:"快到了,还让他来吗?"

"当然要来,这么多血,脑浆都在,这是站起来拍拍屁股走了吗?明显已经死透了。你们谁看见了?"陆离问看热闹的人,那些都是等餐的食客:"我们都是等了好半天,老板娘他们账也不收,饭也不做,出来才知道这件事,过来就是这样子。"

陆离吩咐一个警察,把现场的人登记一下身份。池震这边问老板娘:"男的女的?"老板娘觉得他比陆离温和,终于说话了:"男的,黑衣服,穿着拖鞋,白袜子。"

陆离好不容易等到她开口,连忙问道:"除了你还有谁看见了。"老板娘看了一眼便利店门口,那边两个喝醉的已经醒了,恍如隔世地看着他们。老板娘指指:"他俩一直在那儿喝酒,不知道看没看见。"那俩向这边挥手,大声喊着:"警察叔叔,我要报警!"

陆离看了他俩一眼:"盯着点儿,我一会儿问他们。"郑世杰吃着黑蛋糕,带着老石走过来,把白蛋糕递给温妙玲:"震哥送你的,祝你生日快乐。"温妙玲诧异蛋糕如此之小,接过来看了一眼池震,池震没说话,回了个笑容。

老石端着咖啡杯走近,见他们围着摊血迹,问:"你们把尸体弄哪儿去了?"池震摇摇头:"没尸体。"老石炸了:"没尸体你把我弄过来?这都半夜两点了。"温妙玲解释:"陆队想让你验一下,是自杀还是他杀。"

"拿啥验?我靠啥验?"

陆离打开手电筒,看着地上的血迹和脑浆:"现在不用验了,尸体消失了,那一定是活着的人干的,基本是谋杀。"老石嚷归嚷,蹲下来拿出工具箱,戴上手套掏出试管去取样。陆离用手电筒扫了一大圈,一个手机倒扣在马路牙子的下面。他戴着手套捡起手机,抬头没见到老高,顿时生气了:"老高回回抢着要东西,这次怎么不来?"

郑世杰拿出电话拨打,陆离听到后说:"不用来这儿了,让他直接去警局。"他把捡到的手机给郑世杰,自己走到便利店门口,坐在喝醉的人旁边,以他们的视角看着坠楼地点。

"看见坠尸了吗?"

一个躺着还没完全清醒,另一个醺醺地说:"喝多的那个?趴地上好半天,被他兄弟带上车了。"陆离耐着性子问:"什么车?"

"当然是四个轮子的。"

陆离问:"车牌号有印象吗?什么颜色的车?"醉鬼想了半天:"我下次买车一定买黑色的,刚买的红色的,公司个个都说我娘,女朋友都跟我黄了。"陆离对跟过来的郑世杰说:"带他们俩回去醒醒酒,我一会儿问话。"周莹莹对陆离笑道:"谢谢!总算有人把他俩带走,闹一晚上了。"陆离问:"坠楼的人你有见到吗?"周莹莹摇头:"没有,他们俩在这儿,有人跳楼我都不敢去看。"

陆离点了点头,然后大步回到坠尸地点,继续问老板娘:"你没看见那个人脸?那个人黑衣服、白袜子、拖鞋,有没有这样的客人去你们那儿吃饭?"

老板娘想了会儿:"没印象。"陆离朝老板:"这段时间暂时先不要离开这个店,我们可能还会找你们问话。"老板连忙说:"肯定不走,我们在这儿都干十二年了,哪怕过年,都没打过烊。"老板娘诧异地问老板:"我们干十二年了?"老板说:"对啊,结婚那年来的华城,第二个星期咱就把这店盘下来了。"

老板娘想了想:"我不干了。"老板问:"什么不干了?"老板娘气呼呼地说:"我不干了!你求婚那阵怎么跟我说的?你说我嫁给你,我们一起打拼,只会越来越好。这叫什么打拼?十二年了,连张床都没有,就那么一个狗窝,轮着班地睡觉。我不干了,要干你自己干,我以后再也不碰这些汤汤水水的粥粉面。"

"你是怪我没出息吗?"老板急了眼。老板娘抹着泪:"我没怪你,但是我够了!"说完老板娘捂着脸痛哭着往粥粉面店里边走。陆离对不知所措的老板说:"没事了,你去吧。"一旁的温妙玲却听得眼泪在眼圈里打转,谁不是这样,大晚上的生日不能好好过,跑过来找尸体。

然而哭也没用，生活就这样，该干的还得继续干下去。陆离带着温妙玲往楼上去，整幢楼有二十五层，他俩按着尸体垂直下来的方向找，先上顶层。一楼监控室的池震能看到电梯里的他俩，另一个电梯坏了。

保安说坏了半年没修。梨花苑住的都是穷人，物业费都收不上来。别说修电梯，连保安工资都欠好几个月了。池震侧头看一眼窗外："那高楼是樱花苑吗？"保安笑道："还以为是过去呢，现在什么是贫民窟？楼越高越穷。矮楼那排别墅是樱花苑。"

陆离和温妙玲打开天台门。温妙玲正要往里进，陆离伸手拦住她，拿手电筒在地上仔细地照，上面厚厚的满是灰尘。不是在天台掉的，没有脚印。陆离转身往下走，温妙玲跟着他。两人下到二十五层，挨层开始在垃圾桶里找尸体。池震反反复复看监控，但也没人带大件包裹上楼。最后陆离翻了翻一楼的垃圾桶，走到监控室叫了池震一起回警局。

郑世杰跟两个醉鬼问了一晚，一个叫孙乾，另一个朱石磊。孙乾喝了二十罐红牛，花了郑世杰二百多块钱；朱石磊倒好，始终昏睡。但这两人都属于喝断片的，别说车牌号了，连车的颜色也不记得。

陆离眼看从他俩嘴里问不出什么，推门出来走回自己的办公位，看到装在证物袋里的手机仍然在自己桌子上。老高还没来，电话也打不通。

他看温妙玲，温妙玲指指墙上的钟：已经六点了，还有俩小时他自己就来上班，你催什么呀？

陆离没应声，去老高的办公位拿出紫外线灯，照了一下手机上的指纹。屏幕碎成一片，根本照不到什么。他把手机从证物袋里拿出来，整个屏幕稀里哗啦碎在桌面上。他气得将手机摔在桌上。

郑世杰带着两醉鬼从审讯室出来，听到陆离的动静，转身问温妙玲:"他打鸡血了?死不见尸的案子,还较起劲?"温妙玲指指池震:"被他 IT 四签名的案子刺激了。"郑世杰竖下大拇指:"震哥你再破两个案子,他队长得让给你。"温妙玲看着池震:"你要是当队长,我第一个辞职。"

池震:"……"谁当队长无所谓,反正他要收工了。看温妙玲还不走,郑世杰意味深长地一笑,跟在池震后面出去。温妙玲回头看着陆离,陆离显然已经冷静下来,在碎掉的手机里抽出 SIM 卡,抬头一看,办公室里只剩下温妙玲。

"人呢?"

"这帮人要起义了,把你这队长推翻。"

陆离收起 SIM 卡放进证物袋,往温妙玲这边走:"这下可以收工了。"

两小时后,陆离站在老高旁边。桌子上摆着那张电话卡,老高拿起旧手机,用一根针捅开 SIM 卡槽,将 SIM 卡放进去。陆离拿出一张纸:"号码是这个。"

老高在电脑上输入手机号码查身份,陆离在旁边念叨:"你应该把你的权限密码告诉我,我就不用等你半宿了。"老高头都不回:"这是物证科的设备,你手要伸那么长吗?"号码输入后,电脑在搜索中,老高看了一下空荡荡的办公室:"他们人呢?"

"查到六点多,回去睡了。"陆离也跟着看了下。

"那你没睡?"

"一直在这儿等你,你昨晚就该来。"

老高嗤了下:"昨晚接警时我出发了,跑到一半告诉我没尸体,别来。回家刚睡着,又给我打电话让我过来。我如果真来了,熬一宿,守这么个东西,你还不一定转给我。"说话间电脑上的图片缓慢打开,是机主的照片。

整张照片打开后,老高问:"死的人是他?"陆离苦笑:"不知道,看看他信息。"

老高摁了下回车,电脑屏幕开始出现护照页面:吴振义,四十六岁,华人,只有籍贯没有住址。陆离凑过去,指着电脑下方:"你把紧急联络人这块放大。"老高将区域放大,能看到紧急联络人叫赵春玲,家在本地。查个人信息得半天,还不如陆离跑一次来得快。老高帮他打印出来。陆离走到打印机旁时,董局从外边进来了,看到办公室空荡荡的。"人呢,你给他们放假了?"董局问。陆离回了句拿着纸就走:"他们睡醒就来。"

池震在养老院的沙发上醒过来,睁开眼睛看到头顶的吊扇在转,房间里人声嘈杂。

"血压呢?"

"血压正常。"

"心跳呢?"

"比昨天前天衰弱,时不时有心脏骤停的现象。"

"先带回去。"

马护工和护士把昏睡的池母推出门,大夫跟在后面。池震清醒了,拉住医生的胳膊:"等等,你们要把我妈弄哪儿去?"医生解释:"你母亲的状况必须做心脏搭桥手术,那么多设备,手术不可能在这儿进行,先带回医院。"池震点了点头:"哪天做手术?"

"这要看情况。"医生说:"你母亲的情况早该做手术了。但前两天她醒着的时候,听说手术费那么贵,拒绝住院治疗。她这个情况,做了搭桥手术,能活几年;坚持不做的话,说不上哪天心脏一停,没人发现,也就过去了。"

说来说去就是钱,池震抹了把脸:"手术费多少钱?"

医生算了下:"乱七八糟全下来,三十到五十万之间。"十万活一年?池震看了看就要被推出门的母亲,昏睡中的老人没了平时的挑剔,难得显出了慈祥，他改口："做吧，什么时候做？"医生打量了一下他："我是个医生，只负责做手术，别的我不好讲。你什么时候交手术费，医院就什么时候通知我做手术。"池震说："你们准备好，明天做手术，我明天早上把钱交给医院。"

池母被带出门，马护工折回来问池震她该怎么办。池震没好气地说："你当然是去医院照顾我妈，你是我单请的，又不是养老院的人。"马护工得了指示，拿起生活用品要出去，被池震叫住。"还有，以后我妈让你隐瞒什么，你都如实告诉我。别忘了，工资是我付给你的。"

人都走光了，屋里一下子空了，池震看着硕大的电视机舒一口气。现在，就是钱的事。

池震到夜店借钱，索菲听说后跟了来，怕他吃亏。以前跟着池震的小弟阿亮现在是夜店的经理，有点抖起来，未必卖池震面子。果然，等阿亮听说池震要匀三十万，立马面有难色："震哥，店里这几个月不赚钱，哪有这么多钱？"

池震比他清楚店里的情况，从来就没赚过钱，但账面永远是盈利的，腾个几十万没问题。阿亮赔着笑："但是如果让陈先生知道了，我这命就一条。"池震一力包办："陈先生那边我来解决，先把钱给我，十天之内，我把这亏空填回去。"阿亮拿出手机翻了一通，摁了一下拨打电话，放到池震面前："那你跟他们说一声吧，只要他们同意，我现在就给你提钱。"

电话在连接中……池震看着屏幕，直到手机里发出声音："喂，找哪位？"池震还真不敢，他盯着阿亮苦笑："你可以。"

等池震和索菲一走，阿亮接起电话："震哥刚刚过来要钱，让我打的电话。我不明白，他已经是废人一个了，陈先生为什么还留着他？！"

索菲看池震心情不好，劝道："他爬得比你还快。他没你聪明，没你能干，但就是爬得比你快。你知道为什么吗？因为你太斯文了，你就不该是黑道上的人。"池震拉开车门坐到车里,索菲也拉门坐进去:"去咖啡店和贷款公司问问。"

池震摇头:"没用的,阿亮都这样了,那些店里的人没准得羞辱我,要不来钱还臊我一脸。"索菲不解:"你到底用钱干吗?"池震苦笑:"生老病死的事,老太太要做手术。"索菲想了想:"不然我把面包店卖了?我发现烘焙不适合我,现在美甲挺火。"池震知道索菲是真下了决心要上岸,再折腾恐怕又回老路,他用不屑一顾的语气说:"你那点钱,留着换行业玩吧。"

索菲知道他的用心:"你一会儿去医院,我去贷款公司。"

池震问:"干吗?"

索菲对镜子照了照:"要钱,你怕臊,我又不怕。"

池震回去找了保险记录,再去医院跟医生交涉,但心脏搭桥手术不在意外险种的理赔范围内。他急了:"我妈常年在养老院,除了生病还能有什么意外?"医生看着他:"我听说你是做律师的,应该比我清楚啊,怎么能这么理解意外险呢?"

池震商量道:"不然你明天先做吧。"医生摇头:"我得等上面通知。"池震抱最后一线希望:"你们医院能接受支票吗?"医生已经清楚他的底细,就是没钱:"那也得是真支票,医院兑到钱,才会让我来做手术。"

"你还是做好明天手术的准备,明天我肯定能交上钱。"池震话是放了,但钱从哪里来他还真不知道。就在他出去找钱的当口,和同在医院一楼的陆离错身而过。

陆离陪吴振义的紧急联络人赵春玲坐在一楼的等候区,赵春玲儿子在不远处写作业,刚抽过血的手背上贴着棉签和胶布。赵春玲不想去:"真要这么麻烦吗,非得做血型配比。让我去认一下厂,烧成灰我都认识他。"陆离解释:"这次情况有点特殊。你们已经离十几年了,紧急联络人为什么还要写你名字?"赵春玲说:"他之前有个老母亲,前几年去世了,紧急联络人总得写一个。"

吴振义是一个什么样的人?赵春玲不知道怎么说才好,她只能告诉陆离他们为什么离婚。

"我不想说他坏话,但他真的是个废物,还是那种让人讨厌的废物,满嘴大话。你能想象吗?我跟他恋爱两年,嫁给他三年,我才发现他没有一句话是真的。"

"什么叫没有一句话是真的?"

"学历,工作,父母,家庭,全是假的,还是无法理解吧?我这么说吧,他一直跟我说,他妈是老师,他爸是教授,结婚之前去他家十几趟,叔叔阿姨地叫着,他父母结婚那天也来了。我直到结婚三年才知道,那不是他真实的爸妈,是他花钱请来的演员。后来那老太太涨价了,他还真排了一出老娘过世的葬礼。这只是一小块,他的生命中,每一句都是假话,你绝对想象不到。"

陆离问:"他只骗你,还是对所有人都这么骗?"赵春玲摇了摇头,无奈地笑:"他说他只骗我一个人,说是因为他爱我,但不是,谎撒多了,就完全是另一种生活。我见过他剑桥的同学、五百强公司的同事、在政界工作的老乡,后来发现这些都是假的,他可能把自己都骗了。"

"你们离婚之后他住在哪儿?"

"先回农村住几年,后来老母亲去世了,听说回华城了,我也不知道住在哪儿。"这时护士拿着单子过来冲人群喊了一声:"吴振义,吴明,过来取报告!"陆离站起身从护士手里拿过报告,再抬头看到赵春玲紧张的表情:"我不知道这对你是好消息还是坏消息,昨晚坠楼的这个人确实是孩子的父亲,吴振义。"

赵春玲一下子五味杂陈,渐渐地眼眶红了。吴明搂住母亲的肩膀,无声地安慰着她。赵春玲捂住脸哭了起来："没想到，他真死的时候，我居然……"

"找到尸体我给你立案，没尸体，别给我没事找事！"被陆离烦了半天，董局火也上来了，拎起包就准备下班。陆离赶紧跟了出来，手上还拿着护照复印件和血型匹配文件。他仍想说服董局："但这个人是真实存在的，吴振义，前妻叫赵春玲，儿子叫吴明，我确定他百分之百是被谋杀的。"

董局停住脚步："谋杀，是吧？那就把尸体找出来。"他看了一眼办公室所有的人，转身就走。董局一走，陆离十分沮丧，郑世杰却抓紧机会，低声提醒温妙玲："师姐，蛋糕还在冰箱。"温妙玲会意，看了看表大声说："还没到十二点，让我把生日过了，昨天愿还没许呢。"郑世杰将蛋糕从冰箱里拿出来，把上面插好的蜡烛一根根点起来。

陆离放下文件，长吐一口气，帮他们来点蜡烛。老石也凑趣地去关了灯。几个人围在蜡烛前，妙玲刚准备许愿，电话响起来。

郑世杰不动："不管了，许完愿再说。"老石毕竟年纪大了，比较沉稳："你们先许着，我转到分局。"陆离留意着老石，温妙玲也睁开眼睛。

"你现在查看一下头部有什么创伤？嗯，知道了，马上过去。"老石挂掉电话，过去打开灯，看着每一个人，"咱们是先把生日过完，还是现在出警？昨晚那具尸体出现了。"

还能怎么着呢？温妙玲觉得这个尸体肯定跟自己犯冲，扰了一次生日不够，还要再来一回。但这会儿却没办法，大队人马冲到尸体出现的地方，樱花苑。

樱花苑果然跟别的地方不一样，见到一排鸣着警笛的警车，保安还记得要跟警察查业主证。郑世杰不敢相信自己的耳朵："你跟我们要业主证？开门！"

保安犹豫不决:"这是我们樱花苑的规定。"温妙玲在后车提醒保安:"阻挡任何鸣响警笛的警车,视同犯罪,最少拘留十五天,罚款三千元起,开门!"保安掏出对讲机:"三号门请开门。"

陆离问:"这是什么小区,这么牛?"温妙玲说:"富人区,特别特别富的那种富人区。"

铁门打开,所有警车鸣着警笛陆续进入小区。陆离和温妙玲等人走出电梯的时候,报案者的家门口已经有警察在拉警戒线。陆离心想,这是谁先到了。等他穿过警戒线往里走到客厅时,就看到池震在跟一对年轻男女录口供。

池震问:"叫什么名字?"年轻女人说:"叫我大表姐就行。"池震在姓名一栏停住笔:"我们是警察,给你录口供,不是跟你交朋友,什么名字?"大表姐还算识相:"邹梦瑶。"

陆离指指旁边那个男人,大表姐脱口而出:"大表哥。"想想不对转过去又问,"你叫什么名字来着?"大表哥说:"李涵文。"

说到报案的缘故,是因为大表姐花二百八十八网购了一个葫芦娃,第一次客服给她发了个空箱子,里面什么都没有。客服说发的是六娃,超能力是隐形。大表姐知道自己被卖家骗了,但她喜欢他们这种狡辩,觉得二百八十八花得值,就再花二百八十八又买一个。这次卖家发了个大箱子,一人多高,很沉,一人抱不动。她等到大表哥下班一起搬上来的,谁知拆出来一看,箱子已经打开了,里面是一具用塑料薄膜密封的男尸。

陆离站在箱子前看着男尸,老石蹲下把男尸翻了一下,仔细看过后脑:"看尸斑是昨夜死亡,后脑摔成这样,基本就是梨花苑那具尸体。"他又查看了一下全身:"只有摔伤,没有刀口。有没有事先被下毒我要回去验一下。"陆离走到窗前看一眼不远处的高楼梨花苑,自言自语道:"梨花苑的尸体,二十四小时送到这儿来了。"

陆离走回来从箱子上撕下快递单，看着上边的地址："B座二〇一是你家？"

大表姐说："一〇一也是。以前是我爸妈住，现在留给我，上个月刚装的电梯，把一二楼打通了。"池震看着电梯问："你爸妈呢？"大表姐说："我爸在东岛要买一套房子，他喜欢那边的高尔夫球场，只有十二个洞口。我爸说它比其他高尔夫球场直径大七毫米。我爸这样很唬人，对不对？"池震怔住了，这家子，一个买葫芦娃，一个关注高尔夫球洞，关注的事情很奇怪。

大表姐反问："那应该关注什么？"池震说："可以关注的事情很多。"大表姐做了个表情，比如？池震看着室内豪华的装饰："有人每天为房租二十四小时开店，有人为了借点钱赖在那里十小时，有人付不起手术费要跟他亲妈说再见，你们却只关注葫芦娃和高尔夫球洞？"索菲，为了帮他，赖在贷款公司十小时，只借到五万。

大表姐被问住了，皱着眉头："那你要我怎么样？"池震不说话了，拿过陆离手上的快递单看着。陆离问："为什么寄给你？"

大表姐也不知道："所以我报警，希望你们查出来。"

陆离翻过尸体，用手拍着尸体全身，撕开塑料薄膜，掏出钱包，看到里边只有现金和一张银行卡，又塞回到尸体的裤兜里。与此同时他从里边掏出一串钥匙，上面有四五把不同锁型的钥匙，趁这会儿背对着老高，他飞快地收了起来。

"过来看看，这人你认识吗？"陆离叫大表姐。大表哥陪同大表姐走过去看。大表姐看了一眼："不认识。"陆离耐心地说："摔成这样，你再仔细看一下。"大表姐又看一眼："确实不认识。"

陆离走到门口，看了一眼上面的锁口，从钥匙串里拿出一把比对一下，无法拧开。他收起钥匙走进房间里，搓着手看着房间里的水晶灯、家具和那个自带的电梯，冲所有人拍了两下手："收工！"

温妙玲诧异地问:"今天收这么早?"

陆离没回答她:"老石,尸体运回去马上回家。老高,收好箱子先回去睡觉。还有你们,所有的信息明天睡醒再查,既然有了尸体,凶手早晚查得到。"既然有了尸体,就可以立案了!

池震收工后没直接回医院,又跑了几处凑了点钱,但还是不够。他一遍一遍数钱的时候,池母醒了。池震收起钱,问她醒多久了。

"醒来有一阵了。"池母看了一眼袋子里的钱,"手术费不够?"池震说:"差一点,晚点我朋友送过来。"池母沉默了一会儿:"你别逞强了,其实我也不想做手术,多活几年无非就是等那个人给我道歉,让我有脸去见你姐姐。"

池震安慰她:"他不道歉,可能因为我姐不是他杀的。"

池母摇头:"你姐姐死了二十多年,所有的卷宗我都翻烂了,百分之百是他干的。我刚才梦见你姐姐,我以为我死了,走黄泉,看见她从门那边接我,结果我走到大门那一刻,她却摇着头说她恨我,不想见到我。"

"做梦而已,我姐怎么可能恨你?"

池母看着天花板:"她是恨我,我不让她去奥地利读书,我催她结婚,我不让她再继续练琴。"

池震倒是不知道这个情况,皱眉问道:"为什么?"池母说:"家里没钱了,我和你爸没想要你,但你生出来了,不但没钱供她,连养活你都是个问题,我能怎么办?让她去维也纳深造,把你带回老家,回去种地,以后当个农民吗?"

池震沉默一阵:"你从来没说过。"

"我还用说吗?你看咱们的家庭条件,培养一个钢琴生都要四处借钱,我又受了多大委屈,把你供成律师的?"

"什么委屈?"池震问。

池母翻了个身,背对着池震:"都过去了,也算让你成人了。待了一早上了,你回去上班吧。"

池震从楼上下来,到医院收费处缴钱:"四〇三病房李慧娟,你们先做手术,剩下的十五万晚点给你补上。"收费处的小姐仿佛没听见一般,将钱放在取款机里数着:"先生,还少十四万八千九百四十六。"

池震双手按在桌上:"我刚跟你说来着,差十五万,晚点补上。"收费小姐呆板地说:"先生,这是医院的规定,我做不了主。"她把数完的钱从窗口退回来,池震只能把钱收回袋子先去上班。

人到齐后先开会。会议室放着昨天白天樱花苑大堂的监控录像,第一个画面是快递的小哥驮着一个箱子,骑摩托车进小区。第二个画面是一楼大厅,快递小哥推着箱子进入大堂,把箱子卸下来,离开。第三个画面是大表姐进入大堂,前台保安跟她说了两句话,大表姐看了看地上的箱子,低头发信息。

温妙玲边播放边介绍这三段监控,视频播放完董局问:"哪家快递公司?快递单号多少?"池震接了这个活。

下一个是法检科。法医老石根据梨花苑坠楼现场的血样,确认快递箱里的尸体是前天晚上的坠楼死者。再根据昨天和死者儿子吴明的血型匹配,确认死者叫吴振义,男,四十六岁。死者没有中毒迹象,没有被殴打或被捆绑的痕迹,应该是被人推到楼下。

董局看向老高:"抢着什么宝贝没?"

老高说:"死者这次用塑料薄膜封上,陆队算是原封不动地交给了物证科。"他说着看了一眼陆离,"除了死者的衣物,还有一个钱包,里边有二百一十六元的现金,一张M-bank的信用卡,银行电话查询,确认是吴振义在二〇一六年办理的,在三月即已透支停用。"

老高说完,董局等了一会儿:"没了?"

老高干巴巴地说:"没了。"

董局看着他:"我来给你总结一下你们物证科发现的信息。死者有张吴振义的信用卡,基本确认死者为吴振义,就这么多,尸检科看下脑浆都知道。"老高想起还有一件事:"对了,塑料薄膜上没有指纹。"

董局愣了一下:"这是什么发现。"

老高还是那副面无表情:"没有指纹也是我们花时间验出来的。"

董局点点头:"好,物证科工作就是有效率。"他看向陆离:"那陆队长说点什么?"

"申请立案。"

董局看了他半天:"你在讽刺我吗?有尸体,有死者身份,你在盼着我不给立案吗?把案件信息整理出来给我,我一会儿要见媒体。"他说完往门口走,走到一半站住回头看着陆离,"我跟记者说,五天能破案,没问题吧?"

陆离不知道。

董局盯了他一眼:"你抓紧吧,最多五天。"

董局出去之后,郑世杰问大家:"董局这次为什么这么上心,打鸡血了?"温妙玲收拾东西:"因为是樱花苑,富人区,有钱有权的人都在看着。"池震说:"可死的人没钱,信用卡都透支了。"陆离苦笑:"可能他的尸体吓到那帮有钱人了。"

刑侦大队几人分奔各处,陆离去了命案现场。他站在梨花苑门口吸烟,看着从楼里出来一大批去上班的年轻人。一支烟吸完,他再拿起烟盒,看见里边已经空了。陆离扔掉烟盒,转身进了便利店。

周莹莹在收银台拿出吴振义的照片交给陆离:"整个上午每个进来的客人我都问了,没有人认识他。他就是那天摔下来的人吗?"陆离点点头,没有接照片:"你留着吧,继续帮我问一问。"周莹莹把吴振义的照片压在玻璃板下面:"我放在这里吧,一进来就能看见。"

陆离把钱放在台上:"买包烟。"周莹莹让开半个身位,指着一面墙:"要哪种?"陆离看着墙上的烟,这时郑世杰从外面进来:"我问了物业,没有他资料,这上面登记的都是房主信息。但物业的人也告诉我,百分之八十的人都把房子租出去了。"说时郑世杰拿出一长串的名单,"这一百多个房东,肯定有一个把房子租给了吴振义,要我打电话一个个去问吗?"

陆离说不用,他拿出一串钥匙:"直接开门就完了。"郑世杰问:"这是什么钥匙?"陆离已经向单元口走去,郑世杰追上来。陆离走着走着突然停住,地上有一块特别干净的地面,他抬头仰望高楼。那里,就是清扫过的坠楼地点。

陆离和郑世杰挨家挨户地问。楼道里堆满了垃圾,有几扇门是开着的,各自传来收音机和电视的声音,他俩要绕过垃圾才能走到每一扇门前。陆离见到一个扇扇子的老头从房子里走出来,拿出吴振义的照片问:"见过这个人吗?"老头辨认后,摇了摇头。

陆离继续往前走,走廊里传来一下一下踩易拉罐的声音。走到门前,里边有一对夫妇,将脚下的每一个易拉罐踩扁,房间里堆满了装废品的编织袋子。还有一个房间冒出滚滚浓烟,不时有快递小哥进来取餐。陆离站在门口往里看,问郑世杰:"这是什么地方?"

郑世杰倒是知道:"黑厨房吧。"陆离问:"什么意思,做饭就做饭,为什么叫黑厨房?"郑世杰指给他看:"他们在这种环境下一炒一大锅,十几个菜十几锅,再分装到精美的盒子里,做成外卖,给全华城的人吃,还美其名曰料理。"陆离说:"这里不用问了。"

有一扇门紧关着,里面传来当当当的剁肉声。陆离对郑世杰打了个手势,郑世杰上前敲门。敲了好半天,里边才有人应声:"谁?"

郑世杰大声道:"警察查案!"里边停止了剁肉,但还是没人开门。陆离拿出钥匙试了试,门突然从里面打开。 个赤裸上身的男人站在门里,陆离注意到他手上握着带血的菜刀。郑世杰拿出吴振义的照片,问那个男人:"有没有见过这个人?"赤膊男人看了一眼:"没见过。"陆离说:"让我们进去看一下。"赤膊男人没搭理他,准备关门。陆离一脚将门踹开,大步迈进去,顶住男人的脖子。男人挥舞着菜刀要砍陆离,陆离冲郑世杰叫道:"下刀。"郑世杰一脚踢掉男人手中的菜刀,菜刀在地上踢得老远,咣当咣当地响。另外三个男人从里边提着菜刀出来,郑世杰赶紧拔枪,大声呵斥:"都把刀放下!"陆离说:"等会儿。"郑世杰顺着他的视线看过去,灶台上堆满了串好的肉串。

陆离一边往下走,一边对郑世杰说话:"这栋楼为什么这样?送外卖的,收废品的,串羊肉串的,干什么的都有,我完全看不出一点生活的气息。"郑世杰用很艺术的声音说:"这就是生活。"陆离推开安全通道的门,回头看着他。郑世杰说:"他们来华城,靠力气赚钱,做着没人愿意做的工作,攒够了钱回老家,这就是生活。"陆离想到吴振义:"但有人回不去了。"

郑世杰在开着的房门前打听吴振义,对一个老太太出示照片:"有没有见过这个人?"老太太对他讲着大段的马来语,郑世杰眨巴着眼睛听不懂:"见过吗? yes or no?"陆离走到一扇关着的门前,敲了敲门,里面没有人应声。他拿出钥匙试着去开锁。老太太又绘声绘色地说了一段马来语,然后指着那扇紧闭的大门。郑世杰看到陆离转动钥匙,赶紧走过去。此时,这扇门终于打开了。门牌上写着"二一○五"。

地上一片血迹,成卷的塑料薄膜摊在地上,靠墙的地方堆满了纸箱。郑世杰兴奋地说:"就是他家,凶手昨天在这儿装的箱。"陆离在柜子上发现一沓崭新的快递单:"他是个快递。一个快递,死之后被另一个快递,送到了樱花苑?"成板的纸盒箱从大到小摞在地上。陆离蹲下来,伸手在上面捋着,抽出其中的一个,十几秒钟将平板折成一个箱子,放在那一摊血迹旁。就是这种规格的箱子,凶手就地取材。

与此同时,池震在物流中心。一名姓宋的经理带着他往里走:"我查过了,那个箱子是十点钟下的单,十二点钟我们派快递员过去,运送过程在十二点半就已经完成了。"

"没有见到寄件人?"

"付费是手机完成的,只说箱子放在一楼安全通道里,快递员直接提走了。"

池震问:"你们不觉得奇怪吗?不从家里寄,见不到寄件人,要进到安全通道,从垃圾桶旁边把箱子运走。"宋经理沉默一阵:"我们做的是生意,用户有什么要求,我们去完成就好了。我们想打听清楚,客户又得说我们触犯他隐私,能怎么办,我们很难做啊。"

池震想想也是,快递公司有快递公司的难处:"箱子没有过安检吗?一具尸体就那么送到人家里去了?""平常都过安检,这个是因为从梨花苑送到樱花苑,骑车三分钟,再回来一趟太不值当了,公司就批准他直接送过去了。"

"流程是怎么规定的,从这儿到那儿可以直接送?"说话间二人拐了个弯,面前是一个巨大的物流中心,几十名工人在那里装箱卸箱。快递在那里分拣货物后,骑车上路。

宋经理指着忙碌的景象说:"每天进来的货物上万件,每名快递一天要运三百单,一小时就三十单。每天都走流程过安检,可送晚了你们又要投诉,按时送到家又说我们有安全隐患。"池震看着一名快递将车装满,骑车出发,转身问宋经理:"把昨天那名快递员叫回来。"

池震坐在一辆摩托车上,看着统一制服的快递陆陆续续出发。被叫回来的快递员姓赵,回答问话:"我也是够背的,老赖在樱花苑送了两年多快递,也没碰着什么事。我这一星期还不到,就摊上一具尸体,以后还怎么送啊,谁敢收我东西,肯定都觉着我丧。"

"老赖是谁?"

"就之前樱花苑的快递啊,每一件快递都得扫一遍看看,好像值钱的宝贝他能偷走似的。"他指着所有的工人,"跟所有人借钱,熟的三百五百,不熟的也要三十五十,欠一屁股债。上星期突然就跑路了,我接他班才送这片的。"

宋经理提醒他:"警官问你什么你说什么,干吗东一榔头西一棒槌的?"

池震问:"你搬的时候没察觉是个尸体?"赵快递说:"我想过那是个人,但我没想到那是个真人。"池震问:"什么叫没想过是真人?还有假人吗?"赵快递笑了:"有,也这么大,差不多就这么沉,一般都是女的。一样没寄件电话,没收件电话。"

池震皱眉:"那是什么东西?"宋经理警告地看了眼快递员:"我再跟你说一遍,警官问你什么你说什么。"赵快递嘟囔:"那他问我是什么东西,我说不说啊?"池震瞬间明白了他所说的是什么,不由一阵尴尬。

宋经理对赵快递说:"你多讲一讲,不一定每个问题都要警官问你。"赵快递顶嘴:"你不是说,他问什么,我答什么吗?"宋经理看了看池震:"他现在想不起来,回头想起来了,你这快递还送不送啦?"

想到又要耽误工时,赵快递说:"那池警官,你还有什么要问的吗?"池震摇摇头:"问不出什么了,看下死者照片,估计你们也不认识。"他把吴振义照片递给宋经理,宋经理诧异地说:"这是老赖啊!"池震赶紧从摩托车上下来:"哪个老赖?"宋经理说:"就是之前送樱花苑的,上礼拜离职了,小赵来接的班。"赵快递看到照片后目瞪口呆:"真的是他?我把老赖的尸体运到了樱花苑?!"

陆离打开每一个抽屉,零零散散没有看到什么有用的东西。他在一个柜子里边看到了一件崭新的高档蓝裙子,上面套着塑料包装。陆离把它从柜子里拿出来,郑世杰问:"这是他给女朋友买的吗?"

陆离拽出价签:"这不是便宜货,还是新的。"他拉开每一间门往里看,每一间房都没什么奇怪的,只有一扇门打不开。郑世杰打开工具箱,拿出开锁工具,只用了十几秒便将门打开。

陆离对他刮目相看:"你这么大本事,当警察亏了。"郑世杰笑道:"我干别的,手又痒痒,早被你抓进去了。"

门打开,一阵风从阳台吹过来,房间里一片昏暗,窗帘被风吹得鼓起来。陆离直奔阳台,头顶一片阳光,陆离趴在阳台往下看,正是那个刷干净的坠尸地点,在这儿摔的。他转回身看着阳台上的痕迹,没有搏斗,熟人作案。凶手和死者认识,说话间趁他不注意把他推下去的。

郑世杰在里边喊他:"师兄,你看一下。"

陆离拉开窗帘,一步一步走进去,只见到满墙的照片,每一张都是大表姐,都是偷拍的照片,有在餐厅吃饭,有逛超市,有在电影院门口,甚至还有几张是在樱花苑自己家窗前的照片。

郑世杰看着照片:"我就知道把尸体送到她那儿有问题。"

陆离自言自语:"但是,什么问题呢?"郑世杰推断:"他一定是认识大表姐了。大表姐昨天跟你说不认识他,你觉得可能吗?"陆离盯着大表姐的照片:"一面墙的偷拍,这叫什么,叫目标,他要对大表姐干什么呢?"

陆离走到阳台去看不远处的樱花苑,隐约看到一辆快递车停在小区门口,等待进入。他转身往门外走,拿起了抽屉里的蓝裙子,一边走一边吩咐郑世杰:"盯着别走,叫老高来收东西。"

池震让赵快递用送快递的摩托把他送到樱花苑,总共花了七分半钟。赵快递回去的路上,和陆离的车擦身而过。

大表姐和大表哥在客厅吃饭。见是他,大表姐让阿姨把人放了进来:"张阿姨,认识的,你去忙吧。"池震没有关门,直接走进来。大表姐笑着看他走过来:"昨晚那人有眉目了吗?"池震拿出照片给大表姐,照片里吴振义穿着快递的衣服:"有没有见过这个人?"

大表姐看了一眼:"这不还是他吗?"池震说:"对,这个人是快递员。我看了他的工作单,从去年秋天到上个礼拜,这个人一共给你送了一百八十六件包裹。"大表姐寻思一下:"我买这么多?"池震点点头:"所以你再想想,对他有印象吗?"大表姐摇摇头:"真的没印象,谁会对快递有印象?再说快递上不来的,只能把东西放到楼下,我跟他肯定没见过面。"池震将照片转给大表哥:"那你有印象吗?"大表哥笑道:"她的东西不让我收的,她喜欢拆东西的快感。"

池震问:"那箱子不是你拆的吗?"大表哥顿了下:"我那是实在好奇葫芦娃长什么样,没忍住。"大表姐对大表哥说:"你快点吃,别让客户等你。"她刚说完,陆离拿着蓝裙子进来:"看下这个是不是你买过的,快递没给你送过来。"

大表姐奇道:"你们问话都是分批来的吗?"池震陆离互相看一眼,陆离把裙子递过去:"你看一眼。"大表姐打量一下,摇头道:"不用看,没买过。"陆离的手并没有拿回去,固执地等她来看。大表姐解释:"MaxMara,我不喜欢这牌子,你不觉得他们的设定一点温度都没有吗?"池震不懂了:"衣服的温度是什么?"大表姐笑笑:"Human nature吧,好的衣服你穿上,你会觉得这是为你定制的,而这个就是流水线的产物,只是个商品。"池震说:"我依然很羡慕你们关注的点,穿衣要有温度。"

大表姐疑惑:"你在笑话我?"陆离打岔:"你最近一段时间,有没有觉得有人在偷拍你?不是手机,是单反相机拍的。"大表姐愣了一下,冲大表哥说:"怎么可能,他们说有人偷拍我,我又不是明星。"大表哥笑了笑:"但你比明星还好看。我得走了,要不然又得催我了。"

跟上?陆离和池震对视一眼,陆离会意:"那我们也先撤了,有什么情况会第一时间告诉你们。"

陆离把房里的发现告诉池震:"满墙的照片全是大表姐,吴振义要拿她下手,但我不知道他要干什么。"池震也说他在物流中心的发现:"吴振义外号叫老赖,跟所有人借钱。但还有个好习惯,每一件快递他都扫一遍是什么,可惜,他自己尸体的箱子不是他扫的。"陆离把手头的蓝裙子递给池震:"你觉得这是他从快递箱里扣下来的吗?"池震拿过来看了看:"可惜他没听到大表姐讲时尚课,了解一下什么叫温度。"陆离想了想:"我反而认为,他非常了解大表姐,这件裙子也许和她没关系。"

说话间两人已经上了车,从车窗看到大表哥从 B 座里出来。陆离盯着他:"如果大表姐真不认识吴振义,那他一定认识。"池震同意:"他知道吴振义要下手,所以替大表姐拦一道。"大表哥上了一辆宝马车,开出小区。陆离觉得吴振义总不至于下杀手,所以大表哥为什么要杀人也是个问题。

池震陆离的车一直跟着大表哥的宝马车。宝马停在咖啡馆外,大表哥下车,坐在咖啡馆外面的座位上,服务员拿着饮品单走到他桌前。但喝完三杯咖啡,他要见的客户还没来。

"也许一会儿有人来。"陆离猜测,池震推开车门下车。他叫住池震:"你干吗去?直接问可问不出来。"池震说:"你慢慢盯着,我不打乱你工作,我还要给我妈筹钱去。"

池震说完关上车门,伸手拦过往的出租车,去了华城监狱,他只能进去当面求同哥。

同哥在食堂吃饭,人都走得差不多了,只剩他慢条斯理地吃着:"你给我们也干这么多年了,没功劳也有苦劳。"池震强调:"有功劳也有苦劳。"同哥同意:"我就是这意思,所以说钱是没问题。但是陈先生上个月回中国了,说是那边销售渠道出了点问题,等他下个月回来,别说三十万,五十万我都给你要得着。"

池震恳求道:"撑不过这星期,这几天必须手术,同哥,你能不能帮我想想办法?"同哥说:"我人在里边,办法在外边。"池震一眼不眨:"外边有什么办法,我去办。"

"没办法的意思,现在给你说话越来越费劲了。"同哥没好气地说。说完他抹了抹嘴,伸手示意池震拿笔和纸。池震赶紧递上纸和笔,同哥在上边写下一组电话号码:"这人以前跟我混过,你给他打电话,看在我面子上,他能给你弄五万,你不是有十五万吗?差十万块钱先上手术台啊。"

池震无奈:"差一分都不行。"同哥说:"先把这二十万花了,给你母亲续命,剩下的三十万,我下个月给你要来。"他们说话的时候,陆子鸣一直在打扫食堂,这会儿打扫完提着拖把和桶往外走。池震将电话号码收起来,拿起公文包,跟同哥道了谢,赶紧跟上陆子鸣。

走廊里除了他俩,没有别人,池震皮鞋的脚步声离陆子鸣越来越近。陆子鸣停住脚步,回头不解地看着池震。池震拿出池雯的照片,慢慢走到陆子鸣面前:"陆子鸣,认识她吧?"

陆子鸣看着池雯的照片,脸上只是微微的一丝激动:"池雯。"

"我是她弟弟,你儿子陆离的同事。你杀了我姐姐,我也知道过去就过去了,那我提醒你,你还欠我们家一个道歉。"

陆子鸣说:"我欠得太多了,一个道歉还不了什么。"池震将照片贴到陆子鸣面前:"你再好好看看,这曾经是你的学生,你最好的学生。你对着照片,对我姐姐,说声对不起。"陆子鸣看了许久,叹了口气转回身走开,步子十分缓慢。

池震看着他的背影,忽然大步走过去,架起他的胳膊下楼,另一只手拿起电话拨打:"备一辆车到监狱门口。"狱警追了上来:"不好意思池警官,本来你说要多待一会儿,我就出去了一趟……"看到他旁边的人是陆子鸣,狱警愣了一下:"您这是要干吗?"

池震咬牙道:"犯人陆子鸣,心脏病突发,紧急送往医院。"狱警挡住路:"那你这要申请啊,而且送往医院,也是有专人小组来做的。"池震压低声音:"开门!"说话时他又往高提了一下陆子鸣:"他死在这里大家都有责任。"

这是威胁,狱警打开门,池震押着陆子鸣走出去。狱警边锁门边说:"池警官,你要把犯人送到哪个医院,我好备车。"池震押着陆子鸣快步往前走,头也没回地说:"不必了。"大门外阿辉已经站在奔驰前等待,值班的狱警看着前一个狱警的眼色。狱警无奈地叹口气:"放放放,开门。"

等他们上了车,狱警赶紧打电话给陆离:"不放不行,看那样子,要当场弄死陆子鸣。"大表哥这个下午除了又叫了几杯咖啡外别无动静,陆离听到这个消息,连忙赶到监狱。

"池震带他去哪儿了?"陆离问。

"他说把他送医院治病了。"

陆离气急:"他说什么是什么?你想什么呢!池震把我爸带哪儿去了!"

奔驰车行驶在路上,阿辉开车,池震和陆子鸣坐在后排。陆子鸣忍不住内心的激动,眺望窗外。池震冷眼看着:"七八年没出来了吧?"陆子鸣不舍得移开视线:"是,变化真大,这是要带我去哪儿?"

没有声音,陆子鸣转过头,看见池震正在低头摆弄枪。奔驰车穿梭在公路的车流之中。

池雯,许久没听到的名字,多少年前的事了。

那是个夜晚,他在露台抽烟,操场上有一群踢球的男学生。

听到脚步声,他回头看了一眼,是自己的学生池雯:"今天不是周五吗,没回家?"池雯笑道:"回去了,帮我弟拿游戏机。"陆子鸣点了点头，继续面朝操场抽烟。

"陆老师，我想过了，维也纳我不去了，一去要待五年，我怕不习惯。你把资格让给别的同学吧。"池雯在他身后说。陆子鸣不解地转回身："为什么？"池雯咬咬牙："我不习惯欧洲，衣食住行都很不方便。"

"那可是维也纳皇家音乐学院，而且是全额奖学金，你为什么不去？"

"我要结婚了。"

"跟谁结婚？"

"我男朋友，家境挺好的，人长得也帅。我夏天一毕业就嫁给他。"

陆子鸣掐掉烟："你几岁开始练琴？"

"五岁，站在板凳上学琴，怎么了？"池雯不解地问，年轻的眼睛黑白分明。

"你今年二十二岁，苦练了十七年，全大马最好的专业成绩，前途无限，居然最后是以结婚收场。练这么多年，到底是为了什么？"陆子鸣摇摇头，失望至极，往自己办公室走去。池雯跟上去回应道："我练琴就是为了嫁个好男人。我五岁不懂事，至少我妈是这么想的，把我培养得更优秀，让我嫁个更好的男人，一辈子过得更幸福，我现在找到了。你现在让我去维也纳学五年，有什么用？我会更好，但我的男人会更好吗？"说话间他俩已经到了陆子鸣的办公室，靠墙摆着架钢琴。

陆子鸣坐下翻着桌上的文件，池雯进门坐在他对面，把游戏机放在桌上。

陆子鸣淡淡地说："那这么多年你爱音乐吗？"

"我根本不爱音乐！这十七年没有一分一秒，没有哪一次坐在钢琴前是我自己想弹琴的。能嫁给他多好啊，我再也不用继续练琴，每次都要打开这个死盖子，从中音区开始试音。"

陆子鸣从桌上拿起一张表格递给池雯："这张申请表给你,你再好好想想,想去,你就把它填上,不想去,你就把它撕了。"池雯摇头:"别让名额白瞎在我手里,你把资格给别人吧。"陆子鸣把表格递给她:"你再想一想,去不去?"池雯摇了摇头,没有接。陆子鸣把表格撕掉:"如果你不去,也没有别人的份,大不了我这四年的学生空缺。我看错了你,作为老师我也应该付出代价。"

池雯愣了半天,鞠了个躬:"陆老师,对不起。"她出来后才发现自己忘了拿游戏机,只能又折回去。沿着走廊走近陆子鸣办公室,琴声越来越清晰。池雯站在门口,看着陆子鸣弹琴的背影,平生第一次被音乐吸引。她走进去,在琴声中捡起被撕碎的申请表。一曲弹毕,陆子鸣停下钢琴,回头看着池雯。

池雯伸手让他看表格:"我把这个粘好,还可以申请吗?"

池雯,一张年轻秀丽的脸。

陆离翻看槟岛淫魔案档案,把其中的女性照片一张张往下翻。有一张上面名字写着"张琪",他觉得不像。继续往下翻,翻到了池雯的照片。

"查一下这个被害人的家属。"陆离把照片递给温妙玲。温妙玲打开池雯的档案:"这个案子很特别,第一起案子,六宗案子陆子鸣认了五起,唯独对这个女孩没有认罪。"

"往后翻。"陆离听到自己的声音很冷。

档案第二页是池雯父亲,池俊生,二〇〇六年,病逝。第三页是池母年轻些的照片,母亲李慧娟,一九五五年生人,今年六十三岁,没有做死亡登记,应该还在世。第四页,是一个四五岁小男孩的照片。

温妙玲读着上面的文字:"一九八八年×年×月生人,华城东岛人。"

陆离条件反射:"池震?"温妙玲低头看了一眼,对他点了点头。

陆离纠结了片刻,直接撕掉前一页,放到温妙玲面前:"找到她,李慧娟。"说完他就往门口走,走出两步又折回来,"查她在哪里住院,心脏外科。"

陆离直接推开董局办公室的门,一把将池雯的照片拍在桌子上:"你什么意思?"

董局正在打电话,看到池雯的照片,对电话说:"我一会儿给你打过去。"他挂掉电话,拿起池雯照片:"池震的姐姐,怎么了?"

陆离盯着他:"你把他召到刑侦局,是什么居心?"董局翻翻照片,皱眉看着陆离:"池震的姐姐被你父亲杀了,是池震的错吗?"

"他现在在哪儿?你叫他出来。"

董局往后一靠:"你是队长,池震归你管。"陆离双手撑在桌上,凑进董局:"他把我父亲劫走了!"董局愣了一下:"他这次劲使得够大的。"他想了想,"这样吧,你发通缉令,就说池震劫走了你父亲陆子鸣。不行我帮你打个电话,让华城全警务系统的人都帮你找一找。我批准你见到他的时候直接把他击毙。"

陆离盯着他。手机铃声打破了两人之间的僵持,陆离接起电话,听了几句后说:"我知道了。"他起身走到门口,拉开门之前说,"杀张局的凶手我还在查,光一个王克,还不够。"

池震已经到了医院,他架着陆子鸣走进心脏外科走廊。阿辉跟在后面,留意着周围的情况。池震推门进病房时,阿辉守在外面。病床上的池母,睁眼看着池震挟了个老年男人进来,先是愣了下,但逐渐认出了陆子鸣。她努力地坐起来,马护工在一旁不知所措。池震对马护工说:"你先出去。"马护工连忙推门出去。

池震推了把陆子鸣:"说吧,对我妈说对不起,你他妈千年王八万年龟还能活五十年,我妈活不过这星期。告诉我妈,我姐是你杀的,你对不起我姐,对不起我妈,对不起我,说!"陆子鸣沉默一阵:"池雯是好孩子，她死了我也很难过。"

池母望着陆子鸣，控制不住发出呜咽。池震在陆子鸣耳边低吼："我让你说这个了吗？这是你难不难过吗？这是你在对不起我全家！"他用手铐铐住陆子鸣的手臂，把另一环铐在床尾。床尾的高度让陆子鸣站也不是，坐也不是，只能半蹲在床尾。

"说，你说对不起。"

陆子鸣看看池母，又看看池震："池雯不是我杀的，我一直对她很好。我只是很难过，没有对不起她的地方。"池震起身把窗帘全部拉上，将门插上上锁，走过来扶母亲躺下："妈，你先歇着，今天谁也别走，他什么时候说，我什么时候扶您起来。"

池震把池雯的照片贴在陆子鸣正对面的墙上："你好好看着，你好好回想你对她干了什么。"他掏出枪，用枪口顶着陆子鸣的太阳穴，低声在他耳边说："我不管是不是你干的，我现在就要你说一句对不起。我妈活不久了，大不了我去坐牢，我要你给她陪葬。"

池震说完把手枪拉栓，门一下子被踹开，进来的是陆离。池震愣了一下，用枪瞄准陆离的头。陆离看了看池震，又看看陆子鸣，在瞄准的枪口之下走到陆子鸣身旁，蹲下把手铐打开。

陆离扶着陆子鸣站起来，看着池震的枪口说："那个人是你妈，我明白。但这个人也是我爸，有什么事冲我来。"说完他扶着陆子鸣慢慢往病房门口走。走到门口时，池母喊道："陆教授，我们家池雯活着的时候三天两头说你的好，总跟我说你是天下最好的老师，我没想让你偿命！六个女孩，你只认了五起，我们家池雯就不是人？她的命就是白死的？她可是喊了你四年的老师！"

陆子鸣停住脚步转过身，对池母鞠了个躬："对不起。"

他和陆离慢步出去，池母把脸埋在枕头里，发出了痛苦的哭声。

过去的事情还没完全过去，然而现在的日子还是要过。

池震带赵春玲认尸。赵春玲拿出手机给池震看里面的照片,二十多年前她和吴振义的结婚照。赵春玲问:"他现在跟这张像吗,我都十几年没见过他了。"

池震看着照片里男子年轻的眉目:"这是哪一年拍的?"

"一九九六年结的婚,二十多年了。昨晚告诉我来认尸,我就翻箱倒柜,想找到他照片,只找到这张结婚照拍下来。那年代结婚照都很大,一个大相框挂得满墙都是,你见过吗?"池震还真见过:"我以前做律师的,接过几个离婚官司。很奇怪,离婚的人,当年结婚的时候都是把结婚照拍得又大又做作。没几年离婚,把照片摘下墙来又特别难看,只能把照片翻过来。不光是你们,家家都一样。"赵春玲颇有同感:"我家也是。后来还是摘了,重新贴的墙纸。我昨晚很意外,怎么它还在仓库里,我没扔掉。"池震安慰她:"现在不用扔了,人都没了,不管他什么样,你一辈子能结几次婚?何况他还是你儿子的爸爸。"

赵春玲又问:"他现在变化大吗?"池震只说一会儿看到就知道了。老石从尸检室里出来,喝了口咖啡:"可以了。"

池震和赵春玲进了尸检室。从进门那一刻,赵春玲就盯着停尸台上的吴振义:"没怎么变,你们还给他化妆了?"老石的功劳,池震说:"算入殓吧,从二十一楼摔下来,面目全非,加上我们又做了一番尸检,不处理一下你看不了的。"赵春玲手慢慢摸向他的脸,手还没碰到的时候又缩了回去:"我能摸一下他的脸吗?"

池震递给她一副医用手套:"尽量不要,上面有尸斑。戴上这个。"赵春玲看着手套,手缩回来:"算了。"

池震问:"什么时候发现他是个骗子?"

赵春玲苦笑:"不只是骗子,他是个职业骗子,这四个字听着很容易是吧?真见识到的时候你会吓一跳,职业骗子,他是靠骗人吃饭的。"

"怎么骗?"

"有一次我跟他逛街,看到一个卖鹦鹉的。他手欠非要摸一下,那个人白他一眼,让他买不起别摸。他说人家看不起他,非买不可。人家开价两万,他带我去 ATM 机拿了现款,说非买不可,买了当众摔死。卖鹦鹉的人后悔了,握着鹦鹉说不卖了,卖别人也不卖他。有个老太太心肠好,花一万五买了下来,免得鹦鹉被摔死。"

池震送赵春玲从警局出来:"这是个骗局?"赵春玲点点头。

"你怎么发现的?"

"刚认识那阵,吴振义说他是剑桥的。结婚之前,我还跟他两个剑桥的同学吃过饭。我过了很久才想起来,卖鹦鹉的那个人,是他所谓的剑桥同学。他们就是在骗老太太钱。"

"那他是剑桥的吗?"

赵春玲笑了下:"当然不是,那是在骗我。"

"你因为这个跟他离婚的?"

赵春玲摇头:"我请人调查他了,发现他从父母到朋友,甚至他所谓的公司,全都是假的。所有证据摆在面前,他终于肯摊牌了,说他有多爱我,怕我看不上他,才撒了这么多的谎。我那时已经怀孕,我觉得他如果能改,如果他是真的爱我,我们还能一起生活。我说我不再见那两个演员了,我要见你的真妈妈。那年过年他带我回了老家。我感觉他真变好了,直到临走那天,他母亲给我看一样东西,说吴振义没带我回过家,他母亲就只能看着这些东西,来想象他儿媳妇长什么样,是个什么样的人,性格怎样,喜欢什么又讨厌什么。我因为这个和他离的婚。"

"那是什么东西?"

赵春玲交给他　张叠好的纸:"我把它带过来了,希望能帮助你们破案,你慢慢看。这一点他太厉害了,他那时不认识我,但关于我的所有描述，都是对的。"赵春玲说完上了她的车，池震把泛黄的纸打开。

池震到梨花苑的时候，陆离正盯着满墙的大表姐的照片，照片的空隙之间写着对大表姐所有的分析。池震走进来，把一张桌面大小的照片墙贴在大表姐的照片墙旁边，上面是各种偷拍赵春玲的照片和密密麻麻的文字。

陆离惊呆了："这是谁给你的？"池震指着照片墙说："照片上这个人，吴振义前妻，你见过她。"陆离问："吴振义做的？"

"对，她还不认识吴振义的时候，吴振义为她做的功课。我不知道花了多久，他了解了这个女人的一切，为她定制了一个吴振义，如何相识，如何相恋，在什么节点求婚。"

陆离想不通："如果他的婚姻都是骗局，他图什么？"池震没回答，走到大表姐的照片墙前，仔细看着上面的文字："这次做得更详尽，升级版，不只是偷拍跟踪，他还给她送过一百八十六件快递。单子你看了吗？还有三十二件是退货，他更清楚大表姐讨厌什么，喜欢什么。喜欢吃日料，讨厌千刀肉。千刀肉是什么？"

陆离摇摇头："不知道。吴振义准备对大表姐下手？这次又图什么？"池震指指照片："你仔细对比一下，年代不一样，差了二十年，但 LV 是一样的，爱马仕是一样的，玛莎拉蒂也是一样的。"

这时门口有人进来，一个陌生男人在客厅对其他人吩咐："人呢？给我找！"陆离和池震对视一眼，靠在卧室门边。进来的几个人把房间门一间一间地踹开，踹到卧室这一间时，进来的两个打手看到池震和陆离，两人持着长刀就向他们砍过来。陆离和池震按住第一个人，第二个朝客厅喊道："这屋有人。"

一边喊，第二个人一边持刀向里边扑进来，摁倒池震，眼看一刀要向池震劈过去。陆离抓住他的头发，在墙上撞了两下，将刀夺下来：

"谁叫你们来的?"

第二个人痛得脸皱成一团:"跟梁哥来的。"

"梁哥是谁?"

第二个人正要回答,外面传来一阵脚步声。池震一看,当先的一个人已经跑出去了,估计就是他们嘴里的梁哥。池震追出去,陆离掏出一副手铐,一人铐一只手,将两个人铐在水管上,跟了上去。

梁哥从楼梯往上跑,池震紧跟在后面。跑到天台梁哥回头看,发现只有池震一个人,反倒迎上去跟他厮打。等陆离走上天台的时候,池震已经被打得脸都青了。陆离一脚踹开梁哥,回头问池震:"挨了几拳?"

池震擦着嘴角的血迹:"两三拳吧。"

陆离点点头,过去连打梁哥三拳,走到池震身旁:"你跟他出示警官证,我刚打完人。"池震走到梁哥面前出示警官证:"站起来说话,警察。"梁哥捂着脸上的伤,看着远处的陆离:"警察打人了!"池震训道:"那是我朋友,过来看热闹的,你再喊一句,我朋友可不懂警察的规矩。"果然,梁哥老实了一些。

池震问:"认识吴振义?"梁哥梗着脖子:"我找他要钱。"

"他死了你不知道?"

梁哥有些失望:"我听说他死了,我以为是躲账。"池震问:"欠你多少钱?"

"没多少钱,几千块钱。"

池震无语:"几千块钱都不够你买那几把刀的。"梁哥声音又大了起来:"我说二十万,你们警察能还我?"池震压住他头:"我问你什么你说什么,我朋友最恨对警察不尊重的人。"梁哥看了眼陆离:"是二十万,上礼拜借的。"

池震问:"你放高利贷的?"梁哥点头承认。

"他借这么多钱干吗？"

"他说开公司，在韶维大厦租一层楼。"那地方不便宜，二十万能租层楼？面对池震的疑问，梁哥说："他说就租两周，十万装修，十万做房租。他跟邵维大厦签的合同还在我这儿。"他拿出合同，池震把合同递给陆离："吴振义在韶维大厦租了一层楼，合同上确实写着两个礼拜。"

陆离低头看看合同："你借他二十万，他押的什么？"梁哥委屈地说："什么都没押，但凡押点东西，我能这么来要账吗？"

"你当我傻？放高利贷不押东西？"陆离说。

"他说借二十万，一个月之后还我五十万，所以我赌一把。我今天早上知道他死了，才知道被骗了。"

"你再讲点实话，高利贷不是这么借的。"

梁哥说："讲的都是实话。他是个骗子，你们查到了吧？他肯借二十万投资，我就肯再信他一把，信他这次能骗到不少钱。"陆离抓住他的话问："他怎么骗钱，骗谁的钱？"梁哥摇摇头。陆离上前一步，吓得梁哥直往后退，摆手说："我真不知道，我放高利贷的，到期要钱就行。"

陆离见问不出什么，拿起对讲机："梨花苑，天台一个人，吴振义家两个人，过来收一下。"池震会意，将梁哥铐在天台栏杆上。梁哥在后面喊："这么热的天不管我，我会晒死在这儿的。"池震转头对他说："一会儿会有好多人来，他们会照顾你的。"

既然有合同，池震和陆离找到韶维大厦。池震在前台跟经理打听了一番，得知吴振义租的是顶层，一层楼，一年租金一百万，他只预付了头一个月的。

陆离不明白："他到底要骗什么？"池震有点数："我之前看一个英剧，一帮骗子做了一个局，要骗比弗利山上 Hollywood 那几个字母。

他一个送快递的花这么大血本,我总感觉他是不是要把自由女神骗回家?"自从池震劫持陆子鸣后,陆离头一回笑了。他把资料卡卷成一卷,起身往电梯走,摁了一下上行键。

顶层迎面的招牌是"振义金融"。陆离和池震推门进去,看到办公区十几名员工,都在忙碌地工作,有打电话的,有用电脑做表格的,还有穿梭于同事工位之间做沟通的。有个经理模样的走过来问他俩:"请问你们找谁?"

陆离没回答,巡视一圈办公室,看到一面照片墙,走了过去。墙上全是吴振义以商务形象出席各种社交场合的照片。池震跟过来:"吴振义还真喜欢做这个,完全看不出是送快递的。"那个经理也走过来,站在他俩身后。

陆离指着一张合影照片问:"这男的是谁?"经理犹豫要不要回答,池震出示了一下警官证:"槟城刑侦局。"经理不情不愿地说:"这是我们吴董事长,整面墙都是。"陆离说:"我知道,这个男的好像是前商务部部长。"池震看着吴振义和每个人的合影:"骗了这么多合影镀金,我真挺好奇他怎么做到的。他办公室在哪儿?"

陆离坐在吴振义的老板椅上,池震坐在桌旁,那个经理坐在他俩对面看着他俩,外边的人依然在忙碌。

经理问:"吴董事长真死了?"陆离指着窗外的办公区:"这些人都是他雇来的?"经理回身看了眼:"确切地说是我找来的,我以前是做猎头的,他先找的我,要我搭一个班底。每一个人都是我从同行公司挖过来的。"

"花多少钱?"

"挖角过来的,当然要高薪了,三倍的薪水都有。别小看这些人,都是各个公司的顶梁柱,挖过来要人出血的。"

池震好奇地问:"月底结工资?"经理点头:"包括我在内,都是月底结算。"池震笑笑:"那你等着结算吧。"经理警惕起来:"怎么了,吴董事长虽然不在了,我账面不还是有钱吗?"池震说:"拿财务报表给我。"

经理出去拿财务报表,陆离拉开每个抽屉检查,池震笑道:"上个礼拜还是个快递,这个礼拜摇身一变成了吴董,这是个变色龙。"等拿到财务报表,池震低头一页一页地翻:"你们公司的律师法务呢?"

经理说:"没请法务,吴董自己就是学财务管理的,所以财务这一块都是他直接负责。"陆离问:"剑桥毕业的?"经理皱了皱眉:"牛津啊,他很讨厌剑桥。"

池震把财务报表看完:"吴振义还真学了点东西,但远远不够。我处理那么多公司的财务报表,随便一个,都比这份账面做得漂亮。那些公司也不做正经事,不明资金从这头进来,再从那头出去,就是公司利润了。但这个太幼稚了,从第一页就在告诉专业的人,我们是个假公司。"

经理失声:"假的?"

池震问:"外面那些人都在干什么?"经理说:"其实也没事情,公司连个计划表都不给。吴董只是要求这些人动起来,随时有客户会来公司签约,所以他们看起来要很忙。"池震同意:"看着确实忙,什么客户?"经理说:"他就说这礼拜他会带投资人来公司,拿一千万来投资振义金融。"他也只在公司成立第一天见过一次投资人。

陆离拿一张大表姐的照片给经理看:"是这个人吗?"经理看过:"不是,是个男的,挺年轻的,说是个富二代,从他父亲那边弄一千万,占百分之四十九的股份。"也没有照片,当天连饭都没吃,聊十几分钟就走了。经理还是牵挂:"吴董真的死了?被杀还是意外?"

"被人推下楼,摔死的。"陆离走出吴振义办公室。池震走到门口回头问:"你们董事长微信你有吧?"经理掏出手机:"有的,聊天记录就定格在这里了。"池震看着他们的聊天记录,后几条依次是"董事长你在哪""董事长你真的走了""董事长我们怎么办"。池震点了一下他的头像进入朋友圈,边走边说:"等案子破了去刑侦局取。"

经理急叫:"警官,这是我私人手机,我还要用呢。"池震笑了笑:"开玩笑呢,一会儿给你。"

陆离和池震慢慢走在工位之间,仔细听就察觉出来,他们在打的电话都是订约会的时间,对淘宝客服的投诉,拨打订餐电话。每个看似打开电脑工作的人,实际上是在网购。

他俩慢慢走到门口,池震刷着手机对陆离说:"你有没有发现,他们的每一通电话都跟钱有关系,订餐要花钱,网购要花钱,约女孩吃饭看电影也要花钱。而他们还以为,到月底吴振义会给他们发三倍薪水。"陆离走回到办公区大声说:"都别假装在工作了,假公司,没有钱发给你们!我一直以为只有大爷大妈才被骗,你们这帮人读到本科、研究生,这么多年书都读哪儿去了?两倍薪水、三倍薪水地挖过来,自己多大本事,自己不知道?读多少书,那点贪婪的德性还是改不了,自己找退路吧。之前老板肯要你们,就回去工作。老板不肯要你们,那就找个靠谱的事做。"

所有员工停止打电话及网购,愣在办公椅上。池震拿经理的手机给陆离看:"这是吴振义的朋友圈,公司是上礼拜租的,十天前他还干快递。但是这个成功人士的朋友圈,他已经经营半年了,各种合影,各种高端饭局。上星期一张合影有意思,他和那个富二代,要从他爹那儿坑一千万投进来的主儿,你看一下。"

池震打开图片,陆离看着手机把那个富二代放大:"大表哥?"

"对,所以不是从他爹那儿坑钱,是从大表姐那儿骗钱。手机我是没法还你了,过三天去刑侦局取。"池震扬声对经理说。他和陆离又去大表姐家,大表姐看见是他们两个:"有什么眉目吗?"大表哥不在,大表姐说他又去见客户了,最近一直在做评估,看把基金投在什么领域。

池震问:"要把你的钱投出去?"大表姐说:"我的只是一小部分,他是基金经理,要管理几十亿的资金。"池震有数了:"你的是一千万?"

大表姐很意外:"你怎么知道?我男朋友说的?"她和大表哥认识半年了,准备结婚,在餐厅吃饭认识的,不是相亲,也不是别人介绍,是最好的相遇方式。大表哥从大表姐桌前走过,不小心碰倒她桌上的咖啡,衣服上洒满了咖啡。大表姐起身递给他餐巾,两个人从此认识,特别合拍。

"有没有发现,我俩的名字都一样?"大表姐跟大表哥认识的时候,大表哥让她直接叫他大表哥就行,大表姐觉得这是一种缘分。他也喜欢日料,也讨厌千刀肉。

阿姨要把饭菜端上来,被陆离阻止,他拿出那一面照片墙,慢慢展开,铺在桌子上。大表姐看到全都是自己的照片,惊讶得说不出话。池震指给她看:"你喜欢什么,你讨厌什么,你的一切都在这上面。你男朋友是按照这个定制的。"陆离让她打电话:"问你男朋友在哪儿,像平常一样的口气,不要说我们在。"他们说话的时候,大表姐始终没抬头。她看着桌上的照片,缓了好一阵才拿起电话。

大表哥说他在上班,陆离让大表姐带他们去大表哥的公司。果然,大表姐把他们带到了那个咖啡馆。大表哥的公司她也没去过,只知道不是在十八层就是在十九层。

陆离上去找人,让池震在下面陪着大表姐。两杯焦糖玛奇朵端上来,这是大表姐爱喝的,池震帮她把吸管插好:"每一个杯子要两根吸管,一个蓝的,一个红的。"

大表姐看他一眼,却没有心思喝,神情有些恍惚:"你热恋的时候会做那种事吗？情侣两个人，抱在一起问对方，你到底喜欢我哪儿？上个月大表哥就问我这个。我想了很久，我说我喜欢你跟我一样，我感觉你就是地球上另一个我。我是真心这么想的，我也不小了，二十多年，我从来没有见过一个和我如此 match 的男人。然后你们今天告诉我，这些都是设计好的，他是被定制的。我昨天还跟他吃过饭，此刻他却成了一个假人。"

大表姐喝了一口焦糖玛奇朵。池震有些不忍："说点别的吧，你那葫芦娃怎么样了？第一个是隐身的六娃，第二个给你寄过来了。"大表姐说："寄过来了，收到尸体的第三天，卖家真给我发过来一个葫芦娃，是真的葫芦娃。"她在包里翻了翻，拿出一个钥匙链大小的葫芦娃放到咖啡桌上。

"他们说是大娃，能变大能变小，小是给我变成这样了，但是大他变不回去了。我受够他们了，骗我没关系，反反复复用这一两个梗来骗我，有点没意思了。算了，我又想起来了，他这个也是骗。"大表姐捂住脸，泪水从指缝里淌出来。

陆离推开所有办公室的门，却没见到大表哥。他走出公司，进入安全通道，沿着楼梯往上走，发现已经到了顶楼天台。天台上空无一人，只传来楼下嘈杂的汽车声。几栋楼的天台连接在一起。陆离在天台上一直走着，回头看到一个穿蓝裙子的女人从天台进入安全通道。

大表姐问："那个快递员是他杀的吗？你们要不要抓他？"

池震解释："那个快递员是他的老板，是他把你男朋友安排到你身边的。如果人是他杀的，我们当然要抓。如果跟他没关系，就只剩你和他的事了。你怎么办？"大表姐有些混乱："我希望他装下去，继续装成我喜欢的那个人。我也不知道，我想知道他本来是个什么人。"

忽然，一声巨响，一个人从楼顶砸到旁边的咖啡桌上。

人群开始慌乱，池震护住大表姐，冲着人群大喊："不要慌乱，我是警察。"他慢慢向跳下来的人走过去。尸体趴在地上,流出来的血和咖啡桌上掀翻的牛奶咖啡混合在一起。

池震将尸体翻过来,正是大表哥。

接到报案,刑侦局的人飞速赶来。

老石打开尸检工具箱,老高在大表哥身上翻出一个钱包,仔细地看着里面的证件。郑世杰和温妙玲对一些目击者进行问话。

陆离提醒道:"老高你别翻了,都是假的。"老高拿出身份证件问陆离:"李涵文,三月五号出生,苏邦人,也都是假的?"陆离很肯定:"假的!为她定制的。"他问大表姐:"你是不是最喜欢双鱼座男人?"大表姐点了点头。陆离说:"老石,你也别验了,把尸体运回局里吧。"老石看了看陆离,将掏出来的工具又装回箱里。陆离对远处的郑世杰和温妙玲喊:"你们俩别问了,想办法查出他是谁,通知家属吧。"他对池震说,"你去医院看你母亲吧。"又朗声对所有的警察喊道,"都别拉警戒线了,都收了吧,撤吧。"

温妙玲生气:"那我们来这儿干吗?"陆离说:"又不是我叫你们来的!"撤归撤,案子还是要查的,陆离瞪大着眼睛:"我见到凶手了,但是我让她跑了!"他走到公交站牌下,清楚地看到蓝裙子女孩上车的那条线路有梨花苑和樱花苑两个站点。刚好一辆公交车进站,他上了公交车。所有人看着陆离自己先走了。

郑世杰看着远去的公交车:"他怎么了?"池震指着尸体:"本来以为抓到他就结案了,又冒出个女人,就在他眼皮底下上的那辆公交车。"池震帮陆离把车开回去,临走对所有人说,"收吧,在这儿查不着。"

陆离坐公交车到了梨花苑,发现粥粉面店的门关着。他拍着卷帘门,拍了好久,卷帘门开了个小窗,老板探头出来说:"白天再来吧,晚上太累了,干不过来。"看到是陆离,他惊讶了一下,"啊,陆警官,有什么事吗?"

陆离让他只管休息，改去了便利店。店员还是周莹莹，她干两班，每天十六小时，拿两份工资。陆离掏出钱包，买了点吃的，再来包烟。

陆离看着一架子的烟找的时候，便利店的自动门发出声音，上回的两个醉鬼走进便利店，又到周五了。陆离拎着袋子，打开新的一包烟，抽出一支叼在嘴上，刚要点火的时候突然停住脚步，这正是上周五的坠尸地点。他看看地面，又仰头看着高楼。

陆离去了吴振义的家，他一边吃泡面，一边看电视，新闻里正在播报大表哥坠楼的信息。记者对着镜头说："据可靠消息，警方怀疑，今天傍晚在锦阳中路坠楼的男子与十四日在梨花苑坠楼的吴姓男子有关。众所周知，这具尸体第二天被快递送到了樱花苑，而收到吴姓男子尸体的女子，刚巧和今日坠楼的男性是恋人关系……"

泡面桶漏了，陆离拿起电视机旁边的碗接住，本来想继续吃，却没了胃口。他关掉电视，踩着一地的狼藉进了没有开灯的卧室，脱下外套躺到床上。翻了几次身都很不舒服，陆离起床开灯，发现上午小弟们把床垫割开了一个口子，里边的弹簧都露了出来。

陆离下床，想把床垫翻过来，翻到一半他看到床垫下面又压了一张照片墙。这次是男性，照片墙的中间写着他的名字，David。

池震在医院，守在池母的病床前。池母已经陷入昏迷，他看着点滴一滴一滴地落下来，不知道她还能挺多久，这天下午她心脏骤停过一次。

池震让马护工回去休息，由他来看着仪器。忽然门打开了，医生和护士推着车进来，护士抱起池母的头脚往推车上搬，他们要给她做心脏搭桥手术，有人帮他交了手术费用。

手术室灯牌亮着，马护工没走，和池震对坐。池震的手机响了起来，他从兜里掏出手机接电话，是陆离。挂掉电话他叮嘱马护工："再帮我盯一个晚上，等手术成功了，我给你涨工资。"马护工摆手："不用涨工资,老太太好好活着,我就还有工作。"池震对她笑笑:"出手术室你给我打电话。"

整面David的照片墙摊在桌子上,David仔细看着每一张自己的照片。池震和陆离站在他旁边。David有些不解:"他是要杀我?做这么详尽,这是要拿我干吗?"

陆离说:"从你这儿骗钱。"David苦笑:"我看起来像很有钱吗?"池震笑了,点头认同:"对,看起来就非常有钱,你做什么工作的?"

David是做打包上市的,随便什么行业,哪怕是夜宵排档也行。挂个池记大排档的名,不需要做,连火都不用点,就拿出一笔钱,一千万,两千万,全国所有的大排档,他可以替人去跟他们谈,一家给个五千一万,把牌子换了,把张记李记都换成池记大排档。他们也接受,换个牌子而已,不但不收钱,还给他们钱。等收了几千家,把每一家的照片都拍下来,做一个这样的东西,配上每家店的盈利状况,可以打包上市。

池震问:"你从这一两千万里抽佣金?"David乐喷了:"我抽这点钱,我疯了吧?等池记大排档上市,股民买了股票,你能圈十亿二十亿,我要从这里边分成,分一半。"陆离不懂:"那些店呢?不继续给钱,他们又改回张记李记了。"

David摆手:"无所谓,你套现出来,后面就是股民操心的了。"吴振义想方设法地骗David一个人,估计没想到David可以直接骗几百万人。David指着照片墙:"这个做得真好,下不少工夫,他要是没死,我都想招他跟我干了。"

以免被气死,陆离不想跟他谈他的工作了:"最近有人跟你搭讪吗?有心机地认识你。"David仍然盯着照片墙:"你是说女的吧?我这个月在曼谷遇见了一个,在东京遇见一个,这应该不算?"陆离拿出那件蓝裙子:"就在华城,穿着这套裙子。"

David 看着裙子陷入沉思:"我见过她。"上星期日晚上,他在家附近一个酒吧消闲,蓝裙子的女孩坐在他不远处。不过那女孩一直坐在那儿,没有过来搭话。

池震问:"她跟谁在一起?"David 说:"就她自己,她胆儿有点小。"池震和陆离交换了个视线,那时吴振义已经死了,没人给小骗子打气。David 已经忘了女孩的长相,只记得裙子。

池震拿出一张名片:"如果你再见着她,或者报警,或者联系我们。"David 拿过来看了看:"这是律师名片?"池震说:"我过去的名片,警察不印名片。"

David 想了想,笑道:"如果这姑娘再来找我,骗我的钱,她是睡完再骗吧?"陆离严肃地说:"我们没开玩笑,咖啡馆摔下来的那个是她杀的。"David 站起身准备离开:"我不跟她上天台不就完了。这个我能拿吗?"他又看了一眼照片墙,"做得真不错。"

池母的手术很成功。池震也有空帮索菲搬家,他俩一人装一个箱子。索菲帮他问了,钱不是同哥垫的。索菲猜是不是董局垫的,池震不信:"他付钱图什么?"

"让你欠他的,好给他做事。"索菲猜测。

"我池震欠别人的,会还吗?"池震觉得自己并不是知恩图报的好人。索菲提醒他:"他把你妈救活,可以用她要挟你。"池震愣了一下,思索着继续装箱,突然发现一件索菲不应该有的东西:"你家里怎么会有本书?"

索菲看了一眼,没回答上来。池震翻一翻,看到里边做的笔记:"看得够仔细的,是谁落这儿的吗?带吗?"

"装上吧。"索菲闷头打包。

池震把书塞到箱子里,继续装东西,装了几件停下来:"真用不着搬家,他再骚扰你,你给我打电话。"索菲跟他说是一直有个变态在骚扰她,有两次她还住在他那,做完早饭才走。索菲嘀咕:"你电话又打不通,等你来了,那个变态都已经闹完了。再说你那么忙,一个礼拜从楼上摔死两个了,我哪敢打扰你?"

池震劝道:"就住这儿吧,搬来搬去,很麻烦的。"索菲把自己的箱子装满,开始往池震的箱子里装:"搬,那边房子都看好了。"池震观察着索菲:"其实没有变态男,是吧?"索菲很有气势地说:"没有!有我也不怕他们。"

"所以你跟我撒这么大一谎,就为了搬家,图什么呢?"

索菲没好气地说:"涨房租了,可以吧?我付不起了!"池震皱眉:"那你直接说呀!"索菲扔下手里的东西:"我怎么说?说出来好像求你养我一样,我又不需要,再说你母亲手术都凑不齐钱,我添什么乱?"她从箱子里翻出那本书,给池震翻看:"还有这本书,讲成功学的,这不是别人的,是我自己的,我刚来华城时买的,上面的每一个笔记都是我做的。我那时候以为,就算我过得差,以后我会越来越好。一晃几年过去了,一年比一年糟糕。我能怎么办?要么搬到更便宜的地方,要么打包回老家。"

池震看着索菲收拾东西,电话响了,他接起来听了一会儿:"我必须去吗?"索菲看着池震:"你去吧,我这儿没什么要搬的。"池震又听了几句,挂掉电话:"搬到什么地方,送你过去再走。"索菲拿起那本书:"人能住的地方,不用你送。你放心,我未来肯定会好。我把这书再看一遍。"说完她扑哧一下笑了,池震不由也冲她笑起来。

郑世杰在坠楼地点用粉笔画着人形。董局正在练习接受记者采访,又是满嘴的好大喜功:"凶手李涵文,上个星期五,在吴振义家中将他推下来。经过华城刑侦局一个多礼拜的追踪排查,李涵文在前天的追捕行动中畏罪跳楼自杀,本案宣布告破。"陆离从他身边走过,反问道:

"这个案子是破了,但杀李涵文的人呢?"

董局朗声道:"他是畏罪自杀的。"陆离点头:"好,案子我查,结论你来定。"董局刚要反驳,陆离已经向粥粉面店走过去。董局只能把气撒在郑世杰身上:"画好了没有,记者等着拍照呢。"郑世杰被催得满头大汗:"马上,马上!"

陆离走进粥粉面店,看到池震正坐在空调下吃粉:"你倒真会找地方。"池震知道他的火气来源:"那是局长,你是队长,跟我有什么关系?"老板娘在撕墙上的海报,池震吃完自己面前的一碗粉,抽一张湿巾擦擦嘴:"老板娘,再来一碗粉。"陆离以为帮他叫的:"我不饿。"池震申明:"我饭量一碗半,再来一碗。"老板娘看了看灶间:"没了,最后一碗了。"

池震看看表:"这才几点,就不卖了?"老板娘撕下最后一张海报:"以后也不卖了,晚上我们回老家,不干了。"老板卷着被褥从梯子上下来。老石从外面进来:"大表哥的家属联系上没有?放我那儿好几天了。"陆离已经跟那边警察说了:"去过他家村子里,家里那几个人都出去打工了,联系不上。"

老石问:"那我埋了?"池震说:"再等两天,没人认就埋了吧。"老石念叨:"最近别出事还能放两天,再有案子就得把他腾出来。"池震看着老石的背影,问陆离:"这种咱们自己埋?"陆离解释:"刑侦局专门买了一块地,那种无人认领的尸体,就埋在那儿。"池震问:"那如果一个案子,受害人没家属,凶手也没家属,他俩岂不就合葬在一块了?"

陆离有点走神,盯着池震的碗:"你等我一下。"他跑了出去,池震拿起碗端详了一阵,对老板娘说:"那回老家准备干点什么呀?"老板娘收拾着撕下来的海报:"种地都比这强,不遭这份洋罪了。"

池震掏出十块钱给老板娘:"你这儿味道不错,不干可惜了。"老板娘很大方:"不要了,最后一顿饭请你了。"他走到门口,外头阳光强烈,董局刚刚接受完采访。

董局一脸疑惑问池震:"真有个蓝裙子女人?"池震肯定:"她把大表哥从天台上推下去的。"董局摆了下手:"你等会儿,让我捋一下。"他指着坠尸地点的尸体轮廓,"先是大表哥把吴振义从阳台上推下来,然后尸体被那女的弄走了,第二天寄到了樱花苑大表哥家里。"

池震纠正:"大表哥女朋友家里。"董局说:"一样。这是个警告,表明我知道你干了什么,那她要挟什么呢?"池震也不知道:"要挟大表哥那一千万分她点吧。"

"所以他们约天台见面?生意没谈拢,那女的把大表哥推下去了?"

池震点头:"差不多。"董局想了想反问:"那你们把话讲明白啊,案子没破,就让我过来,这不当我是小丑吗?"池震无可奈何:"是我们话讲一半,你就急着给记者打电话。"董局不想听:"赶快查出来,可着这栋楼搜,十二点之前给我把那女的找出来。我出丑你们也好不了。"他说完坐进车里,见池震敲车窗,把车窗摇了下来:"十二点之前,没商量。"

池震点点头:"李慧娟那三十万是你交的吗?"

董局问:"那女的叫李慧娟?"

池震摇摇头:"没事。"他抬头看见陆离拿着碗从楼里出来,往粥粉面店走,连忙大步走过去。陆离将盛着方便面的碗放在池震刚吃完粉的碗旁边,两个碗一模一样。池震从外边进来,看到桌子上的两个碗。陆离拿着吴振义的照片问老板娘:"这个人来过你店里?"

老板娘看了眼:"不是摔死的那个吗?你们早问过了,没来过。"陆离让她再好好看看:"他来你们店里吃过东西。"正在打包的老板走来:"我看一眼,来过的客人我过目不忘。"他对照片看了半天,"没来过,反正我没见过。"又问老板娘,"就算吃过也是C仔在的时候吧？"

池震问："谁是C仔？"老板娘说："我弟弟。以前晚上都是他守店，他走之后，我们就干不过来了。"池震追问："他去哪儿了？"

"去新加坡了，这地方他待不住，走了有半年多了。"

陆离让找一下照片，老板娘拿手机一边翻一边说："这事和我弟弟可没关系，你可别乱抓人。"陆离说："我知道，我就是看一下。"他接过手机，盯着看上面的照片，池震走过来和他一起看。陆离问池震："老石呢？带他姐姐去认尸。"池震推门跑出去。

老板娘还没明白："谁姐姐？"陆离没说话，盯着手机上的照片。照片里的大表哥染着一头黄发，比现在稚嫩很多，也土气很多，穿着葡萄牙的七号队服，对着镜头笑。

老石喝着咖啡杯里的酒，老板娘看着大表哥的尸体痛哭流涕，老板问陆离："所以说我小舅子哪儿也没去，就在旁边的樱花苑待了半年？"陆离点了点头，拍了拍老板的肩膀，走出尸检室。吴振义和大表哥都已经死了，只能推断吴振义在吃粉时认识了大表哥，用大表姐的照片引诱他走上骗子之路。

外头办公区，温妙玲看着大表姐的照片问池震："说泡就能泡上？"

池震吐出三个字母："PUA。"

郑世杰凑过来问："什么意思？"

Pick-up artist，翻译应该叫泡学。把恋爱分为几步。从搭讪到吸引，到建立联系到约会，到话术，到转场，最后是推倒，照着教材做就行了。何况，他们在大表姐那里做足了功课，泡她是水到渠成的事。

温妙玲疑惑地问："看不出来吗？"池震说："一般看不出来，除非你学过反PUA。这是个产业，一帮男人建立了PUA，收费教课，一帮女人又建立了反PUA，教你识别他是套路还是真心。而更多的人还是坐在电脑前，没女朋友。"

陆离从尸检室走过来,对池震说:"把老高叫上,咱们去个地方。"池震起身跟陆离往外走到门口,郑世杰在后面喊住他:"震哥!"池震回头看着他,郑世杰问:"PUA的课在哪儿报名?"

池震、老高和陆离站在便利店门口,看着便利店老板将货车上的商品卸到平板车上。

老高不知道要干吗,陆离只让他注意那个车。老板推着平板车,往店里推。池震先明白了,激动起来,走近几步盯着那个平板车看。他对陆离说:"你前门进去,我后门看看。"说完池震绕到后门。后门一片杂草丛生,他把一扇破门拉开,看到老板刚刚将推车放进仓库。

池震进仓库用手机手电筒照了一圈,三辆平板车,没有看到血迹,但有一辆特别干净,显然是刚刚洗过。他收起手机,从过道走进超市。陆离和老高站在吧台前,收银的是个小哥。陆离还在看着一货架的烟,纠结选哪一种。池震走到陆离身边:"有后门,可以绕过前门的两个醉鬼。推车倒是没有血,但有一辆车特别干净,刚刚洗过。我看不出来,老高能验出来。"陆离点点头,不再看货架上的烟,问收银小哥:"你是那个一班的?那个连干两班的女孩什么时候到?"收银小哥看了看时间:"还有十五分钟,我九点交班。"

"她叫什么名字?"陆离见老板走过来,干脆转身问老板,"带我们去她宿舍。"

陆离敲了敲宿舍的门,里边没有应声。他示意老板开门。等老板用钥匙打开门,他们发现宿舍只有几平方米大,一张床占据了大半部分。陆离进去翻了一通,没有翻到蓝裙子,转身的时候碰到身后的鞋架,鞋架顶上的化妆品全都掉到地上打碎了。陆离看着地上的乳液,全是最便宜的东西:"她每天给你干十六小时,你给她发多少钱!"

这晚,一直早到的周莹莹却没来。她在酒吧,穿着蓝裙子,看到墙上的钟已经是九点零五分,同时留意着吧台上的David,几次想上去搭讪，她最终却还是坐了回来。

周莹莹准备放弃，她刚起身要走。服务生端着一杯酒过来，周莹莹说："我买过单了。"服务生把酒放在桌上，周莹莹不要，"这不是我点的。"

服务生指着吧台上的David："是那位先生请你喝的。"周莹莹看了一眼David，David在冲她挥手，她又看看杯中的酒，慢慢坐下来。

周莹莹看着David的脸，他们两个并排走在走廊。David停在一间客房门前，用房卡开门。周莹莹纠结许久："我想还是算了，认识你我很高兴，但是这样有点太快了。"David握着门低头想了想，抬头看着她的眼睛："我们不快，一点都不快，自从第一次见到你，我就一直想着你，我感觉每一天都这么漫长，直到今天又让我有幸遇见你。"

"今天不是第一次见吗？"

David看着她："月初的时候你来过一次，就在那家酒吧，从你一进门我就注意到你了。我之后一直懊悔，我怎么胆子这么小，不敢联系，我前半辈子就是在找你这个姑娘。所以，我今晚不想再错过你，我这辈子都不想再错过你。"

周莹莹看着他，David将门打开，对她做了个请进的手势，她不由自主走了进去。

周莹莹洗完澡，穿好蓝裙子，走出卫生间靠到床上David的怀里。David正举着名片发信息，周莹莹抱着他手臂："你真要带我去日本？"

David一边发信息一边说："看警察抓不抓你吧。"

周莹莹愣了一下："警察干吗抓我？"David专注发着短信："因为你杀人了，大表哥是你推下楼的。"他终于发完信息，抬起头把名片递给周莹莹："我刚给警察发完信息，他们几分钟就到了。"

周莹莹匆忙下床，低头在地上找鞋，但是找不到，被David扔下去了,好让她光脚跑不远。她翻开每一个抽屉,没刀,没叉子,没任何可以当武器的工具——都被 David 扔了。

仿佛晴天霹雳,周莹莹愣在原地:"那你为什么还要把我骗上来,直接报警就好了。"David 笑了:"说实话你真是我的菜,我要不是明天早上有事,就再来一回,晚点报警。"

周莹莹这才明白他的用意,站在原地一动也动不了。David 指着窗口:"这是二十七楼,我特意开的高层。你要是怕坐一辈子牢,不知道怎么面对父母,从这儿跳下去,一了百了。"周莹莹慌乱无主的大脑里突然觉得这也是一种办法,David 拿起手机,打开镜头对着她拍摄:"你跳你的,我记录一下。"

手机屏幕里,周莹莹向着窗口一步一步走过去。她爬上窗台向下望去,地面车流成河,然而高处是漆黑一片。也许是一报还一报吧,她想。

那天,她找 C 仔的时候,拿跳楼威胁过他。她站在天台,好像随时会跳下去,C 仔在后面劝:"别寻死行吗?我一千万都给你,我明天就把那钱打到你账上,你赶快下来。"但他不是在乎她,而是如果她在那儿掉下去,坐实了是他干的,警察已经盯上他。她那时真的有点想死:"你其实想的还是你自己,你说咱俩是一类人,其实不是!我不要那些钱,我每天干两班,十六小时,就是想攒点钱嫁给你。日子苦不苦,都无所谓的。"

C 仔说:"行,你下来,咱慢慢商量。"她知道他在哄她,自从吴振义找他,让他去诱骗大表姐,他已经不再喜欢她,大表姐的世界改变了他。C 仔和她是同个世界的,实用、经济,而大表姐是另一个世界的人,那里无用而充满趣味,他变成了大表哥,不想回到她身边。

大表哥对乡下姑娘没有耐心:"你就是想死也别死这儿,犄角旮旯,爱死哪儿死哪儿,真反了你了,寄尸体给老子。"他说完转身就要走。

她就是那时起的杀心:"我不死了,你抱我下来。"大表哥不信,只是看着她,她怕他不上当:"我对你死心了,不值得为你死。你抱我下来,以后你爱怎么过就怎么过。"

大表哥爬上天台,一边爬一边说:"其实你性格挺好的,你比大表姐好多了,那就是只母狗。但没办法,人家有的你没……"她一手抓着栏杆,一手抓着大表哥的手,他话还没说完,被她用力拉出天台。她爬下天台,回头看到警察从一个天台的门走进来,只好躲在障碍物后面。直到警察背对着她远走,她才敢加快步子离开。

晚上十一点五十五,池震拿起手机看了一眼,拿起对讲机:"请就近的人前往凯悦酒店,二七〇三房,抓捕嫌犯周莹莹。"陆离警觉起来,池震告诉他 David 报警了。陆离和池震从二十七层的电梯匆匆出来往二七〇三走,所有警力已到楼下,守住了前门后门。

陆离停在二七〇三前开始敲门。

敲门声越来越紧。David 靠在床头,用手机拍摄:"我先不开门,给你十秒钟的时间考虑一下,是跟他们坐牢呢?还是你从这儿下去,进了监狱可就死不了了,连牙刷都是软的,可再没有机会了。十、九、八、七……"他还没报完数,一声枪响门锁被打烂,陆离和池震冲了进来,而周莹莹已经松开手,消失在窗口。

陆离冲到窗口向下看去,她的身体沉重地砸在警车上。郑世杰和温妙玲等人愣在原地几秒,温妙玲随即回过神,往酒店里冲。池震绕着床走了半圈,看到床头柜上没拆封的安全套。他捡起床上自己的名片,放到钱包里:"我以为我挺差劲的了,跟你比不了,你就是个十足的人渣。"

陆离转回身盯着 David:"你先出去,我跟他录一下口供。"池震点点头往外走,走到门口时陆离在身后喊了一声:"接着。"他回身看到陆离把他的枪扔过来。池震接住枪:"你多录一会儿。"

池震拉门出去,郑世杰和温妙玲已经赶到门口,温妙玲气喘吁吁地问:"怎么了?"池震提醒他们:"先向后退,你们陆队长在录口供。"里边传来一下一下拳脚打在身体上的声音。

怎么结案?陆离最后决定就照董局的结案来:C仔扮成大表哥,杀了吴振义,在警察的追捕中畏罪自杀。这女孩跟这案子没关系,人都没了,给她留一个白底。池震觉得行:"她父母也好接受一点。还有,董局成先知了。"

陆离跟他站在一起,背靠在路边的栏杆上:"是他把你弄过来的?"

"对。"

"你姐姐是池雯?"陆离看着前方,头一回觉得也不是太难谈及这件事。池震也是同感:"我姐姐那年二十二岁。"他指了指周莹莹落地的地方:"跟她那么大,但没她绝望。跟你爸学琴,或者去维也纳读书,或者跟男朋友结婚,反正不管选哪一种,这辈子都能不错,就那么猝不及防地被人杀了,而且还是奸杀。有一个细节档案里没写,当时法医告诉我妈的,我姐姐死时怀孕了。我妈本该做姥姥了。"

陆离沉默片刻:"给你妈说对不起。"

池震转过头,昏暗的灯光下目光亮得刺眼:"是你道歉,还是替陆子鸣道歉?"

陆离没说话,打开车门准备上车,池震拉住车门:"等会,那三十万是你垫的?"陆离问:"手术还顺利吧?"池震看着他:"我慢慢还上。"陆离一口拒绝:"不用,这是我们欠你们的。"陆离的车消失在街角,池震一直目送着,他没想过还有这么一天,能和陆离心平气和地说话。

虽然周莹莹的死更多是她自己的选择,但David这种人渣,该从法律上处罚他的路还是要走。上庭的路上,温妙玲帮陆离做准备:"检察官要问的这几个问题,用不用我再说一遍?"陆离摇摇头拒绝了她的好意:"我在想被告律师会怎么绕我。"温妙玲干脆放下文件:"做控方证人你会紧张吗?"陆离当警察这么多年,每破一个案子就上一次证人席,几百次都有了,早已不是当初的新手。而且他碰过的最难缠的律师是池震,如今池震已经成了同事。陆离想,几时跟他在法庭上再干一场,也挺带劲的。

Original Sin

VI

原·生·之·罪

就在这时,一辆大巴迎面猛冲过来,眼看就要撞上他们。陆离瞳孔一缩,旁边温妙玲脱口尖叫,以为自己今天要带伤。幸好陆离猛打方向盘躲过大巴车,但车子已经冲到路边的土坡。

惊魂未定,温妙玲回头看后车窗,发现那是华城卫校的大巴。她想,司机疯了吧,一车学生呢。陆离把车从土坡慢慢倒回到主路,从后视镜看到大巴在前面的岔口向右拐去,一定是出了什么事。他踩油门掉头,向大巴消失的方向追去。

他俩远远就看见大巴车拐进刑侦局大门,等他们疾驰到警局门口停下来,大巴已经停在刑侦局楼前,穿护士装的女学生往楼里冲。陆离看着她们,让温妙玲给法院打电话,他今天去不了。陆离上了大巴,座位上只剩一个人,严格来说她已经死了。他认得这是林校长,他的前妻吴文萱在卫校读书时,校长就是她。老人死得很平静,像睡着了似的。陆离走到她面前,拨开盖在身上的外衣,一把刀插在她胸前。

护士装女学生们冲进来的时候,池震正在座位上翻看照片,怀念过往的光辉岁月,那些都是他做律师时在法庭上的照片。是他之前的合伙人办公司,把旧照片整理出来,寄给了他。郑世杰凑在旁边一起看:

"哪来的？这是陆队吧？"

照片上陆离在证人席上，池震向他咄咄逼人地问话。郑世杰好奇："你问他什么来着？"池震轻描淡写说忘了，如今大家都是同事，给陆离留几分面子。郑世杰笑道："其实你记得，是不是？你看陆队这表情，一看就给他问蒙了。"池震忍不住也笑："要不是法官在，他得开枪打我。"陆离法庭上拿他没办法，所以逮着空子动手打他。

一大帮女学生这么冲进来，满脸受到惊吓的样子，见到警察还一下子哭了出来。郑世杰蒙了，池震上前问清原委，上了外头的大巴，陆离已经拿着紫外线灯在照刀上的指纹。

陆离听到他的脚步声，头也没回："没指纹。"又在林校长脸上和身上闻了闻："没中毒，也没搏斗痕迹，她一直坐这儿没动。"

池震随便找了个座位坐下："什么人干的？"陆离皱眉朝车窗外看看，那受惊吓的女学生都聚集在警局门口，有的站着，有的蹲着，有的身上已披了毯子。"车上这么多人，她怎么死的？"

池震已经问过了："她们都下去了，进医院参观。林校长说不舒服，留在车上等她们。"她们去的是仁爱医院，他俩办的第一个案子，刘亚萍工作过的妇产医院。陆离在林校长身上拍了拍，从她裤袋里拿出几张名片看了一下："全都是院长护士长的名片，整个华城，几乎所有的护士，都是她教出来的。"

难得有送上门的死者，老石上来验尸，被陆离叫停："六十多岁的老校长，给她留个全尸吧。"做法医二十多年，老石头一次碰见有人开着大巴车把死者送过来，还挺不乐意。陆离火了："验不出什么，心肝肺切片做检查，何苦呢？"他扔下话就走，老石和池震对视一下：哪儿来这么大情绪？

池震跟在后面下了车，陆离在翻温妙玲做的笔录："参观两小时，司机在干吗？"温妙玲问过了，司机在街对面吃饭，这人在卫校开十几年车，不像有问题。至于那帮学生，当中三三两两都回来过，谁都说不清。

陆离盯着她们："熟人作案，戴的护士手套。"温妙玲跟着看过去："那怎么办，这么多孩子，扣下来审？"陆离摇头，这不是青旅那案子，华城卫校都是本地女孩，扣一夜事就大了，得让她们先回去。回去又是个问题，这车是犯罪现场，最大的物证，老高能放行？果然那边老高已经看上车了。

陆离不同意他扣车："这帮孩子吓着了，你把车扣下来，她们怎么回去？你让她们打车还是坐公交？"老高也有情绪："你跟董局说去，沾血的证据，物证科必须扣留并检验！"两人僵住了，温妙玲过来打圆场："车留下来吧，上面都是血，这帮学生也不敢坐。"

一共十七个女学生，加上司机十八个人。陆离算了下："三个人一辆车，派六辆警车送回去。"温妙玲提醒他局里没那么多警车："那就开自己车送！"

池震真是看不明白了："他是怎么了？"郑世杰知道："华城卫校是他前妻的母校，那帮学生都算是他前妻学妹。"池震明白了："所以死的那个也是他前妻的校长？陆离认识林校长？"郑世杰看着那边的热闹："应该是吧。"

陆离也开了一辆车送人，副驾位上的女孩默默掉眼泪，后排两个女生也在哭。也难怪，都是十几岁的女孩子，突然老校长死在她们旁边。陆离抽出两张纸巾递给副驾位的，对方接过纸巾，道了声谢，但没有马上擦眼泪。

"你们今年多大？"

后排一个看上去比较活泼的女孩子自我介绍："我叫孙小月，我俩十八。"她指指副驾位上的："她是班长，十九岁，我们没读高中，都是初中毕业直接上卫校。"陆离知道。孙小月问："林校长怎么办？

她一辈子没结婚,谁来给她料理后事?"陆离安慰道:"不用担心,林校长干四十多年,学生没一千也有八百,不会没人管的。"孙小月旁边的女同学问陆离:"我们怎么办?林校长被人杀了,我们晚上怎么睡觉?"

陆离劝道:"我们派警察守着,你们尽管放心。"他看了眼一直默默掉眼泪的班长,"你是班长,现在不是难过的时候,你要坚强起来。如果你慌了,你们班十几名同学都乱了。"班长听了进去,拿纸巾擦擦眼泪,咬着嘴唇点了点头。

警察们把女学生们送回卫校的宿舍,池震看到陆离独自往一楼走,犹疑了一下跟了上去:"林校长住楼下?"陆离回头见是他:"对,一楼左手第三间。"林校长宿舍里摆着一张单人床,正对面的窗口放着一张办公桌,东面墙上贴着整墙的毕业合影,从一九七四年一直到二〇一七年。陆离站在墙前一张张看过去。池震打量着屋子里的摆设:"既住人,又办公吗?"他走到陆离旁边,看着照片:"这么多学生,全成了护士。"

陆离看着照片:"我这辈子最佩服两个人,一个是张局,另一个就是她。卫校学生不用读高中,初中毕业直接进。你知道都是什么样的女孩在读吧?要么是家里有点问题,要么是自己有点问题。这些孩子第一年到这儿都不适应,女孩子也很麻烦,林校长一点一点扳她们的毛病,把她们当亲生女儿一样待,一直到第三年毕业,她们真的能配得上'白衣天使'这四个字。"

池震见他对这里十分了解,问了一句:"你来过这里?"

陆离有些黯然:"我还没离婚的时候,每年都陪我老婆过来看她一次。"谁能杀这样的人,像修女一样的老太太,"我把话放这儿,这次抓到凶手,我绝不会把他送进监狱。"

"你要把他击毙?"

"到时候看，谁知道他碰到什么意外。"

陆离找到二〇一二年那张毕业照，合影里边有吴文萱青涩的学生装扮。池震在办公桌前翻看，右手抽屉有一封信，看邮戳是昨天寄到的。信封已经开过，里边有一张试卷，他拿出试卷摊在桌上，试卷的正上方写着"华城卫生学校二〇一二年期末考试试题"。

陆离咦了一声走过来一起看："二〇一二年的卷子，为什么昨天寄过来？"池震喷了两声："这字够难看的，狗爬的吧？"卷子密封处写着吴文萱的姓名，"吴文萱是谁？"

陆离心里一动，连忙拿过卷子看上面的字。看池震凑过来又要看，他赶紧把卷子团成一团，扔进垃圾桶："查你的案子，管人家的字好不好看。"温妙玲领着一个中年女人进来："这是卫校赵主任。"池震觉得陆离有些不对劲，借着问赵主任走开两步："你认识林校长多少年了？"赵主任眼眶发红："我也曾经是她学生，毕业后做了几年护士，又回到学校来当老师，光是跟林校长做同事也有二十多年了。"

"她最近有没有跟谁有矛盾？"

赵主任摇头："没有，我死都不相信有谁能跟她结仇。"以前都是她陪学生去仁爱医院，今天林校长忽然要求她去，说学校里待久了，出去透透气。池震不解："学生们进了医院，她却没下车？"赵主任说："可能累了吧，班长刚才告诉我，林校长不舒服，想在车里睡一觉。"池震看了看温妙玲："没有问题了，辛苦您把学生照顾好，别出乱子。"等赵主任走了，他才对温妙玲说："从来不出门，出去又不下车，林校长这是要见个人。"

池震再走回桌前，发现垃圾桶里刚刚被陆离团成一团的试卷已经不见了。他盯着陆离，陆离若无其事翻找着线索。池震本以为自己已经了解陆离，这会儿又觉得看不懂了。"收工吧，大半夜的就别打扰孩子们了。"

陆离听到外面收队的动静,他没跟着出去,反而又站到墙前。他第一次来这里的时候,墙上的毕业合影最后一张还是二〇一一年,林校长在桌前批着作业。他是来确认吴文萱的不在场证明,吴文萱父母、弟弟被杀死在家里,一家四口只有她没事。按照规定,需要排除她作案的可能性。之前他已经跟几个室友确认过了,跟林校长是手续需要再次确认:"六月十四日那天你们学校期末考试是吗?"

"对,最后一天考试。"

"考试安排是什么?"

"我们上午是高年级考试,下午是低年级考试。因为考试要拉单桌,所以我们十个班要打乱了,分成二十个教室来考。"

"明白。有没有可能提前交卷?"

"我绝对不允许提前交卷。说实话,护士要做什么?无非就是换个纱布,打个针,我一两个月就能教会她们。但是她们在这儿学三年五年,我用我全部的精力就教育她们两件事。一是善,你把病人当作你自己家人,你自己的爸爸妈妈,去照顾他们。再一个就是耐心,你要挺到最后一刻,或是病愈出院,或是把他送走,但是整个过程,不管有多苦,你都要微笑着送病人最后一程。"

"我可以看看她成绩单吗?我需要做个确认。"

林校长找出各个年级的成绩单,把其中六月十四号考的护理学成绩放在陆离面前,三栏分别写着"吴文萱 护理学 91分"。

陆离松了口气,拿起手机拍照,并在纸上记下她的成绩。林校长找到老花镜戴上,也细看了一下。陆离托林校长转告:"麻烦你告诉吴文萱,杀死她父母的凶手,白沙罗夫妇,昨天晚上在东岛被击毙了,一切都过去了。"

池震出了卫校,直奔吴文萱家。

开门的是吴文萱本人,池震给她看了下警官证:"我是池震,陆离的同事,方便进去说吗?"吴文萱愣了下,但还是让他进去了。

池震看着周围的摆设,尤其是墙上的画:"你们孩子叫陆一诺吧?不在家?"吴文萱在厨房泡茶:"跟她继父看电影去了,晚点会把她送回来。"她端着茶过来,放在池震面前,在他对面坐下,"陆离知道你来吗?"

"知道他就一起来了,我自己过来的。"

吴文萱打量着他:"那你是背着他来的?你才来刑侦局不久吧?他们局里从张局往下到鸡蛋仔,我都见过,但我没见过你。"

池震笑了下:"我跟陆离打过很久的交道,你们结婚的时候我还来过。他们不让我进,我说就算不让我进,也得把红包送过来,心意总得到。结果送钱都不要。红包现在还在我手上。"他掏出红包递给吴文萱。

她接过红包看了看,正面一个双喜:"五六年了,还这么新?喜结良缘?街对面那家便利店买的?第二层货架,八毛钱一个。我结婚早,我同学最近陆续结婚,我也在那儿买。"当着池震的面,吴文萱打开红包看里边的钱,挺厚的一沓,"倒是肯下血本。"

她把红包还给池震:"大半夜过来,不光是给我送红包吧?"池震接过红包:"警察护士,我一直觉着这种搭配很俗,我今天才算知道,陆离为什么娶你了。"

吴文萱并不接他的话:"说吧,什么事?"池震看着她的表情:"你们林校长今天下午,在仁爱医院,被人杀了。"显然吴文萱很惊讶,但她面无表情,拿起桌上的茶杯喝了一口,放下茶杯才问:"被谁杀的?"

"这就是我们在查的,林校长昨天收到一个东西,今天去见这个人,很可能是被这个人杀的。"

"收的什么东西?"

"一张卷子,你们卫校期末考试的卷子。"他看到吴文萱的眉头皱了起来。她问:"一张卷子会杀一个人?"池震说:"那是你的考试卷,二〇一二年的卷子,你考了九十一分。"吴文萱低头想了会:"我能看下卷子吗?"

"卷子被你前夫收起来了,这张卷子和林校长的死到底有什么关系?"

吴文萱抬眼看着池震:"你在质问我?我也做过五年警察的老婆,我知道你们的问话分讯问和询问,我建议你在询问的时候不要用讯问的口气。"

池震坐直了:"那你就告诉我卷子和林校长的关联是什么。"吴文萱盯着他的脸:"我想起你是谁了,电视上见过你,你是那个律师。对,你是他,名字都没换,就叫池震。陆离恨死你了,怎么可能又跟你做同事?"

门铃响了起来,吴文萱回头看着门口,估计是女儿回来了,冲着门口喊:"钥匙在脚垫下面,直接开门进来。"她站起身,一副送客的模样,"时候不早了,你早点回去吧,下次想调查我,不管是询问还是讯问,你叫我前夫来就行。"

池震把红包放进公文包,站了起来,低头看到茶几玻璃板下压着一张手写的纸:每天只能吃两个冰淇淋,三块巧克力。纸上还有很多别的规定。

吴文萱看过去:"我写给我女儿的,每天吃零食的规定。"

大门开了,出现在门口的是陆离,三个人都愣了一下。陆离看着池震:"我早该猜到,你会来这儿。"池震拿着公文包往外走:"什么都没拿,什么都没问到。"

陆离冷着脸:"吴文萱的事情,不需要你来问。"他俩一个往里走,一个往外,面对面迎上,池震让了半个身位,走到门口穿鞋:"给孩子有规定,这样孩子从小就知道什么能做什么不能做。"

陆离转身盯着他。池震话说了一半，注意到鞋架上面还有一张手写的纸，规定着什么鞋放在第几层。他装作没看到，笑笑出门。

陆离坐下，看着茶几上的两个茶杯，又看了看茶几下面压着的零食规定："他来找你问什么？"

"林校长真的死了？"

陆离叹了口气："林校长六十八岁了，本以为能在卫校善终，结果死在大巴里，仁爱医院门口，被人一刀捅死的。池震没问你下午去哪儿了？"

"他没问。"

陆离抬头盯着她的眼睛："那我问你，下午去哪儿了？"

吴文萱很坦然："在家睡了一天。"陆离看看房间："一诺呢？""被她继父接走了，我跟你说过的。"她反应过来，"陆离你什么意思？你想让你女儿证明我在家？"

"我只是想弄清楚你有没有不在场证明。"陆离觉得疲倦，林校长死了。

"你现在只是我前夫，不，前前夫，你监督我做什么？如果你要是以警察的身份找我谈话，带我去刑侦局问。"

陆离从兜里拿出那张皱皱巴巴的试卷，摊开放在茶几上："你看看这个。"

吴文萱拿起试卷："池震提到这张卷子了，他说你背着他藏起来，他还不知道是怎么回事吧？"陆离吼道："他很快，不超过二十四小时，就会知道前因后果。而我过了这么多年，才知道！"

吴文萱低下头："对不起。"

这张卷子也曾经像这样放在当中，林校长对她说："我是培养护士的，白衣天使，我不是培养罪犯，我把一生都放在这里，不是为了把学生送进大牢。我想了很久，你这样子，我该怎么办，只有一个声音可能说服我,你留在外边,变好,做善事,要比你在牢里关下半辈子更有意义。我们先这样说好行吗?这张试卷我先留着,我会一直看着你,我相信你会好的,对自己好,对别人好,不至于哪天让我把这张试卷翻出来,交给警察。"而林校长讲着这番话,哭得比她还厉害。

陆离叹了口气:"你不用对不起我,你对不起的不只是我,林校长怎么死的?"吴文萱仍然垂着头:"我是对不起你,他们我无所谓,所有人我只对不起你,我不该拉你进来。"陆离一时不知道说什么。

大门被推开了,胡先生抱着睡着的一诺从外边进来,边进门边说:"她在电影院就睡着了,所以电影没看完就……"看到陆离也在,胡先生话说一半就愣住了。陆离收起卷子,走到门口抱过孩子:"真是麻烦你了。"

胡先生笑笑:"哪里,我也算是她父亲。"

"以前还算半个,但是你们离婚了,就得看血缘了。这房子是你的吧?我给文萱她们安排地方,赶快把房子给你让出来。"

胡先生不知道怎么说,看向吴文萱,吴文萱却气恼地大叫一声:"陆离!"胡先生退到门外:"那我就不打扰你们了。"

吴文萱抱过陆一诺:"你对我有多大情绪,跟老胡没关系。"

陆离把孩子和卷子都给她:"吴文萱,不管你接下来要做什么,你都要想想一诺。你自己处理吧。"他走出门,看到胡先生上车,直到胡先生走,他才走出院子。

池震和索菲吃着夜宵,对面夜店里的人进进出出,他一边吃东西一边对索菲讲:"试卷上的字跟狗爬的一样,我用脚写都比她写得好看,贴在吴文萱家里的又是一手好字,完全不是一个字,那就是有人替她考的试。但这无所谓,作弊而已,我也替别人考过试,过去那么多年了,陆离为什么那么紧张?"

索菲点点头。

"那又是谁替她考的试？那个字是谁的？二○一二年到底发生什么了？"

索菲继续点头。

"你听明白了吗？"

"我听明白了，我就有一个疑惑。吴文萱长得好看吗？"池震不懂了："她好不好看跟我讲的有什么关系？"索菲还沉浸在她的小世界："温妙玲、我，还有她，到底哪个好看？"池震拍了下桌子："我在跟你说吴文萱和林校长的死到底有什么关系。"

索菲恍然大悟："哦，我以为你在跟我解释，为什么大半夜去同事的前妻家。你把刚才那些再说一遍。"池震懒得理她，拿湿巾擦擦嘴，靠在椅背上："算了，你叫阿亮出来。刑侦局没有我能信任的人，先是董局，再是鸡蛋仔，一个温妙玲还时有时无，现在陆离都有问题了，我得找自己人帮我。"

索菲进去叫人，池震又叫了两瓶啤酒，但等了半天不见她回来。他拿出五十块钱，押在酒瓶下，也进了夜店。

门口的保安起先没认出他，再看一眼才叫他池经理，把他放了进去。索菲在舞池扭动着身躯，池震一把拉住她胳膊："让你叫阿亮，半小时不出来，钓凯子呢？"索菲用嘴努一下舞池一角，那边阿亮被客人缠住了，只见他不断对客人解释。

池震身边走过一个服务生，托盘上放着两瓶酒。他拿一瓶喝了口，在服务生吃惊的目光中走向阿亮那里。阿亮看见池震招呼道："池经理。"池震不阴不阳怼了句："这时候知道叫经理了。"他打量那几个客人："怎么回事？"

阿亮忍气吞声："说咱们卖假酒，不给钱，反过来让咱们夜店赔钱。"池震冷笑一声："有没有警告过他们，在这儿闹事没好处。"阿亮不服气："跟你混这么久了，这些话当然说过。但他们也是出来混的，什么都不怕,说不动。"

池震晃了晃手里的瓶子,一挥手就砸在闹事的客人头上。客人蒙了三秒钟,摸摸额头上的血,朝他扑过去。阿亮连忙挡在池震面前,一脚踹在客人胸口。整个舞池乱成一团,桌子、椅子、酒瓶,大家有什么抄什么,往对方身上抡。

池震向来不喜欢动手,这次难得亢奋,抓住一个从背后偷袭的,把人铐在桌角。但这人也够牛,拖着桌子继续跟别人打。音乐还在持续,灯光晃得人发晕,除了这一小块区域其他的客人反倒跳得更嗨。池震走上DJ台,抢过打碟的活,还伸手招呼索菲上来一起玩。

玩得太嗨,结果就是池震又进区分局一夜游了,第二天郑世杰来救的他。

区分局刘主任给他开手铐:"查明白了,没你的事,但你那帮兄弟得在里边待一段时间。"郑世杰听他说得不客气,拍着桌子:"哪个是朋友!我们池警官是维持秩序,保护人民安全,你把他抓进来?还有,我再给你说一遍,以后抓警察的事,轮不到你们,你们只是分区警局,别把督察的活干了!"

刘主任被说蒙了:"你们刑侦局的都这么呛?"郑世杰不以为然:"我算好的,我们董局来,表面给你打官腔,回头都别干了,整顿吧。震哥,咱们走。"池震跟郑世杰走时扔下一句话:"认得我的那几个人,就是你所谓的朋友,昨天帮我拉架来着,你看着办。"

大队人马都在仁爱医院还原现场,池震领着郑世杰换个地方,去幼儿园堵吴文萱。很明显,林校长的死跟收到的那张试卷有关,陆离又态度不明,要想查明真相,还是得在吴文萱身上着手。

"你哪年进的刑侦局?"路上池震不经意地问郑世杰。

"陆队结婚的第二年。"郑世杰想了想,跟池震也不怕说老实话,"我是陆队、温妙玲警校的师弟。那时张局还在,我怕不好进,给董副局送了点家里的土特产,第二年六月毕业的时候就进来了。"池震撇了下嘴:"你还挺未雨绸缪的。"郑世杰呵呵笑了两声,池震问,"你老家哪儿的,土特产是不是金子?"明人面前不说暗话,郑世杰笑道:"董副局当时没收,说人太多,我在拆台。"

那过后就是收了,池震心里暗暗点头,对郑世杰和董局的关系有了个新的估计。

"我也是急着想学点新东西。"郑世杰说,"可惜你来晚了,那次婚礼可热闹了,所有人都来了。师姐是上班第一天,楚刀还跟她开玩笑,说上班第一天直接就是尸体现场。双方父母只来了陆队的妈,张局主持的婚礼,他跟陆队是师徒,但跟父子也差不多了。他走之前都不让陆队沾血,说只要他还没退休,晚一天是一天,警察要抓坏人,但沾血总是不太好。"

池震接口:"我去了,就被拦在外面,不让我进去。其实有什么,他抓的人越多,我的生意也越好。"

郑世杰知道他俩以前不和:"就为案子吗?"池震点点头:"就为案子,他抓的人,被我在法庭上放了,他不服气。"

要说结怨,池震觉得应该是从陈飞霞那起案子开始。陆离那时还没跟吴文萱结婚,有天接她时差点撞到一只狗。他发现狗身上有鲜血,跟到别墅发现杀人案。本来是板上加钉的案件,被他以陆离违反《办案人员刑侦手册》规定为理由推翻,凶器上的指纹不能再作为证据,让嫌疑人杀两人仅判了三年,还是缓期执行。

池震想起来,那时一直安慰陆离的是董局:"这世界善有善报吗?不是吧。那恶就得恶报吗?不一定。凶手不有的是,一星期一个案子等着你,抓到了,法院放还是关,那是他们的事,你把你的工作完成好就行了。"难道就是那个时候,董局看上了他,想叫他替他做事?毕竟他比陆离之流的都要聪明得多。

他那会儿也是年轻气盛："如果你嫌她罪孽太重，抓她干什么，找机会击毙不就好了？你让她活下来，上法庭，接下来自然就是我的工作。"陆离说什么："池震，是吧？总有一天，我要把你弄上法庭，到时候看看，是谁的工作。"

时候不早，幼儿园的孩子们基本都被接走了。透过后窗，池震看到教室里只有老师和陆一诺。他问旁边的郑世杰："那是陆一诺吧？"郑世杰确定是。

五点半还没接孩子，吴文萱在哪儿呢。池震想了想："不对，我们去仁爱医院。"他俩赶到仁爱医院，旋转门才走到一半的时候，看到吴文萱在大门外上了她的车。来晚了吗？池震愣在原地，旋转门险些卡住，后面的人还在往里进，幸亏郑世杰把他拉出旋转门。

吴文萱是外科护士，但不是仁爱医院的，按理没有理由来这里。池震看了下导图，六楼是外科："从上往下查。"他俩没赶上电梯，气喘吁吁往上爬，郑世杰抱怨道："什么天大的事，等一班电梯能死吗？"

池震没吭声，抓着扶手大步上楼，跑到拐角处突然停住了。

一个护士胸前插着一把刀，靠着墙半倒在地上。

郑世杰从下面赶上来，也看到了这一景象，拿起对讲机声音发颤地叫同事："仁爱医院，四楼拐角处安全通道，发现一名护士被杀，请及时赶到。"池震走近护士探鼻息，又看了看胸前的那把刀："一个人干的，身体还是热的！"他在她的白大褂上里找到一张工作记录卡，上面的字很难看，记录着每一个病人今日的身体情况。

这和那张试卷是一个人的字，张心玲，她替吴文萱考的试。

张心玲的尸体被送到警局，老石问陆离："这个也别验？"

"不用验了。"

老石喝了一口酒："不验最好，我早点回家陪女儿，免得又弄一身尸臭，泡几小时澡都下不去。"

老石走后陆离多留了一会儿才出来。他刚出门,守着的池震一把抓着他的衣领,把他摁在墙上。陆离后背撞墙,发出咚的一声,他俩头顶的声控灯亮了起来。

池震盯着他:"你给我讲清楚。"

"没什么可讲的。"

池震才没那么容易放手:"这案子跟你有什么关系,跟你老婆有什么关系?"

陆离转过头:"你别管了,让我自己解决。"

"还会再死人吗?"

"我不知道,等我来解决。"陆离看着池震抓住他衣服的手,池震松开手,他整理了一下衣衫,走出尸检室走廊。

头顶的声控灯一下子黑掉。

池震经过化验室门口,看到老高还在加班。他走进去问道:"有什么发现吗?"

老高面前的桌上放着两把刀,分别是杀死张护士和林校长的凶器。老高戴上手套从带着血迹的证物袋里拿出杀死张护士的那把。他先用紫外线灯照着刀柄,确定没有指纹,两手将刀平放至眼前,仔细端详刀上的血迹。随后拿起桌上的喷壶,小心翼翼沿着刀刃末端冲洗血液,直到溶剂混合血液,从刀刃顶端流淌到试纸上。再把试纸放在显微镜下面,他看了看显微镜,起身盯着桌面上两把一模一样的刀。

老高头也没抬:"没有,现场能看到的我一样都不多。"池震拍拍他的肩:"那就撤吧,人都走得差不多了。"老高近乎自言自语地说:"有的时候,我都不知道我干什么的。没有指纹,我要验过才知道没有指纹。没有血迹,这也是我验了几小时验出来的。可是这些报告交上去,就说我什么都没干。你先走吧,我再验一验。"

池震劝了句:"验完就早点回去休息。"他走的时候化验室的灯还亮着。

池震随便找了个地方解决晚饭,一边吃一边看着林校长和张护士两张案发现场的照片,她俩身上都插着一把刀。身后突然响起一个男人的声音:"你看这个,能吃下去东西吗?"

池震回头见是阿亮,后者脸上还带着青紫色的瘀血痕迹,是打架后的成果:"分局放你们出来了?"阿亮在他对面坐下:"没有,估计他们对你有气,全都撒我们身上了。"

池震奇道:"那怎么出来的,你们也保外就医?"阿亮说:"有个大人物,把我们捞出来的。"

"谁?"

阿亮指着街边的一辆车:"他叫你上车。"池震看过去,那边车窗慢慢摇下来,里面坐着的是董局。

"我打第一次来你这办公室,就特别喜欢这椅子,喜欢这玻璃窗。我跟你说过吧?"董局坐在夜店办公室的老板椅上,转了一百八十度,面对着玻璃窗外的舞池,背对着池震。

"你说过。"

董局转回来:"哦,原来我说过的话你还肯记得。那我第一次来的时候,我说我不喜欢陆离,我不希望他在眼皮底下晃,你还记得吗?"池震直截了当地说:"你明知道我杀不了他。"董局沉下脸:"你可以不杀他,但你有各种方法把他搞下去。"池震没移开视线:"我一直在找机会弄他。"

董局意味深长笑了一声:"怎么弄他?我一点都没看出来。"

"就这个案子,陆离有问题,等我查出来,他该换个地方待了。"

"换哪里?"

"跟陆子鸣待到 坎去。"

董局点头:"我喜欢这个,跟他爸住上下铺。"他忽然严肃起来:

"张局死了一年了,月底刑侦局就要定新任局长,如果陆离还在挡我的路,我把你们两个全灭掉。"

晚上池震找了档案员来加班,二〇一二年的卷子,期末考试,多半六七月,跟吴文萱有关的。出乎他的意料,档案员说高科长晚上也来找过吴文萱的案子,但下班前陆队长已经把档案拿走了。

没想到陆离快了一步下手,他到底想查清案件,还是想包庇前妻?池震满腔心事,走进办公区才发现灯还亮着,老高仍然坐在桌前,目不转睛盯着两把刀。

池震走过去:"找地方喝点东西吧,我请。"

地点老高选了审讯室,池震去警局外便利店买了些啤酒和零食。找钱的时候池震一个眼花,觉得递零钱的收银员是周莹莹,但再一看,眼前只是一个普通的收银员。他推开审讯室的门,发现老高坐在嫌疑人的座位上。

池震把袋子放在桌子上,里面的零食啤酒一样一样地拿出来。老高看了看周围:"就在这儿吧,挺好的,不管是审人还是被审,我还从来没进过审讯室。有时候我都怀疑自己算不算警察。"池震指着桌子上的两种啤酒:"喝哪个?"

老高说:"你选,剩下的给我。"他一门心思都在审讯室上,打量着坐着的这把椅子:"我听说这种椅子只要一坐下来,你身体所有的数据、健康情况,都可以显示在电脑上。这是防止刑讯逼供吧?"

池震打开一听啤酒,将另一听递给老高:"主要是防止人碰瓷,数据在咱们电脑里,咱们要是对犯人犯点小错,还过得去。"

老高打开啤酒:"那你就把我当犯人吧,你问,我答。坐这儿不能喝酒是吧?"

池震做了个手势:"你随便,抽烟都行。"老高笑了笑,喝了一口酒,严肃地看着池震:"你也在怀疑陆离?"池震点了点头:"你是哪天开始怀疑的?"

老高想了下:"我早了,五六年了。"池震很意外,老高问:"听过白沙罗夫妇吗?"他一看池震的表情就知道他不清楚,"二〇一〇年到二〇一二年的一对要犯,全国干了十几起,在华城干了两三起,都是我去的现场。基本作案手段就是敲开你家门,说要抄一下电表,一男一女,两个人进来,进门之后分工非常明确,不管屋子里几个人,不管你们在干什么,他们一人一把刀,瞬间将所有人都控制住。"

"他们的现场两个特征。一个是猪蹄扣,这是杀猪的绑法,先把你两只手锁在一起,多余的绳子或者系在椅子上,或者绑在床头。接下来就是找值钱的东西,有什么算什么,全都装进袋子。第二个特征是捅人不拔刀。"老高从桌下拿出两把刀放在桌上,池震拿起一把刀端详,老高解说道:"这种叫SOG双刃格斗刀,美国产的,不知道他们手头有多少把。一刀从你胸口捅进去,绝不拔刀,再拿一把新刀杀下一个人。就算当时没死,半小时一小时总会咽气。老石说过吧,伤口检验可以判断是那个女人下的刀。"

老高又从地上拿起一个包裹,在桌子上展开,包裹里全都是一模一样的SOG军刀:"出了三次现场,给我留下来八把刀。这是第一起案子,单亲家庭,一个父亲和他的儿子,两把刀。这是第二起案子,一对老两口和他们的孙女,三把刀。这是第三起案子,吴文萱的父母,她的弟弟,当年十四岁。"

池震没想到吴文萱还有这样的身世,惊讶地俯身向前盯着那三把刀。

二〇一二年,陆离在凶案现场巡视。

一楼,两室两厅的房子,女主人被绑在餐桌前的椅子上,刀还留在胸口。他弯腰到她背后看绳结,是猪蹄扣,然后起身进入卧室,这家人家养的金毛跟在后面。男主人死在卧室的床上,被绑在床头,同样有把刀留在他的胸口。陆离又看了一眼绳结,走回客厅,在房间里转了一圈,推开卫生间的门。一个十四岁的男孩子双手双脚绑着,死在卫生间的马桶上,身上插着第三把刀。陆离查看了一下他胸口上的伤口。客厅里摆着吃了一半的饭菜,陆离端起盘子闻了闻,走出房间。

陆离在门口碰到老高:"高科长,还是一人一把,插刀不拔刀。"老高紧张地问:"都没动吧?"陆离举起双手对他笑笑:"没敢动,全是你的。"老高往里走:"那你们先撤吧,回头整理成报告给你们。"

他俩刚擦身而过,陆离在身后叫住他:"白沙罗夫妇前几起案子的现场照片你有吗?"老高反问:"新闻上不有的是?"陆离说:"那都是现场,我要看他们给死者打绳结的照片。"老高脸一沉:"你刚还叫我高科长,现在又让我跟你汇报?"陆离结巴了一下,他是觉得有疑点:"饭菜闻起来没问题,就是肉剩得有点多。"

老高好笑:"你还关注人吃什么。"陆离是觉得卫生间那孩子很胖,不可能把肉剩下,不知道菜里有没有毒。他往外走的时候,老高在后面说了一个词:"双环结。"白沙罗夫妇绑的是双环结,杀猪时绑猪就用这个结,所以屠夫又叫它猪蹄扣。陆离点点头:"谢了。里边那三个也是猪蹄扣。"

小楼外有好几辆警车,红蓝色的警灯闪烁。旁边还停了一辆出租车,金毛刚才跟着陆离,这会儿一出门就蹿到一个女孩身边。陆离看过去,楚刀在对她问话。张局被记者缠着问情况。董局拉住陆离,向正在喝啤酒的老石介绍:"这是我们的小陆。"

老石拎着酒瓶好笑:"见一百次了,还介绍?"董局摇头:"那不一样,之前两年他没编,是临时工。这个月开始,我们小陆有编了,已经是个真正的男人了。小陆,把编掏出来,给他看看!"陆离有点不好意思,但还是依言掏出警官证。老石接过警官证,将手里的啤酒瓶给他。陆离拿起来,也没敢喝,问老石:"石科长,里面那三具尸体你看过了吗?"

老石问他:"你怎么想的?"陆离觉得从伤口判断,和白沙罗夫妇惯用凶器一致,SOG双刃格斗刀,这种军刀刃长十三厘米,但伤口只捅进八到十厘米,基本可判断凶手为女性,也就是白沙罗夫妇中的那个妻子。老石点点头,将警官证还给陆离:"行,这编不白给。"

陆离接过警官证,把啤酒还给他,向张局走过去。张局看到了,急忙打手势让他不要过去,免得像他一样被记者缠住。张局转身往房子走,几个举着话筒的记者又赶到张局身前将他拦住。陆离从这些人边上绕过去,楚刀把女孩带了过来,金毛这会儿乖乖地守在女孩身边。

被杀的男主人是开出租车的。对班的开了一天的车,睡得死猪一样,明天一早去警局。楚刀对女孩说:"这是陆警官,以后就是我搭档,其实就是跟我混。"他把笔录递给陆离,叮嘱女孩:"你把刚才对我说的,跟他做一个笔录。"女孩指着笔录:"我刚跟你说过了,你都记在上面了。"楚刀强调:"你再跟他说一次。"他走的时候在女孩背后对陆离眨了一下眼睛,指指女孩,打了一个OK的手势,又竖起拇指。

陆离抢过两步拉住楚刀,低声问:"她什么人?"楚刀已经问清了:"那两口子的女儿,小男孩的姐姐,在卫校读书,二十一岁,一夜之间成了孤儿,接下来怎么样就看你了。"

陆离低头看笔录,上面已经写满字。女孩盯着他:"都写了,是吧?"陆离抬头看着吴文萱,看了几秒钟问出第一句话:"你叫什么名字?"

吴文萱那年二十一岁,五点放学从学校出来,回家进门看到爸妈被杀就报警了。

陆离往后翻几页笔录:"好像,报警时间是五点四十三,这号码不是你的?"吴文萱回头指着二楼的一扇窗户:"楼上阿姨的,姓赵。"赵阿姨正在站在窗边往下看。"我跟她借电话报的警。"陆离看了看赵阿姨,继续问吴文萱:"你电话丢了?"吴文萱说:"我没有电话。"

"你没有电话?你不是二十一了吗?"陆离有点吃惊,现在大部分中学生都有手机。吴文萱沉静地说:"我还在读书,没工作,哪有钱打电话?""家里呢?你爸妈没有给你买?"吴文萱说:"没有。"

陆离又问:"平常家里有多少现金?有没有些金银首饰?"吴文萱不知道:"都被拿走了吧。"陆离点点头,还在纠结刚才的问题:"你没让你爸给你买一个手机?"吴文萱看着他:"我问了,他们说不需要,我也确实不需要。"

陆离仰头看着赵阿姨,指了指她,又指了指单元口,做了一个我上去跟你问话的手势。他对吴文萱说:"我一会儿下来找你。"陆离朝单元口走去的时候,听到董局对记者说:"就是白沙罗夫妇干的,这已经是在华城的第三户人家。在这里,我以华城刑侦局副局长的身份,对所有的市民保证,我会亲手抓到他们两个,绝不会让他们再毁掉第四个家庭!"

陆离进了单元楼,经过吴文萱家门口听到张局对里边的楚刀发脾气:"全城封锁,让首都调两千警力过来,七十二小时抓不到,那两口子再犯案,你们替我上台鞠躬去!"他训完楚刀,转身看到陆离要往楼上走,质问道,"你又干吗去?"

陆离回答:"上去问几句话。"张局挥挥手:"追查白沙罗,别在这个案子上到处打听了,跟前两个并案!"陆离坚持:"我问两句就下来。"张局瞪他一眼,但也不好阻拦,看到老高正在用塑料薄膜把每一盘饭菜贴膜,旁边三个证物袋里放着三把带血的刀,气不打一处来:"你干什么呢,打包回家当夜宵吗?"老高右手拿着保鲜膜,左手端着盘子,愣在原地。

审讯室的灯光下,老高问池震:"你来刑侦局几个月了,肯定听过我的笑话吧?"池震点头:"听过几个。"老高追着问:"回锅肉放胡萝卜的那个?"池震忍不住笑了:"对,这个最好笑。"

老高闷气:"怎么讲的?"池震拿手里的啤酒碰了一下他的:"就是说物证科干的都是正经的大事,说曾经有一个案子,受害人被杀时饭还没吃完,物证科老高拿回去验了两天两夜,得出的结论是,他们的回锅肉做法有问题,不应该放胡萝卜。"他边笑边讲,看到老高没笑连忙收住笑容,"他们夸张了。"

老高喝了一口:"一点不夸张,就是吴文萱的那个案子,我是这么写的报告,一盘回锅肉怎么会有胡萝卜?而且又不多,只有两片。而其他几个菜,都没有胡萝卜,那就不是锅底带来的,这不应该。"池震问:"应该放什么?土豆、青椒、洋葱?"老高看着桌上的刀:"对,我把报告写出来,所有人都觉得好笑,我想想也觉着自己挺好笑的,但这就是不对劲,这不合常理。后来白沙罗夫妇被击毙了,我还想着这件事,直到有一天,我终于想明白了,想申请重启这个案子。又发生了一件事,陆离和吴文萱结婚了,我重启不了,我不知道这案子一翻出来,会搅多大动静。"池震仍然不明白,思索着问:"那你说,回锅肉里为什么有胡萝卜?"老高不假思索:"先有一盘菜,胡萝卜炒肉,炒白菜,随便。这盘菜被倒掉,有两片胡萝卜也粘在了盘底,又换了一盘回锅肉上去,搅拌。这就是回锅肉里为什么有胡萝卜。"

池震问:"为什么要换?"老高没说话,只是看着他,池震自己想明白了:"之前那盘胡萝卜被下药了。"老高点头:"对,这就是我要打的报告。这就是为什么我觉得这宗案子不是白沙罗夫妇干的,想重启案子。这就是当陆离和吴文萱结婚时,我没办法申请,只能选择一声不吭。"池震理解:"你怕凶手是吴文萱?"老高呆着脸:"我什么都不知道,我只是物证科,最多算半个警察,这十多年我做了几百次化验,写了几百份报告,但是所有人都觉得,我老高什么都没干。"他说完把桌子上包裹里的刀全收起来,走出审讯室。池震坐在椅子上,盯着桌子,听到老高在他身后关门。

是夜，陆离靠在床头翻看当年的审讯笔录。陆母把水和药给他送进来："把药吃了。"陆离不动："我现在不睡，晚点再吃。"见陆母站着不动，陆离求饶："我真吃，我把事情做完，睡前一定吃。"陆母把水和药放在桌子上，往外走的时候有点蹒跚。

"妈，"陆离叫住她，"腿好点儿了吗？"陆母回头看着陆离："年纪这么大，没恶化就算是好点了。"陆离看着她："什么时候去看看我爸吧，我开车送你去。他没脸见你，但他应该很想你。"陆母点点头，关门出去。陆离一回头，又看到床头柜那张全家福。他伸手把相框往下盖，这样就不用看见笑得没心没肺的自己了。

第二天是林校长的葬礼，陆离也去了卫校。气氛跟从前不一样，走廊里女学生们戴着孝布，拿着扎好的纸花进进出出。他沿着走廊往里走，留意每一间经过的宿舍，在其中一间看到一帮穿着便装的中年女人围在桌前叠纸钱。陆离停了下来，敲敲打开的门。有人认出是他，放下手里的活，轻推了一下背对门的吴文萱。

吴文萱起身走了出去，她穿着便装，但手上挂着护士服。陆离问："来了多少人？"吴文萱想了想："葬礼是下午两点，早上来一拨，医院有事先走了。我是中午过来的，葬礼完事，还要再来一帮学生。她学生都是做护士的，没法一起过来，那样华城所有的医院，就要瘫痪了。"

这时陆离看到班长抱着林校长的遗像往外小跑，叫住了她："这几天还好吧？"班长说："都还算正常。"她这才看到吴文萱，半鞠了个躬："师姐。"陆离让她只管去忙，她往外走出几步，回身喊道："陆警官，同学们情绪都还好，就是问我凶手什么时候能抓到。"

陆离被问住了似的，过了许久才回答："我尽快。"班长得到一个答复，从楼梯走下去。陆离和吴文萱对视一眼，他俩心照不宣一般，没有把话说透。陆离指着一扇宿舍门："这是你当时的宿舍。"吴文萱回头看了下宿舍陈列,还真是。

宿舍里没有人,吴文萱走进去,看着头顶的晾衣绳说:"这绳子当年还是我挂的,在挂墙那头的时候还从椅子上摔下来了。"她有些怀念地笑起来,"还记得我当年睡哪张床吗?"陆离指着靠里边的那张床:"那一张。"他又指着靠门的一张床,"张心玲住这张,但昨天还是被人杀死了,当时那么开朗的人,结果还是被人杀死了,你不该干这些。"

吴文萱冷下脸:"我该干什么?你觉得我干了什么?"陆离不看她:"张心玲当时就坐在这床上,我就站在这儿,你知道她看到我警官证之后,跟我说的第一句话是什么吗?"

那一日仿佛还在眼前,张心玲坐在床上,一边吃坚果,一边把坚果壳扔到垃圾桶,掷地有声地说:"吴文萱是我最好的朋友,没有之一,最好最好的朋友。她本来比我小一届,不该住这宿舍,就因为我俩太好了,我给林校长打了一个月的热水,才允许她搬进来。但她又比我大一岁,小一届,大一岁,晕吗?出了学校,我得叫她姐姐,但在这儿,她得叫我师姐。"

年轻的陆离问:"吴文萱多长时间回一趟家?"张心玲答:"基本不回,寒暑假都不回,人都散了,她在宿舍能待一个月,能一个人把年过了,偶尔才回去一趟,但当天就回来,不在家住。"陆离又问:"出事那天为什么回家?"张心玲想了想:"因为考完试吧,哦,我想起来了,那天上午她妈来宿舍了,说是她爸想她了,想带她回去,但文萱下午要考试,说考完试就回去。"陆离追着问:"考试到几点?"张心玲说要到五点才考完,陆离又问她有没有可能提前交卷。

年轻的张心玲瞪大眼睛:"我们哪敢!你提前交了卷,还没走出校门呢,林校长就得用大喇叭喊你回来了。她爸妈和弟弟是几点被杀的?"陆离说:"四点半以后,不到五点。"张心玲敲敲胸口,长吐一口气，嚼着干果说："多亏她在考试，不然早点回家，文萱的小命也没了。"她抓了一把干果问陆离："你吃吗？"陆离摇摇头："如果你是她最好的朋友，你其实知道吴文萱为什么不回家，你也知道她妈来找她是干什么，是不是？"张心玲愣住了，一下子没了刚才吃干果的欢乐神情，看着那些干果盒："你都查出来了？"

物是人非，陆离看着空荡的床铺："你杀她，是不是因为她知道得太多了？"吴文萱摇着头。陆离不看她："你知道吗？我一直很奇怪，她说你是她最好的朋友。可我跟你结婚五年，没见你跟她有过任何来往，连一个电话都没打过。我现在知道为什么了。"吴文萱含泪道："没来往不代表什么，张心玲一直是我最好的也是唯一的朋友。"陆离点着头："好，很好。"他大步向楼梯走去，抛下了流泪的吴文萱。

所有来吊唁的女人都穿着护士服，她们都是林校长的学生，年长的如赵主任四五十岁，年幼的是像班长一样的在校学生，只有十几岁。林校长的灵柩摆在礼堂正中央。陆离站在人群中间，大家围在林校长的灵柩旁，轻声唱着《送别》。吴文萱也站在人群中，她穿着护士服，看着林校长的遗体，满脸泪水。

吴文萱哭得越来越凶，口中唱的《送别》已经不成调了，她转身捂着脸走出人群。看到她走出礼堂，陆离慢慢从人群中退出来。

尽管已经过去多年，但池震相信还能找到痕迹，他和索菲去了吴文萱养父母的家。那是一间空屋，洗刷过了，屋里没有半点血迹，但地板、桌上以及其他家具上都布满尘埃。阳光照到房子里，空气里弥漫着粉尘。

房屋中介介绍道："两间卧室连带着客厅全部朝南，这房子虽然有一阵没收拾了，回头我给你找两个保洁开荒，到时候你再看这个房子，绝对有家的感觉。"池震没在听中介说话，他专心看着屋子，看到那张桌子时在上面敲了敲，仿佛看到了那一桌子菜，女主人被绑在一把椅子前。

中介问:"您别光看桌子椅子,买房子咱关心的是格局和朝向。对了,你们结婚了没有?"索菲被问住了,转身问池震:"结,还是没结呀?"池震没回答,他走进卫生间,把马桶盖掀起来,仿佛看到吴文萱弟弟被绑在马桶上。再走进卧室,看着那张床,仿佛能看见吴文萱父亲被绑在床上。空气中仿佛弥漫着血腥味,池震快透不过气了。他走到窗前,发现窗户离地面只有一米多高。

客厅里的中介还在跟索菲推荐:"不管你们现在结没结婚,以后总要结婚,总要生孩子,孩子总要长大上学。那么,重点来了,这是学区房,整个华城最好的小学、中学、高中都在这附近。"索菲做作地惊喜:"真的假的?孩子在这儿长大能当博士喽?"中介恨不得拍胸保证:"那一定的,不然在这儿买房干吗?"

池震走回客厅:"我看介绍,这房子有几年没卖出去了。"中介张口就来:"那是房东不想卖,我们也是跟房东做了好多工作,才把这套房子拿下来。"池震说:"卖不出去,是因为这房子死过人吧?"中介愣了下:"哪个房子不死人?生老病死又不是房子的错。"池震冷冷地问他:"一夜之间死了三个,都是被杀的。"中介被问住了,随即解释道:"你弄错了,那是楼上那个。"

池震往外走:"那我去楼上看看。"中介扬声:"楼上的住三十年了,根本就没有卖房的打算。"

那就更要看看了,池震拉着索菲上楼。索菲问他接下来演什么,池震让她什么都不演,在旁边站着就好了。索菲不满意:"我还没演够呢。"说话间他俩已经到了二楼赵阿姨家门口:"你刚才演什么了?"索菲笑眯眯:"我演你老婆呀,我们俩过来买房子,准备结婚。他说到学区房的时候,你没看到我那种眼神吗?就是一个虽然还没结婚,但已经憧憬怎么跟你共度余生的眼神啊。"池震干巴巴表扬了一句:"哦,演得好。"

房门忽然打开,拿着购物袋的赵阿姨本来要往外走,突然见到两个人站在门口,被吓了一跳,疑惑地看着他们:"你们是?"池震出示警官证:"华城刑侦局,我们来询问一下,二〇一二年楼下的那个案子。"赵阿姨上上下下看着他:"不是早就结案了吗?过去那么久了。"池震说是:"最近有些情况,跟你打听一下。"赵阿姨示意手里的购物袋:"但我现在要出门。"

池震看到她手里购物袋的商场 logo,索菲不用他催,立马说:"阿姨,你这鞋挺好看的。"赵阿姨低头看看自己的鞋,一双矮跟小皮鞋:"是吗?"索菲甜甜地说:"好看,我想给我妈也买一双,你这是去超市吗?一起吧。"

超市人不多,赵阿姨推着购物车,一边说话一边往里边放东西。池震也推着一辆,当然他不打算买东西。只是索菲很认真,查看生产日期、价签,选好每件东西,放进购物车。

赵阿姨问:"陆离还在你们刑侦局吧?当时楼下的案子都是他来负责的。"池震应道:"在的,现在已经是陆队长了。"赵阿姨回想了一会儿:"我听说他后来还娶了文萱,婚礼我没去,不知道他们现在好不好。文萱是我看着长大的。"

"我听说了,你在楼上跟他们做了三十多年的邻居。"

赵阿姨带着惆怅:"不是三十多年的事,是文萱差点成为我的女儿。"

池震愣了一下,快步走到赵阿姨前面,看着她问:"什么意思?我没明白,她是她父母的女儿,什么叫差点就成为你的女儿?是要认你做干妈?"赵阿姨笑容淡了:"看来你对这案子还不了解。"她拿起一袋酵母粉,看着上面的商标。索菲递过来另一个牌子的酵母粉:"阿姨你买这个,我妈一直在用,特别好用。"赵阿姨把索菲手里的酵母粉拿过来:"是吗?"池震将车给索菲:"我结账,你慢慢挑,别打扰我查案。"

池震跟赵阿姨走到前面，诚恳地说："我确实是最近才接触的这个案子，我再跟你确认一下，吴文萱的父母要把女儿给你？"赵阿姨说："是啊，文萱本来就不是他们的，是他们收养的。他们两口子当年生不出孩子，孩子这么大，不到一岁的时候，抱回来的。当时还摆了喜酒，楼上楼下的都来了，喝了他的酒，好几年都帮他守着这个秘密，不让小文萱知道。结果文萱六岁的时候，他们怀了自己的孩子，就那个男孩。那段时间她妈妈居然上楼问我，想不想收养吴文萱。我说这怎么可能，吴文萱六岁了，认定你们是爸妈，别说是让我收养，就是忽然告诉她，你不是亲生的，也说不出口啊。"

池震愣在原地想了想，一会儿工夫赵阿姨已经推车走到前面，他追过去问："自己收养的孩子，有了亲生的，居然可以往外送？这是什么父母？"赵阿姨叹了一口气："现在想想，我要是把她收养过来，当我自己的女儿，文萱就不会受那么多委屈了。"

"什么委屈？"池震察觉到不对的地方，但赵阿姨摇了摇头："不说了。"他只好换了个问题："楼下出事那天，你在家吗？"赵阿姨说："我是在家。"池震追问："那你听到什么，看到什么，听说是你报的警？"赵阿姨看着他："其实我把所有的情况都讲给陆离了，现在是陆队长，我让他做选择，他选择什么结果，案子就怎么结案，真的没必要再说了。"她那动作是示意他不要再问了："我去买东西了。"

池震看着赵阿姨走向另一排货架，但估计她已经拿定主意，问也不会开口。他只好跟索菲去结账，索菲把买好的东西装袋。收银员扫完最后一件商品，示意他们收银机上的数字。索菲说："我来吧，都是我自己要买。"池震没说话，但已经掏钱给了收银员。在等待找零的时候他再回头一看，赵阿姨已经不见了。

池震帮索菲拎着大袋小袋走出商场，和陆离碰了个正着。他俩对视几秒，相互不说话，各走各的路。等走过去了，索菲抓着池震问："那不是你同事吗?你们警察都是这么打招呼的吗?很酷啊。"池震看了一眼陆离的背影,后者已经走进商场。

陆离是跟着吴文萱来的,他一直盯着她的车,但进了商场后她不见了。他在每一排货架间寻找,却没看见她在哪里。这时,一个超市员工爬上椅子,准备把上面的箱子拿下来。扶梯子的同事叮嘱他小心点。员工抱起箱子,盯住下面不动了。他看到在货架的那一边,一扇虚掩的门,一双腿卡在外面,脚上穿着一双矮跟小皮鞋,地上淌了一摊鲜血。扶梯子的同事见他卡住,急忙问道:"怎么了?"梯子上的人说不出话,但看到一个穿皮夹克的男人跑到那边推开了虚掩的门。

门里赵阿姨胸前被捅了一把刀,已经没了气息。

二〇一二年夏天,吴文萱养父母和弟弟坐在一桌吃饭,吴文萱从厨房端出一盘胡萝卜炒木耳,放在餐桌上,金毛跟在她后面。

弟弟嫌弃地推开摊鸡蛋:"太咸了,重弄一个。"吴文萱说:"咸了给我,那么多菜呢,你吃别的。"弟弟看着父亲,果然父亲指挥姐姐:"你再给他炒一个。"吴文萱把摊鸡蛋拿回厨房,金毛跟着进了厨房。

吴文萱打火,等锅热了往里倒了点油,再拿出一个碗,打了两个鸡蛋。这时她养母偷偷摸摸进来,还关上了厨房门。吴文萱看了她一眼,自顾自用筷子搅拌鸡蛋。养母低声跟她说:"你一会儿洗个澡去你爸房间,你爸找你有点事。"吴文萱没吭声,筷子在碗里哒哒哒地搅拌。养母问:"说定了?"吴文萱看着碗里的鸡蛋液:"你看着点文洋,上次他扒窗户。"养母愣了一下,点点头说知道了。吴文萱看着养母关门出去,把搅好的鸡蛋倒进油锅。

养母坐回到座位上,冲养父点了点头。她夹了几口菜,拿出钱包数出纸币给弟弟:"你一会儿去玩卡丁车吧。"养父反对:"我已经禁止他去了。"养母意味深长地看了他一眼,他会意,改口说:"你去吧,再不许跟人打架了。"弟弟收下钱,不管剩下的半碗饭起身就要走。养母叫住他:"把饭吃完再去啊。"弟弟敷衍地说:"我吃饱了。"

养父养母相互看了一眼。弟弟走到门口握住门扶手时,忽然一下子倒到了地上。养母赶快去扶弟弟,可她脚下发软,踉跄地走了几步,回头一看,养父也靠在了椅背上。养母捂住头,看向厨房的门。

吴文萱听到外面的摔倒声,熄掉火开门出去,金毛跟着她一起出来。弟弟倒在门边,养母倒在地上,养父靠在椅背上。她先把养母拖到椅子上,金毛在客厅里转了一圈,回到厨房,盯着盘子里的摊鸡蛋。嗵的一声门响,吴文萱把金毛关在了厨房。

吴文萱拿着 iPad 浏览白沙罗夫妇的犯罪报道及图片,仔细看着上面的绳结,用剪刀把多出的绳结剪掉。此时养母已经醒过来,睁眼看着她,但苦于嘴上塞着布条说不出话,只能发出呜呜呜的声音,绑在椅子上挣扎。吴文萱并不为所动,打开了自己的书包:"我不想再听你说话了,每一次,你都哭着跟我保证这是最后一次,说不管怎么样,你都是我妈妈,但是下一次呢?你比他还积极。你说没血缘关系,没事的,没血缘是这么胡来的吗?我叫他什么?我叫他爸!"

她从书包里拿出一个袋子,袋子里装着三把 SOG 军刀。养母看到刀,瞪大眼睛,挣扎得更厉害了。吴文萱用抹布垫着握住刀柄向养母走去,正要下刀时想了想,用左手拿起 iPad,右手举着刀对比着尸体的图片,将刀柄翻面。不管养母如何呜呜哀求,她毫不理会,只是看着图片模拟下刀的位置,试了几下,一刀扎下去。养母塞着布条的嘴一声闷叫。

吴文萱完全当她不存在,放大图片,对比白沙罗夫妇插刀的深度,又把养母胸前的刀往里推了一点。养母还没有死,痛苦地挣扎着。吴文萱退后一步,有些难过:"你忍一忍,我也没办法让你死个痛快。"养母额头冒汗,胸前流血,看着吴文萱拿着 iPad 和另一把垫着抹布的军刀进了卫生间,门在她面前关上了。

吴文萱的声音从卫生间里传出来："你最大的错误就是托生错人家了，摊上这样的父母，他们教育你把我当狗，你就真不认我是姐姐，用人都不如，觉得打我骂我都是应该的。"里边发出一声闷叫，声音逐渐微弱。吴文萱拿着 iPad 开门出来，看到养母已经睁着眼睛死在椅子上了。她把养母嘴上的布条抽出来扔进垃圾桶，揉了揉养母的脸，将半张着的嘴合上，拿起最后一把刀，用抹布垫着，进了卧室。

卧室里养父已经醒了。吴文萱不想看他："我真的不想再见到你，但是我得等你醒了，谁知道警察会不会去验你的胃，看看你胃里还有没有利多卡因，这都是我在卫校学的。你这辈子唯一做的一件人事，就是让我上了卫校，别的事，真的不是人。"养父嘴里也塞着布条，呜呜地说不出话。她在柜子里翻东西，但一无所获，只好走到养父身前抽掉他的布条："值钱的东西都在哪儿？你把钱放哪儿了？"

养父说："床下面的抽屉。"没等他说完，吴文萱便绕到床那边，蹲下来打开抽屉。养父在床上继续说："你把钱拿走，爱去哪儿去哪儿，我肯定不报警。反正你二十一了，能照顾好自己。你妈妈死了，弟弟死了，这边我来想办法……"吴文萱已把床下抽屉里的首饰和钱全都掏出来，塞到一个黑袋子里，走回来用布条又堵住养父的嘴。

她情绪已经失控，冲他喊道："最坏的就是你！他们都是陪你死的！"说着话，她朝他胸前捅下一刀。养父对窗口发出呜呜的声音，吴文萱回头看过去，开对班的出租车司机王师傅站在窗前，显然看到了屋子里的情形。但他无动于衷，把车钥匙放在窗台上，对吴文萱做了一个合上窗帘的手势离开了窗前。

吴文萱打开窗户喊他："王伯伯，帮我一个忙。"她把那个装着现金和首饰的袋子给了王师傅。

墙上的时间已经是五点半，时间在一分一秒地过去。吴文萱拎着一个硕大的垃圾袋，看着奄奄一息的养父："你快合眼吧，来不及了。"她走过去，握着刀柄想往里再推一点时发现养父彻底断了气。

吴文萱抽掉养父嘴里的布条，扔进手里的垃圾袋。抓紧时间将卧室、客厅，所有的东西都搞乱，将柜子里的东西全掏出来，做成被歹徒洗劫的样子。她打开卫生间的门，将弟弟嘴上的布条抽掉，也扔进垃圾袋。她进厨房把摊鸡蛋倒进垃圾袋，打开柜子拿出四盒菜，再进客厅用筷子把每一盘的剩菜刮进垃圾袋。打开四盒菜，依次在四个空盘里倒入半盒，造成剩菜的效果，但回锅肉那一盘留下了两片胡萝卜。

忙完这些，吴文萱脱下身上带血的衣服，扔进垃圾袋，全身只剩下胸罩和内裤，从书包里拿出备好的干净衣服穿上。她拎着垃圾袋拉开房门，和楼上的赵阿姨面面相对。从赵阿姨的视角可以清楚地看到房屋的样子，但她只说了一句"你洗把脸"就上楼了。

吴文萱洗了一把脸，看着镜子用毛巾擦干。弟弟就死在旁边的马桶上。她拎着袋子想了想，打开厨房的门，金毛从厨房里出来，看着死了的主人们冲进卧室。

一辆垃圾车放着音乐，从楼前经过，吴文萱把袋子扔进垃圾车。垃圾车开走后，她坐在楼前的马路牙子上。金毛从楼里出来，坐到她旁边。天色慢慢黑下来，街上空无一人，赵阿姨在二楼的窗户后看着吴文萱和那只金毛。

二○一八年，池震拎着大包小包跟索菲上楼："几楼？"索菲说："八楼。"他们才走到四楼，池震问："八楼没电梯？"索菲白他一眼："年轻人多运动运动，怎么了？"池震无奈苦笑，继续跟她往上走。

对讲机里发出声音："超市里发现一具女尸，请附近警员及时赶到。"索菲停住脚步，回头看着池震，下意识地问："是赵阿姨吗？"池震放下购物袋："我去看看。"他下了两层楼，听到索菲在上面喊："是或者不是，你告诉我一声。"池震觉得胸口憋着一股气，他发泄一般地冲上面喊："知道了！"

池震猛踩油门开车,电话铃声响了,是档案员告诉他,他想要的那份档案已经还回来了。

"吴文萱的那个案子?"

"对,是陆队长一大早还回来的,那您现在还需要吗?"

"需要,放在我桌上。"

"这要您签字才能拿走,我是等您还是……"池震看着前面的路,不能再耽搁了,谁知道又会落到谁手上:"等我,我马上回来。"他一个掉头,向刑侦局方向驶去。又有案子发生,他们组都出去了。

池震坐在自己的工位前,拉开抽屉把档案放进去,锁上抽屉大步往外走。谁知吴文萱从门口走进来,她看看池震,又看看空无一人的办公室:"我要自首,我杀人了。"池震站在原地,抓了抓头发,整个人都是蒙的。

温妙玲他们回来时,发现办公室里只有池震一个人。他站在桌前,将桌上的一沓照片放到文件夹里。池震朝他们看了一眼,用鼠标点了一下打印,拿起文件夹朝审讯室走去。打印机开始吐纸,陆离是最后一个进来的。池震和他对视一眼,去审讯室的路上经过打印机,将刚打印好的一沓纸交给陆离。陆离拿到手里,纸上打印出来的表格是"嫌疑人吴文萱健康状况表"。他往后翻了几页,也都是她的健康数据。

走到审讯室门口时,池震毫不停顿伸手打开了三脚架上的监视器开关。监视器里出现画面,是吴文萱坐在审讯室。没多久,池震进来坐到她对面。

池震把六张照片依次摊在桌上,分别是吴文萱的养父母,吴文萱弟弟,林校长,张护士和赵阿姨:"杀了六个人,是一起自首,还是一个一个承认?"

吴文萱没有说话。

池震把养父母和弟弟三个人的照片转过来,面向吴文萱:"那我们就从头说，吴斌，史云，吴文洋。这份档案你有看过吗？"

吴文萱摇头："没看过。"

池震一直注意着她的表情："这是当年负责此案的警察，走访所有证人，整理出来的调查记录，得出的结论是，你没有罪。这名负责调查的警察，半年之后把你娶回了家。所以这里边有些是真的，有些是假的，有些明显是他隐瞒下来，没有记录在上面。接下来，我负责和你将这份档案重新整理一遍。"

吴文萱点点头："明白。"

池震翻开档案："二〇一二年六月十四日，上午是华城卫校的大四学生考试，这和你无关，但是当时参加考试的张心玲，成为这个案子的关键证人。你上午没有考试，在宿舍温习功课，你养母史云去卫校找你，她希望你回家，说你养父吴斌要跟你说点事情。他要跟你说什么事情？"

吴文萱淡然说："忘记了，很多年了。"池震盯着吴文萱，把档案翻过一页："你下午考护理学，出来的成绩是九十一分，一个完美的不在场证明。直到前两天林校长被杀，这一切水落石出，就是张心玲替你参加的考试，而你在那天中午就已经回了家。从物证科的报告里看，菜里被下了药，你将他们毒倒后，用双环结把他们绑起来，再一一用SOG军刀刺杀，最后将有毒的饭菜倒掉，换成提前买好的几盒菜。你模仿白沙罗夫妇，让警察误以为是连环灭门案，但真正的凶手是你。吴文萱，以上的罪行你是否承认？"

"我认罪。"

池震从档案袋里拿出一张认罪书，推到吴文萱面前，把笔给她："请确认过后签字。"陆离站在审讯室的玻璃窗前，看着吴文萱在认罪书上签字。温妙龄、郑世杰惊讶地看着他。老石皱眉问："你早知道？"陆离摇摇头，没有再辩解。

吴文萱签过字放下笔。

池震拿着档案:"我现在只剩两个问题想知道。第一,这是陆离的调查结果,我相信他不敢歪曲证词,那么,他到底知道多少,又隐瞒了多少?"

"他什么都不知道,他以为我是无辜的。"

池震笑笑:"好,那就把这个问题留给督察。第二个问题你一定要回答我,就算你不是亲生的,吴斌和史云养你到二十一岁,你杀他们的动机是什么?你的弟弟刚满十四岁,到底是多大的仇恨,让你对他们三个人下手?"

"我不想说。"

池震站起来,盯着她:"你必须回答我。"

吴文萱眼泪要掉下来,摇着头:"我说不出口,我杀了他们,你定我罪就好了。"

"你必须说,你现在就讲出来!"

陆离看不下去了,放下之前的那份健康表,大步朝审讯室走去。他推了一下门没有推动,原来审讯室的门被锁了。池震在里边回头看了过来,陆离使劲全力撞门,门终于撞开。

陆离冲他喝道:"你出去。"

池震此时早有准备一般,起身要离开。他把认罪书以及吴斌、史云、吴文洋三人的照片一起收起来:"这三条人命我查完了,剩下的三条命你来查吧,好好珍惜这次机会,可能是你最后一次坐在这儿审讯了。以后就是你坐在那儿,王督察他们来审讯你。"

陆离坐下来,看着吴文萱,把林校长、张护士以及赵阿姨的照片摆到自己面前。

当年的事他并不是一无所知。那天他上楼问赵阿姨:"所以说你亲眼看见白沙罗夫妇从楼里跑出去了?"赵阿姨说不敢确定:"能让我再看一下那两个人的照片吗?"陆离把白沙罗夫妇的照片递给她。她看了一会儿,确认道:"是他们,我确定,我就站你这个位置,从窗口看见,他们出门往右跑的。"陆离在笔录上写了几句话,把赵阿姨手里的照片拿回来,把笔录和笔给她:"这是你刚才说的话,你看一下,没问题你就签字吧。但凡哪一句话你觉得不对,给我指出来,做伪证是很严重的罪。"赵阿姨说:"我知道。没问题。"

陆离拿起笔录,出门前问赵阿姨:"你替她报的警,吴文萱二十一岁,她父亲不给她买电话?"赵阿姨看着窗外楼下的警察:"手机是小事,你没看看平常,两口子怎么对她。他们家两室一厅,不小了吧,吴文萱没有床。父母一间,弟弟一间,吴文萱在阳台打地铺,客厅沙发都不能睡,因为那是金毛的窝。"

哪有人这么对自己孩子的,陆离皱眉。赵阿姨笑了下:"不是亲生的,才这样啊。"

"养父母?"

赵阿姨说:"她弟弟十三四岁,按理说小孩子没什么错,可能是父母教育的。有一次吃饭时,喊了她一声姐,父亲很严肃地对儿子讲,你是我亲生儿子,吴文萱是寄养在咱们家,你上面没有姐姐,以后她弟弟喊吴文萱的时候,就跟喊保姆一样。做饭洗碗扫地,全都是吴文萱的,初中都没念,就伺候他们三口人。一直在家待到十七八岁,面子上过不去,她爸才把她送到卫校去。"

陆离走几步到窗前,看着坐在路边的吴文萱,她此时正摸着金毛的脖子。

"还有什么事?"他问赵阿姨。

赵阿姨只是笑笑:"好多事,你问别人吧,有些事你看见了,也不能说,说了毁人一辈子。"

脑海里的回忆一闪而过,陆离把剩下的三张照片摆在面前:"我怎么也没想到,有一天我会坐在这里审你。"吴文萱倒很坦然:"我嫁你那天,我就知道了。"

陆离看看吴文萱,又看看桌上的三张照片:"这些人都是帮你的人,你不该那么狠心。"

"所以我来自首。"

陆离沉痛地说:"你早该来。"

吴文萱摇头:"我不知道会死这么多人。"

陆离气极:"你干的你不知道?"

吴文萱凝视着陆离,摇着头说:"不是我杀的,陆离,他们是保护我的人,我怎样也不至于杀他们。我不知道杀他们的那个人是谁,但肯定跟我有关系,我来自首就是想,如果我坐牢了,他也许会停手。"

陆离凝眉思索:"还有一个人?真的不是你?"见吴文萱只是摇头,陆离想了一会儿,郑重道:"吴文萱女士,我现在代表华城刑侦局,对你实施逮捕。你有权请一位律师,如果你付不起律师费的话,我们可以给你请一位。"他起身拿出手铐铐住她双手,俯身在她耳边轻声问:"跟你分开一年多了,我一直想不明白,你为什么要离婚?"

吴文萱戴着手铐站起身,面对着陆离:"结婚之前你问我,他们三个是不是我杀的。我说不是,我撒谎了,每天见你,我过不去。"她跟着池震和郑世杰往外走,见陆离愣在原地,她忍不住回头:"对不起,陆离,我不该把你拖进来。"

池母回到养老院,刚坐到沙发上就要求看电视:"你把电视打开。"池震拎着她的东西,劝道:"妈,你刚出院,歇两天吧。"但她固执地看着他。池震甩手不管,对马护工说:"给我妈打开,让她看个够。"他走到窗前坐下翻开档案,却看见陆离就在楼下,靠在警车旁。窗里窗外,他俩相互都看得见。

池震拉上窗帘,读了几页档案就心不在焉。他把档案收进公文包,起身朝外走。池母看着电视:"刚回来就要走?"池震停下脚步:"局里有点事。"他走到门口,看到母亲坐在沙发上,目不转睛看着电视。

池震对马护工招手:"出来说两句话。"马护工赶紧出来。池震虚掩上门,站在走廊里跟马护工说:"你别让我妈老看电视了。"马护工辩解道:"老太太要看,我有什么办法?"池震让她把电闸合上,没电了,老太太不就乖乖睡觉了。

马护工恍然大悟地猛点头,池震从公文包里掏出一个装钱的信封:"这月奖金。"马护工点完钱,池震已经从走廊拐进电梯。他走到门口,发现陆离已经不在了。池震东张西望,拿起电话找到陆离的联系页面,想了想没有打给他,将手机又揣进兜里,上了自己的车。

陆离只是来看一眼老太太,听说今天出院,看完就走了。老高约他去"荣记刀铺",到时发现老高已经在店里,在仔细地看每一把刀。见他进来,老高只是看了一眼,继续认真地看刀。陆离站在他旁边,欣赏不同类型的刀,问了一句:"这是全华城最大的刀铺吧?"

老高说:"最多排第二。"

听到他们的谈话,老板抢话说:"老高你这么讲就不对了,有空就往我这儿跑,结果说我这儿没别人家刀全?"老高哼了声:"日本三美的冷钢刀你有吗?"老板还没搞到。老高又问:"德国索林根的鹿角猎刀呢?"老板说:"几年前见过一次,摸都没让摸。"老高得意扬扬:"我家有,下次带给你。"老板说:"你家再多也不卖,刀铺还是我家最全。"

老高笑了,对陆离说:"我没想到,你能找到这地方。"陆离实习那阵儿,被老高带着来过一次。他问老高是否记得那案子:"死者身上插着一把FOX316,你看了伤口,说不可能是这把刀杀的,是飞鹰。然后你带我来这儿转了一圈,见识了飞鹰,它才是真正的凶器,尸体上的316是后来别人插的。"

"刀名你都记得,我挺佩服你这点的,做事用心,别人破一个案子,就是完成一份工作,在你这儿,就是又上了一年的警校。"

陆离问:"你叫我来,不光是陪你看刀吧?"

老高走到一张空桌面前:"来,坐下聊。"陆离坐定后,老高让老板拿 SOG 和 M7 军刺。

老板不动:"你买吗?"老高催他:"这是刑侦局陆队长,你让他开开眼。"

见老板去找刀,老高问陆离:"死超市的那个女的,老石验了吗?"陆离说没验:"第一个林校长,第二个张护士,到她那儿不用验了。"老高说:"但我看了。"这时老板把 SOG 军刀和 M7 军刺裹在两张绸布里拿过来,嘴里抱怨道:"天天就知道看,一把也不买,去趟博物馆还得知道买票。"

老高赶走他:"行行,你过去吧,让我们聊会儿。"他把右边的绸布摊开,里边裹的是 SOG 军刀,"之前白沙罗夫妇用的是 SOG,你前妻也学这个,用 SOG。那几起现场记录,你留意过没有?死者打的都是双环结,固定在一个位置,一刀扎下去,死者没有立即闭眼,都是熬了三分钟五分钟才死。"

陆离知道。

"这段时间死的人,第一个是林校长,在大巴车上,一刀捅下去,你有时间等她咽气。第二个是张护士,死在安全通道,没有人进出那个地方,早晚会死。超市死的那个赵阿姨,你必须要她当时就死,一旦叫出来,凶手知道他跑不了,但 SOG 做不到这一点。我替老石验了一下伤口,我也不懂验尸,但我知道一把刀能捅多深。"他比画着 SOG,两根食指往外拉长,向陆离展示,"SOG 这么长,但伤口一直到这儿。"老高说完停下来,等陆离思考这段话。

"你明白我意思了吗?和我第一次带你来这儿的原因一样,"老高把军刺的丝绸拿下来,"他先用这把,这是美国的 M7 军刺,一开始是美国空军的标准配置，后来陆军也开始批量使用。凶手用的就是这把刀，一刀捅进去，当场毙命。之后他把军刺拔出来，就着刀口，把这把SOG扎进去。"

陆离想了许久："你是说，吴文萱当年模仿白沙罗夫妇作案，而现在又有人模仿吴文萱作案？"老高不接："我是物证科的，怎么破案是你们刑侦队的事。"他站起来对老板说，"老板，我们陆队长很喜欢你这把M7军刺，给他便宜点儿。记得，我不是光看不买，还给你拉生意啊。"

陆离回头看看老板，把M7军刺拿到手里。他提着用绸布裹着的M7军刺走出刀店，走到路边开车门，忽然感觉不对，三个人从不同方向朝他走过来。

陆离右手去掏枪，迎面走过来的是王督察："放松，陆队长。"陆离把手拿出来，带着盖住那把刀的丝绸掉下来，露出了一把长刀。王督察不能放松了："你最好先把刀给我。"

办公室里的警察都在忙碌，郑世杰拿着文件走到池震这边："震哥，林校长、张护士那几个案子怎么办？算结案还是继续查？"池震不理他："等我把档案读完。"温妙玲走过来，指着池震问郑世杰："你也当了几年警察了，怎么做事你听他指挥？"郑世杰说："陆队长不在，董局不管事，我听你的？"温妙玲气道："你也不用听我的，陆队不在，你打电话问他。吴文萱是他前妻，这案子连累不着陆队。你听他的，等他当队长那天再说。"池震听他俩说得不像话，打断道："都回去吧，我说我管事了吗？"

门口一阵急促的脚步声，王督察等三名督察带着陆离走进来，池震和陆离对视一眼，谁也没说话。王督察直接走向陆离的办公桌，另一名督察跟在他身后，拿着一个证物箱。王督察在陆离的桌面上搜查一圈，把可疑的物件都扔进证物箱里，看到椅背上的警服，拿起来，转身扔给陆离:"你把警服穿上。"

陆离接过警服,放在胳膊上。王督察又打开抽屉,继续检查着。董局从办公室里出来,对王督察说:"王督察,我们抓犯人,你们抓警察,抓就抓,怎么还抓到刑侦局里来了?"王督察直起身:"董副局,我们对陆队长做一个例行调查,你要旁听吗?"他在"副"字上咬字很重,董局识相:"你们的工作我不打扰,但是问完的记录给我看一下,总可以吧?"王督察点点头:"可以。"

王督察带两名督察及陆离进了会议室,董局跟了进去。温妙玲也要跟,董局对她使眼色:"去去去,该忙什么忙什么去。"温妙玲走回座位上,看看郑世杰,又看看池震,池震此时已重新把档案翻开。郑世杰盯着会议室的门口:"我说,案子先放一边,咱可不能让督察这么欺负陆队。"池震不动:"我先把档案看完,不是陆离的问题。"

王督察等三名督察对陆离轮番讯问,董局坐在一处,一声不吭观察着一切。

王督察:"陆队长,二〇一二年六月十四日,吴斌、史云、吴文洋,一家三口的灭门案,当时是由你来负责调查?"

"对。"

"调查过程中,你一共采用了四名重要证人的证词,依次是林丽华、张心玲、赵春荣、王红升。"

陆离说:"还有吴文萱。"

王督察笑着摇头:"不不不,吴文萱是这个案子的凶手,所以不能算证人。她所有的证词,作废。"

陆离强调:"我当时并不知情。"

王督察:"是否知情我们还要继续调查,你说了不算。你在林丽华校长那里拿到了吴文萱的不在场证明,护理学九十一分的成绩。"

陆离点点头。

王督察把一张皱了的试卷从文件袋里抽出来:"这是我们在吴文萱家里搜到的,你有没有见到过这张试卷?"陆离说:"见到过,我给吴文萱的。"王督察追问:"试卷上的笔记并非吴文萱的笔迹,你是否知情?""我知道,这是张心玲的字,她替吴文萱考的试。"

王督察:"那么仅凭这张试卷,是否可以推断,吴文萱有意制造了不在场证明?进而推断,吴文萱很有可能和这起灭门案有关联,是嫌疑人?"

"我前几天在林校长的办公桌上才看见。"

王督察:"起码那时你已经知道吴文萱是凶手了,并有意将这张试卷隐瞒,转交给吴文萱。"

陆离停顿了一会儿,回答道:"对。"

王督察:"身为警察,你是否应该将此情况上报,而不是替凶手隐瞒罪行?"

陆离:"对。"

王督察对正在记录的督察说:"把这条记下来。你和吴文萱作为夫妻一起生活五年,这五年间,你是否曾怀疑过吴文萱是这起灭门案的凶手?"

"怀疑不算定罪,何况案子已经结了,不管我身为警察还是普通人,都没有违反任何条例。"

王督察:"怕是没这么简单,我们现在高度怀疑,你将第四份证词做了伪造修改。这个人叫王红升,他到底对你交代了什么?"

陆离看着王督察他们,没说话。

二〇一二年,张心玲来了,陪着吴文萱。警察们陆续上车,楚刀在车里喊陆离:"走了!"陆离做了个手势,朝吴文萱和张心玲走过去。

楚刀看着他们:"哎呀,以后有的是机会,今天哪是泡妞的日子?"副驾位上的董局也在看,看到陆离跟新来的女孩说话:"没准他泡另一个。"楚刀惊讶地说:"变得够快的。"其实陆离只是对吴文萱及张心玲说:"现场还没清理,今晚先别住这儿。"吴文萱指着张心玲:"我跟她回学校。"陆离看着张心玲,犹豫半天:"照顾好她。"

陆离说完转身往回走,所有警车已经开动,楚刀把车开到他身边:"上车吧,人家全家才死,你动什么情?"陆离看看走远的吴文萱和张心玲,又看到了路边停着的那辆出租车:"你们先走吧,我走几步回家。"

楚刀不解:"你要走几步?离你家三十多公里。"

陆离忽然失控:"你们先走吧!走吧!"

楚刀看看他,踩油门将车开走。

现场所有的警车都已经开走,陆离向吴文萱家窗前走去。里面的窗帘紧合,他看到窗台上的车钥匙,拿起来捏了一下。旁边的出租车响了一声。陆离过去打开车门,坐进去,一时还无法平复,赵阿姨跟他说的那些话烫痛着他的心。

不过到底年轻,陆离最后还是睡着了,直到车门一下子打开才惊醒。车外是个中年男人,满脸纳闷地看着他:"这是我的车。"陆离点点头,知道这个人是谁了,找出警官证出示给他:"警察。"王师傅看看警官证,又回头看看那扇拉着窗帘的窗户。

王师傅道:"车是她爸的,他开夜班,我开白班,我每个月固定给她爸五千,再去点油钱,赚三千左右。我跟他一起开二十多年了。我都会把车停门口,钥匙放在他们一楼的窗台上,步行回家,刚好我家也住一楼,第二天早上,钥匙一样会在我家窗台上。以前交接班,看见了还打个招呼,去家里喝杯茶、吃顿饭再走。后来就不见面了,我没法当他是朋友。"

"发生什么事了?"

"他干的根本就不是人事,就是前几年,有一次下午五点,我把钥匙放窗台,准备走的时候,我看见老吴在对他女儿动手动脚。"

"怎么动手动脚？"

王师傅一丝苦笑："你不敢想，是吧？自己的女儿，就是那种动手动脚，压在她身上，干畜生的事情。"陆离显然被震惊到了，看着那扇窗户。王师傅说："我当时敲窗户，孩子也就逃过一劫。但这次逃了总还有下次，我得想个办法，我去找老吴媳妇谈。我还怕她承受不了，说得特含糊。结果她妈早知道了，见怪不怪，说我想多了，女儿不是亲生的，不算乱伦。她还说，老吴要是偷腥的话，偷自己家里人，总比外面偷一个女人不回家强。这家人有问题，包括那小畜生儿子，一家人都是魔鬼。我不想再见到这家人了，每天交车，放下钥匙就走。早上开车的时候，恨不得消两遍毒再上路。我是没本事，但凡有别的办法，我都不想给他开车了。"

"昨天下午交车时，你看到什么了？"

王师傅看着他："法律是法律，约束每个人，也要保护每个人。我每回看到罪大恶极的犯人，最后被法院无罪释放，我就想，我要是警察，抓捕的时候我就把他击毙。反过来也一样，我们不能用法律把走投无路的人抓起来。"

陆离追问："你到底看见什么了？吴文萱干的？"王师傅将车打火："我得去拉活了，以后这份子钱呢，老吴收不着，那就只能给他女儿了。"他下了逐客令，陆离识趣下车，看着车开走。

他想象自己慢慢朝那扇窗户走过去，掏出枪对着那扇窗户连打了六发子弹，玻璃打碎，窗帘被打出了几个孔。附近的早点摊和上班的人群都给吓到了。

二〇一八年，王督察严肃地说："陆队长，鉴于你在本案中的渎职行为，接下来将暂停你在刑侦局的一切工作，队长职位另外有人代理。暂停期间，请交出你的警徽、警服、警官证以及配枪，不得参与行政工作，尤其是与本案有关的任何工作。"陆离站起来，把警徽、警官证以及配枪——拿出来,最后脱下警服。

陆离把桌上的东西扔进箱子里,准备离职,督察们站在他旁边监视他的行为。温妙玲、郑世杰等警察都围了过来,陆离赶散他们:"该忙什么忙什么去!我查不了案子,你们也不查了?"郑世杰、温妙玲等人退后几步,看着他捧着箱子往警局办公区外走,几个督察送他离开。

池震拿着档案大步走过来问陆离:"第四个人,开出租的王红升,现在在哪儿?"陆离说:"你放心,他不会再被杀了,凶手针对的是吴文萱,逼她自首,那个人就会停手的。"池震问:"那有没有可能,前三个人的被杀,都是他一手策划的?"陆离顿了一下。王督察在身后说:"陆队长,调查期间,就不要再参与刑侦局的事情。"

陆离点点头,看着池震、郑世杰及温妙玲:"如果还有凶手,就拜托你们了。"他捧着箱子走到地库,开车门把箱子放到副驾位上,坐进车内。电话铃声响起来。陆离拿出手机,看到没有人给他打电话,可铃音还在响。他在箱子里翻,发现是从王克身上找到的手机在响。来电是一个陌生号码,陆离接起来,电话那边没人说话。

陆离喂了两声:"我在地库,信号可能不好,马上给你打过去。"那头冒出董局的声音:"信号不好,那就边吃边聊。"陆离握着手机,看到董局也拿着手机,朝他车这边走过来。

一个穿和服的服务员进入包厢,将一盘天妇罗摆在桌上。桌子上已经摆满了刺身、寿司,以及寿喜锅。虽然只有两个人,但这顿饭很正式,陆离一直没吃,董局则是每一样尝一小块。

董局感慨道:"真怀念过去的日子啊,张局还在,我也不用这么操心,大家经常一起吃饭。其实当了这代理局长,我的心态没有变,是你们的心态变了。别当我是领导,我还是过去的老董,大家多聚一聚,既是同事,又是朋友,多好。"陆离冷眼看着他,把王克的手机拿到桌面上:"直接说事吧。"

董局笑道："其实也没什么大事，一是跟你聚一聚，二是作为同事我奉劝你，张局的死就别查了。你查了那么久，先是查到王克，又是查到那部手机，最后无非是想查出是我干的。而我是谁？我又是你十年的同事，何苦呢？"

陆离沉默了一会儿："我其实不明白，张局当时已经退休了，为什么你又几次写报告，把他请回来。"董局说："张局走了，局里就没有局长了，上面的意思是空降一个局长，那可不行。我得请张局回来干两年，我资格熬到了，直接当局长。"陆离不懂："那你为什么又要杀他？"董局还是挂着笑："回来让他查案子啊，他查起我来了。"

还是那次扫荡新峰集团的案子，他趁机清除了一个自己的线人，偏偏那个线人在警校当学生时向张局请教过，给张局留下了印象。被张局查到线人帮他在四年里捞了八百多万。张局让他把钱吐出来，但他已经在赌场输光了。

陆离静了一下："然后你把他杀了？"董局满不在乎："算是吧，我不喜欢有人查我。"陆离盯着他："我也在查你，你打算怎么弄我？"

董局笑了笑，拿起两个北极贝，给陆离分了一个："就算你什么都不吃，也得尝尝他们家的北极贝，门口写的食材空运都是假的，但这北极贝，确实是北海道运过来的。"陆离没有动筷子，董局一边吃着一边说，"这一点你就不如池震，池震不管答应不答应，这桌饭菜肯定剩不下。"

陆离追问："你装了窃听器，安排了池震，这些我都知道，还想怎么弄？"董局嚼着北极贝："这不弄得挺好的，吴文萱在牢里，你刚刚被撤职，接下来就是你母亲刘文珍，你父亲陆子鸣，哦对了，还有个女儿陆一诺。"陆离怒目："你要是敢动我家人，我……"他突然想到，"吴义萱的案子是你捣的鬼？"

董局点头："我就是重启一下，案子最大的嫌疑人，后来成为你的老婆,我不该再查查吗?我也只是找他们谈了谈话。"陆离问:"林校长、张护士、赵阿姨,都是你杀的?"董局毫不在意:"这是十年前的旧案了,想要浮出水面,总得有人牺牲,有人付出代价。不死几个人,你都不知道吴文萱有问题。"陆离激动地站起来,下意识想拔枪,但身上是空的。他盯着董局:"你想怎么样?"

董局依然平静,吃着东西,喝着清酒:"我跟你说过没有,我就信任两种人,一个是死人,一个是手上沾血的人。你手上沾点血,好好做你的队长,明年升副局,我把吴文萱给你放出来,你们俩再生个儿子。这样你不查我,我不查你,到周末还能在这儿小喝一顿,生活多美好啊。陆副局,听着都响亮。"

"怎么个沾血法?"

"四个证人,我给你留了一个,开出租的王师傅。"董局说着把一张照片背面扣在桌子上,上面写着地址,"这是他的地址,你把他杀了,报告就这么写:二〇一二年,王师傅杀了吴文萱一家三口,这几天又杀了林校长、张护士和赵阿姨,你在抓捕过程中将他击毙。你官复原职,你老婆释放,最重要的是,你女儿可以健康成长。"陆离吃下那个北极贝,将照片翻过来,一边嚼着,一边看着王红升。

陆离开车送陆母去探视,陆母忐忑地看着窗外:"咱们回去吧。"陆离安慰她:"你怕什么呀?马上就到了。"陆母静了下:"我八年没见他了。""那之前还有三十年呢,你嫁他快四十年,八年算什么。"陆离一路安慰她。

陆离把车停在监狱门口,见陆母犹豫,他给她打气:"妈,你就从这条道走进去,跟里边的警卫说'我见陆子鸣'别的什么都不用干,一会儿他们就把我爸给你带出来了。"陆母央求道:"要不然你跟我一起去吧。"陆离开玩笑:"你俩结婚的时候有我吗?谈恋爱的时候有我吗?这时候倒拉着我,去吧,没事。"

陆母看看陆离,下车往监狱里面走。陆离也下车,在后面给她加油:"照直往里走,什么都别怕。"说话间,陆离看到胡先生从女监方向走过来。两个男人互相望着,半天没说话。陆离点了支烟,深吸一口:"你见过她了?"胡先生摇摇头:"没见到,她不肯见我,托警卫传话,说让我照顾好我自己。"陆离有些难过,吴文萱去警局自首,他给她铐的手铐。她不敢见胡先生,而他,是不敢见她。"

胡先生问:"有什么办法让她出来吗?"

"我在想办法。"陆离又抽了口烟。

"不会判死刑吧,起码三条人命?"

陆离摇头:"判不了,她怀着孕。自首,加孕妇,不允许判死刑。"

胡先生非常惊讶,几乎失声:"她怀孕了?"陆离抬眼看他:"对,你的。你们离婚的时候她已经有了,但离婚是你提出的,她不想用这个讲条件。"

用什么办法让吴文萱出来?陆离怀里揣着刀,守在出租车旁,远远地王师傅走出单元楼。他刚准备下手,街边一个女人领着一个小女孩经过,只能放弃。陆离从身上掏出一个GPS定位器,弯腰贴在车底。有了GPS,陆离一路跟着王师傅,方便找机会。他一手开着车,另一只手摸了摸副驾位上的M7军刺。

出租车终于停下,王师傅下车往典当行走去。陆离拿起副驾上的M7军刺,揣在怀里。他正要大步跟上王师傅时,看到了远处的池震。两人对视一眼。池震站着不动,一直等到王师傅进了典当行才推门进去。陆离站在路边,没有进去。

池震进去,看到王师傅坐在沙发上。经理在茶几上数着钱:"本金加利息,正好八千,来来回回的就这点东西,有意思吗?"王师傅催道:"你快去拿吧,我等着干活呢。"经理拿他没办法,去拿东西,王师傅坐在位子上发呆。池震仿佛其他客人一般,漫不经心地坐到沙发上搭讪:

"他这儿好当吗?"王师傅摇摇头。池震解开自己的手表,递给他:"我这表十五万买的,看这儿能当多少钱?"王师傅拿过来看了看:"三千,顶天了,但过一个月你得拿六千来赎。"经理拿了一袋子珠宝过来,放在茶几上,同时看到池震:"先生需要什么吗?"

池震笑:"等会儿再说,跟朋友聊聊天。"等经理离开,池震好奇地问:"你当的这是什么?"王师傅打开袋子给他看:"我这个市面上问过了,值三十万,每次就给我当个四千五千,要八千块来赎。"

"赎它干吗呀?不然卖了吧。"

王师傅摇头:"不赎能行吗,朋友的,放我这儿保存,一旦手头宽裕,加钱也得赎回来。"池震拿过来看了看:"你这玉我特喜欢,这镯子也不错,这样,卖我吧,二十万,我现在给你取去。"王师傅想了想:"不行,这么多年都没卖,没准哪天,朋友就来找我要。"池震知道他说的大概是吴文萱,装作好奇地问:"什么朋友?多少年没拿也就不拿了。"王师傅陷入沉思:"她就算永远不拿,这也不是我的。"

陆离在车内看到王师傅离开典当行,上了出租车,左手挂挡刚要跟上去,池震在旁边敲车窗。陆离皱皱眉,给他开了门。池震坐下来就说:"不是他,虽然有点赌博的毛病,但是良心还在,比我还有良心。你早就知道?"

"知道什么?"

"你早就知道凶手不是他。"

陆离想到董局:"也没早多少,昨晚知道的。"

池震自言自语:"不是他,那是谁?"陆离看着他:"现在你是警察,我不是。还有,你的车在那边。"池震还在思索:"那你跟着他干吗?送我去码头。"陆离惊讶地问:"哪儿?"池震又说一遍:"码头。"陆离指指他的车,池震不动:"我要跟你聊一聊吴文萱的官司怎么打。"

陆离的车慢慢开到码头,看到远处的轮船。池震说最后几句:"到时候还得麻烦你做一次控方证人。做好准备,虽然我做不了律师,但律师问你的每一个问题,都是我设计好的,反正肯定比以前还狼狈。"

陆离停下车:"你真觉得吴文萱五年就能放出来?"

"最多五年,少则三年。"

陆离自言自语地算着:"再等五年,陆一诺那一年十岁不到。可以,请你当律师,你妈那笔手术费别还了,多少就那些吧。"池震点点头:"可以,这事包我身上了,跟你合同都不用签。"他下了车,被陆离叫住:"那说定了,你现在答应了,不管到时候我人在哪儿,吴文萱就拜托你了。"

池震不懂他的意思:"什么叫你人在哪儿,你要干吗去?"陆离没回答,开车走人。

轮船靠岸,池震下了船,站在码头上四处张望,往人多的巷子走去。他在陈先生门外摁了很久门铃,也不见人出来开门,只好摇着铁门,大声喊着:"陈先生,陈先生!"里边还是没人回答。池震找了个陈先生带他买过鱼的摊位,问渔民:"最近见过陈先生吗?"见渔民听不懂,他拿出手机,找出陈先生的照片,递给对方看:"这个人,陈先生!"渔民讲了一堆马来话,拿起鱼刀极为夸张地做出一些砍人劈人的手势。池震看得一头雾水,又回到陈先生家的院外。他从铁门外跳进去,先观察了一下院子,没发现什么异常,再伸手到铁门外把地上的公文包拿起来,往木屋里走。他捶了两下木屋,大喊陈先生,里面还是没有声音。

池震绕到后门窗口,透过窗户往里看,里边是漆黑一片。他只好抓住栏杆,踹开窗户,爬进屋子后被眼前的景象惊呆了。

房间里一股恶臭,满地都是血。地上躺着五个人,三个是年轻的小混混,另外两个是陈先生和他的老仆,老仆手上还拿着一把刀。凝了几天的血,像胶一样粘在鞋底上。池震环顾房间,走到灶台边,看到一个铁锅已经被烧漏，煤气还在发出咝咝的响声，浓烈的煤气味。

池震看着那扇紧锁的大门，猜到了渔民的话。大门被摩托撞开，十几个小混混抄着砍刀冲进来，老仆抄起砍刀，便向人乱砍去。场面混乱，陈先生回头看了一眼，知道自己气数已尽。为首的小混混阿光走到陈先生旁边，一句话不说，拿一把椅子放到陈先生身边。

陈先生坐下来。阿光接过汤勺，搅着鱼汤，把熬汤的火调为小火。老仆拼了命地和那些小混混砍杀，在砍死两个小混混后，身中十几刀，倒在地上。剩下的小混混站在阿光身后。阿光盛出一碗鱼汤，恭敬地递给陈先生："陈先生，明天好多人都来，刘先生邀请您也过去。我知道您不喜欢他，就随便去坐坐，喝杯茶，多余的话不必说，就说一句，以后社团的兄弟听刘先生的。"陈先生喝了一口汤，慢悠悠地说道："你们刘先生想多了，我说这话，是刘先生说了算；我不说这话，也是刘先生说了算，何必难为我？"阿光说："陈先生，我也跟了你七八年，按刘先生的意思他是要杀你的。我是求了好久，你给他一个台阶下，他给你留条命。"陈先生只是摇头："我年纪大了，没几天活头了，何必死之前还再羞辱我一次呢？"其中有一个小混混突然将刀捅向陈先生："你他妈老不死的，这么多废话。"

陈先生双手捂着刀刃，血淌出来，倒在了地上。阿光质问小混混："陈先生是你能杀的吗？"小混混愣了一下回答道："陈先生是我该杀的，你也是我该杀的。"说完使了个眼色，十几个小混混将小头目围成一圈，小混混拔出陈先生身上的刀，"刘先生说的，杀死陈先生，阿光也不要回来吧。"说完一刀朝阿光捅过去。

池震看着煤气灶，捂着鼻子走出房间。他划火柴，划了几根都没着，不由抱怨："第一次见面你说要把我喂鱼，到最后居然是我给你送葬。"盒子里只剩下最后一根火柴，池震终于划着了，扔到房子里。煤气爆炸，木屋燃烧起来。池震从里面打开铁门的门闩，背对着熊熊烈火,走出院子。

每一次池震见同哥,他都在吃东西,但这一次他吃不下去。池震为他倒上酒,同哥第一杯酒在地上,第二杯一饮而尽:"陈先生以前自己都说,总会有这么一天。也好,走这条路,被人砍死,总好过死在牢里。"池震劝他:"你也早点出去。不知道谁是仇家,别追到牢里把你弄死。"同哥判十五年,除了越狱不知道还能怎么出去。

池震扔给同哥一个资料袋:"你的案子我研究完了,随便找个律师上诉,只要会说中国话,在法庭上照着上面读一遍,你明年释放。"同哥不敢相信地打开袋子。池震此时已经起身往外走,他走出食堂,看到走廊里的陆子鸣。陆子鸣也看到了他,池震想了想,冲他点头致意,向另一个方向离开。

楚家的门牌号是二二〇七,陆离摁了几次门铃,还没有人开门。他大声去拍门,隔壁的房门打开,一个老太太探出头。陆离问她:"是楚刀家吗?"老太太盯着他看:"楚刀不是死了?"

"我知道,我找他父母。"

"你是?"

"我是楚刀以前同事。"

老太太瞪他一眼:"就是躲你们警察,三天两头过来骚扰,老两口把房子卖了,搬走了。"

"搬到哪里去了?"

"他们当然没说,不然警察找过去,不就白搬了?"

陆离盯着她,老太太申明:"再说,我真不知道。"他从电梯里出来,走出门又折回来,站到大堂的一排信箱前,找到二二〇七的,把上锁的信箱硬生生拽开。里面有十来张账单、宣传册以及信件,陆离一张张翻看,仔细看其中一张。按单子上的地址,陆离找到楚刀的墓,墓碑上的照片,楚刀仍然是那副嘻嘻哈哈的笑脸。

他站了许久。

张局和楚刀出事的那天，从来没有一个案发现场有这么多警察和警车，所有的警车都闪烁着警灯。那辆皮卡车还停在路中央，卡车前方是张局的尸体。所有警察脸上都是从未有过的凝重表情。董局皱着眉看着老石在验张局的致命伤，温妙玲伏在郑世杰的肩头痛哭。董局让老石验一下伤口取证，内脏就不要验了，给张局留个全尸。老高把酒瓶递给老石，老石摇摇头，摘下橡胶手套，用手指触摸着张局的喉咙。老高拿起张局的电话，问董局："张局的老婆又打电话过来了，我怎么说啊？"董局说："你先敷衍一下，我晚点去他家。"老高看着手机，任由电话响着，不敢接。他绕到皮卡车后，看着三个铐在杆子上的手铐，喝了一口酒，上车去摘手铐。身后有警车赶过来，陆离从车上下来，睁大眼睛朝人群走近。温妙玲从人群里出来，见到陆离又一次失声痛哭。人群自动给陆离让出一条路。陆离站在原地不动，看着不远处张局的尸体。

不该抓王克的，从他们三个出现起就是圈套。而他和楚刀，中了这个圈套。

那天他和楚刀在车里核对嫌犯的照片，一张一张看着照片。真人在前车，他俩跟在后面，他问楚刀："抢了多少钱？""银行说是一千五百万。"陆离没想到有这么多，楚刀说估计银行有水分，坏账死账直接扣嫌犯身上，但也听说五百万总有的，主要是还杀了个银行职员。

前车陆续下来三个人，陆离抬头看了一眼，前车下来的第三个人正是王克。"从新山一路跑到这儿，中间经过四个省，那些警察都干吗吃的？"王克三人进了旺来海鲜。楚刀笑着说："给咱们留着的，等郑世杰他们过来再抓吧。"

陆离怕郑世杰过来，嫌犯吃饱了有力气，掏枪上膛。他开门前才意识到自己跟楚刀说话太硬了："我是不是不该这么跟你说话？"

楚刀笑:"你不是一直这样吗?"

"那是过去,但是现在……算了,我回去就跟张局说,这队长我不干了。"

"你不干谁干?"

"你啊。"

楚刀开玩笑:"又是你师兄,又是你队长,到时候可就不听你的了。"他俩同时下车,到饭店旁心照不宣地兵分两路。陆离从前门进,楚刀绕到饭店后门。后门开着,里边是厨房,楚刀走进去,还特意看看他们正在做什么菜。他走到后窗时,刚好看到陆离从正门进入大堂。

陆离在大堂寻找王克三人,看到他们正在墙角的一桌喝酒。他边走过去边说:"真行,找了这么个位置,做贼呐,你是杀人了还是抢劫了?"他说着越走越近,王克回头看一眼,身后的那桌是空的,警惕起来问:"你跟谁打招呼呢?"

陆离走到他身边,用臂肘直接挥击王克的脖子。王克掏出刀,跳起来冲陆离挥舞。两个小弟也拿刀和他对峙着。陆离掏枪出来,见饭店里人太多怕流弹伤及客人,一时不好开枪,掀翻桌子挡住三人砍来的刀。整个餐厅乱成一团,客人们抱头往外跑。陆离抄起椅子冲他们甩过去。一时间四人僵持不下,三人慢慢将陆离逼到角落。陆离低头看,地上还有一个大包。他拎起包甩过去,包里面几百万全部散开。就在这时后门忽然被踹开,楚刀抽着烟拿着枪走进来。两个客人正要从他面前跑过,楚刀伸臂拦住他们:"等一秒钟。"

楚刀开枪打中了王克的腿,陆离趁机卸下王克的刀,冲两名小弟挥过去。楚刀从后面上来一脚踢飞一名小弟的刀,抓住另一个小弟握刀的手,掏出手铐把他和另一个小弟铐在一起。陆离用自己的手铐铐住王克。饭店被他们打得一片狼藉,不过楚刀的烟还没抽完,陆离拿起他的烟抽了一口还给他。

"队长你当吧。"

楚刀不肯:"当不了,打打杀杀还行,不爱用脑。这么说,万一你哪天出事了,凶手不跑还行,跑了我肯定抓不着。但如果我摊上事,你陆队长可以的,他们跑天涯海角,都能给我拎回来。"楚刀嘴里的烟还剩小半截,把烟递给陆离,陆离才不接:"给我来根新的,没见过你这么抠的。"楚刀笑着掏出烟。

陆离在楚刀墓前点了一支烟,他自己先抽了一口,其他的留给楚刀。

出租车停在路边,王师傅从便利店出来,拆开一包烟抽出一支,叼在嘴上往出租车上走。陆离拿起M7军刺,揣在怀里下了车,走到出租车的副驾驶位,手握着车门问王师傅:"走吗?"王师傅低头摸着火机:"去哪儿啊?"陆离拿起打火机给他点上:"东岛。"王师傅低头抽烟:"这时候去有点堵,走吧。"就在王师傅要开门的时候,他认出了陆离,激动起来:"你不是那个,那个那个那个,吴文萱的那个警察!"陆离皱眉看着王师傅,表情越来越凝重,绕过前车拍拍王师傅的肩膀:"回头再说。"他穿过车流,朝马路对面走去。

陆离看到了楚刀的父亲,后者在垃圾桶里翻着塑料瓶,翻了好半天,从里边捡出一个瓶子。他几乎要哭出来了:"叔叔,我是陆离,楚刀的那个搭档。"楚刀父亲把他带回了现在住的地方。但那地方又乱又脏,既狭小且昏暗,地面上各种各样的塑料袋里装着易拉罐和塑料瓶。

陆离从袋子里拿出一盒盒菜,打开盖子,楚刀父亲把两个酒杯放在他和陆离面前,拧开一瓶酒,将两个杯子添满。

"早都该来看你们了,但是你们搬家了,一直没找到。"

楚父很惭愧:"是我不好,没把儿子教育好,一心想让他当警察,结果养出了个坏警察。之前住的那边,三天两头有警察过来闹,我不怪他们,毕竟他杀了张局。他妈妈扛不住,卖了房子搬这儿来了。"陆离看看房间,没听到楚母的动静:"阿姨呢?"楚父摇头:"没了。上半年没的,以前楚刀当警察的时候他妈老叮嘱他小心点,还开玩笑吓唬他,你要是出点什么意外,妈跟你一起死。还行,挺了四个月才去世的。"

陆离疑惑地看着他,楚父解释:"不是自杀的,是人垮了,跟针扎的气球一样,整个人都泄了,去世了。"陆离喝下一杯酒,沉默了一阵。"叔叔,您在给阿姨上坟时,麻烦您托个话,楚刀是好警察,他是被嫁祸的,那几个歹徒被毙之前跟我说,他们把楚刀作为人质,折磨他两天两夜,楚刀都没服软。"楚刀父亲瞪大眼睛:"真的假的?"陆离答不上来,只能猛喝一杯酒:"我们那时错了,上了别人的套。"

陆离陪着楚刀父亲一醉方休,他在沙发上醒来时,楚刀父亲已经睡着。陆离掏出身上所有的钱放在桌子上,转身看到衣柜里有一套工工整整的警服。

他到警局报到的第一天,楚刀冲他走过来坐在他桌前,拿起桌上的牌子看他的名字:"陆离是吧?楚刀,真名,真姓楚。"陆离要和他握手:"楚师兄好。"楚刀没伸手,看着他笑:"穿警服来的。"办公室所有的警察都没有穿警服。

陆离问:"不该穿警服,是吗?"

楚刀说:"穿吧,这身警服你穿三次就够了,入职第一天,升职仪式,退休那天。要是你活不到退休,殉职葬礼这帮人能给你再套上。"

楚刀没轮着殉职葬礼,董局在他身上翻出钱包,卡里多了五十万。董局将卡交给陆离,看了一眼楚刀中枪的部位,回头对郑世杰说:"通知他父母来领尸,殉职悼念没有他的份,那五十万给他父母留着,但要讲清楚,他到底干了什么。"陆离替楚刀争过:"没殉职?在刑侦局干了十二年,没殉职?"然而董局轻飘飘一句:"张局干了三十五年,被他做死了。"楚刀父亲没拿那五十万,他以为那真的是赃款。

陆离看着衣柜里的警服,仿佛看到那个活蹦乱跳的楚刀。

皮卡车行驶在公路上,楚刀在前面开车,并不知道后面王克割了张局的喉,张局已经被他们从车上扔下去。王克和两个同伴陆续从行驶的汽车上跳下去,车里只剩下三个铐在栏杆摇摇晃晃的手铐。楚刀开车唱着歌,敲了敲后车窗,想告诉张局说快到了,才发现后面是空的。他停下车,周围察看一圈,上车调头。满头大汗的楚刀踩足油门开车:"张局,别出事,千万别出事,你不至于的,就那几个小毛贼,嫂子还在家给你做馅饼呢,不会的,不会的。"

看到路中央张局的尸体,楚刀连忙刹车,下车把他抱起来,用手捂住被割破的喉咙:"张局,没事,你没事,中三次弹都没事,不可能被刀割死。"头顶传来子弹上膛的声音。王克用枪对着他的脑门,楚刀慢慢站起来。

陆离不能再多想,他伸手在衣服下面的箱子里摸到了一个警笛,出门下楼。

陆母在监狱待了一天,抱着个包裹不说话也不动。警卫忍不住上前问:"老太太,在这儿坐一小天了,你到底要见谁呀?"陆母朝探视间的方向看过去,自言自语:"我不能见他。"她起身将包裹给警卫:"你把这个交给陆子鸣,告诉他,我不能见他,我给他带东西做衣服,做什么都行,他要什么我给他准备什么,但我不能见他,我不原谅他。"

警卫拿过包裹:"那我跟他说,你是谁啊?"陆母张了几次嘴,却不知从何说起:"他看见就知道了。"她说完就走出监狱,生怕自己在这里哭出来。然而这些,刚从监狱里出来的池震全看到了。他看着老太太的身影,若有所思。

老石给赵阿姨做了尸检,池震和老高在他身后等待,桌面上摆着一把 SOG 军刀和一把 M7 军刺。等老石尸检结束,他放下工具拉上裹尸袋,拿起那把 M7 军刺审视一番:"是这把刀,捅进去,拔出来,带了那么多血,我他妈跟瞎了一样,以为还是 SOG。"老石痛苦地重复了一遍,"我错了。"他拿起咖啡杯晃了晃,里边是空的,打开酒柜,里边只剩下一个空酒瓶。

"现在几月了?"

池震说:"十一月。"

老石看着空酒瓶自言自语:"今年的案子有点多,酒不到十一月就喝完了。"池震把自己的咖啡递给他:"喝口咖啡吧,老拿着咖啡杯,总得喝两口真咖啡。"老石摇头:"不喝了,酒也不喝了,今年一口也不喝了,五十多个案子,再有尸体别给我了,一年五十多具尸体,我是人呐,谁能扛得住?"他说完把空的咖啡杯扔进垃圾桶,推门出去。池震看看老高,自己动手把赵女士的尸体推进停尸柜。

日子总得过下去啊,索菲在她家招待池震。她新居的房间很小,最里边是一张单人床,旁边摆着饭桌和椅子,厨房也在房间里。索菲在灶台前炒着菜,池震一边吃着一边说:"没想到你家还能炒菜。"索菲有点得意:"我就是看中这厨房才搬过来的。"

池震观察了一下屋子里的格局:"但还是太小了,我怕你委屈,不然搬我家去吧。"他的声音淹没在炝锅的声音之中,索菲回头大声问:"你说什么?"池震又失去了勇气:"没说什么……"索菲熄火,关掉抽油烟机,把菜端过来坐到池震面前:"你刚才说什么?"池震心不在焉地说:"我说你不行搬我家去吧,我家厨房大。"

索菲非要个然后,池震说:"然后你做饭,我蹭吃蹭喝啊。"索菲放下筷子:"池震,你什么意思?"池震愣住了,挠挠头:"没什么意思。"索菲气呼呼:"你这种态度,问这种话,你是指望我答应还是不答应?你到底是什么意思?"池震说老实话:"我也不知道,跟你一样,我在犹豫,好不好?我心疼你,但我又不敢承诺。"索菲冷笑一下:"真不用心疼我,我在这儿挺好。"

池震叹口气:"我们认识多久了?"索菲说:"两三年了吧,怎么了?"池震感慨:"我最近有点害怕,好像人和人没有信任。在一起生活了五六年,都有可能发现对方是凶手,可能我想多了。"他拎着包走到门口,穿鞋时转身:"等我把这案子破了,我约你吧。"索菲笑了:"你不是没事就叫我吗?"

池震申明:"不是叫你出去,是约你,约你吃饭,约你看电影,约你喝一杯酒。"索菲想了想:"不行。"池震指着她:"说定了啊。"索菲笑出来。

池震去了出租公司的监控中心。中心的张经理说:"王红升的资料不用查,我都知道。他二〇一二年就在这儿开出租,之前好像是给别人开车来着。"池震点点头:"对,你跟他有私交吗?"张经理说:"私交不多,但他的事听得不少。好像二〇一四年五月离的婚,之后日子过得就有上顿没下顿。"池震问:"开出租不是挺稳定吗?"

张经理说:"开车是稳定,架不住他人不稳定,他有赌博的习惯,他老婆因为这个跟他离的婚。赌得又不大,一宿把身上的几千输没,又欠几千的账,然后这个月就猛开车。人家司机一天开八小时,他开十六七小时,到月底把账还上了,手头有点富裕,跑到麻将馆,打一宿,又欠了几千,又猛干一个月。这几年差不多每个月都这么过。所以有些人一年到头瞎忙活,那真是命。"

"别的司机跟他熟吗?"

"不熟,天天开车,哪有时间交朋友?打麻将都跟外边人打,赢你钱,那也不是朋友。"

池震转身看着布满红点的地图屏幕:"每辆车上都有GPS,全华城的出租车都在这儿。"

陆离把手机放在挡风玻璃下开着快车,手机屏幕上显示:GPS的蓝点与王师傅公司的红点越来越近。他踩着油门连转几个弯,屏幕显示蓝点红点在一条路上,而车窗前已经能看到出租车。

陆离伸手将警笛放在车顶,警笛在车顶响了一声。他拿起扩音器命令道:"前面尾号为347的出租车前面停一下。"出租车老实地停靠在路边,陆离把车停在他的后面,自己揣起M7军刺,过去敲了敲王师傅的车窗。

车窗摇开,陆离命令王师傅:"下车。"王师傅看到陆离,有几分惊讶:"又是你?"陆离再次命令:"下车。"王师傅下车,陆离刚要拔出刀刺向他的时候,后车窗伸出一支枪,指着陆离,坐在后排的池震问:"谁让你杀他的?"

陆离粗声道:"跟你没关系。"池震用枪指着他的怀里,示意他把怀里的刀掏出来。陆离不得不拿出那把军刺。看到雪亮的锋刃,王师傅吓得脸色苍白:"你不是警察吗?"池震冷声道:"你没想扎死他,你只想扎个一两刀,证明是你确实要杀他。你跟你爸不一样,你没种杀人的,把刀放下吧。"陆离半天没动,继续拿刀对着王师傅。池震撇撇嘴:"那你就捅他吧,最好是捅死他,我直接抓你进去。"

陆离盯着池震:"可以。"池震才不认可这个可以:"你在想什么!吴文萱的事情我帮定了!你到底是在给谁干!"陆离看了眼手上的军刺:"我就是要手上沾点血,我杀谁也无所谓,不杀他我杀你。"池震明白了,点点头,难怪呢,说那种话,又三番两次跟着王师傅。他就看着觉得不对:"原来是董局,那你去杀他,反正都要沾点血。"陆离摇头:"我全家都在他手上。"

他俩僵持,吴文萱的车开过来。陆离惊讶,只能问池震:"是不是你把吴文萱叫来的?"池震也不明白所以然,只是摇头。胡先生和吴文萱从车里走出来,陆离问吴文萱:"你怎么出来的?"吴文萱摇头,她也不完全清楚。倒是胡先生回答:"花钱买关系,你上午告诉我的,她怀孕了,那就不能照着原计划来了。"

"什么原计划?"陆离一头雾水,他跟胡先生并没有设定什么计划。

他对池震摇摇头,示意他也不知道。就在这时,胡先生突然掏出刀,一刀捅进王师傅胸口。鲜血喷出来,王师傅几乎没有挣扎就断了气,他身上扎的正是那把SOG。

　　胡先生擦着手上的血,告诉陆离:"原计划是我杀三个人,你杀第四个,吴文萱坐牢。但现在不行了,孩子是我的,绝不能在牢里生下来。"池震不懂:"林校长他们都是你杀的,为什么?"胡先生有钱,光收藏的画就要四五百万,住的房子又好,还带妻子继女去瑞士滑雪,为什么要做这种杀人的事,他跟林校长他们也没有深仇大恨啊。

　　陆离倒是明白了:"他在给董局做事。"他看向那辆吴文萱的车,问胡先生:"他在车里吧?"胡先生冲那辆车摇摇手,果然董局从车上下来。

　　为了收服陆离,董局设的局是从吴文萱身上开始。他给胡先生看二〇一二年案发现场的照片,告诉他整件事情的经过,由不得胡先生不信。然而这些都是小事,胡先生做三年高管吞了两千万,胃口不小,这些证据也在董局手上,一百万关一年,得关差不多二十年。

　　两件事情落到董局手上,胡先生只能听他摆布。他让胡先生跟吴文萱离婚,这样胡先生才有充足的时间去完成计划。林校长一直没销毁那张卷子,很容易被偷了出来。在大巴车上胡先生戴上护士用的手套,刺死了林校长。

　　当陆离怀疑到吴文萱身上,事情就好办了。吴文萱知道这事跟她有关,想去提醒张护士、赵女士都小心点。她去见她们,老胡就跟了过去。

　　别说别人,连吴文萱最要好的朋友、一直护着她的张心玲,也一度怀疑是她杀了校长。

　　吴文萱去仁爱那天,陆离他们正在复原凶杀现场。老高一直走到温妙玲的前排,双臂伏在椅背上,面对着温妙玲:"凶手就这样跟林校长说了几句话,突然拔刀刺向林校长的胸口,最后又拿起衣服给她盖住,然后逃跑下车。"老高一边说着,一边伸手模拟着杀人行为,他又问老石,"是这样的吧?"老石说:"从刀伤看,是跪在前排,从上而下发力,没问题。"老高确定:"那就是熟人作案,就林校长的范围排查吧。"温妙玲透过车窗,看到陆离靠在不远处的警车前抽烟:"陆队怎么了,昨天还那么积极,今天都不管了?"在那个时候,陆离对吴文萱也是怀疑的。

吴文萱不能在林校长死后告诉陆离,当初林校长是知道试卷的事,但为她瞒了下来。这是违法行为,她不想老校长死后还要坏名声。她只能告诉好友张心玲,张心玲一下就明白了:"咱俩别一起,别被人撞到。"但张心玲还是被胡先生杀了。

吴文萱提醒赵阿姨,赵阿姨却不当回事:"别瞎操心了,我就不相信好人会有恶报。"等吴文萱离开,赵阿姨在货架上挑东西的时候,胡先生走过来抄起一把M7军刺捅进去。在她就要倒地时,胡先生把人拖到仓库门旁,拔出M7军刺,换上了SOG。

最后一个证人,王师傅,死在了面前。

池震看着躺在血泊里的王师傅,质问董局:"你杀了四个人,无非就是要把吴文萱翻出来,真的值得吗?"董局笑:"我的命不值得,别人的命当然值得,而且换的是陆离,他手上沾点血,有点污点,我才能好好做我的局长。"

池震将枪口对准董局。董局笑了笑:"你还会举枪?我把你招进刑侦局,是帮我来的,结果你搅和到大家要撕破脸,这样合适吗?一团和气不好吗?"他一把拉过吴文萱,拿枪对准她的太阳穴,"陆队长,下池震的枪。"

陆离看着池震,池震把枪转过来对准陆离,然而陆离是受过四年警校训练的优等生,又当过多年警察。他扔开手里的M7军刺,一把抓住池震的手腕,曲肘一个捶击,池震整条手筋发麻,手上的枪滑落下来。陆离利落地接住了枪。

董局笑得更欢:"陆队长,我一直很看好你,打从你进警局的第一天就想栽培你。谁知道你宁愿当张局的狗,也不愿当我的座上宾。你嫌我脏,那你现在把池震杀了,大家都脏,大家都有罪,以后在警局还可以和睦相处,继续除暴安良。"

陆离拿枪对着池震,一直扣不下扳机。忽然一声枪响,董局开枪打死胡先生。董局面目狰狞:"杀个人这么难吗?"他对着胡先生的尸体说,"还有你,怀个孕怎么了?这个出租车司机是留给陆队长的,杀人上瘾了是吗?身为刑侦局副局长,我必须击毙你。"他转而问陆离,"是吧,陆队长,这名女犯人也杀了三个人,是不是也该击毙?"

陆离摇头,但他迟迟无法对池震开枪。

吴文萱在董局怀里不断挣扎,董局嫌麻烦,干脆放倒她,抬脚想踩住她的头。

又一声枪响,董局的腿中了一枪。陆离枪口仍然对着他:"你把她放了。"董局看看腿上的血:"有机会开枪,你打死我呀,想拿证据扳倒我?没有。你把他打死,腿上这枪我不记仇。"他抬手对池震连开两枪,打在池震双腿上,池震跪倒在地上。董局对陆离喝道:"打死他,你这种人怎么当警察,我再给你个理由,这个杂碎生不如死,你一枪解脱他行不行?"他一个走神,没留意吴文萱,被她捡起陆离丢在地上的 M7 军刺,从下至上扎穿他的腹腔。

剧痛,血迅速涌出来。董局没想到自己会在这个女人手里重伤。他抬手一枪,正中吴文萱的头部。吴文萱睁着双眼,歪倒在地上。陆离毫不犹豫,开枪打碎董局的肩胛骨,一个箭步上前夺下他的枪,从他身上搜走手机,不给他叫人的机会。

那边吴文萱双眼仍然睁着,陆离俯在她心口,然而她的心跳已经停止。虽然身体仍然温热,但已经没有救活的希望。他闭上眼睛,泪水洇湿她的衣服。

池震双腿跪在地上，用双手挣扎着移过来，在地上划出两条长长的血痕。他一把抓住陆离的衬衫，把陆离拽起来："都这样了，你他妈还是不敢打死他？！"

陆离看着吴文萱："他杀了吴文萱，要坐一辈子牢吧。"

池震在他耳边吼道："这叫杀吗？他自己讲的，叫击毙。把枪给我。"陆离将枪扔给他，转头不看他俩。池震接过枪，把枪对准董局。董局变了脸色："我认输，捉我坐牢，别的事都好商量。这一枪打下去，你这辈子都别想出来了。"池震想了想，问陆离："被枪打死的死亡时间可以精确到多少？"

陆离不知道他问这个的意义："四小时之内的命案，死亡时间可以精确到半小时。"

池震点点头："可以，你走吧，这烂摊子我来。找个人多的地方，让全华城的人都给你陆队长做一个不在场证明。今晚不管谁死谁活，都没你的事，回去申请逮捕令，最好是通缉令，以后满大街抓我就好了。有缘的话你抓到我，我们监狱再见；没缘的话，算我运气好，就此作别。"

陆离转身望着池震，池震催道："走吧，再不走一会儿我这流血过多，都挺不住了。"陆离又看看吴文萱，池震真是服了他："哎呀别看了，死都死了，晚点有人给你送老石那儿去。"

陆离走后池震刷着手机，董局絮絮不止："我发现，我更喜欢你了，陆离真是不行，有能力没胆识，我放弃他了。这样，咱俩干票大的。"他扔出来一张名片，"你先给这人打电话，让他把咱俩接走，把子弹取出来，现场他们会处理的。回头我当了局长，队长是你的，往上副局也是你的。"

池震一直没理会他，刷着刷着，抱怨了一句："我让他做个不在场证明，能去这么high的地方？"手机屏幕上，陆离跟两个辣妹一起合影，池震摇头，"哥们儿，你刚丧偶啊。也行，可信。"

池震收起手机，检查了一下子弹，忍着痛努力站起来，低头看躺在地上的董局："这样足够尊重你了吧？"

董局茫然："什么？"

池震笑了："站着把你打死。"他站在荒野上举枪瞄准董局长，一声枪响。